시체를 보는 사나이

2부. 죽음의 설계자 ①

제1화

달빛 아래 시체

달빛이 유달리 밝은 밤. 한 남성이 아파트 입구에 들어섰다. 남자는 한 발짝 겨우 내딛고는 술에 취한 듯 휘청거리다, 다시 또 한 걸음 위태롭게 나아갔다. 늦은 시간이라 아파트 단지 내에 불빛이 들어와 있는 집은 몇 곳 없었다.

몇 걸음 더 내딛는가 싶던 남자는 더 걷기가 힘이 드는 듯 놀이터 공터 벤치에 철퍼덕 주저앉았다. 오늘따라 얼마나 주위가 고요했던지 그 소리가 북 치는 소리처럼 크게 울려 퍼졌다.

남자는 이곳에 아예 자리를 잡고 누울 생각인지 입고 있던 외투와 구두까지 벗어 던져 버렸다. 남성이 벤치에 드러누운 그때, 자동차 헤드라이트 불빛이 반짝거리더니 '삐빅!' 하는 소리가 들렸다. 깜짝 놀란 남자는 벌떡 일어나 허리를 곧추세우고 앉았다. 뒤이어 어디선가 저벅저벅 다급하게 뛰어오는 구둣발 소리가 크게 들려왔다.

잠시 후, 차 문이 열리는 소리와 함께 헤드라이트 불빛이 벤치를 환히 비췄다. 남자는 눈이 부셨는지 손으로 얼굴을 가리며 자리에서 일어났다. 아파트 정문을 빠져나가는 차를 본 후에야 술이 좀 깨는 듯, 남자는 자신의 머리를 몇 번 치더니 눈을 비비며 다시 걸음을 옮겼다.

그러나 몇 걸음 내딛지 못하고 또 한 번 주저앉아 버렸다. 계단 앞의 턱을 보지 못하고 헛디딘 것이다. 비틀대며 힘겹게 202동 앞에 도착했을 때, 남자는 고개를 쳐들고 있는 힘껏 눈을 부릅떴다. 다행히 동을 잘 찾아왔는지 씩 웃는 얼굴이 꽤 기분 좋아 보였다.

난간을 잡고 계단 옆 경사진 길을 올라가던 남자는, 몇 발짝 걷다 말고 벌러덩 엉덩방아를 찧고 말았다. 이번에는 헛디딘 것이 아니었다. 남자는 온몸을 부르르 떨며 다급히 주머니에서 뭔가를 찾았다.

아파트 현관 앞 화단에 머리가 깨진 상태로 사람이 쓰러져 있었다. 이미 화단 주위는 피로 시커멓게 젖어 있는 상태였다. 남자는 떨리는 손으로 힘겹게 휴대폰을 들어 119로…… 아니, 112? 어디로 전화해야 할지 잠시 망설이다 이내 통화 버튼을 눌렀다.

쾅!
주차된 차를 들이박은 자동차 한 대가 멈출 기미 없이 도로를 내달렸다. 그 뒤를 순찰차 한 대가 바짝 뒤쫓고 있었다.

끼이익, 쾅!

음주 운전인지, 주차된 차를 들이받고 도주하던 차량은 지나가던 차량의 앞 범퍼를 들이받은 뒤에야 멈춰 섰다. 하지만 그 차는 또다시 시동을 걸어 도주를 시도했다.

삐용! 삐용! 삐용!

"남 순경! 똑바로 보고 운전해! 정신 바짝 차리라고!"

"예, 경사님!"

"저 미친놈, 술 먹고 지랄한다. 아⋯⋯."

"이대로 계속 쫓습니까? 이러다가는 무고한 시민들까지 위험할 수 있습니다."

"야! 그걸 누가 몰라! 그래도 무조건 잡아야 해, 알았어? 잔말 말고 당장 지원 요청해. 4485 멈추세요! 4485 멈춰! 멈추라고!"

조수석에 앉은 경찰관은 창밖으로 고개를 내밀고, 도주하는 차량에게 손을 흔들며 마이크에 대고 소리쳤다.

"음주 운전 차량 21라 4485, 여의교 지하 차도 방향으로 주행 중. 지원 바람. 지원 바람."

운전 중인 남 순경은 한 손에 무전기를 들고 서둘러 지원 요청을 했다.

"저 자식⋯⋯. 더 밟아! 그냥 앞으로 직진해!"

"네? 도주 차량은⋯⋯."

"어허, 잔말 말고 직진하라고!"

"아, 예!"

도주 차량은 급히 우회전해 방향을 틀었지만, 순찰차는 도주 차량을 뒤쫓지 않고 그냥 직진해 지나쳤다.

"여기서 우회전! 빨리!"

뒤이어 나타난 순찰차는 오른쪽 대각선 골목으로 급히 방향을 틀어 들어갔다.

"여기서 다시 우회전!"

순찰차가 방향을 돌려 골목을 나왔을 때, 바로 맞은편에서 도주 차량이 달려오고 있었다.

"그래, 이제 막아! 멈추라고!"

"예!"

키이이이익, 쿠우웅! 쾅! 쾅!

"아! 으윽! 젠장!"

순찰차는 속도를 줄이며 길을 막아섰다. 도주 차량도 급히 브레이크를 밟았지만, 미처 멈추지 못하고 그대로 순찰차를 들이박았다.

"아……. 이런 젠장, 남 순경! 괜찮아?"

"……네, 경사님…… 으윽……."

"그럼 뭐 해? 빨리 내려!"

"아, 네!"

6월 초여름, 음주 운전 차량을 검거하다가 죽을 뻔한 하루였다. 다행히 에어백이 제때 터져 크게 다치진 않았지만, 순경이 된 지 1년도 안 돼 저세상으로 갈 뻔했다.

음주 운전 단속을 피해 도망치는 차량과 갑작스레 도심 추격 전이 벌어진 것이다. 다행히 차량 몇 대가 파손되었을 뿐 인명 피해는 없었다. 원래대로라면 사수가 운전을 해야 했지만, 다급한 나머지 덜컥 운전석에 앉고 말았다. 도주 차량을 쫓는 내내 쏟아진 사수의 잔소리에 정신이 하나도 없었다. 어떻게 운전을 했는지도 모르게 운전대만 힘주어 잡고 있었다.

와아, 그런데 저놈은 어떻게 차가 박살이 났는데도 멀쩡할까. 좋은 차는 에어백도 좋은지, 제 발로 걸어 나와 흔들흔들 갈 지(之) 자를 그리며 보닛 앞에 선다. 나와 사수도 순마*에서 빠져나와 그에게로 갔다.

"음주 운전, 공무 집행 방해죄, 공공 기물 파손 죄, 중앙선 침범, 살인 미수죄 등 현행범으로 선생님을 체포합니다. 선생님은 변호인을 선임할 수 있고 체포 구속 적부심**을 법원에 청구할 수 있으며, 묵비권을 행사할 수 있습니다. 지금부터 하는 모든 말은 법정에서 불리하게 작용될 수 있음을 알립니다. 아셨죠?"

"어서 차에 태워!"

"예, 경사님. 선생님, 얌전히 여기 타시죠."

음주 운전자에게 다가가 수갑을 채우려 하자, 그는 손을 휘저으며 뒤로 물러나 자신의 차를 이리저리 살폈다.

"건들지 마! 뭐야? 내 차 왜 이래?"

---

*　**순마** : 순찰차를 뜻하는 은어
**　**구속 적부심** : 범죄의 혐의가 있는 어떤 사람을 강제로 일정한 장소에 가두는 것이 법률상 옳은지 아닌지에 대해 법원이 심사하는 일

"그러니까 멈추라고 할 때 멈추셨어야죠."

"지금 내가 누군지 알고 이래? 니들 다 죽었어! 알아?"

"네네, 알겠습니다. 많이 취하셨네요. 어서 차에 타시죠."

"야! 아파! 아, 아프다고! 이거 안 놔!"

음주 운전자의 팔을 잡아채 뒤로 꺾은 후 수갑을 채웠다.

"이거 죄송해서 어쩝니까? 수갑은 채워야 맛이라. 조용히 따르세요, 선생님."

"남 순경, 너무 오냐오냐하는 거 아니야?"

"그렇습니까? 그럼 좀 더?"

"에이, 아니야. 살살해. 그러다 독직 폭행*으로 큰일 날라."

"이것들이 놀고 있네. 미친 짭…… 아! 아프다고! 이 새……
아악!"

"저기, 선생님. 말 조금만 예쁘게 합시다. 그리고 어서 타시라
니깐."

쓸데없는 말을 못 하게 그의 목을 짓누르며 순찰차 뒷좌석에
태웠다.

"아……. 우리 순마 어떻게 할 거야? 완전 폐차 수준이잖아.
아이씨."

"뭐, 이 선생님한테 부과해야죠. 그렇죠, 선생님?"

"에? 아이, 몰라! 아아! 몰라 몰라! 몰라, 나는……."

---

* **독직 폭행** : 인신 구속에 관한 직무를 행하는 자가 그 직권을 남용하여 사람을 체포 또
는 감금하거나, 형사 피의자 또는 기타 사람에 대하여 폭행 또는 가혹한 행위를 가하는
것을 말함

음주 운전자는 소리치며 몸을 들썩거리다가, 이내 차창에 머리를 박은 채 잠이 들었다.

"남 순경, 저 차에 가서 블랙박스 메모리 챙겨 와. 그리고 앞으로 넌 운전하지 마. 알았어?"

"아…….. 네."

음주 운전 사고 차량에서 블랙박스 메모리를 챙기고, 뒤늦게 지원 나온 다른 경찰관에게 차량을 맡겼다. 그리고 찌그러진 보닛이 뿔룩 솟아오른 순마를 타고 지구대로 향했다.

지구대에 도착했을 때 이 빌어먹을 자식은 아주 편안한 자세로 뻗어 있었다. 현행범을 겨우 둘러업고 안으로 들어서자, 지구대는 다녀오기 전이나 후나 여전히 아수라장이 따로 없었다. 술 먹고 주먹질하다 잡혀 온 사람들이 으르렁거리며 서로 욕지거리를 하고 있는가 하면, 그 뒤로는 술에 취해 널브러져 있는 사람도 보였다. 얼마나 시끄럽고 정감 있는 지구대인가!

그런데 한창 바쁜 시간에 3팀 식구들이 보이지 않았다. 코지코아 아파트에서 자살 사건이 발생해 출동했다고 하는데, 일반적으로는 2인 1조, 많아야 4인 2조로 출동해 현장을 보존하는 경우가 대부분이었다. 근데 이 황금 시간에 3팀 전원이 출동했다고? 아무래도 일반 사건이 아닌 듯했다.

음주 운전 현행범을 흔들어 깨워 음주 측정을 한 뒤 유치장에 넣었다. 그는 술과 잠에 취해 잠시 횡설수설하더니 금방 다시 곯아떨어졌다. 그리고 나는 그 자식 덕분에 차량에 있던 블랙박스와 현행범이 질주했던 도로, 골목길 CCTV를 모두 찾아 정리해야 했다.

"남 순경, 고생했어. 알지? 뭐 해야 하는지?"

"예, 경사님."

"그래. 참, 요 앞 코지코아 아파트 알지? 거기 살던 이필석 위원이 자살했다더라. 거, 대한당 4선 위원. 원내 대표잖아. 총선도 얼마 남지 않았는데……. 아무튼 거기로 다 몰려가서 인력 부족하다고 지금 난리야. 팀장님이 오늘은 3팀 서포트해야 한다고 하셨으니까, 증거 수집 빨리하고 들어와서 도와. 아! 우리 순마 사진 찍어 놓는 거 잊지 말고, 피의자 차량도 확인하고. 알았지?"

"제가 다 말입니까?"

"그럼 내가 하리? 야! 나 지금 3팀 서포트해야 한다고, 지금!"

"네에, 네. 알겠습니다. 빨리 다녀오겠습니다."

"오케이!"

매번 이런 식이다. 자질구레한 것들은 전부 내 몫이다.

나는 한숨을 삼키며 지구대를 나섰다. 우선 순마에 있던 블랙박스 메모리 칩을 꺼내 증거물 수집 비닐 백에 담은 뒤, 파손된 순마를 여러 각도에서 꼼꼼히 찍어 두었다. 마지막으로 사건 현장과 피의자 차량이 도주했던 곳을 파악해 CCTV 영상을 모두 확보하기만 하면 된다.

CCTV 관제 센터에 영상 자료를 요청하기 위해 걸음을 옮기던 그때, 휴대폰 알람이 울렸다.

'대방 교차로 횡단보도 중앙선 부근, 70대 할머니, 01시 10분. 뺑소니 사건.'

아, 내일이 그날이구나. 휴대폰 알람 설정까지 해 놓았지만 완전히 잊고 있었다. 내가 알람에 적어 둔 내용 그대로 내일 사건이 일어날 것이다.

내일 새벽 1시경, 지구대에서 멀지 않은 거리에 있는 교차로 횡단보도에서 사람이 죽는다.

·

화려한 네온사인이 가득한 강남 번화가. 활기차 보이면서도 어딘가 어둡고 차가운 기운이 감돈다.

새벽 시간이지만 거리는 여전히 사람들로 가득했다. 그 속에서 어느 세련된 간판의 작은 bar 앞에 한 여성이 술에 취해 앉아 있었다. 그리고 옆에는 한 남자가 담배를 피며 힐끔힐끔 그녀를 쳐다보고 서 있다. 초여름 날씨에 시원한 옷차림을 한 여자는 술에 잔뜩 취한 듯 고개를 들다 다시 숙이고, 또 고개를 들어 보려 애쓰지만 자기 의지대로 되지 않는지 다시 숙이기를 반복했다.

한참 자신의 머리와 싸우던 그녀는 그만 bar 계단 옆 벽에 머리를 기댄 채 잠이 들어 버렸다. 남자는 피우던 담배를 내던지고 그녀를 깨워 보지만, 이미 깊게 잠이 든 여자는 남자의 손길을 그대로 받아들이기만 할 뿐이었다. 남자도 얼굴이 붉게 물든 것이 술에 취한 듯 보였다.

여자가 일어나지 않자 성질이 났는지, 남자는 또 담배를 꺼내 불을 붙이고 힘껏 한 모금 빨아들였다. 연거푸 몇 모금 빨던 담배를 손가락으로 튕겨 날려 보낸 뒤 그녀를 다시 깨워 보려 애썼지만, 결국엔 포기했다는 듯 고개를 저으며 자리를 떠나 버리고 만다.

잠시 후 사이렌 소리와 함께 불빛을 번쩍이며 순찰차가 나타났다. 누군가 경찰에 신고를 한 듯했다. 순찰차는 잠들어 있는 여자의 바로 앞에 멈춰 섰고, 이내 경찰관 두 명이 문을 열고 내렸다. 여 순경이 그녀에게 다가가 잠을 깨워 보지만, 여자는 깊은 잠에 빠져 아무런 반응도 보이지 않았다.

어쩔 수 없다고 생각한 경찰관이 그녀의 어깨를 잡아 일으켜 세우자, 그제야 잠에서 깬 여자가 횡설수설하기 시작했다. 자신은 괜찮다며 "마티니 한 잔 더!"를 외친다. 선임 경찰관은 깨워서 집으로 보내라고 말하고 먼저 순찰차에 올라탔다.

여성 경찰관은 술에 취한 여자를 몇 번 더 흔들어 정신을 차리게 한 후, 조심히 집으로 들어가라고 안내한 뒤 차에 올라탔다. 신고를 받고 온 것이 아니라 순찰을 돌다 상황을 목격하고 잠시 정차한 것이었다. 여자는 잠시 정신이 든 듯 천천히 걸음을 옮겼지만, 얼마 가지 못하고 바로 앞 허리 높이의 화단 턱에 올라앉았다. 힘이 들어 더는 갈 수 없는 상태로 보였다. 방향을 돌린 순찰차는 그녀의 앞에 멈춰 섰지만, 잠이 들지 않은 것을 확인하고 그대로 지나쳐 갔다.

시간이 지나 네온사인 불빛들이 하나둘 꺼져 갔고, 동시에 여자가 앉아 있는 화단 턱 부근도 점점 어두워져 갔다. 지나다니는 사람도 점점 줄어들었지만, 여자는 꾸벅꾸벅 졸고 있을 뿐 집으로 갈 생각이 없어 보였다.

그때 한 검은 세단이 그녀의 앞에 멈춰 섰다. 그러고는 무언가를 확인하려는 듯 조수석 창문이 잠시 내려왔다가 곧바로 다시 올라갔다. 헤드라이트 불빛에 정신이 든 그녀는, 조수석 창문이 열리던 그 짧은 순간에 운전자와 눈이 마주쳤다. 잠시였지만 살며시 웃음 짓는 그녀의 눈을 볼 수 있었다.

차가 지나가자 안심이 된 듯, 그녀는 자리에 일어나 자신이 있는 곳이 어디인지 주변을 살폈다. 큰 대로로 나가려고 했지만 몸이 자꾸 휘청거리는 탓에 걸음을 멈춰야 했다. 그녀는 한숨을 깊게 내쉬더니 다시 화단 턱에 주저앉았다.

중심을 잡지 못해 뒤쪽으로 몸이 쏠리는가 싶던 그녀는, 갑자기 화단 나무 사이의 어둠 속으로 사라져 버렸다.

"팀장님! 또 살인사건입니다! 일어나 보십시오."

깜박 졸고 있던 민 경정은 입에 문 침을 닦으며 눈을 떴다.

"어! 으음…… 크흐음. 어, 뭐라고?"

"살인사건이요!"

"뭐? 또? 이런……. 이번엔 어디야?"

"강남 VIP 클럽 근처라고 합니다. 어서 가 보시죠, 팀장님."

"그래, 서둘러."

민 경정과 안 경위는 한달음에 경찰청 본관을 나와 차에 올라탔다.

"안 형사! 전달받은 내용 보고해 봐."

"네, 팀장님. 지금까지 확인된 바로는 피해자 여성 나이 23세. 입에 테이프가 붙어 있었고, 가슴과 다리 여러 곳에 자창*흔적이 있었다고 합니다. 직접적인 사인은 최근에 일어난 강남 살인사건들과 동일한⋯⋯."

"두개골 파열?"

"예. 두개골 파열로 인한 뇌출혈입니다. 또 망치 같은 걸로⋯⋯."

"안 형사, 이거 같은 놈 짓이지?"

"그럴 것 같습니다, 팀장님. 벌써 세 번째입니다. 연쇄 살인이 아니겠습니까⋯⋯."

"그래. 아니길 바랐는데⋯⋯. 미리 준비해 두자고. 우선 특별 수사본부 꾸릴 준비하고, 한서율 검사님하고 범죄 행동 분석 팀장 도민 경감에게도 업무 요청해."

"네? 한서율 검사님이요?"

"왜?"

"아니요. 아니, 왜 하필 한서율 검사님을⋯⋯."

---

*   **자창** : 못, 바늘, 송곳 따위의 날카로운 것에 찔려서 생긴 상처

"뭐가 왜야? 능력 있고, 위에 눈치 안 보고, 자기 사건에 열정적인 영감이잖아. 나이 어리다고 지금 네가 어!"

"아이, 그게 아니고 말입니다. 아시잖아요. 한 검사님……."

"알긴 뭘 알아? 잔말 말고 시키는 대로…… 야, 신호 바뀌었잖아! 운전이나 똑바로 해!"

안 경위는 신호가 바뀐 것을 보고 서둘러 가속 페달을 밟았다.

"이거 봐라. 아직도 신참 딱지를 못 뗀 거야? 그렇게 감찰계에 남아서 경력이나 더 쌓지 뭐 한다고 수사과로 전보 신청을 해 가지고. 그럼 거기서나 잘 붙어 있든가, 여기가 어디라고 광역 수사대에 와서는 왜 또 하필 내 밑이냐고? 우리가 왜…… 야! 안 형사 뭐 해? 좌회전! 좌회전 해야지! 깜박이 켜고!"

"죄송합니다. 아니, 팀장님 말씀 때문에 정신이 하나도 없지 않습니까? 그리고 정확히 말씀하셔야죠. 제가 신청한 게 아니고 팀장님이 저를 꼬오옥! 집어서 여기다 앉힌 거 아니십니까? 누가 모를 줄 아셨습니까? 다 소문으로 들어 알고 있었습니다. 수사과에 그냥 있게 두시지 피곤하게 이게 뭡니까?"

"뭐? 알고 있었어? 그런 거야? 하하하. 이런……. 그렇지. 내가 내 무덤을 팠지. 알겠으면 운전이나 똑바로 해."

"그러니까 왜 매번 저만 데리고 다니시냐고요. 운전 잘하는 오민형 형사하고 다니시면 얼마나 좋습니까?"

"그러면 넌 누구랑…… 야아, 벌써 선임·사수 놀이하고 싶은 거야? 이상희 형사하고? 너 혹시…… 이 형사한테 관심 있는 거야?"

"무슨 말씀이세요. 에이, 그러지 마십시오. 자! 다 왔습니다."

"아이, 아쉽네. 현장부터 확인하고 나중에 다시 얘기하자고."

"아니라니까 뭘 나중에…… 어서 내리시기나 하십시오."

"그래, 나중에……."

"아, 뭘 자꾸 나중……."

먼저 차에서 내린 민 경정은 주머니에서 장갑을 꺼내 끼며 사건 현장 폴리스 라인으로 갔다. 안 경위는 말을 더 잇지 못하고 급히 민 경정 뒤를 따라 뛰어갔다.

"안녕하십니까? 강남 지구대 이대성 경위입니다."

민 경정은 경찰증을 꺼내 보였다.

"광수대 민우직 팀장입니다. 통제 잘 부탁합니다."

"예, 경정님. 조 순경! 조 순경은 여기, 김 경사는 저기. 사람들 통제하고 기자들 절대 안으로 못 들어오게 해!"

이대성 경위는 관할 지구대 경찰들에게 지시한 뒤, 피살자 시신을 보고 있는 민 경정에게 다가갔다.

"이 경위님, 발견 당시 상황 좀 설명해 주시죠."

"그게…… 새벽 청소 차량이 쓰레기통을 치우기 위해 이곳으로 왔다가 처음 발견했다고 합니다. 발견 시각이 05시 20분 정도라고 하고요. 발견 당시 지금 보시는 대로 왼쪽 이마 두개골이 함몰되어 있었고, 가슴과 다리에서 피가 흐르고 있었다고 합니다. 청소부가 시체를 보고 놀라서 쓰레기통을 놓치는 바람에, 시신과 부딪쳐 몇 군데 타박상이 생겼습니다."

"신원은 확인됐습니까?"

"예, 바로 확인됐습니다. 다행히 소지품이 근처에 그대로 있더라고요. 화단 앞에 작은 핸드백이 있어 확인해 보니 지갑 안에 신분증이 있었습니다. 여기, 피해자 신분증입니다."

이 경위는 비닐 팩에 담긴 신분증을 건넸다. 민 경정은 신분증을 꺼내 한 글자 한 글자 꼼꼼히 확인했다.

"경정님, 이거 연쇄 살인사건 아닙니까?"

"아직은…… 네, 그런 것 같습니다. 우선은 강남 지역 순찰을 강화해야 할 것 같습니다."

"아, 네……. 큰일이네요. 강력 사건이 한 번도 아니고 강남에서 연이어……."

"그러게 말입니다. 유동 인구 많다는 강남에서 목격자 없는 피해자가 벌써 셋이니…… 어떤 놈인지 이놈을……."

"아휴, 참. 앞으로 고생 꽤나 하겠네."

이 경위는 한숨 섞인 혼잣말을 내뱉으며 폴리스 라인 쪽을 바라보았다. 그때 안 경위가 사건 현장 주변을 돈 뒤 이곳으로 오고 있었다.

"안 형사, 특이 사항 없었어?"

"네. 특별한 건 없었습니다."

"그래. 그럼 증거될 만한 것들은 모두 찾았는지 감식팀에 확인해 봐. 결과 나오는 대로 바로 보내 달라고 요청하고, 받으면 나한테 바로 보고해. 알았지?"

"네, 팀장님."

"살인 흉기는 이번에도 안 나왔겠지? 혹시 모르니까 다시 한

번 주변 잘 수색해 보고."

"지원 나온 경찰관들하고 샅샅이 수색해서 보고드리겠습니다."

"오호, 그래. 이따 청에서 보자."

"예. 충성!"

"미친……. 수고해!"

안 경위는 민망한 듯 경례한 손으로 머리를 매만졌다.

"미안합니다. 저 친구가 좀 오버를 해서……. 이대성 경위님? 앞으로 자주 볼 듯하니 수사 협조 잘 부탁드리겠습니다."

"아, 아닙니다. 저희가 더 부탁드려야죠. 빨리 잡혀야 할 텐데 말입니다."

"그러게 말입니다. 그럼, 수고하십시오."

"네, 수고하십시오. 충……."

이 경위가 경례하려는 것을 민 경정이 팔을 잡아 말리며 말했다.

"에이 됐습니다. 수고하세요."

"아……. 예."

민우직 경정이 서울 지방 경찰청 광역 수사대로 보직 이동한 지도 2년째가 되었다. 광역 수사대 사건들이 대부분 흉악 범죄들이지만, 연쇄 살인사건을 맡게 된 것은 광수대에 온 이후 이번이 처음인 셈이다. 과거 경찰서에 있을 때 여러 번 경험해 본 적은 있었지만, 그때는 옆에서 지원 업무만 했을 뿐 팀장으로 진두지휘를 한 것은 아니었다.

최근 첫 번째 살인사건이 일어날 때만 해도 연쇄 살인사건으로 이어질 것이라고는 생각지 못했다. 곳곳에 CCTV가 설치되어 있고 심야 시간 내내 사람들로 붐비는 번화가에서, 버젓이 동일한 수법의 살인사건이 일어날 줄 그 누가 상상이나 했겠는가? 쉽게 범인이 잡힐 것이라 판단했던 것이 오판이었다. 첫 번째 살인사건을 단순 치정 사건으로 판단하고 관할 경찰서에 맡겼던 것이 잘못 채운 첫 단추가 되고 말았다.

사실 첫 번째 살인사건에서 연쇄 살인 증후가 엿보이는 증거들이 다수 나왔다. 피살자 시신에 특별한 문양을 남긴 것과 피살자 소지품이 그대로 남아 있었다는 것, 그리고 살해 수법이 잔인했다는 점이다. 또한 피살자 주변 탐문을 통해 확인한 결과, 살인 동기를 찾을 수 없었던 것도 그 이유 중에 하나였다.

술에 취한 여성을 목표로 한 살인사건이라는 점에서 연쇄 살인사건일 가능성이 농후하다고 판단했던 민우직이었다. 하지만 연쇄 살인사건으로 이어질 거라고는 그 어떤 경찰관도 미처 생각지 못했던…… 아니, 하지 않았던 것이다.

두 번째 살인사건이 발생한 시점에서라도 연쇄 살인 증후가 있다는 사실을 납득시켜 관할 경찰서와 공조 수사를 진행했더라면, 적어도 이번 살인사건만큼은 사전에 막을 수 있지 않았을까? 민 경정은 그런 뒤늦은 후회를 했다.

결국 아무것도 하지 못한 채 세 번째 살인사건이 발생하고 말았다. 그것도 동일한 방식에 20대 여성 취인을 타깃으로 한 잔혹한 사건이었다. 이번에도 몸에 문양이 남아 있을지는 부검 결과를 통해 확인해야 했다. 왜냐하면 특이하게도 그 문양은 사건 현장에서 직접 확인할 수 없었다. 살인범이 시체 한 부위에 문양을 남기는데, 피해자가 숨진 후 시신이 점점 굳어 가면서 서서히 외부로 드러났기 때문이다. 어느 정도 시간이 지나야 눈으로 식별할 수 있었다.

마치 인두 같은 것으로 강하게 짓눌러 피부 조직을 상하게 한 것처럼, 별 모양의 문양은 자줏빛을 내며 점점 선명해졌다. 첫 번째 피해자는 오른 허벅지 뒤편, 두 번째 피해자는 왼 팔뚝 앞면에 그 문양이 선명하게 나 있었다. 시신 부검이 진행될 땐 희미하게 보이다가 부검이 거의 끝날 때쯤 선명하게 드러났다는 부검의 소견이 있었다.

만약 별 문양이 세 번째 피해자의 몸에서 나온다면, 이번 사건도 동일범의 범행임이 분명해지는 것이었다. 그럼 강남에서 연이어 발생한 살인사건을 확실하게 연쇄 살인사건으로 규정할 수 있어, 특별 수사본부를 꾸릴 수 있게 된다. 전담 검사가 배정될 것이며, 범죄 행동 분석을 위한 프로파일링 마스터도 배정될 것이다. 또한 경찰청에서 최고 인력들을 소집해 팀을 구성할 수 있다.

연쇄 살인사건이 아님에도 특수본을 설치해 TF(Task Force)팀을 꾸린 적은 있었다. 마약 범죄 조직을 소탕하는 것이 목적이었는데, 비밀리에 범죄 조직에 잠입했던 형사를 구출해야 한다는 임무도 있었다. 마약 범죄 조직의 무리를 소탕하는 데에는 성공했지만, 상층부와 또 그들과 유착 관계에 있었던 정재계 인물들까지 일망타진하는 것은 실패했다. 아쉽지만 잠입 형사를 안전하게 구출한 것으로 만족해야 했다.

"오셨습니까? 팀장님."

서울 지방 경찰청 광역 수사대에서 최우철 경위가 민 경정을 기다리고 있었다.

"어! 최 형사, 여기는 어쩐 일이야? 그쪽은 안 바쁜가 봐?"

"에이, 아닙니다. 그것보다 큰일 났습니다. 이 의원 말입니다."

"이필석 그 자식!"

"팀장님, 우리만 있는 것도 아닌데…… 그 자식이 뭡니까? 그 자식이. 광수대에 계시더니 많이 까칠해지셨습니다."

"안 까칠하게 생겼어? 그 자식이라 하는 것도 많이 봐준 거니까 쓸데없는 소리 말고, 빨리 본론부터 말해. 뭐가 문제야?"

"아, 네. 이필석 의원이 어제 새벽에 자살했습니다. 이 의원 아파트에서요."

"뭐? 정말? 혹시 눈치챈 거야? 우리가 내사하고 있다는 거 말이야."

"그 정도는 예전에 눈치채고 있었겠죠. 그때 그 사건으로 무죄 선고는 받았지만, 아시잖아요. 비리의 온상인 거. 대한민국 국민 절반이 다 아는 사실 아닙니까? 어쨌든 중요 용의자가 자살해서 연결 고리가 끊겼으니…… 이를 어쩌죠? 그때 함께 거론되었던 의원들 싹 다 조사해 볼까요?"

"최 형사, 일 크게 만들지 마. 이럴수록 주변부터 촘촘히 좁혀가야 한다고 했잖아. 상황을 좀 더 지켜보자고."

"알죠. 하지만 상황이 이렇지 않습니까? 시간만 끌다가는…… 아니, 억울하게 죽은 딸 원한 풀겠다고 1년 가까이 법정에 사셨던 아버님을 생각해 보세요. 아무 소득 없이 병만 얻어서 시한부 선고까지……. 그 뒤로 소식까지 끊고 잠적하셨단 말입니다."

"알아! 안다고! 그래서 내가 최 형사 성화에 못 이겨 계속 끌고 온 거 아니야. 그 사건에 엮인…… 아이, 몰라. 이거 위에서 알면 난 모가지야. 알지?"

"알죠. 알고말고요. 그 모가지 얘기 좀 그만하시죠. 매번 그 얘기를…… 아무튼 그렇게 아세요. 좀 더 시간이 걸릴 것 같습니다. 그러니까 이참에 윗선부터 조지자니까요."

"야! 검경 수뇌부가 걸린 사건일 수 있다는 거 잘 알잖아? 잘못 건드렸다가는 시작도 못 하고 끝날 수 있다고. 확실한 증거랑 물증이 필요하다고 몇 번을 말해? 유력 증인도 사망한 마당에…… 젠장, 그때……."

"아, 네네. 알겠습니다. 그때 일은 꺼내지도 마십시오. 죄송합니다, 팀장님."

"알았어. 나도 잊으려고 안간힘 쓰고 있으니까 제발 건들지 좀 마. 그래, 나보다…… 최 형사도 마음에 두지 말고. 어?"

"아닙니다. 죄송합니다, 팀장님. 제 실수였는데요. 괜찮습니다. 미안해하실 필요 없습니다."

"아니……. 그래, 잊자. 응? 그것보다 빨리 뭐라도 찾아야 하잖아. 안 그래? 어르신 행방은 계속 찾아보고 있는 거야? 얼마나 남으셨다고 했지?"

"6개월 남았다고 했는데…… 도저히 못 찾겠네요. 어디에 계신지."

"이런, 그때까지 해결할 수 있겠어? 지금 내가 어디 갔다 온 줄 알아?"

"아, 들었습니다. 연쇄 살인사건입니까?"

"100프로 그럴 것 같다. 이제 본격적으로 날밤 새울 준비해야 해. 준비하고 있어. 곧 공문도 갈 거니까. 그래도 그 사건은 계속 같이 간다. 알았지?"

"감사합니다, 팀장님."

"그래, 고생 좀 하자고. 그만 가 봐. ……우철아, 어르신 생각해서라도 힘내자. 어?"

"네. 가 볼게요."

민우직 경정과 최우철 경위에겐 결정적인 물증을 가지고 있었고 증언을 해 줄 수 있었던 피해자 남자 친구를 끝까지 지키지 못한 것이 아직까지 마음에 걸려 있었다. 특히 민우직 경정은 과거에 지켜 주겠다 약속했던 강소담이 떠올라, 죽음을 막지 못한 그때의 일이 여전히 가슴에 남았다.

당시 피해자 남자 친구의 사인은 자살로 결론이 났지만, 최우철 경위는 지금도 타살이라고 믿고 있다. 피해 여성인 여자 친구의 자살에 대한 상실감과 죄책감, 그리고 재판 증인으로 나서야 한다는 부담감이 더해져 복합적인 우울증 증세가 악화하였다는 전문의 소견이 있었다. 그 근거는 피해자 남자 친구 집에서 나온 유서와 다량의 수면제였다. 하지만 유서를 직접 작성한 것인지는 최종적으로 확인되지 않았다.

컴퓨터 한글 문서로 작성한 뒤 프린터로 출력된 유서였기에, 민우직 경정도 조작됐을 가능성이 있다고 의심했었다. 그럼에도 그 당시 최 경위 주장엔 아무도 손을 들어 주지 않았다. 사건을 담당했던 검사조차 그의 말에 귀 기울이지 않았다.

최 경위는 피해자 남자 친구의 위험 징후를 감지하고도 미연에 보호하지 못해 그가 죽음에 이르게 된 것이라고 자책하며 괴로워했다. 그리고 여전히 가슴에 남아 있는 그 고통을 감내하며 지내고 있다. 이미 종결된 사건을 손에서 놓지 못하는 이유는 사건의 진실을 밝히지 못한 책임감과 피해자 아버지에 대한 미안함, 그리고 피해자 남자 친구를 지키지 못했다는 죄책감 때문이다.

민우직 경정도 그런 최우철 경위의 마음을 잘 알고 있기에 아무 내색 없이 옆에서 그를 돕고 있었다. 또한 피해자 남자 친구를 지켜 주지 못한 것에 대한 미안함과 판결에 대한 부당함을 알기에, 가만히 지켜볼 수만은 없었다.

1년 전 이민지 양 사망 사건 당일

06시. 새벽부터 경기 남부 지방 경찰청 형사과에 전화벨이 울렸다. 최우철 경위가 꾸벅꾸벅 졸고 있는 중이었기에, 화장실에 다녀오던 나상남 경사가 전화를 받았다.

"네! 남부 경찰청 강력 2팀……."

"안녕하십니까? 도송 지구대 박철순 순경입니다."

"아, 네. 무슨 일입니까?"

"장안동 장안 빌딩 뒤편 화단에서 시신이 발견됐다는 신고를 받고 출동 중입니다. 그 빌딩 옥상에서 뛰어내린 듯합니다. 아마 자살……."

"무슨 말인지 알겠습니다. 바로 가겠습니다. 우선 현장 보존 잘 부탁드립니다. 감식팀은 출발했습니까?"

"네. 지금 그곳으로 출발했을 겁니다."

"알겠습니다. 끊습니다."

수화기를 내려놓은 나 경사는 서둘러 최 경위에게 뛰어갔다.

"최 형사님! 일어나십시오. 사건입니다, 사건! 팀장님께 연락할까요?"

"어! 어…… 어, 그래. 어디? 무슨 사건?"

"인명 사고입니다. 빨리 가 보시죠."

"뭐? 어서 팀장님께 보고드려."

최 경위는 눈을 비비며 일어나, 외투를 집어 들고 급히 뛰쳐나갔다. 나 경사는 최 경위를 따라나서며, 박철기 팀장에게 현장으로 출동한다고 보고했다. 집에 있던 박 팀장은 바로 사건 현장으로 가겠다고 했다.

금일 새벽, 장안 빌딩 경비원은 순찰 중에 젊은 여성이 쓰러져 있는 것을 발견하고 바로 112에 신고를 했다. 자살 사건으로 판단한 지구대 경찰관은 현장을 통제하고, 빌딩 옥상을 수색하던 중 서류 뭉치와 USB 등의 물품들을 발견한다. 곧이어 감식팀이 현장에 도착해 사건 현장을 살폈다.

최 경위와 나 경사가 사건 현장에 도착했을 때는 이미 감식팀이 현장 조사를 거의 끝마칠 때였다. 두 사람은 시신을 확인한 후 최초 발견자인 경비원을 만났다. 경비원에게 당시 상황 설명을 듣고, 단순 자살로 판단한 최 경위와 나 경사는 빌딩 옥상에서 발견한 증거품들을 수거해 경찰서로 복귀했다.

"최 형사! 사건 경위 보고해."

"예. 이름 이민지, 나이는 23세. 민성 대학교 2학년 휴학 중이며 아버지와 단둘이 살고 있는 것으로 확인되었습니다. 유서 내용으로 봐서는 단순 자살로 보입니다. 검시 결과도 추락하면서 생긴 두개골 골절로 인해 심각한 뇌 손상을 입어 사망한 것으로 나왔습니다. 외부 강압이 있었거나 폭행을 당한 상흔은 발견되지 않았습니다."

"그래? 단순 자살 사건이구먼. 그럼 그렇게 경위서 써서 올려."

"저기, 팀장님. 현장에서 발견된 유품 중 USB에 고인이 직접 촬영한 영상이 있었습니다. 근데 그 내용이……."

"왜? 뭔데 그래?"

"직접 보셔야 할 것 같습니다. 현직 국회의원에게 성폭행을 당했다고……."

"뭐? 누구? 의원 누구라고 나와?"

"그게, 이⋯⋯."

"야, 됐고. 당장 그 영상 가져와! 직접 봐야겠다."

"예. 제가 가져오겠습니다."

나 경사는 증거품 보관실에서 유서와 USB를 가지고 왔다. 유서에는 아버지와 남자 친구에게 마지막으로 남긴 글과, 자신이 왜 자살을 선택하게 되었는지에 대한 이유가 자세히 남겨져 있었다.

그녀가 안타까운 선택을 할 수밖에 없었던 이유는 국회의원에게 몹쓸 짓을 당했기 때문이었다. 또한, 그걸 빌미로 성 접대까지 강요당해 왔던 것이다. 그와 관련된 내용이 유서에 소상히 적혀 있었다. USB에는 피해자가 그동안 성 접대를 강요당했던 당시의 대화 내용이 담겨져 있었다.

"야아, 이거⋯⋯ 대박이구먼. 이게 정말 사실이면⋯⋯."

"어떻게 할까요? 지금 바로 구속 영장 신청할까요?"

"나 형사, 지금 장난해? 영장? 야, 이 의원이 누군지 몰라? 대한민국 사람이면 모르는 사람이 없는 야당 원내 대표라고. 그런데 이 정도 건으로 구속 영장? 될 것 같아?"

"아니, 팀장님. 이 정도면 되지 않겠습니까? 음성이랑 정황이 이렇게 확실한데요. 안 그런 가요, 최 형사님?"

"나 경사! 아직도 이러면 어쩌자는 거야? 얼굴 하나 제대로 잡힌 게 없는데 정황? 음성? 정신 좀 차리자, 응?"

"아니, 그래도 이 정도면⋯⋯."

최 경위는 나 경사의 팔을 잡으며 눈빛을 보냈다.

"네, 팀장님. 좀 더 수사해 증거를 확보하겠습니다."

"그래. 우선 확실한 물증을 찾아야 해. 그게 먼저다. 알았지?"

"근데 말입니다. 윗선에 바로 보고하실 겁니까? 알면 그냥 놔두지 않을……."

"야! 미쳤어? 윗선에 무슨……."

버럭 소리치며 최 경위의 말을 끊은 박철기 팀장은 목소리를 낮추며 말을 이어 갔다.

"그러니까 입조심해. 상부엔 내가 상황 봐서 보고할 테니깐. 너희들은 특히 기자들 조심하고. 이거 아주 좋은 먹잇감이야. 언론에서 먼저 터지면 끝이다, 끝. 알지?"

"그 정도는 저희도 알고 있습니다, 팀장님."

"그럼 확실한 물증을 찾아서 언론에 쫙 뿌리고, 여론 몰이로 정치권을 압박해서 구속 영장 치면 바로 꼬리 내리겠죠? 그죠?"

나 경사는 상기된 얼굴로 최 경위와 박 팀장을 번갈아 보았다.

"확실한 물증이 있는데 군이 언론까지 필요하겠어? 말로만 떠들지 말고 빨리빨리 나가서 찾아보라고! 어서!"

"예, 팀장님! 다녀오겠습니다."

최 경위와 나 경사는 피해자의 부모와 주변 지인들을 만나, 새로운 증거를 찾기 위해 수사에 나섰다. 반면 박 팀장은 다시 한번 유서와 음성 내용을 확인한 후, 잠시 의자 등받이에 몸을 기댄 채 눈을 감고 생각에 잠겼다.

그리고 이내 뭔가가 생각난 듯 번쩍 눈을 뜨더니, 다급히 어딘가로 전화를 걸었다.

나의 첫 순마는 카센터에서 오래간만에 긴 휴식을 즐기게 되었다. 생각보다 파손이 심해 일주일 정도 걸린다고 하는 것을, 떼를 쓰고 떼를 써서 겨우 4일 내로 약속을 받아 냈다.

덕분에 수리 중인 순마를 대신해 선임의 개인 차량으로 순찰을 나섰다. 밤 11시가 막 지나는 시각. 선임은 취객이 제발 없게 해 달라고 간절히 기도했다. 새로 뽑은 지 몇 개월 되지 않았다고, 취객의 배설물을 감당하기엔 여리고 여린 새 차라는 말을 반복했다.

무사히 순찰을 돌고 지구대 앞에 차를 세우려 할 때, 무슨 일인지 정문 쪽에서 소란이 일었다. 술에 취한 건장한 남자가 버럭버럭 소리를 지르며, 집 나간 아내를 찾아내라고 행패를 부리고 있었던 것이다.

저 건장한 남자는 며칠 전 부부 싸움…… 아니, 가정 폭력 건으로 지구대에 긴급 체포됐었다. 부인도 참고인 자격으로 함께 지구대에 오긴 했지만, 사실 지구대로 올 것이 아니라 병원으로 갔어야 했다. 그녀의 머리는 굳은 피와 머리카락이 뭉쳐 떡이 되어 있었고, 얼굴은 심하게 부어 피멍이 들어 있었다. 거기다 다리까지 절고 있었다. 그런 상황에서도 지구대까지 몸소 따라온 것은 이웃들의 신고로 붙잡혀 온 남편을 풀어 달라는 이유에서였다.

지구대의 신고로 응급 차량까지 왔지만 부인은 병원 이송을 거부했다. 끝까지 남편은 아무 죄가 없다며, 어색한 한국어 발음으로 풀어 달라고 애원할 뿐이었다. 어쩔 수 없이 경위서만 작성한 후 남자를 훈방 처리했다.

그랬던 그 남자가 오늘은 지구대에 와서 부인을 찾고 있다. 주먹이 까져 피가 난 것을 보니 또 폭력을 휘두른 것 같았다. 부인은 아마 폭력을 피해 어딘가로 도망간 모양이고…… 김필두 경사는 달려가 행패 부리는 남자를 제지했다. 나도 같이 가서 도와야 했지만, 시간이 없었다. 지금 출발하지 않으면 생명을 구하지 못할 수도 있다.

휴대폰을 꺼내 시계를 보니 어느덧 시간은 00시 20분을 가리키고 있었다. 다행히 시체가 보였던 곳은 지구대에서 그리 멀지 않은 가까운 곳이었다. 지금 출발하면 늦지 않게 도착해 생명을 구할 수 있을 것이다. 사수에겐 미안하지만…… 어쩔 수 없다.

나는 시체를 본다. 정확히 말해, 미래에 죽게 되는 시체를 미리 보는 능력을 가지고 있다. 그 사실을 처음 인지한 지는 그리 오래되지 않았다.

약 3년 전쯤, 그녀를 구하면서 나에게 특별한 능력이 있다는 것과 그 능력으로 사람을 구할 수 있다는 사실을 깨닫게 되었다. 이번이 올해만 벌써 스무 번째인가? 대부분이 이번처럼 교통사고로 목숨을 잃는 분들이었다. 사람들을 구하는 일이 하나의 사명이 된 지도 어느덧 3년이 되어 가고 있었다.

그녀가 날 대신해 죽어 가던 그때, 유언처럼 남긴 그 말은 나에게 숙명처럼 다가왔다. 그 순간 내가 앞으로 해야 할 일이 무엇인지 깨닫게 되었고, 살아가는 이유가 되었다. 또한 그녀에게 한 약속이기도 했다. 그 시체를 본 건 일주일 전 순찰을 돌다 지구대로 복귀할 때였다.

나는 여유 부릴 틈 없이 시체를 봤던 교차로의 횡단보도로 뛰어갔다.

일주일 전

김필두 경사는 늘 자신이 직접 운전하기를 좋아했다. 사실 남이 운전하는 것이 불안해 운전을 좋아하는 것처럼 포장하고 있는 거지만 말이다. 하지만 그날은 졸음이 쏟아지는 탓에 어쩔 수 없이 남 순경에게 운전을 맡겼다.

순찰을 마치고 지구대로 복귀하는 길목의 교차로를 지나고 있었던 그때, 헤드라이트 불빛 사이로 검정색 물체가 쓰러져 있는 것이 보였다. 그 물체가 사람이라는 것을 바로 눈치챈 남시보 순경은 급히 브레이크를 밟았다. 잠시 눈을 붙이고 있던 김 경사는 급정거에 몸이 앞으로 쏠렸고, 뒤로 젖혀지며 창문에 세게 머리를 부딪쳤다. 다행히 안전벨트를 매고 있어 큰 부상은 없었다.

남 순경은 비상등을 켜고 내려 횡단보도 쪽으로 달려갔다. 그의 갑작스러운 행동에 놀란 김 경사는 그 모습을 그저 바라만 보고 있었다.

　김 경사는 뒤늦게 머리에 통증이 느껴졌는지, 손으로 머리통을 만지며 조심히 차에서 내렸다. 그러고는 뒷좌석에 있던 경광봉을 꺼내 흔들며 남 순경이 쪼그려 앉아 있는 곳으로 향했다. 다행히 새벽 시간이라 지나는 차량은 없었다.

　"남 순경! 무슨 일이야? 뭐가 있는 거야?"

　"네?"

　"아니, 거기서 뭐 하냐고? 뭐가 있어? 뭘 보고 있는 거야?"

　쪼그려 앉아 있던 남 순경은 김 경사를 보고 천천히 몸을 일으켜 말했다.

　"여기 안 보…… 아, 아닙니다. 제가 뭘 잘못 본 듯합니다. 어서 가시죠. 김 경사님, 지금 몇 신지 알 수 있을까요?"

　"지금? 어…… 01시 10분이네. 왜?"

　"야아, 벌써 하루가 또 지났네요. 아, 피곤하다! 어서 가시죠."

　남 순경은 다시 고개를 숙여 뭔가를 보더니, 기지개를 펴며 너스레를 떨었다.

　"뭐야! 지금 장난해? 왜 갑자기 차를 세운 거냐고 묻잖아?"

　"그게 갑자기 차 앞으로 뭐가 휙 지나가서…… 저도 모르게 차를 급정거했습니다. 죄송합니다."

　"뭐? 도심에 멧돼지라도 나온 건가? 그런 거야?"

　"아니, 그…… 혹시나 해서 확인해 봤는데 아니더라고요. 제가 잘못 본 것 같습니다."

　"참……. 그렇다고 그렇게 브레이크를 꽉 밟으면 어떡해? 여기 봐. 피 안 나?"

김 경사는 자신의 옆머리를 손가락으로 가리키며 말했다.

"어디 말입니까? 어디?"

"여기! 여기 아프다고. 아, 부어올랐잖아. 이래서 내가 운전을 아무한테나 못 맡긴다니까!"

"죄송합니다, 사수. 한 번만 봐주세요. 넹?"

"아이구, 나이도 많은 넘이 애교는……. 징그러워! 어서 가자. 내가 운전한다."

"넵! 감사합니다."

남시보는 순찰차 조수석에 앉아, 오늘로부터 일주일 뒤 같은 시간에 휴대폰 알람을 설정했다. 그리고 하루 전과 1시간 전 알람을 추가로 설정해 놓았다.

남 순경이 본 것은 멧돼지가 아니었다. 순찰차에서 내려 횡단보도로 달려왔을 때, 그곳엔 70대 정도 되어 보이는 할머니가 쓰러져 있었다. 머리와 입에선 피가 흘러내리고 있었으며, 팔과 다리가 꺾여 있었다. 아무래도 뺑소니 차량에 치어 방치되었다가 죽은 것으로 보였다.

시체가 김 경사에게 보이지 않는다는 사실을 알고 환영임을 확신했다. 그 순간, 재빨리 할머니의 눈을 확인했던 것이다. 역시나 눈에 남은 잔상에는 차의 헤드라이트 불빛이 환하게 비추고 있었다. 남 순경은 뺑소니 사고로 이 시간에 여기서 죽었다면, 대략 10여분 전에는 이곳에 도착해야 할머니를 구할 수 있다는 계산이 섰다.

남 순경은 휴대폰 알람을 설정하며, 장소와 시간 그리고 사람에 대해 간략하게 메모해 놓았다.

교차로 횡단보도가 저 멀리 보이기 시작할 때, 12시 방향에서 할머니 한 분이 인도 옆 4차로로 리어카를 끌며 힘겹게 걸어오고 있었다. 횡단보도 신호엔 녹색 불이 켜져 있었고, 시간은 00시 50분을 막 지나고 있었다.

남시보는 리어카를 끌고 오는 저 할머니가 그날 본 시체임을 직감했다. 조급한 마음이 든 그는 할머니를 향해 더 빨리 달리기 시작했다. 가능한 한 시체를 본 현장으로부터 먼 곳에서 막아야 했기 때문이다. 할머니가 횡단보도를 건너기 전에 어떻게든 막아야 한다.

자동차 신호등이 노란색으로 바뀌고 이내 적색 신호가 되었다. 횡단보도 신호등은 초록색으로 변경되었지만 서서히 보행등 숫자가 줄어들고 있었다. 다행히 할머니는 리어카를 끌고 있어 이번 신호에는 건너지 못할 것 같았다.

"어!"

그런데 그때, 할머니가 횡단보도에 다다르기도 전에 갑자기 3차선 안으로 들어서는 것이 아닌가! 남시보는 황급히 큰 소리로 할머니를 불렀다. 횡단보도 근처에 왔을 때 2시 방향에서 헤드라이트 불빛이 아주 작게 보였다. 예측했던 시간보다 일찍 사고가 발생할 것 같았다. 여기서 조금만 늦으면 사고를 막지 못할지도 모른다. 할머니는 경찰복을 입은 남시보를 보더니, 더 빠른 걸음으로 도로를 건너 이내 중앙선까지 넘어서 버리고 말았다.

신호등 불빛은 아직 초록색이었지만, 신호등 숫자 표시등은 11을 나타내고 있었다. 양방향 4차선, 총 8차선의 넓은 도로이기에 짐이 한가득 실린 리어카를 끄는 할머니가 건너기엔 너무 짧은 시간이었다. 남시보는 횡단보도를 지나 할머니가 있는 곳으로 황급히 달려갔다.

"으윽!"

그때 머리 통증을 느낀 남시보는 잠시 주춤거리더니, 다리에 힘이 풀려 휘청거리다 멈춰 섰다.

시체를 본 현장에서 시체의 당사자를 구할 때마다 매번 머리에 심한 통증을 느꼈고, 생명을 구하는 횟수가 늘어날수록 통증의 강도는 더 심해져만 갔다. 그동안 시체 환영을 본 현장에서 시체 당사자를 만나면 기절했던 것과 같은 맥락이었지만, 요즘엔 다행히 기절까지는 가지 않았다.

남시보는 양손으로 머리를 감싸 쥐며 눈을 질끈 감았다. 아주 잠깐이었지만 할머니 시체 환영이 눈앞에 보였다. 시체 환영이 점점 선명하게 보이자, 눈앞이 흐려지면서 머리 통증도 더욱 심해지기 시작했다. 한 발자국도 앞으로 나아갈 수 없는 고통이었지만, 여기서 멈추면 할머니를 구할 수 없다는 생각 하나로 겨우겨우 눈을 떴다.

다리에 힘이 풀려 휘청거리면서도 온힘을 다해 한 발 한 발 발을 내딛었다. 그러자 차츰 머리의 통증이 나아지는가 싶더니, 뿌옇던 시야도 다시 맑아지기 시작했다. 순간, 자동차 헤드라이트 불빛이 더 밝고 강하게 비춰지는 것이 느껴졌다. 보행자 신호등 숫자는 1로 바뀌었고, 달려오는 차는 도무지 멈출 기미를 보이지 않았다. 순간 온몸에 전율이 느껴진 남시보는 자신도 모르게 몸을 던져, 할머니가 끌고 가던 리어카 뒷모서리 부분을 겨우 붙잡았다.

덜컹!

갑자기 멈춰 선 리어카에 할머니는 몸을 지탱하지 못하고 휘청거리다 자리에 주저앉았다. 헤드라이트 불빛은 순식간에 할머니 옆을 지나 사라져 버렸고, 자동차가 남긴 세찬 바람에 할머니의 머리카락이 힘없이 휘날렸다.

다행히 할머니는 무사했다. 그리고 남시보는 이번에도 큰 문제 없이 생명을 구했다. 바닥에 넘어지는 그 짧은 순간에도 경찰의 의무를 잊지 않고, 쏜살같이 지나쳐 간 자동차 번호판을 확인했다. 누가 봐도 규정 속도위반이며, 신호 위반이었다.

새벽이라 어두웠지만 횡단보도 가까이 가로등이 밝게 비추고 있어 간신히 차량 번호를 볼 수 있었다. 차량 번호는 '271라 3124'였다. 검은색 차량이었고, 모델은 그랜저였다. 순간이었지만 남시보의 눈에는 선명하게 들어왔다. 시체를 보는 능력으로 사람을 구하기 시작하면서 또 다른 능력이 생겼기 때문이다. 아니, 길러졌다고 해야 맞다. 찰나의 순간을 기억하는 기억력이 아주 좋아졌다. 사진을 찍어 바로 출력하듯 짧은 순간 본 장면조차 뇌리에 생생하게 남았다. 단, 그 기억이 오래가지는 못했다. 그래도 짧은 순간 속의 현상이나 물체 등을 남들보다 자세히 볼 수 있으니 꽤 괜찮은 능력이었다.

남시보는 자리에 주저앉은 채로 휴대폰에 차량 번호와 모델명을 적으며 생각했다.

'이놈, 조금만 기다려라. 넌 이제 나한테 죽었다. 크하하!'

그리고 곧바로 할머니에게 다가가 괜찮은지 상태를 확인했다.

"할머니, 괜찮으세요?"

다친 곳은 없어 보였지만, 많이 놀란 듯 정신을 차리지 못하는 모습이었다.

"많이 놀라셨죠? 어서 일어나세요. 여기 계시면 더 위험합니다."

남시보는 주위를 살핀 뒤 할머니의 양어깨를 잡아 힘겹게 일으켜 세웠다.

"괜찮으신 거죠? 리어카는 제가 끌 테니 어서 인도로 나가세요, 할머니."

아무 말 없이 고개를 끄덕인 할머니는 인도로 걸어가는 동안 힐끔힐끔 남시보를 쳐다보았다. 인도까지 리어카를 끌고 온 남시보는 할머니에게 집이 어디인지 물었다.

"미안혀, 경찰 총각. 시방, 신호가……."

"네, 압니다. 그래도 다음부터 조심하세요. 아무리 급해도 횡단보도까지 오셔서 건너시고요. 아셨죠?"

"그…… 시방, 그게……. 경찰 총각, 딱지는 떼지 않을 거지?

나 돈 읎써. 이 늙은이가 돈이 어디 있간디? 딱지 떼면 안 디야?"

"네네, 걱정 마세요. 과태료 청구는 안 할…… 딱지는 안 뗄 거예요. 걱정 마세요. 그보다 어디 다치지는 않으셨어요?"

"아휴, 고맙구먼. 증말 고맙구먼. 난 괜찮어. 인자 들어가. 혼자 갈 수 있으닝께."

"제가 집까지 모셔다드릴게요. 어디 사세요? 제가 리어카 끌고 뒤따라가겠습니다."

"아이고, 그랄 필요까진 없는디……. 고맙구먼, 경찰 총각."

"대신 앞으로는 절대 무단 횡단하시면 안 됩니다. 아셨죠?"

"으응, 그려. 알겠구먼."

앞장서 가는 할머니 뒤로 남시보가 리어카를 끌며 따라갔다.

집 앞에 도착하자, 대문 앞에 쪼그려 앉아 있던 중년 남성이 벌떡 일어나 남시보를 힐끔 쳐다보더니, 아무 말 없이 할머니를 데리고 2층 연립 주택 대문 안으로 들어갔다. 그러고는 곧장 지하 계단으로 내려가 반지하 현관문을 열고 쾅 소리가 나도록 닫아 버렸다. 경찰관이 할머니를 모시고 왔으면 무슨 일이 있었는지 물어보는 것이 정상일 텐데, 그저 쳐다만 보고 가는 것이 괜히 꺼림칙했다. 그래도 또 한 명의 생명을 살렸다는 뿌듯한 마음으로 지구대로 발길을 돌렸다.

'그 뺑소니범…… 아니, 아니지. 할머니를 살렸으니 뺑소니범은 아니다. 여하튼 그놈은 아무런 처벌을 받지 않게 됐으니 나한테 절이라도 해야 할 텐데……. 그런 놈을 그냥 둬도 될까? 혹시 또 다른 사고를 내지는 않았을까?'

남시보는 위험한 상황에서도 멈추지 않고 내달린 그 차가 신경 쓰였다. 사고 현장에 CCTV가 없어 처벌할 방법은 없었지만, 있었더라도 사실 과태료 부과밖엔 할 수 있는 게 없었다.

'어떤 놈의 차량인지 확인이라도 해 볼까?'

잠시 고민하던 남시보는 그제야 휴대폰을 확인했다. 언제부터 전화벨이 울렸는지 부재중 전화가 5통이나 와 있었다. 그것도 사수로부터 말이다.

　·∙●∶

"민 팀장님, 피살자 부검 결과 나왔습니다."

"그래, 어떻게 나왔어?"

"네. 두정골* 파열과 다리, 팔 여러 곳에 칼로 베인 상처들이 다수 있었다고 합니다. 사인은 과다 출혈로 인한 사망으로 나왔습니다."

"과다 출혈? 뭐야? 그럼 바로 죽은 게 아니라 방치되어 있다 죽었다는 소리 아냐?"

"예, 맞습니다. 그리고 바지가 벗겨져 있어 성폭행 여부도 확인해 봤지만 그건 아니라고 합니다. 바지를 벗긴 이유가 그 문양을……"

"아! 역시 그렇군. 동일범의 짓이 확실하네. 이번에도 범인의

＊　**두정골** : 머리 꼭대기와 측면을 구성하는 두개골

흔적은 없었고?"

"지문이나 타액, 혈흔, 모발 뭐 하나 나온 게 없다고 합니다."

"그래……. 아, 특별 수사본부 구성하는 건 보고드렸다. 피해자 부검 결과 나오면 바로 진행하겠다고 말씀드렸어. 젠장, 본부를 설치하자고 했을 때 빨리 했으면 좋았잖아. 꼭 이렇게 머릿수를 채워야 하니……."

"어쩝니까? 일 크게 안 만들려고 그러는 걸. 항상 일이 터져야 막는 시늉을 하는 게 녹 먹는 양반들 하는 짓 아닙니까? 그리고 뭐, 저희는 거기에 따라야 하는 똥개고요."

"뭐? 똥개? 야! 비교를 해도 꼭……. 사건 브리핑해야 하니깐 사건들 모두 정리했으면 보고서 작성해서 넘겨."

"아, 네. 이번 사건만 좀 더 보충해서 드리겠습니다."

강남에서 일어난 살인사건의 범인이 앞서 일어났던 두 건의 살인사건과 동일범이라는 사실이 밝혀졌다. 이번에도 왼쪽 허벅지 뒤쪽에 별 문양의 표식이 부검 중에 드러난 것이다.

지금까지 밝혀진 피해자의 공통점은 '20대 여성'이라는 것과 시신 몸에 '별 문양의 표식'이 남겨져 있다는 것, 살인사건 발생 주기가 거의 한 달 만이라는 점이다. 그리고 아직 목격자가 없다. 범인을 입증할 수 있는 지문이나 침, 땀 같은 타액도 전혀 찾아볼 수 없었고, 코털처럼 아주 작은 모발조차 범인은 흔적을 남기지 않았다.

안타깝게도 세 번째 피해자가 발생한 후에야 특별 수사본부를 꾸릴 수 있었다. 민우직 경정은 첫 번째 피해자가 발생했을 당시, 이번 사건이 연쇄 살인사건으로 이어질 가능성이 높다고 판단되어 상부에 보고를 올렸다. 그러나 내려온 답은 관할서에 우선 맡기자는 것이었다. 경찰청장까지 보고가 올라간 것도 아닌, 차장 선에서 브레이크가 걸린 채로 말이다. 민 경정은 관할 경찰서와 수사 공조를 원했지만, 그것마저 관할 경찰서의 반대로 개별 수사를 진행할 수밖에 없었다.

민 경정은 연쇄 살인으로 이어질 경우를 대비해 특별 수사본부 구성을 미리 준비하고 있었다. 팀 구성을 위해 각 부서 구성원 차출 여부를 미리 검토했고, 차출 협조 공문까지 각 부서에 보낼 준비를 완료해 놓은 상태였다. 안타깝게도 첫 살인사건으로부터 많은 시간이 흘러 버렸지만, 다시 한번 보고서를 올린 뒤 윗선의 결재를 기다리고 있었다.

"팀장님, 보고서 올리셨습니까? 언제 브리핑하실 겁니까?"

"보고는 드렸어. 오늘 안으로 브리핑해야지. 결재 나면 바로 부서별로 차출 협조 공문 보내고 팀 꾸린다. 본부는 강남 경찰서로 알아보고 자리 마련해 달라고 요청해. 알았지?"

"예. 결재 나면 바로 공문 보내고 전화도 넣어 놓겠습니다. 근데 광수대에서는 저랑 팀장님만 차출 명단에 있던데 어떻게 된 겁니까?"

"다른 사건들도 많은데 그럼 어떡해? 어쩔 수 없었어. 상부에서 더는 인원 차출을 못 해 주겠다잖아. 왜? 빠지고 싶어?"

"아……. 아닙니다. 그런 게 아니라…….."

따르릉. 따르릉.

그때 민 경정 책상 위에 놓인 전화기에서 벨이 울렸다.

"네, 광수대 민우직……."

"나야."

"아! 네, 과장님."

"지금 청장님이 들어오라신다. 준비해."

"네, 알겠습니다. 바로 올라가겠습니다."

심각한 표정으로 수화기를 내려놓은 민 경정은 피식 하고 가볍게 웃으며 말했다.

"바로 브리핑하라신다. 파일은 여기, USB도 여기 있고……
보고서 여기 있고. 음, 됐다. 그럼 갔다 올게."

"예, 팀장님. 세팅 다 해 놓고 기다리겠습니다. 신호만 주시면
바로 시작하겠습니다."

"좋아. 시작해 보자고."

제2화

연쇄 살인사건

"남 순경! 어디에 있다 이제야 나타나?"

"죄송합니다. 무슨 일이라도……."

"야! 아까 못 봤어? 그 순간에 어디로 내뺀 거야? 괜히 나만…… 휴우."

"무슨 일 있으셨어요?"

"말도 마. 아주 진상이 그런 진상이 없었어. 지 마누라를 왜 여기 와서 찾는지……. 가출 신고를 하라고 했더니 버럭버럭 화만 내지 뭐야? 하아, 겨우 진정시켜서 집으로 돌려보냈다고. 이거 교대도 못 하고……. 근데 넌……."

"아! 죄송합니다. 갑자기 일이 생겨서……."

"무슨 일?"

"아……. 그게……."

나는 아무 말도 하지 못하고 애먼 머리만 만지작거렸다.

"오호, 또 이러네. 가끔씩 이런단 말이지. 남 순경, 너 혹시…… 투 잡 뛰어? 혹시나 하는 말인데 알바 정도만 해라. 걸리면……."

"아, 아닙니다. 그런 거 아니에요. 사실…… 어, 부모님이 가끔 불쑥 올라오셔서 그렇습니다. 연락하고 올라오시라고 말씀을 그렇게 드렸는데도 매번 연락 없이 올라오시네요. 아하하……. 죄송합니다, 사수."

"그래? 야, 그러면 말을 하고 가야지. 그 정도는 보내 줄 수 있다고. 다음부터는 미리 보고하고 사라져. 알았어?"

"예, 앞으로 그러겠습니다. 사수, 교대하고 요 앞 포장마차에서 한잔 어떠세요?"

"그래? 그럼 네가 사는 거다?"

"에? 어, 네, 그렇죠."

"오케이!"

남시보는 자신에게 일어나는 현상을 솔직히 말할까 여러 번 고민했지만, 사수 성격에 쉽게 받아들일 것 같지 않았다. 그리고 지금까지 겪어 본 바로는 도통 신뢰가 가지 않아 비밀을 지켜 줄지도 의문이었다. 덕분에 이런 일이 생길 때마다 술로 환심을 사 무마하고 있다. 내일이 비번이라 술이 땡기기도 했지만, 앞으로 몇 달 편하게 일을 볼 수 있도록 미리 약 좀 쳐 놓는다고 생각하기로 했다.

"남 순경, 뭐 해? 어서 옷 갈아입고 가자. 아, 맞다. 어제 음주운전 뺑소니 사건 경과 보고서는 올렸어?"

"아……. 깜박했네요. 바로 올리겠습니다. 작성은 해 놨는데…… 죄송합니다."

"자꾸 왜 그래? 작성은 한 거 맞지?"

"네. 출력해서 바로 결재 올리겠습니다."

"오케이. 그럼 나 먼저 옷 갈아입고 밖에서 기다린다. 빨리하고 나와."

"금방 하고 나가겠습니다."

어제 있었던 음주 운전 뺑소니 사건은 당일 피의자에 대한 수사 결과와 수사 관계 서류, 송치 의견을 취합해 보고하고 검찰에 송치한 상태였다. 이제 경과 보고서만 작성해 결재를 받으면 되는데, 오전에 처리한다는 것을 깜박하고 잊고 있었던 것이다. 나는 서둘러 경과 보고서를 출력해 팀장님 자리에 올려놓았다.

옷을 갈아입고 나와 보니 사수는 여자 친구와 통화를 하고 있었다. 싸우는지 살짝 격앙된 목소리 때문에 멀리서도 통화 내용이 다 들렸다. 내가 나온 걸 뒤늦게 본 사수는 급히 전화를 끊으며 말했다.

"이제 나와?"

"왜 그렇게 서둘러 끊으세요? 형수님 전화 아니었어요?"

"어? 들었어? 아니야. 얘기 다 했어. 보고서는 올렸고?"

"예. 팀장님이 안 계셔서 자리에 올려놓고 나왔습니다."

"그래? 그럼 가자."

"형수님이랑 싸우셨어요?"

"아니, 아니라니까. 그냥…… 아니야. 가자, 빨리."

우리는 지구대 식구들이 자주 가는 뒷골목의 포장마차로 갔다. 번화가로 가는 길목 초입에 위치하고 있는데, 밤 10시에 열어 오전 6시까지 새벽 영업을 하는 곳이었다.

술이 몇 잔 들어가자, 사수는 여자 친구에 대해 얘기하기 시작했다.

"야, 남 순경. 여친이 계속 결혼하자고 해서 미치겠다."

"그래요? 그럼 좋은 거 아니에요?"

"좋은 거지. 그래, 맞아. 아주 미치게."

"그런데 왜요?"

"넌 아직 모르겠지만…… 아니, 아니지. 미안. 내가 자꾸 네 나이를 깜빡한다. 하하. 솔직히 우리 나이에 결혼은 너무 이르잖아. 안 그래? 아직 즐길 때잖아. 그리고 뭘 해 놓은 것도 없는데 결혼부터 하자고 하니, 안 미치겠어? 요새 계속 결혼 타령에 살 수가 없다. 아까도 자기 부모님이랑 식사하자고 졸라 대서 일 핑계로 빨리 끊은 거야."

"아, 네……. 꽤 오래 연애하지 않으셨어요?"

"그렇지. 5년 됐지."

"근데 아직까지 부모님 상견례도 안 하신 거예요?"

"상견례? 야! 부모님 만나면 그때부터 결혼 준비해야 해. 내가 온갖 핑계를 대며 어떻게 피했는지…… 넌 그 심정 모를 거다. 자식아! 너도 결혼할 사람 만나 봐라. 알게 된다."

"아…… 네. 그런데 사수……."

"남 순경, 결혼하려면 살 집은 있어야 할 거 아니야."

"어······. 그렇죠."

나는 다른 주제를 꺼내 보려 했지만 사수는 계속해서 결혼 얘기를 이어 갔다. 경찰 월급으로 전셋집 구하는 일이 얼마나 힘든지 아냐는 둥, 여자 친구는 그런 것도 모른다는 둥, 대출로도 해결할 수 없는 현실 등에 관한 하소연을 잔뜩 쏟아 내더니 사수는 연달아 소주를 들이켰다. 안주는 먹지 않고, 잔에 소주를 가득 따라 한 번에 목 안으로 털어 넣기만 반복했다.

"안주 좀 드시면서 마시세요."

"됐어. 술이 쓰냐? 인생이 쓰지. 남 순경, 결혼은 꼭 해야 하는 거냐? 응?"

그로부터 2시간이 지났을까? 우리 테이블에는 소주병이 일곱 병이나 비어 있었고, 한 병은 반 정도가 남아 있었다. 아마 여기 다섯 병은 전부 사수가 마셨을 것이다. 사수는 혀가 꼬여 무슨 얘기를 하는지도 알아들을 수 없는 지경이었지만 쉴 새 없이 말을 했다. 겨우겨우 말리고 설득한 후에야 택시를 태워 집으로 보낼 수 있었다.

사수 얘기를 듣느라 제대로 술을 즐기지 못한 것이 못내 아쉬워, 나는 다시 포차로 돌아왔다. 닭발 안주와 소주 한 병을 더 시킨 뒤 사수가 물었던 '연애는 해 봤냐?'라는 질문을 혼자 곱씹어 보았다. 어느덧 3년이나 지나 버린, 소담 씨와 함께했던 날들이 떠오른다. 그러다 그녀를 떠나보낸 마지막 날로 기억이 접어들자 나도 모르게 눈물이 흘러내렸다.

"오빠…… 미안…… 해요. 이제…… 아빠를 만나고 싶어요."

"오빠는…… 특별한 사람이에요. 흐으……, 오빠가 가지고 있는…… 그 능력으로 더 많은…… 사람들을 구해 주…… 주세요. 너무 슬퍼…… 하아, 하지…… 말아요. 자…… 자책하지…… 하아, 마요. 그리고 고마워……."

"소담 씨, 소담 씨! 눈 좀 떠 봐요! 안 돼요! 안 된다고!"

그녀가 마지막으로 남긴 말은 아직도 생생하게 내 머릿속에 남아 있다. 1년 전까지만 해도 어둡고 조용해진 방에 누우면 그녀의 음성이 들리는 듯한 착각이 들어 눈물을 흘리며 잠들곤 했다. 하지만 이제는 술이나 마셔야 그녀의 음성을 들을 수 있다.

나는 소주 한 병을 다 비우지 못하고 자리에서 일어나 포장마차를 나왔다. 사수와 마신 양까지 하면 만만치 않았지만, 정신은 오히려 더 또렷했다. 그러나 생각과 달리 몸은 그렇지 않은 듯 이리저리 휘청거릴 뿐이었다.

지금 살고 있는 집은 지구대에서 그리 멀지 않아, 술도 깰 겸 집까지 천천히 걸어갈 생각이었다. 그러고 보니 그날도 초여름 밤이었구나. 소담 씨와 술자리를 함께하고 그녀의 집까지 함께 걸었던 그날……. 아, 이제 그만해야지. 나도 모르게 또 눈물이 흐르고 있었다.

눈물을 털어 내고 내일 해야 할 일을 생각하던 그때, 늘 지나던 길 옆 좁은 골목에 한 여자가 벽에 기댄 채로 앉아 있었다. 이 새벽에, 그것도 어두운 골목에 앉아 있는 것을 봐서는 술에 취해 잠들어 있는 것 같았다. 그냥 모르는 척하는 것은 경찰의 도리가 아닌 듯해, 여자를 깨워 집으로 귀가시키려 했다.

그런데 여자가 앉아 있는 곳으로 가까이 다가갈수록, 왠지 모를 이상하고 오싹한 기운이 느껴졌다. 이 익숙한 기운은 설마…….

"……!"

설마 했는데 여자는 술에 취해 잠든 것이 아니었다. 머리엔 피가 묻어 있었고, 고개 숙인 얼굴엔 얼핏 보기에도 흉측하게 부어오른 이마와 눈 주위 피멍이 선명하게 드러나 있었다. 나는 혹시나 하는 마음에 코 밑에 손을 대어 보았다. 콧바람이 느껴지지 않는다. 목 경동맥을 찾아 맥박을 확인해 봤지만 역시 느껴지지 않았다. 그저 싸늘하게 찬 피부만 느껴질 뿐이었다. 시체였다.

바로 휴대폰을 꺼내 지구대로 연락을 하려던 그때.

'진짜 시체일까?'

불현듯 그런 생각이 들었다. 혹시 시체 환영은 아닐까? 하지만 그렇다기엔 눈에 너무 선명하게 보인다. 그리고 피부 촉감도 느껴졌다. 그럼 아닌 것 같은데……. 확실하게 알기 위해선 눈을 보는 방법밖에 없었다. 고개를 숙이고 있는 시체 눈동자를 보기 위해, 나는 무릎을 꿇고 앉아 그녀의 얼굴을 자세히 살펴보았다.

"윽…….."

똑바로 쳐다보기 힘들 정도의 모습이라, 나도 모르게 얼굴을 찌푸리며 눈을 감고 말았다. 나는 잠시 숨을 고른 후 다시 그녀의 눈을 바라보았다. 한쪽 눈은 심하게 부어 있어 눈동자가 보이지 않았고 한쪽 눈은 그나마 무사해 눈동자를 볼 수 있었다.

뭐지? 눈에 잔상이 보인다. 그럼 시체 환영이란 말인가? 내가 또 초자연 현상을 보고 있다고? 그런데 왜 이렇게 진짜 시체 같지. 분명 피부의 촉감이 느껴졌다. 처음부터 냄새는 맡을 수 있었지만…….

곰곰이 생각해 보니, 한 번도 직접 만져 볼 생각을 하지 못했던 것 같다. 끔찍하게 훼손된 시체였기에 지금까지는 그럴 엄두를 내지 못했던 것이다. 경찰이 되고 살인사건 현장에서 시체를 본 후에야, 시체 환영을 직접 만져 보기 시작했다.

그래, 그랬다. 일주일 전 할머니의 시체 환영도 이렇게 진짜 시체처럼 느껴졌었다. 그때 사수가 아니었으면 실제 존재하는 시체로 착각해 신고를 했을지도 모른다. 나에게 또 다른 변화가 생긴 걸까? 아니면 서서히 향상되고 있는 능력을 몰랐던 걸까. 환영에서도 오감을 느낄 수 있으니 이젠 실제를 구별하려면 정말 눈밖에…… 아, 맞다! 눈!

나는 정신을 차리고 급히 시체 환영의 눈을 들여다보았다. 한쪽 눈동자에 비친 잔상 속에는 한 남자의 얼굴이 선명하게 드러나 있었다. 그 남자는 얼굴이 붉으락푸르락했으며, 주먹 쥔 손을 치켜들고 있었다.

휴대폰을 꺼내 지금 시각을 확인하고 알람을 설정했다. 04시 20분. 아마 04시 전후로 일어난 살인사건인 듯했다. 아니면 폭행을 당한 후 여기까지 걸어와 죽은 것일지도 모른다는 생각이 들었다. 떠오르는 것들을 모두 메모해 두었다.

여자의 눈에 비친 남자는 다름 아닌, 어젯밤 아내를 찾아내라며 소란을 피웠던 그 남자였다.

하지만 이번 사건은 시간을 맞춰서 온다고 해도 생명을 구할 수 있을지 장담하긴 어려웠다. 이 여자는 폭행을 당해 사망했을 가능성이 높다. 이번에도 남편에게 속수무책으로 맞다, 겨우 도망쳐 이곳까지 온 듯했다. 도망은 쳤지만 폭행 후유증으로 사망한 것이라 생각되었다. 그렇다면 이 사단이 발생하기 전에 남편으로부터 부인을 구해야 한다는 답이 나온다. 하지만 어떻게? 방법이 떠오르지 않았다.

그러고 보니, 요즘 들어 시체 환영이 실재처럼 느껴지는 경우가 잦았다. 사건 현장에서 시체를 본 이후로는 환영과 실제를 구분하기가 쉽지 않았는데, 실제 시체에서 느꼈던 오감이 초자연 현상에서 본 시체와 동일하게 느껴졌기 때문이다. 상황이 그런지라 매번 주변 사람들의 눈치를 볼 수밖에 없었다. 이번에도 시체 눈동자에서 잔상이 보이긴 했지만, 확신이 서지 않아 주변 사람에게 다시 확인을 받는 것이 좋을 것 같았다.

마침 양복 차림의 남자 두 명이 비틀거리며 이쪽으로 오고 있었다.

"저기, 선생님들. 죄송합니다."

"어? 뭐요? 누구?"

어두운 골목에서 갑자기 사람이 나타나자 놀란 남자는 눈을 껌벅거리며 나를 쳐다보았고, 그 옆에 있던 다른 남자는 친구의 팔을 붙잡았다.

"아, 놀라셨어요? 죄송합니다."

"아이고, 놀래라. 난 또 귀신인지 알았네."

"죄송한데 하나만 여쭤보려고요. 선생님들, 저기 앉아 있는 여성분이 보이십니까?"

"얘 뭐래?"

"몰라. 여자가 보이냐는데? 넌 보이냐?"

비틀거리며 간신히 몸을 지탱하고 있던 두 남자는 내가 가리키는 곳을 유심히 바라보았다.

"여자? 어디? 뭐야, 이 사람?"

"별 미친놈을 봤네."

"저기…… 안 보이시죠?"

"야, 젊은 양반이 미쳐…… 아, 술 취했구나? 이 양반아, 술 취했으면 집에 얼른 들어가 잠이나 자. 어디서 어른을 놀려?"

"그러게 말이야 어린놈의 자식이. 깜짝 놀랐네."

그들은 땅바닥에 침을 '퉤' 하고 뱉더니 쌍욕을 하면서 비틀비틀 걸어갔다. 가면서도 몇 번이나 뒤를 돌아보며 "간만에 미친놈을 다 보네." 하고 크게 웃었다. 그들 딴에는 혼잣말을 한다고 생각했겠지만, 욕하는 목소리는 골목을 벗어나는 내내 계속해서 들려왔다.

나보다 한참은 더 취한 분들이 참……. 아무튼 시체 환영이 분명하다는 것을 확인했으니 일주일…… 아니, 그전에 방도를 찾으면 된다.

벌써 5시가 다 되어 가고 있었다. 어두웠던 하늘에 푸르른 빛이 물들어 초저녁 같은 느낌이 들었다. 해가 뜨기 전에 집에 가서 눈을 좀 붙이기 위해, 나는 종종걸음으로 걸었다.

"팀장님, 다들 모였습니다. 상황실로 가시죠."

"먼저 가 있어. 검사님 오시면 모시고 갈게."

"예, 알겠습니다."

서울 지방 경찰청 광역 수사대 민우직 경정은 총 3건의 살인사건 내용을 상부에 보고하고, 연쇄 살인사건 전담 특별 수사본부 설치 건을 결재받았다. 곧바로 각 부서에 팀원 차출 협조 공문을 보내고, 담당 검사를 직접 만나 사건에 대한 내용을 상세히 설명했다.

이번 사건은 민우직 경정의 요청으로 한서율 검사가 맡게 되었다. 한 검사는 3년 전 채비로 계장과 김범진 경위가 저지른 살인사건 관련으로 인연이 있었다. 당시 살인사건 외에도, 채비로 계장 부친인 국회의원 채이돈 의원과 정계 인사들 간의 뇌물 수수 비위 건을 함께 수사했었다.

"민 팀장님, 죄송해요. 공판이 좀 늦어져서."

단발머리에 검정 정장 차림의 여자는 한 손에는 서류 가방을, 다른 한 손에는 텀블러를 들고 있었다.

"아닙니다, 검사님. 이제 가시면 됩니다."

"아직 안 늦었나요?"

"네, 이제 저희만 가면 됩니다."

"아! 이런……. 죄송해요."

한 검사와 민 경정은 서둘러 상황실로 갔다.

상황실에서는 현재까지의 진행 상황에 대해 안민호 경위가 간략히 설명을 하고 있었다. 서울 지방 경찰청 형사과에서는 최우철 경위와 나상남 경사, 정보과에서 박민희 순경이 자리하고 있었고, 과학 수사대에서는 범죄 분석계 팀장 도민 경감과 과학 수사계 나영석 경위가 차출되어 참석했다.

"안녕하십니까. 늦어서 죄송합니다. 안 형사, 진행 상황 공유했지?"

민 경정은 상황실 문을 열고 들어오며 큰 소리로 인사했다. 그 뒤로 한 검사가 뒤따라 들어와 섰다.

"예, 팀장님. 공유했습니다."

"이미 사건 경과 기록들은 다 확인하고 왔습니다. 민우직 팀장님, 안녕하셨습니까?"

도 경감은 자리에서 일어나 민 경정에게 다가왔다.

"아이고, 네에. 도 경감님, 어서 오십시오. 이렇게 뵙다니 영광입니다."

"아니, 영광까지……."

민 경정은 도 경감에게 악수를 청했고, 두 손 잡아 악수하는 민 경정에게 도 경감도 머리 숙여 인사했다.

"아! 저희 팀원들 소개해드리죠. 여기는……."

"괜찮습니다, 팀장님. 미리 팀원들 명단 받아서 다 숙지하고 왔습니다. 아, 여기는 나영석 경위라고 함께 이번 사건을 맡을 프로파일러입니다. 아직 프로파일링 경력은 짧지만 국과수(국립 과학 수사 연구원)에서 유능한 인재로 인정받은 수재이기도 하고요. 이번에 과학 수사대로 제가 데리고 왔습니다."

"아, 네. 반갑습니다. 민우직입니다. 이번 특수본 총괄 팀장입니다. 잘 부탁합니다."

나 경위는 앞으로 나와 민 경정과 악수했다.

"반갑습니다. 나영석 경위라고 합니다. 저도 미리 파악하고 와서 알고 있으니, 제 이름만 잘 기억해 주십시오."

"야아, 과학 수사대에 계신 분들은 다 이렇게 철두철미하십니까? 아! 이런, 소개가 늦었네요. 검사님, 앞으로 나오시죠."

도 경감과 인사를 나누던 민 경정은, 고개를 돌리다 뒤늦게 한 검사가 있었다는 것을 깨닫고 급히 앞으로 나오게 했다.

"제일 먼저 소개해드렸어야 했는데……. 여기 한서율 검사님도 아시겠네요, 도 경감님."

"네, 알고말고요. 유명 인사 아니십니까. 안녕하십니까. 과학 수사대 범죄 분석계 팀장 도민 경감입니다."

"안녕하십니까. 과학 수사계 나영석 경위입니다. 반갑습니다, 검사님."

"네, 반갑습니다. 서울 지검 특수2부 한서율 검사라고 합니다. 제가 그렇게 유명한가요?"

"그럼요. 한번 뵙고 싶었습니다. 이렇게 실물을 직접 뵙게 돼 영광입니다."

"야아, 이거 프로페셔널한 분들만 모였군요. 우리 강력계가 좀 더 분발해야겠습니다. 안 그래?"

"네? 아……. 네."

강력계 형사들은 머뭇거리며 대답했다. 그것이 못마땅했던 지, 나 경사는 굳은 표정으로 자리에서 일어섰다.

"왜 이렇게 목소리가 작습니까? 강력계 형사 아닙니까! 저희 능력을 제대로 보여드리겠습니다!"

"오호, 좋아. 우리 나 경사, 역시."

"반갑습니다, 검사님. 서울 지방 경찰청 소속 강력계 형사 나 상남 경사입니다. 반드시 제 손으로 살인범 그 자식을 잡고 말 겠습니다."

"나 형사, 그 말 믿어도 되지? 딴말하기 없기다."

"물론이죠, 최 형사님. 나상남! 한다면 합니다. 하하하."

"검사님, 반갑습니다. 서울 경찰청 형사과 최우철 경위라고 합니다. 잘 부탁드립니다."

"네, 저도 잘 부탁드려요."

"저는…… 정보과에서 차출되어 온 박민희 순경이라고 합니 다. 반갑습니다, 검사님."

"여기서 유일한 여성 경찰이시네요. 우리 힘 합쳐 잘해 봐요, 박 순경님."

"아, 네. 감사합니다, 검사님."

서로 인사가 오가는 모습을 흐뭇하게 바라보던 민 경정이 입을 열었다.

"자! 여기 안 경위는 다들 아실 테고, 그럼 인사는 마무리된 것 같으니 이제 시작할까요?"

"넵!"

우렁차게 대답하는 나 경사를 비롯해, 다른 형사들이 일제히 대답했다.

민 경정은 중앙에 배치되어 있는 회의 테이블로 갔다.

"오우, 강력계 형사들 기합이 제대로 들어갔는데요, 팀장님?"

도 경감은 민 경정을 따라 회의 테이블로 가며 나지막이 말했다.

"후후. 그렇죠?"

"팀장님, 이번 살인사건에 대해 저희가 애널라이즈…… 분석한 자료가 있는데 설명할 시간을 주시겠습니까?"

"아, 네. 물론 그래야죠."

도 경감은 목소리를 키워 모두에게 말했다.

"그럼 저희가 정리한 자료 보면서 설명드리겠습니다."

"도 경감님, 벌써 분석까지 다 하신 건가요? 와아."

한 검사는 자리에 앉으며 도 경감에게 엄지를 치켜들었다.

"민우직 팀장님이 첫 살인사건 때부터 우리 쪽으로 푸시한 자료들을 분석해 놓은 겁니다. 그래서 최근 발생한 사건까지 빨리 정리할 수 있었습니다. 나영석 경위의 설명 들으시고 말씀 나누시죠."

나영석 경위는 미리 준비한 프로젝트 빔 스크린 앞으로 나왔다. 스크린 화면에는 피해자 사진과 현장 사진들이 떠 있었고, 그 옆으로 사건 개요가 설명되어 있었다.

　"그럼 브리핑 시작하겠습니다. 첫 번째 살인사건 피해자 A양의 나이는 25세, 혈액형 O형, 대학생으로, 4월 3일 03시에 사망한 것으로 추정됩니다. 강남 팰리스 오피스텔 뒤편에서 05시 30분 발견되었습니다. 사망 원인은 두개골 함몰, 양다리와 팔에 생긴 자창으로 인한 과다 출혈이었습니다. 아직까지 범인에 대한 어떠한 물리적 증거도 목격자도 없는 상태입니다. 특이사항으로는 피해자 몸 오른쪽 허벅지 뒤편에 시반으로 인한 꼭 짓점이 6개인 별 문양이 확인되었습니다."

　나 경위는 약간의 손동작을 섞어 가며 말을 이었다.

　"그러니까, 혈액 취하*가 나타나면 피부가 암적갈색으로 변색되는 것을 시반이라고 하는데, 그 과정에서 문양을 몸에 새기기 위해 의도적으로 피해자가 사망한 후에 허벅지 아래에 별 문양의 물체를 놓았다는 것입니다. 그 물체는 무게가 상당한 금속 재질일 것으로 추정됩니다. 이것을 보고 연쇄 살인으로 이어질 가능성이 농후하다고 판단했습니다. 범인은 피해자가 사망한 이후에도 상당 시간 동안 곁에 있었다는 것이 되고요. 꽤 대범한 놈이라 할 수 있겠습니다."

　"그 얘기는 좀 더 뒤에서 다시 설명하겠습니다. 나 경위, 다음

＊　　**혈액 취하** : 사람이 사망하면 심장 박동이 정지되어 혈구는 정지된 그 혈액에 머물고, 그 자체의 무게로 인해 가라앉게 되는 현상을 뜻하는 범의학 용어

사건도 이어서 해 줘요."

"네, 경감님. 두 번째 살인사건 피해자 B양의 나이는 29세, 혈액형 O형, 직업은 회사원이며, 5월 14일 02시경 사망한 것으로 추정됩니다. 역삼 밀레니엄 빌딩 지하 주차장에서 발견되었고, 발견 시각은 06시입니다. 이 사건 또한 목격자와 범인 신원을 확인할 수 있는 어떠한 물증도 나오지 않았습니다. 사망 원인은 첫 번째 살인과 동일합니다. 두개골 함몰과 양다리, 팔 등에 생긴 자창으로 인한 과다 출혈이었습니다. 그리고 이 피해자 역시 몸에서 별 문양이 확인되었습니다. 위치는 왼쪽 팔 상완, 그러니까 팔뚝 위 상완 이두근 부위입니다. 이 부위에 시반이 생긴 것은 인위적으로 시신의 팔을 돌려 만들어 낸 것입니다. 이것으로 봤을 때 어떤 의도가 숨겨져 있다고 판단됩니다."

"의도요? 그럼 별 문양과 시반의 위치에 어떤 의미가 내포되어 있다는 건가요?"

"네. 맞습니다, 검사님. 그 부분에 대해서는 마지막 세 번째 피해자 내용까지 말씀드린 후 좀 더 설명드리겠습니다."

도 경감의 말에 한 검사는 고개를 끄덕이며 대답했다.

"아, 네."

"그럼 계속하겠습니다. 마지막 세 번째 살인사건 피해자 여성의 나이는 23세, 혈액형 O형, 직업은 무직입니다. 6월 5일 03시에 사망한 것으로 추정됩니다. 사망 장소는 강남역 VIP클럽 인근이며, 시신은 05시 30분에 발견되었습니다. 이 사건도 목격자와 물리적 증거가 없으며, 사망 원인은 그 전의 살인사건과 동일합니다. 이번에도 별 문양이 왼쪽 허벅지 뒤편에 있었습니다. 종합적으로 지금까지 발생한 살인사건의 공통점은 20대 여성이었다는 점, 피해자 모두 술에 취해 있었다는 점, 신체 부위는 다르지만 동일한 문양이 발견되었다는 점입니다. 사망 원인 또한 두개골 함몰과 신체 부위의 자창으로 인한 과다 출혈이었다는 점, 살인사건이 발생한 세 곳 모두 강남구 일대라는 점입니다. 이상입니다."

"수고했습니다, 나 경위. 정리를 잘해 주었어요."

나 경위가 브리핑을 마치고 고개 숙여 인사하자, 민 경정이 박수를 치며 격려의 말을 건넸다.

"뭐, 저 정도 정보는 이미 다 알고 있는 거 아닙니까?"

"최 형사, 그게 무슨……."

"맞아요. 최 경위님 말이 맞죠. 지금까지 설명하신 건 이미 다 알고 있는 내용이잖아요."

"아니, 검사님까지……."

난처한 표정으로 눈치를 살피는 민 경정에게, 도 경감은 웃어 보이며 스크린 앞으로 나갔다.

"맞습니다. 지금까지는 사건 자료를 정리한 정도입니다. 받은 자료를 분석한 빠이딩…… 결과를 제가 말씀드리죠. 다들 성격이 급하신 듯하니 바로 말씀드리겠습니다. 이제부터 잘 들으십시오. 이번 사건을 해결하는 데 단초가 될 수 있는 분석 결과입니다."

"하하하. 그렇죠. 아……. 형사들이 좀 급한 편입니다. 경감님이 이해하십시오."

"저는 형사 아닌데요, 팀장님."

"아하, 아하하하. 검사님도 참, 농담도 잘하십니다. "

"농담 아닌데요. 심각한 사건을 두고 농담이라니요?"

"아, 그렇죠. 아하하. 흠흠. 도 경감님, 어서 계속하시죠."

한 검사의 말에 머쓱해진 민 경정은 도 경감을 보며 진행을 재촉했다.

"범인은 아무런 피지컬 에비던스…… 그러니까, 물리적 증거나 목격자를 남기지 않은 매우 주도면밀한 지능적인 연쇄 살인마입니다. 약 한 달에 한 번꼴로 3건의 살인을 저지르고 있지만, 아직 용의자를 제시하지도 못하고 있죠. 범행 수법 또한 잔인합니다. 가장 먼저 피해자 여성의 두개골을 가격합니다. 완전히 기절했다고 생각이 들면, 그때 그녀의 신체 여러 곳에 날카로운 것으로 상흔을 입힙니다."

박민희 순경은 두 눈을 질끈 감으며 고개를 숙였다.

"그렇게 여성은 피를 흘리며 서서히 죽어 가지만, 범인은 그런 과정을 옆에서 태연하게 오히려 즐기듯이 지켜봅니다. 마침내 여성의 숨이 끊어지면 가지고 온 금속 문양을 자신이 원하는 신체 부위에 가져가 그 아래에 놓습니다. 이 모든 과정이 끝난 후 범인은 유유히 자리를 떠나죠. 이 모든 과정이 원 아워, 1시간 내에 이루어진 것으로 추정됩니다. 근데 그 시간 동안 그 자의 범죄 행위를 아무도 목격하지 못한 겁니다. 아주 대범하게 저지른 살인 행위이지만, 철저히 계획해 준비한 살인입니다."

"생각보다 무서운 놈이네요……."

"네, 그렇죠. 리지스턴스…… 저항하지 못하는 여성만을 골라 실행했습니다. 문양을 남기기 위해 살해한 여성을 옆에서 한동안 지켜보고 말입니다. 강남이라는 유동 인구가 많은 곳에서 목격자가 없다는 것이 더욱 놀랍습니다. 분명, 강남 일대 지역을 잘 알고 있는 자의 소행일 가능성이 높을 겁니다."

"주도면밀하게 계획한 살인이겠죠."

민 경정은 혼잣말처럼 속삭이듯 내뱉었다. 민 경정의 말에 한 검사는 고개를 끄덕였고, 도 경감 또한 대답하듯 말을 이어 갔다.

"그럴 겁니다. 술에 취한 여성만을 골랐다는 점과 자창의 깊이와 상흔을 봤을 때 왜소한 체격에 평균적인 키와 몸무게를 한 남자일 가능성이 높습니다. 여성의 신체 여러 곳을 날카로운 흉기로 상흔을 입힌 것을 봐서도 여성에 대한 증오심이 상당한 남자라 볼 수 있습니다. 증오심을 표출하는 행위로 몸 여러 곳에 상처를 냈을 겁니다. 어렸을 때부터 어뷰스, 학대를 받았거나 어쩌면 현재도 학대를 받고 있을지 모르겠습니다."

"증오심에 기인한 학대라……."

민 경정은 또 혼잣말로 중얼거렸다. 그때 최우철 경위가 손을 들었다.

"경감님, 시반의 위치와 문양에 연관성이 있다고 했던 것 같은데 그게 무슨 말입니까?"

"아, 그건 말이죠. 시신에 남겨진 문양이 별 모양인데, 이스라엘 국기에서 볼 수 있는 '다윗의 별'이었어요. 정삼각형 두 개를 합쳐 놓은 모양이죠."

"그럼 외국인이나 유대인의 짓일 수 있다는 겁니까?"

나 경사는 발끈하며 끼어들어 말하자, 옆에 있던 안 경위가 고개를 갸우뚱하며 대받았다.

"나 경사님, 설마요."

"아니, 이스라엘 국기 문양이라고 하잖아요. 그러니까……."

"나 형사님, 국기 문양만으로 어떻게……."

"안 형사, 나 형사! 조용! 경감님, 계속 얘기하시죠!"

상황을 지켜보던 나 경위가 살짝 자리에서 일어나며 말했다.

"아, 그건 제가 말씀드리겠습니다. 나 경사 말대로 외국인일 수도 있겠지만 가능성은 높지 않습니다. 다윗의 별이 의미하는 것이 무엇인지 찾아봤습니다. 그중에 유대교 의식의 하나로, 하느님이 다윗의 보호자임을 나타내는 중세 시대 유대교 신비주의자들 사이에서 널리 쓰인 모양이라고 합니다. 다윗 왕의 방패에 주술적 위력을 부여하기도 했다고 하고요. 다윗의 별이 악령으로부터 보호하는 수단으로 이용되었다는 설도 있었습니다."

"그렇다면 종교인일 수 있지 않겠습니까? 내 말이 맞네. 유대교라면 이스라엘 사람……."

"아니에요, 나 경사."

나 경사는 손뼉까지 치며 안 경위를 쳐다보다, 도 경감의 아니라는 말에 다시 도 경감을 바라보았다.

"그냥 미친놈입니다."

"에? 미친놈이요?"

"그래요. 아마 여성들의 몸에 다윗의 별 문양을 남기면서 그 여성들을 제물로 바쳤다고 생각했을 겁니다. 자신을 악령으로부터 보호하고자 저지른 범죄일 가능성이 높은 것이죠. 그래서 과대망상에 빠진 미친놈이라고 한 겁니다. 최근 정신 병원에 입원한 이력이 있거나 정신과 치료를 받고 있을 가능성이 높고…… 부모로부터 학대를 받아 왔던 사람이라면, 부모가 바로 악령이 될 수 있을 겁니다. 여전히 학대를 받고 있을 가능성이 있다고 말씀드린 이유도 거기에 있습니다. 계속되는 학대에서 벗어나고자 벌인 범죄일 가능성이 높습니다."

민 경정은 곰곰이 생각하다 입을 열었다.

"그럼 강남 일대 지역을 잘 알고 있고, 평균 키와 몸무게를 가진 남성…… 남자는 맞겠죠?"

"네, 팀장님. 확신할 수 없지만 남성일 가능성이 높습니다. 여성에 대한 증오심을 보인 것으로 봐서는 말입니다."

"음, 그리고 정신 병원 입원 이력이 있거나 현재 치료를 받고 있는 사람들로 좁혀지네요. 아……. 그래도 너무 광범위한데……. 이걸로 살인범을 쫓기는……."

"맞습니다, 팀장님. 하지만 다음 살인사건이 일어날 가능성이 있는 지역을 알 수 있다면 좀 더 범위가 좁혀지겠죠. 우선, 피해자 몸에 남겨진 별 문양의 위치와 사건 현장의 위치에 어떤 연관성이 있다고 보고 있습니다."

"경감님, 무슨 스무고개 하시는 것도 아니고, 시원시원하게 말씀해 주시죠."

"하하. 검사님, 이렇게 밀당을 좀 해야 설명하는 맛도 나는 거 아니겠습니까? 검사님도 배심원들 앞에서 밀당 좀 하시지 않습니까?"

"경감님이 검사 하셔도 되시겠네요."

민 경정은 한 검사의 말에 함께 웃으며 도 경감을 바라보았다.

"그러게 말이죠. 한 검사님 말씀처럼 집중이 팍팍 되네요."

"경감님, 어떤 연관성이 있는지 어서 말씀해 주세요."

조용히 듣고만 있던 박민희 순경이 말했다.

"네, 좋습니다. 이걸 바라는 겁니다. 빠짐없이 잘 듣고 계시는 것 같으니 이제 말씀드리도록 하겠습니다. 자, 그럼 문양의 위치와 사건이 일어난 위치에 어떤 연관이 있냐면."

도 경감은 빔 포인터를 눌러 화면을 전환시켰다.

"어! 이건 강남구 지도 아닙니까?"

"맞아요, 안 경위. 여기에 다음 그림을 더해 보죠."

"어! 뭐야?"

민 경정의 눈이 순간 번쩍 커졌다.

"자! 뭐가 보이십니까? 이제 좀……."

"와, 별 문양의 각 꼭짓점과 사건 발생 지점 위치가 같네요. 그럼 다음 범행 장소는 저 나머지 꼭짓점 중에 한 곳이겠군요. 하지만 저곳들도 상당히 구역이 넓지 않나요? 언제 범행을 저지를지도 모르고, 한 지점만 수색하려고 해도 대규모 경찰 동원이 필요할 것 같은데……."

강남구 지도 위에 다윗의 별 문양을 겹치니, 살인사건이 발생했던 지점과 별 꼭짓점이 일치했다. 이를 본 한 검사는 잠시 신기해했지만, 다음 범행 예상 지역이 여러 곳이라는 것에 걱정이 앞섰다.

"검사님 말씀이 맞습니다. 경감님, 지금 상황에서 한 곳 정도는 어떡하든 인원을 배치할 수 있겠지만, 나머지 두 곳까지 일시에 배치하기는 어렵습니다. 다음 범행 장소를 한 곳으로 좁혀야 합니다. 예상되는 곳이 있습니까?"

"음……. 네, 팀장님. 그건 피해자 시신에 남겨진 시반의 위치로 예측해 볼 수 있었습니다."

"피해자 시반이요?"

"네. 피해자 시신들에 남겨진 문양의 위치를 연결하고, 사건 발생 장소들을 연결해 두 선을 비교해 보면 이와 같이 거의 동일하게 일치합니다."

도 경감은 스크린 화면을 가리키며 말을 이어 갔다.

"두 번째 살인사건 지점은 첫 번째 사건 발생 지점으로부터 대각선, 대칭점에 있는 이곳 꼭짓점 지점에서 일어났습니다. 시신에 남겨진 별 문양의 위치도 두 번째 시신 왼쪽 팔뚝 부위에서 확인되었습니다."

최 경위가 흥분을 감추지 못한 채 서둘러 말했다.

"아! 세 번째 피해자 왼쪽 허벅지 뒤편에 문양이…… 세 번째 사건 장소와 일치하네요. 이야! 그럼 다음 네 번째 사건 장소는 오른쪽 팔뚝 위치가 될 수 있으니, 저기를 A지점으로 표시해 놓은 거군요. 맞습니까?"

"그래요. 그렇다고 단정 지어 말할 수는 없습니다. 일단 추가 범행이 일어나기 전에 살인범을 잡는 것이 중요합니다. 살인범의 아지트이거나 주거지일 가능성이 가장 높은 곳은 별 문양의 중심인 바로 여기, B지점일 가능성이 높습니다."

도 경감은 다윗의 별 중앙을 포인터 빔으로 가리켰다. 그곳엔 B라는 영문 표시와 함께 원이 그려져 있었다.

"경감님 말씀이 맞아요. 다음 피해자가 발생하기 전에 잡아야죠. 하지만 범인이 남긴 흔적이 하나도 없는데 무슨 물증으로 범행을 입증한다는 건가요? 저 넓은 곳에서 범인의 아지트든 주거지든 찾는다는 게 현실적으로 가능한가요?"

살인범의 아지트라고 예측한 지역은 범위가 꽤 넓었다. 또한 세 번의 살인사건에서 살인범은 아무런 증거를 남기지 않았다. 이러한 사실을 알기에 한 검사는 앞으로의 수사가 걱정되었다.

한 검사가 무엇을 걱정하는지 아는 듯, 민 경정이 먼저 나서 대답했다.

"물론입니다, 검사님. 우선은 과학 수사대에서 예측한 A지점에 경찰 인력을 최대한 배치하도록 하겠습니다. 그리고 살인사건이 일어나기 전까지 B지점 중심으로 탐문 수사에 집중해, 연쇄 살인범을 검거하는 데 최선을 다하겠습니다. 지금으로서는 확률상 가능성이 높은 곳부터 시작해야 하지 않겠습니까? 수사를 진행하다 보면 추가적인 증거나 단서를 찾아낼 수 있을 겁니다."

도 경감은 고개를 끄덕이며 말했다.

"네, 팀장님 말씀처럼 초기 수사를 그렇게 시작해야 할 겁니다. 그럼, 마지막으로 사건 발생 시점에 대해 말씀드리겠습니다. 보통 연쇄 살인사건의 경우 일정한 패턴을 가지게 돼 있습니다. 피해자들에게 남긴 별 문양처럼 말이죠. 지금까지 살인사건의 범행 주기가 거의 한 달에 가까웠습니다. 그렇다고 정확히 한 달은 또 아닙니다. 살인범의 심리 상태를 추측해 판단해 보면, 굳이 유동 인구도 많고 사람 눈에 잘 띄는 환하디환한 강남의 유흥가 지역을 범행 장소로 정했다는 것은 이 지역에 오랫동안 거주해 이쪽 지리를 훤히 잘 아는 사람일 가능성이 높다는 겁니다. 그리고 살인범이 심신 미약 상태라는 가정하에 본다면……이 지역을 벗어난 적 없는 사람일 수도 있고요. 그 정도로 정신 기능이 쇠약한 사람이라면, 최대한 어두운 날을 골라 범행을 실행했을 가능성이 있다고 봤습니다. 그래서 확인해 봤습니다."

도 경감은 스크린에 새로운 사진을 띄우며 말을 이었다.

"달입니다. 달의 밝기가 제일 어두운 날을 골라 범행을 저지른 것이죠. 달의 주기를 보았을 때 그믐달에서 초승달이 되는 그 주에 범행을 실행한 것으로 보입니다. 사실 밝기에는 크게 상관은 없지만, 심리적으로 그날을 선택했을 것으로 보입니다. 지금까지 발생한 살인사건 날짜를 확인해 보면, 그믐달에서 초승달로 변하는 그 주와 거의 일치하는 것으로 나옵니다."

"와아, 정말이네요."

나 경사는 스크린 화면을 보며 입을 다물지 못했다.

"어? 정말이라고?"

"네, 저기 보세요. 저 사진. 달의 주기와 살인사건이 발생한 날을 비교한 자료예요."

민 경정의 물음에 나상남 경사는 손가락으로 스크린 화면을 가리키며 답했다.

"팀장님, 여기 아래 차트를 보시면 확인 가능합니다."

나영석 경위는 민 경정을 바라보며 스크린 하단을 가리켰다.

"아, 그래요. 그럼 다음 사건 발생일도 그믐달과 초승달이 겹치는 주가 되겠군요?"

"맞습니다. 그 해당 주만 철저히 대비한다면 미연에 범죄를 막을 수 있을 겁니다. 물론 살인범을 그 전에 잡아야 하겠지만요. 그러니 되도록 B지역을……."

"아! 좋은 방법이 생각났습니다. 경감님, 검사님."

민 경정은 갑자기 나 경위의 말을 끊더니 도 경감과 한 검사를 차례로 보았다. 한 검사는 놀란 듯한 표정으로 민 경정을 바라봤고, 도 경감도 눈을 크게 뜨며 민 경정에게 물었다.

"그게 뭡니까? 팀장님."

도 경감의 물음에 민 경정은 잠시 뜸을 들이며 쉽게 말을 꺼내지 못했다. 모두들 민 경정에게 시선을 향한 채 멀뚱멀뚱 기다리고 있을 때 최 경위가 말문을 열었다.

"팀장님 혹시…… 경감님 따라하시는 건 아니시죠?"

나 경사는 양 엄지를 아래로 향하며 "우우!" 하고 장난스런 야유를 보냈다. 도 경감을 포함한 모두가 허탈한 웃음을 터뜨리는 그때, 안 경위가 나 경사의 팔을 잡으며 자리에서 일어났다.

"팀장님, 전 알았습니다. 무슨 말씀하시려는 건지 말입니다."

"오호, 안 형사. 눈치챘어?"

"도대체 뭔가요? 같이 좀 알죠?"

"하하. 네, 검사님. 제가 아는 동생 중에 특별한 능력을 가진 녀석이 하나 있습니다. 그 녀석이라면 범인을 잡는 데 큰 도움이 될 것 같습니다. 아니, 잘하면 손쉽게 잡을 수도 있겠는데요."

"아이, 그러니까 그게 뭐냐고요!"

답답함을 더는 참을 수 없다는 듯 나 경사의 목소리가 커졌다.

"그래, 말할게. 그 녀석이…… 아니, 아닙니다. 직접 데리고 와야겠어요. 최대한 빨리요. 안 형사, 같이 가자고."

민 경정은 뭔가를 말하려다 말고, 벌떡 일어나 서둘러 나갈 채비를 했다.

"네? 이렇게 갑자기요? 먼저 설명을 하시고……."

뒤에 서 있던 안 경위는 당혹스러운 마음에 말을 끝까지 잇지 못하고, 멍하니 민 경정을 바라보았다.

"죄송합니다. 빨리 움직이는 게 좋을 듯해서. 그 친구를 직접 데리고 와서 소개해드리겠습니다. 그럼 최 형사하고 나 형사는 강남 일대 정신과 병원 파악해서 B지역에 살고 있는 사람 중심으로 진찰·입원 기록 다 찾아 놔. 아, 그리고 B지점도 나가 보고. 알았지?"

"네, 팀장님."

"검사님, 그 녀석 데리고 오면 바로 소개해드리겠습니다. 경감님, 최 형사 좀 도와주십시오."

민 경정과 안 경위는 서둘러 상황실을 나섰다. 상황실에 남아 있던 사람들은 민 경정이 나간 뒤에도 한참 동안 그 방향을 바라보며 생각에 잠겼다.

방 안에 술 냄새가 진동했다. 구석구석 배어 있던 퀴퀴한 자취방 냄새와 술 냄새가 섞여 매우 고약한 악취를 풍기고 있었다. 악취와 함께 코 고는 소리가 방 안 곳곳을 두드렸다.

남시보는 새벽에 잠들어, 해가 중천에 뜬 지금까지도 꿈에서 빠져나오지 못하고 있었다. 그러다 갑자기 코 고는 소리가 멈추더니, 작은 목소리로 뭐라고 중얼거린다. 누군가를 애타게 부르는 모습이었다.

"소담 씨……. 소담 씨, 미안해요. 소담 씨……. 어디 가요? 가지 마요. 가지 마……. 제발……. 흐으으……. 아아! 가지 마!"

3년이라는 시간이 지났지만 시보는 여전히 그녀의 이름을 부르며 눈물을 흘리고는 했다.

소리 지르며 잠에서 깬 시보는, 눈물을 닦으며 입가에 흐른 침도 함께 닦아 냈다. 잠에서 깨면 그 여운이 남아 잠시 울적한 기분으로 앉아 있다가 자리에서 일어나곤 했다. 오늘도 어김없이 눈을 감고 있다가, 벌떡 일어나 화장실로 달려갔다. 울적한 기분보다 본능이 앞서는 게 현실이다.

화장실에서 나온 시보는 해장하기 위해 냉장고 문을 열어 보지만, 안에는 술과 생수 외에 아무것도 없었다. 엄마가 다녀간 지 꽤 시간이 지난 탓에 먹을 반찬이 다 떨어졌다. 김치 통 안에도 배추김치 밑동들만 있을 뿐, 라면과 먹을 제대로 된 김치는 한쪽도 없었다.

시보는 쓰린 속을 풀기 위해 대충 옷을 걸쳐 입고 밖으로 나갔다. 단골 순댓국집에서 순댓국 하나를 시키고 잠시 멍하니 앉아 있을 때 휴대폰 벨이 울렸다. 지구대에서 온 전화였다.

"네, 남시보 순경입니다."

"이남희 순경입니다, 남 순경님."

"이 순경, 어쩐 일이야? 오늘 나 비번인데……."

"네에, 알죠. 부탁하신 거 확인하고 연락드리는 겁니다."

"아! 맞다. 그래, 확인해 봤어?"

"네. 문자로 차주 신상 정보 보내드릴게요. 뺑소니 차량 맞으신 거죠?"

"물론이지. 뺑소니 차량이야. 고마워, 이 순경. 빨리 좀 보내줘. 아, 혹시 다른 뺑소니 사건으로 신고 들어온 건 없어? 어제 말이야."

"어……. 잠시만요."

이 순경은 컴퓨터 모니터를 보며 키보드를 몇 번 두드리더니 말을 이었다.

"없었습니다. 그런데 무슨 일 있으세요?"

"어? 아니야. 그…… 혹시 몰라서 그러는데, 한 달 전부터 오늘까지 뺑소니로 들어온 신고 건 있는지 확인해서 다시 연락 좀 줄 수 있겠어?"

"네, 그러죠. 무슨 일 때문인지 말씀 안 해 주실 거예요?"

"미안, 확인되면 그때 말해 줄게."

"네, 알겠습니다. 그럼 쉬세요."

"응, 땡큐!"

잠시 후 휴대폰으로 이남희 순경의 문자가 들어왔다. 할머니를 치고 도망…… 아니, 칠 뻔했던…… 아니, 쳤던……. 아무튼, 어제 지구대를 나오며 뺑소니 차량 번호 조회를 이 순경에게 요청했었다.

차량 주인은 이만복, 75세. 주거지는 강남구 도포동 도룡마을이다. 나이와 주소지를 봐서 아무래도 대포 차로 의심되었다. 만약 대포 차라면 잡기는 쉽지 않을 것 같다. 가망이 없는 걸까? 다른 방법은 없을까?

고민에 빠져 머리를 굴리는 동안 손은 부지런하게 움직여 순댓국은 어느새 싹 비워져 있었다. 계산을 하고 식당을 나오는데 이남희 순경으로부터 연락이 왔다.

"이 순경, 확인해 봤어?"

"네, 남 순경님. 최근 적발 건 조회해 보니 3주 전에 덕소삼패 IC에서 과속 단속 카메라에 걸린 게 있네요. 그리고 한 달간 뺑소니 신고로 들어온 건은 서울, 경기 지역만 총 다섯 건이고요. 덕소삼패 IC 근방에서 뺑소니 신고는 없었습니다."

"그래. 덕소삼패 IC라⋯⋯. 완전 반대쪽이네. 휴우, 알았어. 그럼 과태료는 납부된 상태야?"

"아, 아니요. 과태료 미납부 상태고요. 상습 미납자네요. 대포차 같아요."

"그렇지? 그럴 것 같았어."

"남 순경님, 도대체 무슨 일인데 그러세요?"

"아⋯⋯. 아니, 오늘 새벽에 과속 차량에 치일 뻔한 할머니를 우연히 구해드렸거든. 그 차가 신호 위반에 과속까지 한 거야. 그래서 혹시 또 다른 피해자가 생기지는 않았는지 걱정돼서 확인해 본 거야."

"네? 치일 뻔한 거지 뺑소니는 아니잖아요? 다음부터는 이러지 마세요. 이러다 징계받는다고요. 저뿐만 아니라 남 순경님도요."

"알았어, 미안해. 그⋯⋯ 혹시 과속 단속 카메라에 찍힌 사진 좀 확인할 수 있을까? 그리고 그동안 단속에 걸린 지역도. 안 될까? 한 번만 부탁할게."

"흠⋯⋯. 네, 알겠어요. 정리해 놓을 테니 출근하시면 확인해 보세요."

"고마워, 이 순경. 근데 오늘이라도 확인해 봤으면 좋겠는데⋯⋯. 정리되면 바로 연락 좀 줘. 바로 지구대로 달려갈 테니. 집도 가깝고."

"네, 그럼 정리되면 바로 연락드리겠습니다. 그리고 고마우시면 밥 한 번 쏘십시오."

"알았어. 꼭 밥 살게. 정말 고마워."

전화를 끊고 집으로 가는 길에 또 전화벨이 울렸다. 민우직 팀장이다! 이게 얼마만의 전화인지, 반가운 마음에 얼른 받았다.

"야아, 시보!"

"네에! 형님, 잘 지내셨어요?"

"그래. 많이 바빠? 왜 요새 뜸해?"

"아시잖아요. 이제 막내 옷은 벗었지만 눈코 뜰 새 없이 바쁜 건 그대로예요. 에이, 같은 쟈압인데 다 아시면서……."

"야, 이제 막내 생활 끝났다고 말도 잘하네. 같은 쟈압? 하하하."

"하하. 오늘 쉬는 날인지는 어떻게 귀신같이 아시고 연락을 하셨네요. 형님도 오늘 비번이세요? 술 한잔……."

"야, 야! 숨 좀 쉬면서 말해. 술 하니까 생각나네. 요즘도 술 마시면 우냐?"

"에이, 형님! 왜 그런 얘기를……. 저 이제 안 울어요. 안 운다 고요! 무슨 일로 전화하셨어요? 술 사 주시려는 거 아니면 끊습 니다."

"자식, 아직도 그 버릇 못 버렸네. 뭐 그렇게 잘 삐지냐? 시보야, 뭐 좋은 일이라도 있어? 오늘따라 왠지 목소리가 좋아 보이네."

"아니에요. 모처럼 형님이랑 통화하니까 나도 모르게 기분이 좋아서요."

"그래, 좋다. 너 그렇게 웃으니까. 근데 어쩌지? 술 마시자고 연락한 게 아니라서.”

“무슨 일이 터졌군요? 제 도움이 필요한 거예요?”

“자식! 다 알면서 그랬구나? 그럼 그렇지. 하하.”

“그럼요. 형님이 연락하는 게 술 아니면 일 터진 거죠.”

“그렇게 얘기하니까 더 미안하잖아. 미안하다, 시보야.”

“에이, 아니에요. 농담이에요, 농담. 반갑고 좋아서 그런 거니까 맘에 두지 마세요. 꽁하게.”

“꽁? 이놈이! 너무 많이 능글맞아졌다.”

“그래요, 형님? 하하하.”

“그런데 시보야, 이번 사건 심각하다. 까다롭고. 그리고 급해.”

“무슨 일인데요? 말씀해 보세요.”

“그러지 말고 만나서 얘기하자. 네 집 앞으로 가는 중이야. 곧 도착할 거니까…… 아, 지금 집에 있는 거 맞지?”

“많이 급하신가 보네요. 제가 어디에 있는지 묻지도 않고 무작정 집으로 오신다고 하는 거 보니……. 준비하고 있을 테니 오시면 전화 주세요. 바로 나갈게요.”

“오케이, 고맙다. 곧 보자.”

“네, 형님.”

나는 민 팀장과 통화를 끝내자마자 집으로 뛰어갔다. 곧바로 욕실에 들어가 샤워부터 하고, 젖은 머리를 말리며 TV를 켰다. 옷을 갈아입고 민 팀장 전화를 기다리던 그때, TV에서 뉴스 속보가 흘러나왔다. 누군가 자살했다는 앵커의 말이 들렸다. 화면은 어떤 남자의 사진을 보여 주고 있었는데, 자막을 보니 대법관이었다. 어젯밤 한강에서 투신했고, 시신은 이제야 남한 강 하류에서 발견됐다고 한다. 무슨 사연인지 더 듣고 싶었지만 때마침 휴대폰 벨이 울렸다. 민 팀장의 전화였다. 나는 전화를 받으며 집 밖을 나섰다. 며칠 전에도 국회의원이 자살했었지 않나? 이번에는 대법관이라니. 무슨 이유인지 모르겠지만 자살을 선택하다니 안타까운 일이다.

공직자들의 연이은 죽음이라……. 뭔가 심상치 않은데……. 자살이라고 하지만 정말 자살일…… 잠깐, 뭐야? 내가 왜 이런 생각을 하고 있지? 이럴 때가 아닌데. 경찰이 된 후로 쓸데없이 추리 소설을 쓰는 일이 많아졌다. 별일 아닌 것을 괜히 심각하게…….

"남시보! 시보야! 듣고 있는 거야? 야! 남시보!"

"아, 깜짝이야!"

"야! 뭐 해? 내 말 안 들려?"

"아, 아니에요. 지금 어디 계세요?"

"여기 너희 집 앞이야. 루비야 오피스텔 맞나?"

"루피아 오피스텔입니다. 맞게 오셨네요. 곧 나가요."

"오! 그래, 루피아. 하하. 자식……. 그게 그거지."

"형님, 어찌 그게 그겁니까? 아무튼 끊어요."

"뭐야? 들었어? 하하. 그래, 얼른 나와."

나도 그렇지만, 민 팀장은 빌딩 명칭을 제대로 기억한 적이 없었다. 사건 관련해서는 치밀하고 정확한데 평상시에는 좀 다르다. 나야 뭐, 머리가 좋지 않으니 어쩔 수 없는 거고.

오피스텔 로비 현관을 열고 나오니, 바로 앞에 낡은 차 한 대가 서 있는 것이 보였다. 언제 세차했는지 알 수 없어 먼지가 뽀얀, 연식이 오래된 옵티마 차량이었다. 딱 봐도 민 팀장의 차다.

나는 차를 향해 손을 흔들었다. 운전석 창문이 내려가며 서서히 민 팀장의 얼굴이 보였다. 그리고 옆에 안민호 형사의 얼굴도 빼꼼히 보였다. 안 형사와는 오래간만에 만나는 거라 더 반가웠다.

하지만…… 아, 아니다. 이제는 잊어야 하는데 또 떠오르고 말았다. 잊었다고 하지만 마음엔 아직도 지난 일에서 벗어나지 못한 감정이 남아 있나 보다.

그때, 누군가가 내 어깨를 세차게 흔들었다.

"야! 시보야! 아이, 이 자식 또 이러네. 무슨 생각을 그렇게 하는 거야?"

"어어! 네! 언제 여기까지 오셨어요?"

민 팀장은 차에서 내리며 여러 번 나를 부른 듯했다. 잠깐 생각한다는 것이 꽤 오랫동안 빠져 있었나 보다. 다가오는 민 팀장을 보지도, 그의 말을 듣지도 못했으니 말이다.

"여전하네. 뭐에 집중하면 누가 불러도 모르고 말이야."

"아하하. 죄송해요. 이건 어쩔 수 없나 봐요."

처음도 아니었지만 왠지 민망하게 느껴져 나도 모르게 머리를 긁적였다.

"뭐, 그래. 하루 이틀도 아니고. 아, 안 형사도 같이 왔어. 괜찮지?"

"에이, 그럼요. 괜찮죠. 그런데 무슨 일인데 이렇게 급히 오신 거예요?"

"일단, 차에 타라. 가면서 얘기하자."

"안녕하세요, 시보 형님."

조수석에 앉아 있던 안 형사는 뒷좌석에 올라탄 나를 뒤돌아보며 반갑게 인사했다.

"네. 안녕하세요, 안 형사님."

"이제 말 편하게 하세요. 제가 어린데."

"아니죠. 저는 순경이고 안 형사님은 경위이시니 더 그럼 안 되죠. 제가 민간인이면 모르지만."

"그런가요, 팀장님."

"그럼. 지금 일하는 중이니까 직급대로 하라고. 계급이 깡패야, 깡패!"

"근데 진짜 무슨 일이에요? 어서 말씀해 보세요."

"어, 그래. 난 운전해야 하니까 안 형사가 설명해 줘. 내가 듣고 있을 거니까 하나도 빠짐없이 잘 설명해 줘."

"아이, 또 이러신다. 왜 자꾸 사람을 쪼세요? 어련히 잘할까. 안 그래요, 형님? 아니, 남 순경님?"

"놔두세요. 그 성격 어디 가나요?"

"그렇죠?"

"뭐? 이놈들이……."

민 팀장은 호탕하게 껄껄 웃으며 차에 시동을 걸었다.

이동하는 차 안에서 안 형사가 일목요연하게 정리해 사건을 설명해 주었고, 중간중간 민 팀장이 좀 더 자세히 보충해 주기도 했다.

안 형사의 설명이 끝나 갈 무렵, 차는 강남 경찰서 정문을 통과해 본관 앞에 멈춰 섰다.

제3화

의문의 별 문양

도민 경감과 나영석 경위는 지금까지 수집한 모든 자료를 사무실 한쪽 벽면에 붙이며, 자신들이 분석한 결과의 조각들을 맞추어 가고 있었다. 한서율 검사는 서울 중앙 지방 검찰청으로 돌아가 지금까지의 조사 상황을 부장 검사에게 보고했다. 박민희 순경은 서에 남아 강남 지역 정신 병원과 심리 상담 센터 등에서 진료 이력이 있는 사람들 중, B지점에 거주하는 사람들을 대상으로 조사하고 있었다. 그 가운데 용의 선상에 올릴 만한 대상자들을 도 경감과 나영석 경위가 별도로 추려 낼 예정이다. 그리고 최우철 경위와 나상남 경사는 살인범 주거지로 예상되는 B지점을 찾아가 현장에서 탐문 수사를 시작했다.

"최 형사님, 도 경감님 말씀대로 여기가 진짜 살인범의 근거지일까요? 아무리 프로파일러 전문가라고 해도 여엉……."

"나 형사, 모르면 그런 소리 함부로 하지 마. 도 경감님이 어떤 분인지 나 형사가 몰라서 그래. 미국 FBI 내에서도 대단했다는 소문이 있어. FBI에서도 보낼 수 없다고, 극구 만류했다고 하던데. 솔깃한 제안도 했다고 들었어. 근데 경감님은 그런 걸 모두 뿌리치고 여기로 온 거지. 우리나라 프로파일러 양성을 위해서 말이야."

"정말입니까? 그러면 교수로 강단에 서야지 왜 현장에……."

"나 형사! 아이, 또 모르는 소리한다. 현장이 곧 교육의 산실 아니야. 미국에서만 사건을 경험해 봤던 분이잖아. 우리나라에서 발생한 연쇄 살인이나 사이코패스 사건들을 직접 맡아 해결하면서 몸소 경험해 보려는 거잖아. 그래야 한국식 프로파일러를 양성하는 데 도움도 되겠지. 안 그래?"

"오호, 그런 깊은 뜻. 와아, 정말 대단하신 분이네요. 분명 미국에서 좋은 대우받고 돈도 더 많이 받았을 텐데. 솔깃한 제안은 뭐였을까요? 그걸 다 포기하기는 쉽지 않았을 텐데……."

"이그, 이러니 나 형사가 단무지라는 소리를 듣는 거야."

"최 형사님, 단무지가 뭡니까? 너무하십니다."

"그러니까 아무 말이나 생각나는 대로 하지 말라고. 돈이 다야? 명예와 사명감 그리고 애국심, 그런 거 아닐까? 그분한테는 돈보다 그런 게 더 중요한 것일 수 있지. 안 그래? 나처럼 말이야. 경찰이라는 사명감. 국가를 위한 충성심. 야아, 그런 점에서 난 도 경감 존경한다."

"오호, 최 형사님한테 그런 게 있었습니까?"

"뭐야?"

"하하. 농담입니다 농담……. 어, 최 형사님. 전화요. 전화 온 것 같습니다.”

“아! 잠깐만……. 네, 최우철 형사…….”

“최 형사님, 접니다. 박 순경이요.”

“어, 그래. 왜? 뭐라도 나온 게 있어?”

“아니요. 그게 아니라…… 혹시 경찰청에서 연락 없었나요?”

“경찰청? 왜?”

“아, 이대우 대법관이 자살했다고 합니다.”

“뭐? 이대우 대법관이 자살했다고?”

“네. 지금 막 뉴스 속보에도 떴어요. 경찰청에서 최 형사님을 찾던데요. 연락 못 받으셨어요?”

최 경위는 휴대폰을 귀에서 떼고 황급히 통화 기록을 확인했다. 언제 왔는지 모를 여러 통의 부재중 전화가 찍혀 있었다.

“이런……. 박 순경, 알았으니까 우선 끊어.”

이대우 판사는 피고인 이필석 의원의 성폭행 및 성접대 사건 판결을 맡았던 대법관 중 한 명으로, 1심 유죄, 2심 무죄 판결을 받은 이필석 의원에게 대법원 최종 판결에서 무죄를 선고했던 대법관이었다. 그 이대우 판사가 자살을 했다는 것이다.

그동안 이필석 의원 내사 중에 드러난 이대우 대법관과의 유착 관계를 조사하고 있었던 최우철 경위에겐 놀라지 않을 수 없는 소식이었다. 이필석 의원 자살 소식에 이어 이대우 대법관의 자살 소식은 최우철 경위에게 마치 폭풍 전야와도 같은, 조만간 거대한 태풍이 들이닥칠 것 같은 불길한 예감으로 다가왔다.

"최 형사님, 무슨 일입니까? 자살이라니요? 이대우 대법관 말입니까?"

최 경위는 멍하니 허공을 보며 생각에 잠겨 있다, 깜짝 놀라나 경사를 바라보았다.

"어? 어, 아니야. 아니, 잠깐만. 나 형사, 미안한데 여기 좀 혼자 맡아서 진행해야겠다. 가 볼 데가 생겨서. 미안. 수사 결과는 서에서 공유하는 걸로 할 테니까 내가 연락하기 전엔 연락하지 마. 알았지?"

"무슨 일이십니까? 말씀은 해 주시고 가셔야죠."

"아니야. 나 형사는 몰라도 돼. 미안해. 오늘은 혼자 좀 돌아 줘야겠어. 그럼 전화할게. 수고해."

"저기, 최 형사님!"

나 경사는 무슨 영문인지도 모른 채, 뛰어가는 최 경위의 뒷모습을 물끄러미 바라볼 뿐이었다. 최 경위는 부재중으로 뜬 전화번호를 눌러 누군가와 통화를 하다, 다급히 지나가던 택시를 잡아탔다.

1년 전

"피고인 이필석에게 유죄를 선고한다. 징역 3년에 집행 유예 4년을 선고하는 바다."

땅! 땅! 땅!

1심 재판 결과를 듣고 방청석에 앉아 있던 한 고령의 남자가 일어서다가 잠깐 휘청거렸다. 옆에 앉아 있던 최 경위가 서둘러 그를 부축했다. 그는 피해자의 아버지였다.

"아버님, 괜찮으세요?"

"형사님, 집행 유예라뇨? 그리고 고작 3년……. 저놈이 내 딸에게 어떤 짓을 했는데! 저놈 때문에 딸이……. 흐으, 흐흑 흑……."

피해자 아버지는 최 경위를 부여잡고, 가슴에 이마를 기댄 채 눈물을 흘렸다.

"죄송합니다, 아버님. 한다고 한 것이……. 정말 더럽네요. 이런 판결이 나오다니……."

검사석에 앉아 있던 검사가 방청석으로 걸어 나와, 피해자 부친에게 고개 숙여 인사했다.

"어르신, 죄송합니다. 최고형을 구형했는데 결과가 이렇게 나왔네요. 면목 없습니다. 항소하겠습니다. 항소심에서 반드시 실형으로 구속시키겠습니다."

"흐윽, 검사님……. 꼭 그렇게 해 주십시오. 부탁드립니다. 우리 딸 민지의 원한 좀 풀어 주세요, 검사님. 꼭! 꼭! 저자를……."

피해자 아버지는 검사의 손을 붙잡고 애원하듯 말했다.

"검사님, 더 확실한 물증과 증언이 필요했던 겁니까? 아니면 피고 측 변론이 먹힌 겁니까?"

"그게, 판사 출신 변호사들로 줄을 세웠으니 말 안 해도……. 그래도 확실한 물증이 있었다면 결과는 달랐을 겁니다. 피고인을 구속시킬 수는 있었을 거예요. 저기, 최 경위. 이민지 양 남자 친구는 어떻게 된 겁니까? 갑자기 연락이 안 돼서 말이죠."

"아……. 무슨 이유인지 도통 말을 안 해서요. 계속 설득은 하고 있는데 여전히 결심이 서지 않는 듯합니다. 분명 뭔가 알고 있는데 말을 안 해 주니……. 최대한 설득해서 항소심에는 증인으로 출석할 수 있도록 해 보겠습니다."

"저…… 형사님, 혹시 제가 그 친구를 만나 봐도 되겠습니까?"

"아버님, 그게…… 아무도 만나고 싶어 하지 않아서 말입니다. 굉장히 불안해하고 있어요."

"그래요……. 혹시 그 친구가 협박을……."

"저희도 그렇게 생각하고 있습니다만, 아무 말도 하지 않고 있습니다. 요즘은 만나 주지도 않고요."

"그래도 경찰에서 안전한 곳으로 옮겨 보호해야 하지 않나요?"

"그건 본인의 동의가 있어야 하는데 어떤 것도 원치 않는다고 하니 저희도 어쩔 수가 없습니다. 너무 걱정 마시고 일단 지켜보시죠. 저희가 항시 집 앞에서 대기하고 있습니다. 아버님은 너무 신경 쓰지 마세요. 요즘 더 안 좋아 보이시는데 병원에 한번 가 보시죠."

"아니, 괜찮아요. 항소심까지 시간이 있으니 좀 쉬면 됩니다. 아무쪼록 신경 써 주셔서 감사합니다, 형사님."

"최 경위, 어르신, 저는 이만 가 보겠습니다. 다음 공판 기일 확정되면 바로 연락드리겠습니다."

최 경위는 1심 공판 후 서울 지방 경찰청 형사과로 보직 이동할 예정이었다. 이번 1심 판결로 쉽게 끝날 것이라 예상해 보직 이동을 받아들였다. 하지만 피해자 남자 친구의 갑작스런 변심에 재판의 흐름이 바뀌었다.

피고인 쪽에서 무슨 수를 썼는지, 남자 친구가 모든 증언을 하지 않기로 한 것이었다. 또한 가지고 있다던 증거들도 처음부터 없었다며 진술을 번복했다. 결국 결정적인 물증을 확보하지 못해, 성폭행이 아닌 단순 성추행 및 술 접대 강요죄로만 형 집행이 선고되었다.

경찰에서 확보한 증거에는 기획사 대표와 피해자 간에 오간 문자 내용과 대화가 녹음된 음성뿐이어서, 피고인 이필석 의원의 성폭행 사실을 증명할 확실한 물증을 제시하지 못했다. 다만, 기획사 대표와의 대화에서 술 접대 강요와 이필석 의원이 성 접대를 받았다는 대화 내용이 있어, 그 부분만 인정되었을 뿐이다.

"형사님, 우리 민지가 이 꼴을 보려고 자살을 선택한 것이 아닙니다. 분명 성폭행을 당했고, 그 의원에게 협박까지 받았다고요. 그렇지 않고서는 그런 유서를 남길 애가 아닙니다. 없는 얘기를 꾸며서 만들 애가 아니란 말입니다."

"네, 압니다. 하지만 따님이 남긴 유서만으로 성폭행과 협박을 증명할 수 없어서 말입니다."

"형사님, 성폭행과 협박만이 아니지 않습니까? 여러 번의 술 접대 강요와 술 접대한 그자들에게도 성폭행을 당했다고 하지 않습니까? 이런 파렴치한 놈을 그냥 이렇게 놔두는 게 맞는 겁니까?"

"아버님 심정을 모르는 바 아닙니다. 저도 미칠 듯 화가 나는데 아버님은 오죽하시겠어요. 저희가 최대한 증거를 찾아보겠습니다. 정말 죄송합니다, 아버님."

"혹시 저희 딸 말고도 다른 피해자가 더 있지 않을까요? 피해자들을 찾아보면 증거를 더 찾을 수 있지 않을까요?"

"저희도 그 부분까지 염두해 두고 수사를 진행해 왔습니다. 그런데 아직까지 찾지 못했습니다. 가능한 항소심 전에는 찾을 수 있도록 최선을 다해 보겠습니다. 일단, 민지 양 남자 친구를 좀 더 설득해 보겠습니다. 그 친구는 분명 진실을 알고 있을 겁니다. 계속 피하는 것도 수상하고요. 새로운 증거도 가지고 있다고 했으니 기다려 주십시오."

피해자 아버지와 헤어진 최 경위는 피해자 이민지의 남자 친구를 다시 한번 설득하기 위해 그의 집으로 향했다. 그리고 집 앞에 도착하자마자 차에서 잠복 중이던 형사들과 합류해 상황을 살폈다.

"특별한 거 없었고?"

"예, 최 형사님. 몇 시간째 밖으로 나오지도 않고 집에만 있는데요."

"그래? 혹시……."

"아이, 아닙니다. 걱정 마세요. 식사를 시켜 먹는지 중국집, 피자집 배달원이 왔다 갔습니다."

"그래. 고생 많다. 좀 더 고생해 주고. 교대할 때 특이 사항 인수인계 잘하고, 잠시라도 눈 떼면 안 된다. 알지?"

"네, 알겠습니다. 걱정 마십시오."

"그래, 그럼 수고해."

최 경위는 잠복 형사들 어깨를 한 번씩 툭툭 치고, 차에서 내리며 어딘가로 전화를 걸었다.

"어이, 우철아. 오늘이었지? 어떻게 됐어?"

"계장님, 좀 더 시간을 주시면 안 되겠습니까?"

"무슨 소리야? 왜? 설마 무죄 떨어진 거야?"

"무죄는 아닌데…… 뭐 유죄도 아닌 것 같고."

"무슨…… 아, 집행 유예구나?"

"예. 젠장, 법이 이 모양인데 범인을 잡아 뭐 합니까? 안 그렇습니까, 계장님?"

"최우철, 왜 그래? 너까지. 자세한 얘기는 만나서 하자. 지금 여기도 정신없다. 언제 올라올 거야?"

"내일 오전에 올라가서 말씀드릴게요. 괜찮으시죠?"

"쯧, 그래. 어쩔 수 없지. 내일 보자. 수고했어. 너무 상심 말고."

"네, 계장님. 감사합니다."

최 경위는 전화를 끊고, 피해자 남자 친구인 여남구 집 앞으로 갔다.

딩동. 딩동.

"누구세요?"

"여남구 씨, 최우철 형사입니다. 잠시……."

"저기요, 형사님. 할 말 없습니다. 돌아가 주세요."

그는 그렇게 말하며 황급히 인터폰을 끊어 버렸다. 그러나 최 경위는 아무렇지 않은 듯 다시 벨을 눌렀다.

딩동. 딩동.

"……."

딩동. 딩동. 딩동.

"할 얘기 없다고요. 왜 자꾸 이러시죠? 정말!"

"여남구 씨, 재판 결과가 나왔습니다."

"네? 어떻…… 아니, 그게 저랑 무슨……."

"남구 씨, 우선 좀 얼굴 보고 얘기하시죠. 네?"

"형사님, 정말 드릴 말씀이 없습니다. 제발 돌아가……."

"아닙니다. 뭘 들으려고 하는 게 아닙니다. 말씀드릴 게 있어서 그렇습니다. 그리고 이렇게 혼자 계시면 위험합니다."

"네?"

"자세한 건 들어가서 말씀드리겠습니다. 정말입니다. 전해드릴 말이 있어서 그래요. 절대 아무것도 묻지 않겠습니다. 그러면 되겠죠?"

"아……. 그럼 알겠습니다. 잠시만요."

삐익, 철컹!

최 경위는 문이 열리자 안도의 한숨을 내쉬었다. 옅은 미소를 지으며 안으로 들어서자, 여남구가 현관 앞에서 문을 연 채 기다리고 있었다.

"형사님, 재판 결과는……."

"다행이네요. 재판 결과는 궁금해 줘서."

"아니, 그게……."

"네, 압니다. 여남구 씨도 혼란스러운 거. 학생 신분에 이런 일로 연루돼 많이 힘들 겁니다. 오늘 1심 판결은 유죄로 나왔습니다."

"정말요? 다행이네요. 하아……."

여남구는 반가우면서도 감격스러웠는지 벅차오르는 마음을 숨기지 못하고 눈물을 보였다.

"다행인지 모르겠네요. 집행 유예라 구속되진 않으니까요. 그래서 항소할 생각입니다."

하지만 이어진 최 경위의 말에 여남구는 고개를 푹 숙이고, 흐느끼는 목소리로 미안하다며 혼잣말을 했다.

"여남구 씨, 협박받고 있는 겁니까? 그렇다면 더욱 위험합니다. 남구 씨는 중요 증인입니다. 중요한 물증도 갖고 있지 않습니까? 그자도 그걸 알고 남구 씨를 위협했을 겁니다. 뭐라고 협박하던가요? 이러지 말고 안전하게 신변 보호 요청을 하시는게 어떻겠습니까?"

"흐흠……. 아니요, 괜찮습니다. 제발 이렇게 찾아오지 말아주세요. 부탁드려요."

옷소매로 눈물을 닦으며 말하는 여남구 목소리는 정중하면서도 단호했다.

"도대체 누가 여남구 씨를 이렇게 만든 겁니까? 처음 민지양 죽음에 가장 분노하고 슬퍼했던 사람이 누굽니까? 여남구 씨 아니었습니까? 왜 이렇게 변한 거예요? 예?"

"형사님, 아무것도 묻지 않겠다고 하셨잖아요. 제발 절 그냥 내버려 두세요. 더는 드릴 말씀이 없습니다. 제발요!"

"이게 정말 민지 양을 위한 최선의 방법입니까? 아직 시간이 있습니다. 2심…… 아니, 대법원까지 가서라도 반드시 그 괴물을 처벌받게 해야 하지 않겠습니까? 그러니 다시 생각해 봐요, 여남구 씨."

여남구가 끝내 고개를 돌려 외면하자, 최 경위는 지갑에서 명함을 꺼내 건넸다.

"그래요. 마음 바뀌면 언제든 연락 줘요. 여기, 연락처입니다. 받아요."

"형사님, 꼭 저여야 합니까? 아니, 제가 나선다고 해서 그들이 죗값을 치른다고 장담할 수 있으십니까? 그런 거냐고요?"

"여남구 씨, 지금 그들이라고 했습니까? 이필석 의원 말고 누가 더 있는 겁니까? 뭔가 알고 있는 거죠? 그렇죠?"

"아……아니에요."

여남구는 순간 당황하며 최 경위의 눈을 피했다.

"남구 씨, 저희가 그들의 위협에서 지켜드리겠습니다. 그들을 단죄하기 위해서는 남구 씨 도움이 반드시 필요합니다. 알고 있는 사실을 털어놔 봐요. 예?"

잠시 고개를 숙인 채 고심하던 여남구는 이내 머리를 가로저으며 다시 고개를 들었다.

"형사님이 지켜 주시겠다고요? 정말 민지와 저를 지켜 주실 수 있나요? 아니, 민지 아버님까지도 지켜 주실 수 있는 건가요?"

"네? 민지 양…… 아버님? 무슨 말이에요, 그건?"

"저희 부모님까지 모두 지켜 주실 수 있냐고요?"

"도대체 누가 남구 씨 가족까지 위협한다는 겁니까?"

여남구는 다시 고개를 돌려 최 경위의 시선을 피했다.

"좋아요. 그런데 민지 양을 지켜 달라니 그건 무슨 말입니까?"

"……."

"정말 아무 말도 하지 않을 작정입니까?"

"……."

"저희가 안전하게 남구 씨를 보호해드리겠습니다. 하지만 이런 식으로는 한계가 있습니다. 그러니 신변 보호 요청이라도 하십시오. 네?"

"……."

"여남구 씨, 저희 경찰도 믿지 못하는 겁니까? 그렇군요. 미안합니다, 남구 씨. 경찰도 믿지 못하게 된 지금 상황이 정말 안타깝습니다. 남구 씨를 탓하는 게 아닙니다. 저희가 지금까지 해 온 과오가 있으니 신뢰하지 못하는 그 마음 이해합니다. 하지만 남구 씨, 필요하면 언제든 저한테는 연락 주십시오. 형사가 아니라 한 시민으로서 민지 양과 남구 씨를 돕고 싶은 마음에서 드리는 말입니다."

여남구는 끝까지 입을 굳게 다물고 아무 말도 하지 않았다. 최 경위는 명함을 탁자에 내려놓으며 말했다.

"그래요. 이만 가 볼게요. 시간 내줘서 고마웠어요. 쉬어요."

"죄송합니다. 다시는 찾아오지 말아 주세요."

누군가의 전화를 받은 민우직 경정은 얼굴을 잔뜩 찡그렸다. 그러고는 통화를 마친 뒤, 안민호 경위에게 출입문 앞에 차를 대기시켜 놓으라고 지시했다. 안 경위는 민 경정의 지시에 따라 주차장 방향으로 뛰어갔다.

민 경정은 누군가에게 전화를 걸며 어딘가로 서둘러 갔다. 뛰어가는 안 경위를 어리둥절한 표정으로 바라보던 남시보 순경은 민 경정을 따라나서야 할지, 아니면 자리에서 기다려야 할지 몰라 엉거주춤 자리에 서 있었다. 그때, 민 경정이 저만치 앞에서 큰 소리로 말했다.

"시보야! 저기 저 문, 상황실에 들어가서 기다리고 있어. 박 형사가 곧 와서 안내할 거야. 알았지?"

무슨 급한 일인지 민 경정은 아무런 설명 없이 박 형사가 온다고만 말하고, 다시 휴대폰을 귀에 가져다 대며 급히 걸어갔다. 남 순경은 잠시 그 뒷모습을 물끄러미 바라보다, 민 경정이 알려 준 상황실 문을 열고 들어갔다.

상황실 안에는 아무도 없었다. 남 순경은 안에 들어가서도 뻘쭘하게 서서 어찌해야 할지 모를 표정으로 주위를 살폈다. 남 순경이 들어선 곳은 특별 수사본부 상황실이었다. 10분 정도, 홀로 남아 상황실에 붙어 있던 자료들을 살펴보고 있으니 누군가 문을 열고 들어왔다.

"어! 누구시죠? 여기는 관계자 외 출입 금지 구역인데……."

"아, 저 민우직 팀장님이 여기서 대기……."

"아! 민우직 팀장님이 말씀하신 그분이세요?"

"아, 네. 맞습니다. 혹시 박 형사님?"

"네! 박민희 순경이라고 합니다. 반갑습니다."

"네, 저는 남시보 순……."

"아, 시보예요? 민 팀장님이 특별한 능력이 있는 분을 소개시켜 준다고 해서 기대했는데 신입이라니."

"아니, 그게 아니라……."

"어! 남 시보! 지금 소속이 다르다고 무시하는 건가요? 아니면 제가 순경이라서 무시하는 건가요? 제가 먼저 소개했으면 바로 경례하고 본인 소개를 해야 하는 게 맞지 않나요? 어디 소속이죠?"

"후우……. 네! 충성! 여기는 처음이라 실수했습니다, 박민희 형사님."

"그래요. 시보*시절엔 그럴 수 있어요. 앞으로는 어디든 상급자를 보면 바로 거수경례하세요. 아셨죠? 그냥 박 순경님이라고 불러요."

"네, 박 순경님. 저는 대방 지구대 소속입니다. 갑자기 민 팀

---

*   **시보** : 어떤 관직에 정식으로 임명되기 전에 그 일에 실제로 종사하여 사무를 익히는 직책

장님이 여기로 데리고 오셨습니다. 근데 민 팀장님과 안 형사님은 무슨 일로 가신 겁니까?”

“네에, 사건 현장에 가셨어요. 이대우 대법관이 자살했다는 연락을 받고 급하게요.”

“아, 자살……. 대법관이라면 뉴스 속보에 나왔던 그…….”

“맞을 거예요. 어떻게 먼저 보도됐는지 모르겠지만, 경찰이 시신을 확인하자마자 뉴스에 속보로 나왔다고 하더라고요. 그것 때문에 지금 관할 경찰서도 난리 났을 거예요. 사건 현장 통제 못 했다고 말이죠. 아무튼 팀장님이 사건 현장 자료들 보여 주면서 하나하나 자세히 설명해 주라고 하셨는데, 괜찮으시죠?”

“아, 네. 그럼 부탁드립니다.”

박 순경이 자료들을 보며 설명을 시작하려던 그때, 상황실 문이 열리고 누군가 들어왔다.

“다들 어디 가셨어요?”

“오셨어요, 검사님. 지금 최우철 경위와 나상남 경사는 B지점 현장에 나가 탐문 수사 중에 있습니다. 그리고 민우직 팀장님과 안민호 경위님은 이대우 대법관 건으로 사건 현장에 가셨습니다.”

“네, 이대우 대법관……. 그런데 이분은…….”

“아, 여기는 민우직 팀장님이 이번 사건에 도움이 될 친구라고 하셨던 대방 지구대 소속에 남 시보라고 합니다. 이제 막 사건에 대해 설명…….”

“뭐라고요? 시보? 아니, 시보면 아직 정식으로 임명된 것도 아니잖아요? 아, 미안해요. 시보라고 무시하는 게 아니라 사건이 사건인 만큼……. 민 팀장님께 제가 전화해서 확인할게요. 그때까지 잠시 대기하세요."

"아니, 저기……."

"우선 옆 회의실로 데리고 나가세요. 어서요."

"아, 네. 이리 따라오세요."

남 순경은 오해가 생겨도 단단히 생긴 것 같은 분위기에 난처한 표정으로 어정쩡하게 서 있었다.

"뭐해요? 따라 나가지 않고."

"아……. 네. 휴우……."

하남시 삼국 병원 앞에는 취재 기자들로 북새통을 이루고 있었다. 이대우 대법관 사망 보도가 경찰의 언론 브리핑보다 먼저 보도된 것은 남한강 수질 오염 뉴스를 촬영하던 기자가 대법관의 시신을 우연히 발견했기 때문이었다.

민우직 경정과 안민호 경위는 병원 앞에 차를 주차하고, 취재 기자들로 북적이는 병원 로비를 조심스럽게 지나 안치실로 들어갔다. 안치실에는 경기 남부 지방 경찰청에서 나온 형사들이 있었고, 그 옆에 최우철 경위도 함께 있었다.

"민 팀장님, 오셨습니까? 안 형사도 왔어?"

"어떻게 된 거야?"

최우철 경위는 안치실에 들어선 민 경정을 이대우 대법관 시신이 있는 곳으로 안내했다.

"팀장님, 여기는 남부 경찰청 형사과 팀장 박철기 경감입니다. 경감님, 서울 경찰청 광역 수사대 민우직 계장님이십니다."

"안녕하십니까? 말씀 많이 들었습니다."

민우직 경정과 안민호 경위는 박철기 경감과 간단한 인사를 나누었다.

"이장우 형사! 이리 와 봐."

"네!"

시신 건너편에서 시신을 확인하고 있던 이장우 경위는 박철기 경감의 부름에 뛰어왔다.

"이쪽은 이장우 경위입니다. 인사드려, 이 형사."

"네, 안녕하십니까. 이장우 경위입니다."

"수고 많아요. 민우직이라고 해요."

"안녕하세요. 안민호 경위입니다."

"네, 반갑습니다."

"그럼 대충 통성명도 끝났으니 어찌된 일인지 들어 볼까요?"

"여기 이장우 형사가 제일 먼저 사건 현장에 도착했었습니다."

"네, 계장님. 신고 전화를 받고 감식팀과 함께 사건 현장에 도착했을 땐 이미 취재 기자들이 와 있어 언론 통제가 어려웠습니다. 다른 취재 차 사건 현장에 와 있던 기자와 스태프들이 최초로 시신을 발견했고요. 신고를 받은 119 구조대가 강에서 시신을 뭍으로 옮겼다고 합니다. 감식팀 검시 결과, 부검을 해 보자는 의견인데 유가족들이 반대하고 있습니다."

"왜요? 부검을 하자는 이유가 따로 있습니까?"

시신을 확인하고 있던 안 경위가 불쑥 끼어들어, 이장우 경위를 바라보며 물었다. 이 경위가 곧바로 대답하지 못하고 우물쭈물하자 최 경위가 말을 이었다.

"감식팀에서 시신 여러 곳에 멍든 자국과 상처들이 보인다고 해서. 투신 전에 생긴 것인지, 아니면 여기 남한강까지 떠내려오면서 생긴 것인지 정확히 부검을 해 봐야 할 것 같다고 하더라고."

"최 형사, 단지 그 이유뿐이야?"

민 경정은 이장우 경위와 박철기 경감의 눈치를 살피며, 최 경위에게 넌지시 물었다.

"아……. 그게, 타살의 흔……."

"최 경위!"

박 경감은 서둘러 말을 끊고 민 경정을 바라보며 말했다.

"계장님, 아직 확인되지도 않은 내용입니다. 감식팀 팀장의 소견이지만, 여기 남한강까지 흘러 내려와서 발견된 것으로 봐서는 자살 후 생긴 상처나 멍일 겁니다. 그리고 차에서 유서도 발견됐습니다. 여기는 저희 관할이……."

"그래도 유가족을 설득해……."

안 경위가 이번에도 박철기 경감이 말하고 있는 중에 불쑥 끼어들며 말했다.

"안민호 경위라고 했나? 상급자들이 얘기하는데……."

"아니, 그게…….”

"안 형사, 가만히 있어. 맞는 말이야.”

박 경감과 안 경위 사이에 언쟁이 붙으려 하자, 민 경정이 나서 안 경위를 자제시켰다.

"계장님이 그러시니 괜히 제가 다 민망하네요. 그래도 상급자가 말씀 중이신데 불쑥 끼어들…….”

"박철기 경감, 충분히 알아들었을 겁니다. 그 정도만 하죠.”

"아……. 네.”

"그나저나 유서가 있다고……. 알겠습니다. 최 형사, 잠시 나좀 보지.”

"네, 팀장님.”

"안 형사는 먼저 차에 가 있어. 시보는 어쩌고 있는지 전화좀 해 보고.”

"네, 알겠습니다. 박철기 경감님, 무례했다면 사과드립니다. 실례했습니다.”

"아니에요. 사건 때문에 나도 신경이 날카로워져서……. 나중에 좋게 봅시다.”

"네, 그럼 안녕히 계십시오. 이 형사님도 나중에 또 봬요.”

"들어가십시오, 안 형사님.”

안 경위가 안치실을 나가고, 민 경정과 최 경위는 시신을 보며 잠시 대화를 나누었다. 그리고 두 사람도 오래 지나지 않아 안치실을 나섰다.

"왜 이렇게 빨리 나오시는 겁니까?”

"뭐가 빨라? 확인할 건 다 했어."

"근데 말입니다, 팀장님. 뭐가 좀 이상……."

"시보하고는 통화해 봤어?"

민 경정은 안 경위의 말을 중간에 끊고 되물었다.

"아……. 지금 전화해 보겠습니다. 그런데 언제쯤 올라갈 예정이십니까?"

민 경정은 안 경위의 질문에 대답 대신 최 경위를 바라보았다.

"……제 얼굴을 왜 보세요? 하아, 저는 좀 더 있다 올라가겠습니다."

"그렇다네. 이제 알았지. 어서 시보한테나 전화해 봐."

"예, 알겠습니다. 휴……."

안 경위는 한숨을 내쉬며 휴대폰을 꺼내 들었다.

박민희 순경은 남시보 순경을 상황실 옆 작은 회의실로 안내했다. 남 순경은 한서율 검사의 갑작스런 등장에, 박 순경이 자신을 소개하는 대로 듣고 있어야 했다. 중간에 자신을 다시 소개하는 것도 애매해 다른 말 없이 안내에 따랐다.

"잠시만 여기서 기다려요. 내가 검사님께 다시 말해 볼게요. 아, 팀장님한테도 전화해 보고요. 차라도 한잔 줄까요?"

"아니요. 괜찮습니다. 팀장님께는 제가 전화해 볼게요."

"아, 그래요. 그럼 난 검사님하고 잠깐 얘기하고 다시 올게요."

박 순경은 회의실 밖으로 나가 다시 상황실로 들어갔다. 남 시보는 민 경정에게 전화를 걸며 회의실을 한번 둘러보았다. 신호음이 계속되어도 연결이 되지 않자, 전화를 끊고 멍하니 앞만 바라보며 박 순경을 기다렸다. '회의실이라고 했지만 조명이 어두워서 그런가. 꼭 취조실 같은 분위기네.' 와 같은 의미 없는 생각을 하며 멍하니 앉아 있던 남 순경은, 진동이 울리자 휴대폰 액정 화면을 무심히 보고는 연결 버튼을 눌렀다.

"남시보 순경님, 안민호입니다."

"안 형사님, 지금 어디세요?"

"여기는 경기도 하남입니다. 박민희 형사는 만났습니까?"

"네. 그런데 그게…… 검사님이 오셔서 상황실에서 쫓겨났어 요."

"쫓겨나요? 무슨 일 있었습니까?"

"아니, 아니요. 설명하기가 좀……. 민 팀장님한테 전화했었 는데 안 받으시네요."

"전화하셨습니까? 언제 말입니까?"

"아, 몇 분 전에 연락드렸는데……. 바쁘신가 봐요?"

"네. 아마 일 보시느라고 못 받으셨나 봅니다. 아니, 그런데 쫓겨났다니 그게 무슨 말입니까? 검사님이면 한서율 검사님 말씀입니까?"

"이름은 모르겠고요. 인사도 제대로 못 하고 옆 회의실로 쫓 겨났어요. 그런 줄만 아세요. 근데 무슨 일로 가신 거예요? 이 대우 판사 일로 가신 거예요?"

"박 형사한테 들으셨습니까? 네, 맞습니다. 자세한 건 가서…… 아니, 그게 지금 중요한 게 아닌데……. 알겠습니다. 제가 박 형사한테 전화해 보겠습니다."

"아니에요. 빨리 오시기나 하세요. 언제 올라오세요?"

"잘 모르겠지만 곧 올라갈 것 같습니다. 조금만 기다리십시오."

남 순경과 안 경위가 통화하고 있을 때, 상황실에서는 박 순경이 방금 전 상황을 한 검사에게 설명하고 있었다.

"검사님, 시보라고 하지만 민우직 팀장님이 여기까지 데리고 온 걸 보면 뭔가 도움이 되는 친구가 아닐까 싶은데요. 민우직 팀장님과 통화해 보셨어요?"

"안 받으시네요. 그건 그렇고 도 경감님도 여기에 안 계세요?"

"아, 네. 최우철 경위 나갈 때 같이 나가셔서 아마 과학 수사대로 복귀하신 듯한데요. 전화드려 볼까요?"

"아니에요. 제가 하죠. 탐문 수사는 지금 어떻게 진행되고 있는 거죠?"

"최우철 경위님과 나상남 경사님은 B지점 탐문 중이고, 민우직 팀장님과 안민호 경위님도 가기로 되어 있었는데……. 아까 그 시보만 여기에 남겨 두고 이대우 대법관 건으로 나가셨어요."

"그래요. 그럼 다음 범행이 예상되는 A지점 인력 배치 계획은 어떻게 진행되고 있나요?"

"우선 A지점 현장을 조사해서 CCTV가 없는 외진 장소나 사각지대를 찾아 리스트를 정리하고 있습니다. 관할 경찰서에 협조 요청해서 지구대와 파출소 인력을 최대로 투입해 파악 중에 있고요. A지점이 마무리되면 다음 예상 지점도 순차적으로 진행할 예정이에요."

"그렇군요. 범행이 예상되는 기간에 집중 배치하겠네요⋯⋯. 근데 아까 그 시보는 이름이 뭐라고 했죠? 이름을 못 들은 것 같은데⋯⋯."

"아⋯⋯. 죄송합니다. 제가 이름을 안 물어봤네요. 남 시보라고만 해서⋯⋯."

박 순경은 민망했는지 자신의 입을 두 손으로 가리며 양 볼을 풍선처럼 부풀렸다.

"박 순경은 이럴 때 보면 참 귀여워요."

한 검사는 호탕하게 웃으며 박 순경에게 두 눈을 찡긋해 보였다.

"성은 남 씨 맞는 거죠?"

"네, 남 시보라고 했어요. 그런데 민우직 팀장님이 이번 사건에 도움이 될 거라고, 특별한 능력이 있는 사람이라고 하셨잖아요. 그런 사람을 저렇게 그냥 둬도 될까요? 사건 자료에 대해 자세히 설명해 주라고 하셨거든요."

"음, 그래도 아직 신원이 확실하지 않았으니 팀장님께 확인하고 알려 줘도 늦지 않을 것 같아요. 그럼 수고해요. 아, 맞다. 팀장님 오시면 저한테 전화 좀 달라고 전해 줘요. 부장님께 보고는 드렸다고 전해 주고요."

"네, 알겠습니다. 조심히 들어가십시오, 검사님."

"수고하세요."

한 검사가 나가고 회의실로 가려던 박 순경은, 갑작스러운 과장의 호출로 몇 가지 업무를 처리하다 그만 남 순경을 까맣게 잊고 말았다. 과장이 지시한 업무를 끝내고 잠시 앉아 커피를 마실 때쯤이 되어서야 문뜩 남 순경 생각이 났다. 오랜 시간 혼자 회의실에 있었을 남 순경에게 미안했던 박 순경은 커피 한 잔과 함께 서둘러 회의실로 향했다.

회의실로 들어선 박 순경은 허탈한 웃음을 내뱉고 말았다. 문을 여는 순간 코 고는 소리가 크게 들렸기 때문이다. 남 순경은 새벽까지 술을 마신 뒤 잠도 제대로 자지 못해 많이 피곤한 상태였다. 그런 와중에 첫 끼를 먹자마자 이곳으로 끌려와, 무슨 상황인지도 모른 채 작은 회의실 공간에 갇혀 무료한 시간을 보내다 보니…… 더는 참지 못하고 탁자에 엎드린 채 잠이 들어 버린 것이다.

"저기……. 저기요. 시보! 일어나 봐요. 남 시보!"

"어! 네! 여기…… 허억! 죄송합니다. 어, 제가 그만 잠이 들었나 봅니다."

눈을 비비며 일어난 남 순경은 잠시 주위를 둘러보다, 박 순경을 보고 정신이 번쩍 들었다.

"아니에요. 괜찮아요. 많이 피곤했나 봐요?"

"아……. 네. 사실 어제 새벽 늦게까지 술을 달려서."

"저기, 미안해요. 아까는 정신이 없어서 이름도 못 물어봤네요. 이름이 어떻게 돼요?"

"네? 아……. 그게, 제 이름은 시보입……."

"아니, 이름이요. 잠이 덜 깼나 보네요. 직급 말고. 이름, 이름이요."

"네, 이름이…… 그러니까, 시보라고요."

"네? 이름이 시보…… 요?"

"네, 남시보 순경입니다. 아까는 다 말하기도 전에 말을 끊으셔서……."

남 순경은 민망했는지 머리를 긁적이며 머쓱하게 웃었다.

"아아……. 미안해요. 그것도 모르고 무례하게 경례까지 하라고 했네요. 아, 어쩌면 좋아."

박 순경은 그렇게 말하며 두 손으로 얼굴을 가리며 고개를 절레절레 흔들었다.

"아, 아니에요. 괜찮습니다. 제가 말할 타이밍을 놓쳐서 그런 건데요. 정말 괜찮습니다. 그것보다 저는 언제까지 여기 있어야 하는 거죠? 저도 일이 좀 있는데……."

"아! 팀장님께 연락은 해 보셨어요?"

"안민호 형사님하고 통화는 됐고요. 금방 오신다고 했는데 늦으시네요. 안 형사님께 다른 연락은 없었나요?"

"네, 없었어요. 저도 과장님 호출받고 일 처리하느라 신경을 못 썼네요. 죄송해요. 우선 상황실에서 사건 분석 자료랑 같이 설명해드릴게요. 그리 오래 걸리진 않을 거예요."

"검사님이 계시는데 괜찮을까요?"

"검사님은 가셨어요. 그리고 시보도 아니잖아요. 이름 말고요."

"아, 네. 그럼 알겠습니다."

박 순경은 회의실 문을 열고 나와 상황실을 가리켰다. 남 순경은 멈칫하다가 문을 열어 준 박 순경에게 살짝 고개 숙여 인사하고 먼저 상황실로 향했다. 뒤따라 들어온 박 순경은 회의실 문을 닫으며 말했다.

"여기 와서 앉으세요. 보시다시피 벽면에 붙어 있는 건 모두 사건 관련 자료들이에요. 이건 강남구 일대 지도, 그 위에 그림은 다윗의 별 문양이고요. 보시면 범죄 현장과 별 꼭짓점이 일치한다는 걸 알 수 있어요. 그리고 이건 용의자를 예측해 작성한 몽타주인데, 몽타주는 정확하지 않을 수 있어요. 목격자가 없어서 말이죠."

"그런데 어떻게 몽타주를……."

"아, 도 경감님이 지금까지 발생한 살인사건들을 프로파일링해서 범인의 신체 조건이나 얼굴 생김새 등을 예측 분석해 만드신 거예요. 대단하죠?"

"정말요? 와아, 대단하네요. 그래도 저것만 믿고는……."

"그렇죠. 전혀 아닐 수도 있지만, 그래도 프로파일링 전문가라고 인정받는 경감님이 예측한 몽타주니 한번 믿어 보시죠."

"아, 죄송합니다. 제가 주제넘는 말을 했네요."

"아니에요. 그럴 수 있죠. 그리고 여기 이 자료는 연쇄 살인사건의 공통점과 사건 개요들을 정리한 것들이에요. 직접 보시면 쉽게 이해되실 거예요."

남 순경이 자료를 훑어보고 있을 때, 박 순경이 조심스러운 목소리로 물었다.

"근데 민우직 팀장님하고는 어떻게 아시는 사이세요?"

"민 팀장님이요? 어……. 얘기하자면 긴데…….'"

남 순경은 자살하려는 강소담을 구하려다 치한으로 오해받아 경찰서로 잡혀 왔었고, 그때 민우직 경정을 처음 만났다는 일화로 이야기를 시작했다. 단, 자신이 앞으로 죽을 사람의 시체를 볼 수 있다는 사실은 숨겼다.

민 경정과 함께 살인범을 잡았던 일화를 살짝 과장해 가며 실감 나게 이야기하고 있을 때였다. 나상남 경사가 탐문 수사를 마치고, 힘겨운 표정으로 땀을 닦으며 상황실 문을 벌컥 열고 들어왔다. 초여름이지만 낮 기온이 상당히 높았던 오늘, 혼자서 B지점 곳곳을 탐문하며 다니다 보니 많이 지쳤던 모양이다.

나 경사는 상황실에 들어오자마자 냉장고 문을 열어 젖히고, 생수를 꺼내 벌컥벌컥 들이마셨다. 얘기를 나누던 두 사람은 요란하게 문을 열고 들어오는 나 경사의 모습에 깜짝 놀라 하던 대화를 멈췄다. 그리고 씩씩거리며 냉장고 앞으로 가는 나 경사를 아무 말 없이 바라만 보고 있었다.

작은 생수병 하나를 모두 들이킨 나 경사는 하나를 더 꺼내 몇 모금 마신 후에야 박 순경과 남 순경을 번갈아 쳐다보았다. 그리고 그들이 앉아 있는 곳으로 터벅터벅 걸어왔다.

"수고하셨습니다, 나 형사님."

"어, 그래. 박 순경도 수고했어. 팀장님이랑 최 형사님은 아직 안 오셨어?"

"네, 아직이요. 나 형사님, 여기는 팀장님이 특별한 능력이 있다고 말씀하셨던 그분이에요."

"안녕하십니까. 남시보 순경입니다. 반갑습니다."

"남 시보? 순경? 뭐야? 무슨 직급을 그렇게 불러? 이름은?"

나 경사가 어리둥절한 표정으로 묻자, 박 순경이 작게 웃음을 터뜨렸다.

"왜 웃어? 남 순경? 남 시보? 아이, 아무튼 뭐가 반가워? 지금 여기 상황실 보면 몰라? 살인사건 수사 중인 거! 그런데 뭐가 반갑다는 거야?"

"아, 제가 말실수했습니다. 죄송합니다."

"나 형사님, 왜 그러세요? 나가셨던 곳에서 무슨 일 있으셨어요?"

"무슨 일은? 아우, 더워서 그러지. 여름이랑 나랑 정말 안 맞는다. 혼자 돌아다니려니 더 힘들어. 그리고 박 순경, 내 말이 맞잖아. 안 그래?"

"네, 그렇죠. 그래도……. 아, 여기는 나상남 경사님이세요. 나 형사님, 이쪽은 남시보 순경이라고, 이름이 시보예요."

"어? 이름이 시보야? 무슨 이름이…… 아니, 그런 뜻이 아니라……. 알지?"

"네! 압니다. 괜찮습니다. 저도 처음에 그런 소리 많이 들었습니다. 이름이 시보라서……."

"그래, 그랬겠다. 그런데 민 팀장님하고 무슨 사이야?"

남 순경은 처음부터 다시 설명할 생각에 머리가 아득해져 잠시 머뭇거리다 말했다.

"아……. 그러니까, 예전에 일이 있어서 우연히 알게 된 사이입니다. 형님 아우 하는 관계랄까요. 하하."

"뭐? 형님? 아우? 뭐야, 정말?"

"네, 사석에서는 형님이라고 부릅니다. 나상남 경사님."

"말투가 왜 그래? 갑자기."

"아……. 나 경사님이 군기를 잡으셔서 저도 모르게……. 갓 지구대 발령 받았을 때 생각이 나네요. 하하하."

"하하, 웃긴 자식이네. 그래, 박 순경이 사건에 대해 설명은 해 줬고?"

"그게 아직……. 설명은 팀장님이 이미 어느 정도 하셨다고 하네요. 그래서 저는 분석 자료들 설명하다가……. 그, 팀장님하고 남시보 순경이 함께 사건 해결했던 이야기 듣고 있었어요."

박 순경은 일은 안 하고 사적인 대화를 한 것이 민망해 겸연쩍게 웃었다.

"음, 그래? 그럼 계속해 봐."

나 경사가 자리를 잡고 앉으며 말했다.

"네? 아니……. 거의 다 말했는데……"

"뭐? 벌써 다 했어? 그럼 처음부터 또 해 봐."

"아, 네. 그러니까……."

남 순경은 3년 전 민 경정과 있었던 일화를 다시 얘기했다. 같은 이야기였지만 박 순경은 처음 듣는 것처럼 주의 깊게 들었다. 나 경사는 뉴스와 입소문으로만 들었던 민 경정의 과거 사건들이 신기했는지, 그런 일들이 있었는진 몰랐다며 손뼉까지 치며 호응해 줬다. 노량진역에서 채비로 계장과 민우직 경정 사이에 있었던 사건을 설명할 때는 감탄을 연발했고, 강소담의 죽음을 알게 되었을 땐 남 순경을 바라보며 위로의 말을 건네기도 했다.

"그래서 경찰이 된 거야? 팀장님 영향을 받아서?"

"네, 그렇죠."

"남 순경, 내가 좋은 여자 소개시켜 줄게. 야아, 완전 순애보네, 순애보. 아무튼 같이 일하게 됐으니 잘 지내 보자고. 근데 나이가 어떻게 되나?"

"제가 좀 늦게 들어와서요. 스물아홉입니다."

"뭐? 스물…… 아홉……."

"어! 나 형사님이랑 동갑이네요. 크흐."

나 경사는 순간 난처했는지, 아무 말 못 하고 어쩔 줄 몰라 했다.

"에이, 조직에서는 계급이죠. 편하게 말 놓으십시오, 나 경사님."

"어? 어……. 그래. 그렇지? 계급이 깡패야. 알지?"

"나 형사님이 좀 노안이기는 하죠. 저는 스물넷이에요. 잘 부탁드려요."

"뭐야? 박 순경, 이러기야?"

철컥!

한창 이야기가 오가던 중 상황실 문이 닫히는 소리가 들렸다. 언제 문이 열렸는지도 모르게 민우직 경정과 안민호 경위가 안쪽으로 들어오고 있었다.

"뭐가 그렇게 즐거워?"

"다녀왔습니다."

민 경정 뒤에 서서 안 경위가 손을 흔들며 인사했다.

"오셨어요, 팀장님."

민 경정의 등장에 세 사람은 일제히 자리에서 일어났다.

"팀장님, 이제야 오시는 거예요? 휴우, 모처럼 쉬는 날에 너무하세요."

"시보야, 진짜 미안. 사정 좀 봐줘. 박 형사, 시보…… 아니, 남 순경한테 자료 다 보여 주고 설명 잘해 줬어?"

"아……. 자료는 다 보여드렸는데, 그게……."

"네, 팀장님 다 들었습니다. 그런데 제가 뭘 해야……."

나 경사는 갑자기 남 순경 어깨를 감싸 안으며 위아래로 무시하듯 훑어보며 말했다.

"그러게 말입니다, 팀장님. 여기 남 순경이 뭘 해야 하는 겁니까? 연쇄 살인범 잘 잡는 경찰은 아닌 듯 보이는데요."

"오호, 그렇지. 잘 봤어. 여기 있으면서 얘기 좀 안 했어? 아직 모르나?"

"팀장님!"

남 순경은 깜짝 놀라 민 경정을 만류하듯 외쳤다.

"왜? 괜찮아. 남 순경, 이 사건 함께하려면 다들 알아야 한다고."

"무슨 말씀입니까? 남 순경, 아직 얘기 안 한 거 있어?"

"3년 전에 팀장님과 사건을 함께 해결했다고 하던데, 그 얘기 말고 또 다른 게 있었나요?"

"아! 맞아요. 남 순경이 큰 도움을 줬다고 들었는데요."

"아니, 제가 무슨 큰 도움을……. 아니, 그게 아니라 팀장님, 그냥 조금……."

"맞아. 큰 도움을 줬지. 내 목숨도 살려 주고 여기 안 형사 목숨도 구해 줬으니. 안 그래, 안 형사?"

"네. 맞습니다, 나 형사님."

나 경사는 흥분한 목소리로 말했다.

"정말입니까? 오우, 사실이었나 보네. 그때 TV로 보고 소문으로만 들었던 얘기라 잘 몰랐었는데. 와아, 그런 일이 있었네요. 야아."

"그리고 나 형사, 아직도 박민희 형사를 순경이라고 부르나? 내가 몇 번 말했을 텐데."

"아, 죄송합니다. 입에 배서……. 앞으로 시정하겠습니다. 미안해, 박 순…… 형사."

"아……. 아니에요. 괜찮습니다."

"뭐가 괜찮아? 박 형사도 이제 어엿한 특수본 형사라고. 마음가짐을 제대로 가져. 나 형사가 순경이라고 부르면 그렇게 부르지 말라고, 그때 그때 시정 요청하라고. 알았어?"

"네, 팀장님."

"제가 조심하겠습니다, 팀장님."

민 경정은 고개를 끄덕이며 말했다.

"아, 중요한 얘기를 시작하려다 삼천포로 빠졌네. 그래. 과거에 큰 도움을 줬던 여기 남시보 순경이 이번 연쇄 살인사건을 해결할 키(key)를 가지고 있어. 난 확신해!"

"정말입니까?"

"와아, 그런 대단한 분이셨구나."

남 순경은 동그래진 눈으로 민 경정을 바라보았다.

"네? 팀장님?"

나 경사는 작은 눈을 최대한 크게 부릅뜬 채 남 순경을 다시 위아래로 훑어보았고, 감탄과 함께 벌어진 박 순경의 입은 다물어질 생각이 없어 보였다. 반면, 남 순경은 난처한 표정으로 어색하게 웃어 보일 뿐이었다.

· ·

10개월 전 경기 남부 지방 경찰청

최우철 경위는 피해자 남자 친구인 여남구의 신변 보호를 위해 집 앞에 경찰들을 잠복시켰다. 그리고 계속 여남구를 찾아가 설득해 보려 노력했지만 아무런 소용이 없었다.

2심 재판 기일이 다가오고 있는데 1심에서 제출했던 물증 외에는 특별히 다른 증거나 증인을 찾지 못했다. 겨우 추가 피해자를 찾았지만, 그 피해자는 이미 피의자와 금전 합의를 한 상태여서 증언할 수 없다고 했다. 추가적인 증거나 증인 없이 2심 재판에 들어갈 경우 1심보다 못한 판결이 나올 것은 불 보듯 뻔했다.

2심 재판 기일이 다가올수록 피해자 아버지는 피 말리는 시간을 그저 무기력하게 지켜보고 있어야 했다. 그 시간은 큰 고통으로 다가왔다. 최우철 경위도 자신의 무능력을 자책하며, 마지막으로 유일한 희망인 여남구를 설득하기 위해 고심하고 있었다.

"최 형사, 괜찮아?"

"아! 계장님, 오셨어요?"

이필석 의원 성폭행 사건으로 힘든 최우철 경위를 격려하기 위해 민우직 경정이 경기 남부 지방 경찰청 형사과를 찾았다.

"잘 안 풀리나 봐?"

"안 풀리는 정도가 아니라 답이 없네요. 이대로 가다간 무죄 선고가 날 것 같아서요. 미치겠어요, 진짜."

"그 피해자 남자 친구는 계속 그러고?"

"네, 무슨 협박을 받았는지 꼼짝을 안 하네요. 여자 친구가 그렇게 당하고 자살까지 했는데……."

"최 형사, 기분은 알지만 그렇게 말하면 안 되지. 그 친구도 무슨 사정이 있을 거야. 좀 더 그 친구 이야기를 들어 보지 그랬나?"

"아니, 제가 몇 번을 찾아가서 부탁을 했는데요. 도무지 아무 말도 안 하려 하니 그러지 않습니까? 형님은 잘 알지도 못하시면서……."

"우철아! 그래, 잘 몰라. 하지만 당사자가 아닌 이상 그 사람에 대해 단정 짓지 말라는 뜻이야. 그리고 그 친구 속이 속이겠냐고. 분명 무슨 사정이 있겠지."

"아, 그러니까요. 그 사정이 뭐냐고요. 그거라도 말해 줘야 하잖아요. 무작정 안 된다, 못 한다. 아니, 아예 말도 안 한단 말입니다."

"야! 우철! 왜 이렇게 투덜거리는 거야? 그런다고 해결이 돼? 냉정해지라고. 왜 그래? 왜 이렇게 이 사건에 평정심을 잃고 있는 거야? 무슨 일이야?"

"아……. 아니요. 죄송합니다, 계장님. 제가 초조해서 그만……. 제가 평정심을 잃고 잠깐 공사 구분을 못 했습니다."

민 경정은 작게 한숨을 내쉬며 물었다.

"어떻게 할 생각이야?"

"모르겠어요. 그저 막막합니다. 계장님도 잘 아시겠지만 사법 개혁이다, 정치 개혁이다, 그 난리를 쳐도 여전히 권력 가진 자들은 이렇게 저렇게 법망을 잘도 빠져나가니…… 어떻게 할 방법이 없네요. 확실한 물증 하나 제대로 찾지 못하고 있으니, 이거 정말 울화통이 터질 것 같아서 말입니다. 피해자 아버님을 뵐 때마다 미치겠어요. 어디가 아프신지 몸이 앙상하게 말라 가는 걸 제 눈으로 직접 보고 있으면…… 정말 제가 다 피가 마르는 것 같아요. 근데 뭐 하나 제대로 되는 것도 없고. 아이, 젠장! 이럴 땐 정말 경찰 된 게 후회된단 말입니다."

"최 형사, 그 마음 십분 이해해. 힘들지. 불합리한 행태를 법이 제대로 잡아 주지 못하니 정말 그때는 미치는 거지. 알아,

나도 그 마음. 그래도 아직 시간이 있잖아. 방법을 찾아보자고. 어? 아, 그래. 내가 한번 그 친구를 만나 볼까? 피해자 남자 친구 말이야."

"계장님이요? 정말요?"

최 경위는 잠시 눈을 반짝였지만 이내 마음을 다잡듯 대답했다.

"에이, 아닙니다. 계장님이 만나셔도 안 될 거예요. 그 친구 정말 아무 말도 안 하고 있어⋯⋯."

"그래도 한번 가 보자고. 가서 부딪쳐 보기라도 해야지. 가만히 앉아서 고민만 한다고 뭐가 해결되나? 답은 언제나 현장에 있어. 현장에 직접 가서 해결 방법을 찾아보자고. 어서 일어나. 가 보자, 어? 최 형사, 앞장서."

민 경정은 자리에서 일어나 최 경위의 팔을 잡아 일으켜 세웠다.

"네⋯⋯. 계장님 말씀이 맞습니다. 현장이죠. 맞아요. 계장님이 잘 좀 설득해 주세요. 가능하다면요."

"그래. 내가 도움이 될지는 가서 보자고."

최 경위는 민 경정을 자신의 차에 태워 피해자 남자 친구인 여남구 집으로 향했다. 집 앞에 도착한 최 경위는 초인종을 눌렀다.

"누구세요?"

"여남구 씨, 최 형사입니다."

"도대체 언제까지 오실 건가요? 돌아가세요!"

"남구 씨, 저는 서울 지방 경찰청 광역 수사대에서 나온 민우 직 형사라고 합니다. 남구 씨에게 드릴 말씀이 있습니다."

"광역 수사대요? 무슨 일로 그러시죠? 저는 더 이상 말씀드 릴 게 없다고 분명히 말했는데요."

"죄송합니다. 이민지 양 얘깁니다. 새로운 증거를 확보하게 돼서 확인 차 왔습니다."

"새로운 증거요? 그게 뭔데요?"

여남구는 깜짝 놀란 듯 커진 목소리로 대답했다. 민 경정 옆 에 서 있던 최 경위도 놀라기는 마찬가지였다. 최 경위는 휘둥 그레진 눈으로 민 경정을 빤히 쳐다보았다.

"그건 들어가서 말씀드릴 테니 문 좀 열어 주시죠."

"아⋯⋯. 네, 들어오세요."

삐, 철커덕!

대문이 열리고 민 경정이 앞서 들어갔다. 그 뒤로 최 경위가 따라 들어가며 작은 목소리로 물었다.

"계장님, 무슨 새로운 증거를 말하는 겁니까? 제가 모르 는⋯⋯."

"무슨 소리야?"

"아니, 방금 새로운 증거를 확보하셨다고⋯⋯."

"그런 게 어디 있어. 조용히 따라 들어오기나 해."

민 경정은 알 수 없는 말을 하며 싱긋 웃어 보였다. 어리둥절 한 최 경위는 그저 눈만 껌벅거리며 그를 바라보다, 속내를 알 수 없다는 듯 고개를 절레절레 흔들었다.

"무슨 새로운 증거죠?"

민 경정이 현관 입구로 들어서자, 바로 앞에 한 남자가 지키고 서서 다짜고짜 질문을 던졌다.

"어! 안녕하세요. 민우직 형사입니다. 여남구 씨 되십니까?"

"네, 그래요. 그래서 무슨 증거냐고요?"

"들어가서 말씀드리겠습니다. 들어가도 되겠죠?"

"저도 왔습니다, 남구 씨."

여남구는 새로운 증거라는 말에 별다른 거부 없이 집 안으로 두 사람을 들였다. 그리고 현관문을 닫자마자 서둘러 다시 입을 열었다.

"이제 말씀해 주시죠. 새로운 증거가 뭔가요?"

"아, 그거요. 근데 집에 혼자 사십니까?"

"네? 네. 부모님은 잠깐 고향 친척 집에 내려가 계세요. 당분간 저 혼자……."

"그렇군요. 집 참 좋네요. 아늑한 게."

"아니, 쓸데없는 소리 그만하시고 말씀해 보세요. 새로운 증거가 뭔지."

"아, 네. 미안합니다. 말씀드릴게요. 민지 양이 남긴 편지를 발견했습니다. 근데 그 편지 내용 중에 남구 씨에 대한 얘기도 있어서……."

"편지를 어디서……. 무슨 내용이죠? 저도 알 수 있을까요?"

여남구는 미간을 찡그리며 민 경정을 쳐다보았다. 반면, 옆에서 있던 최 경위는 놀랐는지 순간 두 눈이 커졌다.

"그게…… 유족…… 그러니까, 민지 양 아버님이 허락하지 않으셔서 알려드릴 수는 없습니다."

"뭐라고요? 그럼 여긴 왜 오신 거죠? 말씀해 주실 것도 아니면서."

"그거야 확인할 게 있어서 왔죠."

"뭘 또 확인한다는 거죠?"

여남구는 인상을 잔뜩 찌푸리며 짜증 섞인 목소리로 물었다.

"여남구 씨, 왜 이러는 겁니까?"

"그게 또 무슨……."

"도대체 뭘 숨기고 있는 겁니까? 갑자기 증거도 없다, 증언도 할 수 없다. 이유가 뭐예요? 민지 양에게 미안하지도 않나요? 그래도 사랑했던 사이 아니었습니까?"

"그건 이미 다 말씀드렸는데요. 갑자기가 아니라 원래 그런 증거는 없었고, 없는데 뭘 증언할 수 있겠어요. 그래서 못 한다고 한 것뿐입니다."

"남구 씨, 민지 양이 분명 당신에게 뭔가를 남겼고, 자살하기 직전 당신과 통화했던 기록도 남아 있단 말입니다! 또 그 편지에도……."

민 경정이 점점 흥분하자, 최 경위가 그의 어깨를 잡으며 작은 목소리로 말했다.

"계장님, 왜 그러세요?"

"뭐라고요? 편지에 그런 내용이…… 내게 뭔가를 남겼다고 했나요?"

"자세한 건 수사 중이라 말씀드릴 수 없습니다. 그것보다 여남구 씨, 협박당하고 있다는 거 압니다. 그래서 이러는 것도 이해합니다. 하지만 여남구 씨 증언과 가지고 있는 그 물증 없이는 재판에서 이길 수가 없어요. 제발, 민지 양을 생각해서라도 나서 주세요."

여남구는 민 경정의 말에 흔들렸는지, 말없이 무언가를 생각하는 듯 보였다.

"남구 씨……."

"최 형사, 잠깐만 있어."

말을 꺼내려는 최 경위를 급히 말린 민 경정은 그를 이끌고 뒤로 물러났다. 잠시 여남구 혼자 생각할 시간을 주기 위해서였다.

"형사님."

"네, 남구 씨."

뒤돌아서서 홀로 고심하던 여남구는 결심했는지 민 경정 앞으로 다가와 말했다.

"형사님, 협박받는 것도 있지만…… 만약에 말입니다. 제가 증언을 하면……."

"네, 증언을 하면…… 계속 말씀해 보세요."

"최 형사, 가만히 좀 있어. 남구 씨, 괜찮습니다. 편할 때 얘기해요."

"그게…… 민지가…… 두 번 죽게 될까 봐……. 내가 죽는 것보다 참을 수 없는 게 민지가…… 민지가…… 으흑, 흐으으…….”

“최 형사, 휴지 좀 가지고 와.”

“아, 네.”

여남구는 감정이 복받친 듯 터져 나오는 울음을 참지 못하고 소리 내어 흐느꼈다.

“남구 씨, 여기 이걸로 좀 닦아요. 진정되면 말해요, 괜찮으니까. 민지 양이 두 번 죽게 된다니 그게 무슨 말입니까?”

“흐으, 그게…… 사실 동영상이 있어요.”

“동영상이요? 정말입니까? 그럼 그걸…….”

“최 형사!”

“아! 죄송합니다…….”

최 경위는 그새를 참지 못하고 또 한 번 앞서서 물었다. 민 경정이 단호하게 화를 내며 말리자, 최 경위는 ‘아차’ 하는 표정으로 머리를 긁적이며 뒤로 물러났다.

“그 동영상은…… 세상에 나와서는 안 됩니다. 그런데 그놈들이…… 그걸 인터넷에 유포시킨다고……. 그 나쁜 새끼들이…….”

여남구는 말을 하는 중에 두 주먹을 불끈 쥐었다. 그리고 온몸을 부르르 떨며, 울분을 억누르는 듯 어금니를 힘주어 물었다.

“놈들, 새끼들이요? 한 명이 아니라는 겁니까?”

“한 명이요? 하아! 그래서 안 된다는 겁니다, 경찰들은……. 형사들이라고 감당할 수 있을까요? 이건 어떤 경찰도 검사도 감당 못 할 겁니다. 그러니 돌아가세요!”

여남구는 격앙된 얼굴로 현관문을 열어 젖히며 민 경정과 최 경위에게 나가라는 눈빛을 보냈다.

제4화

가혹한 현실

어둡고 깜깜한 큰 홀에 정적이 감돌았다. 어디선가 물방울 떨어지는 작은 소리만 선명하게 들릴 뿐이었다. 화장실 세면대에서 나는 소리일까, 아니면 싱크대에서 나는 소리일까? 물방울 떨어지는 소리와 함께 누군가 걸어오는 구둣발 소리가 들리기 시작했다. 동시에 하나둘씩 불이 켜지더니, 이내 큰 홀이 훤하게 밝아졌다.

이곳은 영업 전 나이트클럽이었다. 불빛 사이로 정장을 말끔하게 차려입은, 검은 머리카락들 사이로 흰 머리카락이 듬성듬성 보이는 중년의 남성이 걸어 오고 있었다. 중년 남성은 큰 홀 중앙을 유유히 지나, 룸이 줄지어 있는 복도 끝으로 꺾어 들어갔다. 그리고 맨 마지막 룸 앞에 멈춰 서서 문을 열었다. 룸 안은 상당히 넓은 편이었는데, 손님용 룸을 사무실로 개조한 듯 보였다. 모서리 끝에 책상이 하나 있었고, 그 앞에는 손님용 큰 소파들이 쭉 들어서 있었다.

소파 한구석에 누군가 웅크린 채 잠이 들어 있었다. 중년 남성이 문을 열자 불빛이 어두운 룸 안으로 발사되듯 길게 뻗어 가, 구석에 잠들어 있던 자를 정확히 명중시켰다. 갑자기 날아 온 불빛을 맞은 그자는 눈이 부셨는지, 눈을 비비며 소파에서 일어나 앉았다.

"이 자식아! 또 여기서 잔 거냐?"

"어? 아! 아버지, 오…… 오셨어요?"

그는 벌떡 몸을 일으키고 서서, 고개를 연신 숙이며 말을 더 듬었다.

"내가 여기서 자지 말라고 했잖느냐! 이 책상은 아직도 있는 거야?"

"아…… 아버지, 그게, 오늘만 여기서 자고, 오늘…… 치우, 치우려고 했어요, 아…… 아버지."

"이 자식아! 내가 영업장에서 자지 말라고 했으면 그 즉시 내 말에 따라 행했어야 하는 거야! 어디서 변명이냐!"

"죄송합니다, 아버지. 지금 바로 애들 시…… 시켜서 빼겠습 니다."

"애들? 이 녀석! 정신 못 차려! 내가 이제 똘마니 같은 건 없 다고 했지. 이제 모든 걸 네 혼자 힘으로 하라고 하지 않았냐! 이놈의 자식, 안 되겠다. 골프채 어디 있어? 이리 와! 맞아야 정 신을 차리지."

중년 남성은 주위를 두리번거리다, 기다란 골프채 하나를 집 어 들었다.

"아, 아버지, 죄송합니다. 한 번만 봐주세요. 아버지! 아, 아! 아버지! 아악!"

꽝!

"이 자식이 피해? 이리 안 와!"

팍!

"아악! 아버⋯⋯."

퍽!

"으아! 아! 으으⋯⋯. 아버지, 잘못했어요. 한 번만, 한 번만 봐주세요. 정말이요, 아⋯⋯ 아버지."

그는 휘둘리는 골프채를 피해 보려 했지만, 끝내 다리와 등을 두드려 맞고 말았다. 한두 번 맞아 본 것이 아닌 듯 맞은 후에도 태연하게 아버지를 응시했다.

"빌어먹을 놈. 내가 또 이 꼴을 보면 그날이 네 제삿날인 줄 알아. 알았어?"

"으⋯⋯. 네, 아버지. 하으⋯⋯."

쾅!

중년 남성은 들고 있던 골프채를 집어 던진 뒤 문을 박차고 나가 버렸다.

"으아악! 빌어먹을⋯⋯. 아! 아악!"

어제 갑작스럽게 나이트클럽에 들렀던 그의 아버지는 사무실처럼 꾸며진 룸을 보고 노발대발하며 당장 원래대로 해 놓으라고 지시했었다. 하지만 다음 날도 그대로인 것을 보고, 자신의 말을 거스른 아들에게 화를 낸 것이다.

매번 욱하며 화를 잘 내는 그는 상습적으로 아들을 폭행했다. 손에 잡히는 건 아무거나 집어 들고 때렸으며, 그것이 최근 일만은 아니었다. 아들은 어릴 적부터 상습적으로 폭력에 노출되어 있었다.

그의 어머니도 아버지의 상습적인 폭행에 버티지 못하고 스스로 목숨을 끊었다. 하지만 그에겐 자기만 살겠다고 자식을 버리고 도망친 어머니일 뿐이었다. 어머니의 부재를 오롯이 몸으로 견뎌야 했던 그는, 자신을 지켜 주지 않고 홀로 떠나 버린 어머니를 원망하고 있었다.

그는 아버지를 향한 분노보다 어머니에 대한 증오심이 더욱 컸다. 버림받은 상처는 여전히 가슴 깊이 남아 있었다. 자신을 매번 상습적으로 폭행하는 아버지이지만, 그래도 자신을 지금까지 버리지 않고 키워 줬다는 생각에 반항하지 못하고 학대를 고스란히 받아들이며 살고 있는 것이었다. 또한 이 나이트클럽을 맡긴 것도 자신을 사랑하기에 그런 것이라 생각했다. 폭력도 하나의 사랑 표현이라 생각하며 합리화한 그였기에, 아버지가 아무리 자신을 폭행하고 학대해도 맹목적으로 복종할 수밖에 없었다.

더 정확하게는, 어머니에게 버림받은 자신이 아버지에게도 버림받지는 않을까 하는 두려운 마음이 컸던 것이다.

민우직 경정은 남시보 순경을 소개했다. 자신을 살려 주고 옆에 있던 안 경위도 구해 준 의인이라며 남 순경을 띄워 주었다. 남 순경은 민 경정의 소개가 쑥스러웠는지 고개를 제대로 들지 못했다. 한편으로는 자신의 얘기를 어디까지 할지 걱정이 되기도 했다.

이번 연쇄 살인사건을 해결하기 위해서는 남 순경의 능력을 숨기고 진행하는 데 한계가 있었다. 그런 이유로 최대한 거부감 없이 이해할 수 있도록 조심스럽게 설명해야 했다. 그러나 염려했던 것과 다르게 민 경정은 과거의 일들을 얘기하면서도 남 순경의 능력은 거론하지 않았다.

왜 이렇게 뜸을 들이나 싶었지만, 그만한 이유가 있었다. 아직 한서율 검사와 도민 경감, 그리고 나영석 경위가 자리에 없었기에 민 경정은 특수본 전원이 다 모이는 그때 그의 능력을 설명할 생각인 것이었다. 최우철 경위는 3년 전 형인 최우식 경위 사망 사건으로 남 순경의 능력을 알고 있었기에 이 자리에 없어도 무관했다.

"팀장님, 그래서요? 그게 여기 남 순경이 이번 사건을 해결할 '키'라고 하신 이유입니까? 단순히 사격을 잘해서? 아니, 군에서 사격 좀 잘했나 보죠. 근데 그게 이번 연쇄 살인사건을 해결할 키라는 게 좀……."

"에이, 나 형사님. 좀 더 들어 보세요. 아직 팀장님이 뭔가를 덜 얘기하신 것 같은데요."

"역시 박민희 형사는 눈치가 백 단이야. 나 형사는 언제쯤 좋아질까?"

"아……. 그럼 뭐가 더 있다는 말씀입니까?"

"그래. 중요한 이야기는 다들 모이면 한 번에 할 거야. 두 번 말하면 입 아프고, 믿기 어려운 이야기이기도 해서. 특히 나 형사가 호들갑 떨까 봐 안 되겠어. 검사님 오시면 얘기해야지."

"예? 아이, 왜 또 접니까? 팀장님, 저만 너무 미워하시는 거 아닙니까?"

민 경정은 허허 하고 웃으며 상황 정리를 했다.

"박 형사는 검사님이랑 도 경감 도착 시각 확인해 보고, 시보는 여기 앉아. 설명은 다 들어서 알 거야. 그치?"

"네, 팀장님. 제가 해야 할 일은 대충 알 것 같은데…… 이게 경우의 수가 너무 많은 거 아닌가요? 그 기간에 찾을 수 있을지 걱정이네요. 그 넓은 곳에서……."

남 순경이 자리에 앉자 나 경사가 뒤로 다가가 물었다.

"무슨 소리야? 남 순경, 좀 알아듣게 얘기하면 안 될까?"

"나 형사님, 그냥 들으십시오. 나중에 무슨 말인지 다 아시게 될 겁니다."

"안 형사는 궁금하지도…… 아니, 설마 안 형사님은 알고 있는 겁니까?"

"잠깐, 안 형사랑 나 형사는 호칭이 왜 그래?"

"아……. 죄송합니다. 팀장님. 제가 존칭 제대로 쓰겠습니다."

"팀장님, 그냥 편하게 하면 안 될까요? 저도 좀 불편합니다. 제가 경위로 계급은 높지만 나이는 어리지 않습니까?"

"무슨 소리야! 장난해? 지금 여기가 학교야? 나이로 결정하게. 경찰은 계급이다. 앞으로 나 경사는 안 형사에게 제대로 존칭 써. 안 형사는 그래도 나이가 있으니 존칭 써 주고. 서로 해 주면 되잖아."

"팀장님, 제가 더 조심하겠습니다."

"그래. 나 형사가 신경 좀 써."

"네, 알겠습니다. 그럼 계속 얘기하시죠."

안 경위는 나 경사의 귀에 대고 속삭이듯 말했다.

"나 형사님, 팀장님이 생각하시는 게 있으신 것 같으니 조금만 기다려 보시죠."

"박 형사, 도 경감은 어디쯤 왔대?"

그때, 기다렸다는 듯 문이 열리며 도 경감이 모습을 드러냈다.

"네! 저 왔습니다. 많이 기다리셨습니까?"

"아, 오셨습니까? 경감님."

민 경정은 자리에서 일어나 도 경감을 맞이했다.

"네, 안녕하십니까? 팀장님, 이제 말 편하게 하시죠."

"아……. 그럴까?"

"여전하시네요, 팀장님."

"여전? 그렇지, 시보야? 하하……. 근데 나 경위는?"

"나 경위는 좀 더 확인할 것이 있다고 국과수에 갔습니다."

"아, 그래. 그럼 검사님 오시면 바로 수사 계획 설명하도록 하지. 그동안 잠깐 일들 보고 있어."

"네."

그로부터 잠시 각자의 시간을 가졌다. 남시보는 민 경정에게 다가가 조용히 말을 걸었다.

"팀장님, 검사님이라는 그분이요. 한 성깔 하시던데……. 나이가 어떻게 되세요? 보기엔 어려 보이던데."

"아……. 한서율 검사님이라고. 아마 너보다 한 살 어릴 거야. 나도 정확히는 모르는데, 대충 너랑 비슷한 걸로 알고 있어."

"와, 나이도 젊은데 검사라……. 와우."

"뭐가 와우야. 그만큼 힘들게 공부해서 그 자리에 있는 거지. 부럽냐?"

"아니요. 부러운 게 아니라 대단해서요. 그 나이에 검사라니."

"성깔 있어 보여도 마음은 착하시다. 아! 그러고 보니…… 아니다, 아니야."

"왜요? 뭔데요? 말씀해 보세요."

"아니야. 아! 오셨네."

한서율 검사가 상황실에 들어서자, 민 경정은 문까지 걸어가 한 검사를 맞이했다.

"기다렸습니다, 검사님. 역시 주인공은 마지막에 등장하는 거죠. 우리 한 검사님이 특수본의 주인공! 아니겠습니까? 안 그래, 안 형사?"

"그럼요. 특수본의 여주시죠. 남주는 팀장님이시고요."

"에이, 난 아니지. 남자 주인공은 따로 있어. 자! 그 주인공을 소개합니다. 남시보 순경!"

"저요? 아유, 왜 또 그러세요?"

민우직 경정이 남시보를 남자 주인공이라고 말하는 순간, 모두들 의아한 표정으로 남 순경을 바라보았다. 하지만 한서율 검사는 그리 중요치 않다는 듯 무심한 표정으로 남 순경의 옆으로 갔다.

민망했는지 고개를 푹 숙이고 있는 남 순경의 어깨에 한 검사가 손을 올리며 말했다.

"그래요? 그렇게 대단한 분인 줄도 모르고 제가 실례를 했네요. 정중하게 다시 인사드릴게요. 서울 지검 한서율 검사입니다."

남 순경은 자신의 어깨에 손을 올린 사람이 한 검사라는 것을 알고, 당황하며 얼른 고개 숙여 인사했다.

"아, 안녕하십니까? 대방 지구대 남시보 순경입니다. 그때는 제가 인사를 제대로 드리지 못해 그런 건데요. 저는 괜찮습니다, 검사님."

"네, 그래요. 괜찮다고 하니 이 정도로 하죠. 이제 왜 남주인지 말씀해 주시겠어요, 팀장님?"

"야아, 우리 검사님. 역시 쿨하시네요. 네, 그러죠. 남시보 순경이 직접 말하는 것보다 제가 얘기하는 것이 더 신뢰가 가겠죠? 그래야 신빙성이 있을 테니까요."

"그러지 마시고 어서 말씀 좀 해 주시라니까요, 팀장님."

서론이 길어지자 나 경사가 더는 참지 못하고 불쑥 끼어들었다.

"알았어. 이제 말하려고 하잖아. 거참, 성격은……. 흠흠, 이번 사건의 용의자는 자신의 신원이 노출될 만한 어떠한 흔적도 남기지 않았습니다. 단지 단서가 될 만한 것들을 피해자 몸에 남겨 놓았을 뿐이죠. 여기 도 경감이 사건들을 분석한 결과를 보면, 가장 유력한 다음 범행 장소는 A지점으로 좁혀집니다."

"그래서요? 다 아는 얘기를 왜 또 하시는 겁니까?"

"나 경사님, 좀 더 들어 보시죠."

"아…… 네, 검사님."

"아하, 이래서 검사님이 계셔야 한다고 하셨구나."

박민희 순경은 옆에 앉아 있던 나상남 경사를 짓궂은 표정으로 바라보며 웃었다.

"뭐라고? 박 형사."

장난을 거는 박 순경이 나 경사는 밉지 않은 눈치였다.

"좀, 조용히 좀 하죠. 팀장님 말씀하시는데."

"아, 죄송합니다. 경감님."

도 경감의 주의에 나 경사는 꾸벅 고개를 숙여 사과했다. 그 모습을 본 박 순경은 혀를 빼꼼 내밀며 놀렸다. 반면, 나 경사는 뭐라고 말도 못 하고 박 순경을 노려봤다.

"그럼 계속하겠습니다. 범행이 예상되는 A지점 모든 곳에 잠복해서 범인을 무작정 기다릴 순 없지 않겠습니까? 그래서 이 친구가 필요한 겁니다. 왜 이 친구가 필요하냐? 이 친구에게는 특별한 능력이 있기 때문입니다. 그 특별한 능력이 뭐냐? 바로 시체를 보는 겁니다."

"시체를 잘 볼 줄 안다는 게 부검에 소질이 있다는 말씀이세요? 그렇다면 나영석 경위가 있는데……. 아니면 또 다른 특기라도 있다는 말씀입니까? 근데 순경이라고 하지 않으셨나요?"

"아, 그런 건 아니고. 도 경감, 끝까지 들어 봐. 내가 뜸을 많이 들였나 보네. 믿기 어렵겠지만 남시보 순경은 남들이 보지 못하는 시체를 볼 수 있습니다. 정확히 말해, 앞으로 죽게 되는 사람의 시체를 미리 볼 수 있다는 거죠. 7일 앞서서 말입니다."

"왓? 뭐라고요? 그게 무슨 말씀입니까?"

도 경감은 남 순경을 아래위로 훑어보더니, 고개를 좌우로 갸우뚱거리며 다시 민우직 경정을 바라보았다. 그때 나 경사가 손을 휘저으며 웃는 얼굴로 자리에서 일어났다.

"에이, 그런 사람이 어디 있습니까? 영화에서나 나오는 얘기를 다 하십니다, 팀장님. 말도 안 돼."

"팀장님 말씀이 맞습니다. 저도 처음엔 믿지 않았지만……전부 사실입니다."

조용히 듣고 있던 안 경위가 차분하지만 확신에 찬 목소리로 말했다.

"지금까지 그 능력으로 여러 사람들을 구하고 있으니까요. 저 또한 그중 한 명이었습니다. 제가 유치원에 다닐 때지만 말입니다. 그래도 못 믿으시겠다면, 최근에 남시보 순경이 해결한 사건을 하나 말씀드리겠습니다."

안민호 경위가 감찰계에서 수사과로 발령되어 왔을 때 발생한 사건이었다. 민우직 경정이 서울 지방 경찰청 형사과 강력계 팀장으로 있을 때 발생한 임모 양 실종 사건이었다. 당시 실종 신고가 관할 경찰서에 들어왔지만, 단순 가출로 판단한 경찰은 관할 지역 지구대와 파출소에 임모 양의 사진을 배포하여 신변을 확보하는 데 치중했다.

그런데 하루 뒤, 임모 양 집 근처 공터에서 그녀의 핸드폰과 신발이 발견되었다. 단순 가출이 아닌 납치 또는 살인사건일 가능성이 높다고 판단되어, 강력 범죄 사건으로 전환해 수사에 착수했다. 그러나 수사에 진척이 없자 여론이 악화되어, 사건은 서울 지방 경찰청 형사과로 이송되기에 이른다.

사건을 맡은 민우직 경정은 임모 양이 실종된 당일 행적을 쫓아 수색을 시작했다. 그때 민 경정은 경찰 시험 준비로 정신이 없었던 남시보를 찾아갔다.

"형님, 저 다음 달에 경찰 공무원 시험이라고요. 그리고 지금 시간이 몇 시인 줄 아세요?"

"알아."

"아시면서 이렇게 무작정 납치하듯이 끌고 가시면 어떡해요?"

민 경정은 고시원에서 공부하고 있던 남시보를 불러내, 아무런 설명도 없이 차에 태워 사건 현장으로 향했다.

"납치? 야! 내가 무슨……. 지금 진짜 납치된 아가씨가 있다고. 그 아가씨를 찾는 데 네가 필요해서 그래."

"제가요? 왜요?"

"가 보면 알아. 내 직감으로는 이번 납치 사건, 한 번으로 끝날 것 같지 않다.”

“네? 그럼 연쇄 납치 사건이라도 된다는…….”

“야, 연쇄 납치가 뭐냐? 경찰 시험은 잘 준비하고 있는 거야? 이래 가지고는…….”

“아이, 그러니까요. 이번에도 힘들 것 같아요. 2년째 이 개고 생을…… 아니, 고생을 하고 있는데……. 형님은 다 아시면서 이렇게 끌고 가시잖아요.”

“알아. 힘들게 공부하고 있는 거. 힘들겠지, 당연히. 그래도 네 도움이 필요해서 어쩔 수 없었어. 이번 사건, 연쇄 살인이 될 것 같아서 그래. 그러니까 같이 좀 가 줘. 아니면 다행이지 만…… 혹시 모르잖아. 가 줄 거지?”

“알겠어요. 그런데 제가 무슨 도움이 될까요?”

“나도 몰라, 정확히. 하지만 직감적으로 네가 필요할 것 같았 어. 납치범이 언제 살인을 저지를지 모르겠지만, 운 좋게 네가 그 시체를 미리 볼 수 있다면 말이야. 그렇게만 되면 범행 전에 범임을 잡을 수 있잖아. 안 그래?”

“아, 그 말씀이구나. 하지만 어디서 사건이 발생할 줄 알고 요? 이거 모래밭에서 바늘 찾기 아닌가요?”

“그럴 수 있지. 하지만 실종된 장소에서 그렇게 멀리는 가지 는 못했을 거야. 실종된 여성을 데리고 먼 거리를 이동했으면 CCTV에 찍혔거나 목격자가 있었을 텐데 없거든. 분명 핸드폰 이 발견된 지점에서 그리 멀지 않은 곳에 있어. 물론 아직까지 살아 있어야 한다는 전제지만……. 젠장! 아무튼 뭐라도 해 봐야 하잖아! 안 그래?”

민 경정은 말을 하다 보니 열이 받는지, 손으로 핸들을 내리치며 언성을 높였다.

“무슨 말씀인지 알겠어요. 아니, 그렇다고 그렇게까지 흥분…….”

“야! 시보! 당연히 흥분해야지, 경찰이! 너 인마, 경찰 될 놈이 그런 정신 상태로…… 당장 때려치워!”

“어……. 정말……. 경찰청으로 가시더니 너무 예민해지신 거 아니세요?”

“뭐? 지금 사건이 그렇잖아. 그 아가씨가 지금 살았는지 죽었는지도 모르는데 그 부모 마음이 어떻겠어? 어! 생각해 봐!”

“알죠. 알아요. 하지만 형님이 항상 얘기하셨잖아요. 수사할 땐 냉정해야 한다고요. 사건에 감정이 개입되면 수사에 방해가 될 수 있다고 말이죠.”

“흠흠, 크흠. 그랬지.”

민 경정은 괜히 헛기침을 하며 애꿎은 코만 매만졌다.

“하아, 그러게. 내가 왜 이러냐, 시보야.”

“그걸 왜 저한테…….”

“그러게 내가 왜 너한테……. 여하튼 도와줘. 응?”

“네! 당연히 도와드려야죠. 그러니까 이렇게 따라나섰잖아요.”

“그렇지.”

민 경정은 사이드미러를 보며 환하게 웃어 보였다.

“제가 뭘 하면 될까요?”

"실종된 현장 주변을 탐문할 거야. 근처 집이나 건물들도 다 수색할 거고. 한 이틀 정도는 고생해야 돼."

"이틀이나요?"

"몰라, 더 걸릴 수도. 빨리 찾지 않으면 실종된 아가씨가 위험해."

"아! 넵."

민 경정은 임모 양 휴대폰이 발견된 공터 가까운 골목길에 차를 세웠다. 그곳엔 먼저 도착한 안민호 경위가 기다리고 있었다. 그들은 휴대폰이 발견된 지점을 중심으로 100미터 내에 있는 집이나 건물들을 우선 수색하기로 했다. 다만 CCTV가 고장 나지 않고 제대로 촬영된 건물은 제외하기로 했다. CCTV 영상을 모두 확인해 보았지만, 수상한 사람이나 차량이 발견되지 않았기 때문이다.

최대한 많은 경찰 인력을 투입해 자정까지 주변을 수색하고 있었지만 특별히 나온 것이 없는 상황이었다. 민 경정은 새벽에 사건이 발생할 확률이 높다고 판단해, 일부러 늦은 시간에 남시보를 데리고 온 것이었다. 휴대폰이 발견된 지점에서 시계 방향으로 돌며 수색하던 중, 놀이터를 지나 뒷산으로 이어지는 산책로를 따라 올라갔다.

그때, 산책로 초입에서 남시보가 갑자기 우뚝 멈춰 섰다.

"왜? 시보야, 뭐가 보여?"

"네, 형님. 여기 안 보이세요?"

남시보는 손가락으로 메마른 수로 아래를 가리켰다.

"정말입니까? 어디요? 여깁니까? 시보 씨는 보이는 겁니까?"

안 경위는 수로 아래를 살핀 후 남시보를 바라보았다.

"그런 거야? 여기? 나는 안 보이는데. 그럼 맞는 거 아니야?"

"저도 안 보입니다, 팀장님."

"그럼 맞네요. 아……. 이 아가씨인 것 같아요. 실종된 아가씨 사진 좀 볼 수 있을까요?"

"여기요, 시보 씨."

안 경위는 들고 있던 자료에서 사진 한 장을 건넸다. 남시보는 사진을 보고, 한쪽 다리 무릎을 꿇고 앉아 수로 아래를 유심히 살펴보았다.

"맞아, 시보야?"

"어? 형님, 이 아가씨는……."

"왜 그래?"

민 경정은 눈을 동그랗게 뜨고 남시보를 내려다보았다.

"혹시 아시는 분입니까?"

안 경위도 인상을 잔뜩 찌푸리며 남시보를 바라보고 있었다.

"아뇨. 사진이랑 다른 여성분이에요……. 얼굴이 심하게 부어 있고 목에 자줏빛 피멍이 보이네요. 목이 졸려 살해 당한 것 같아요."

"정말이야? 얼굴이 부었다며. 다르게 보일 수도 있으니 잘 좀 봐."

"형님, 아니에요. 다른 사람이 확실해요."

"뭐? 아……. 그럼 일주일 뒤에 또 다른 살인사건이 발생한다는 거야?"

"네, 그런 것 같아요. 잠시만요. 다시 좀 볼게요."

남시보는 수로 아래로 내려가 시체 눈을 유심히 살폈다. 눈동자 잔상에서 캡 모자를 쓴 남자의 얼굴이 보였다. 마스크가 한쪽 귀에 걸려 있는 것이, 아마 범행을 저지르다 벗겨진 듯 보였다. 다행이었다. 마스크가 벗겨져 있지 않았다면 범인 얼굴을 정확히 볼 수 없었을 것이다.

남시보는 범인의 인상착의를 옆에 있던 안 경위에게 상세히 설명했다. 안 경위는 그의 말을 그대로 녹취해 경찰청 정보과로 보냈다.

다음 날, 임모 양 핸드폰이 발견된 장소 근처의 모든 CCTV 영상을 다시 확인했다. 어제 남시보가 시체 눈에서 본 살인범과 임모 양 사건 범인이 연관되어 있을 것으로 보고, 범인 몽타주와 비슷한 인상착의 사람을 찾는 데 집중했다.

민 경정과 남시보는 다음 날 밤에도 실종된 임모 양을 찾기 위해 수색을 이어 갔다. 자정부터 시작한 수색은 날이 밝아서야 끝났다. 하지만 아무것도 찾지 못한 탓에 정신적으로나 체력적으로 많이 지쳐 있었다.

두 사람은 간단히 목을 축이기 위해 근처 편의점으로 들어갔다. 생수 두 개를 꺼내 계산대 앞으로 가, 지갑을 꺼내며 점원에게 수상한 사람은 없었는지 물어보려 고개를 들던 그때였다. 그 순간, 남시보는 입을 떼지도 못한 채 굳어 버리고 말았다. 그 자리 그대로 서서 멍하니 점원의 얼굴을 바라볼 뿐이었다.

민 경정 뒤에 서서 이야기하던 안 경위는 앞으로 나와, 과거 사건에 대해 마저 이야기했다.

"편의점 점원은 남시보 순경이 수로에서 본 시체 눈 속의 그 살인범이었던 겁니다. 편의점에서 바로 살인범을 체포했고, 살인범의 집을 수색해 그의 집 지하에서 임모 양을 발견했습니다. 성폭행을 당한 그녀는 감금된 상태였습니다. 아마 남시보 순경이 아니었다면, 그녀는 살해당했을 거고 두 번째 피해 여성도 구할 수 없었을 겁니다."

모두 놀란 눈으로 안 경위의 이야기를 듣고 있었다. 단 한 사람, 한서율 검사만 빼고 말이다. 박 순경은 벌어진 입을 다물지 못했다. 그러나 나 경사는 아무래도 못 믿겠는지 고개를 절레절레 흔들며 안 경위에게 되물었다.

"그게 무슨 말입니까? 환영이요? 예지력 그런 거요? 그런 겁니까?"

"정말이에요? 남 순경님이 그런 능력이 있다고요? 와아!"

박 순경도 그제야 입을 다물고 남 순경을 바라보며 감탄했다.

"팀장님, 사실입니까?"

"사실이네, 도 경감."

"야아……. 언빌리버블! 하지만 이거 쉽게 믿겨지지가 않네요. 직접 보지 않고서는."

도 경감은 양팔을 벌려 놀라움을 표했다.

"그런데 검사님은 별로 놀랍지 않으신가 봅니다?"

민 경정은 무덤덤하게 이야기를 듣고 있는 한 검사에게 넌지시 물었다.

"뭘요? 〈세상에 이런 일이〉라는 TV 프로그램을 보면 믿기지 않는 일들이 얼마나 많은데요. 뭐, 이 정도야. 좋네요. 경찰이면서 그런 능력도 있으니까요."

"네? 세상에 이런 일이요? 역시, 우리 영감님은 다르십니다. 하하하."

"팀장님, 다 좋은데요. 영감이라는 말을 빼시죠. 권위적 용어라 안 쓰시는 게 좋겠습니다. 요즘 안 쓰시다가 또 그러시네요. 부탁드려요."

"아! 네. 실수했습니다. 저도 모르게. 앞으로 조심하겠습니다, 검사님."

민 경정의 말실수를 한 검사가 바로 지적하자, 남 순경은 박민희 순경에게 귓속말로 속삭인다.

"와아, 팀장님도 혼이 다 나네요."

"그죠? 우리 검사님 한 카리스마 하신다니까요."

"그러게요. 후덜덜이네요."

"후덜덜……. 크크."

"둘이 뭐 하는 거야? 나도 좀 끼자."

남 순경과 박 순경이 얼굴을 맞대고 속닥거리는 것을 본 나 경사는 둘 사이에 얼굴을 들이밀며 말을 걸었다. 무심히 듣고 있던 한 검사도 뒤이어 한마디 했다.

"형사님들, 팀장님 말씀에 집중하시죠. 그리고 다 들립니다, 박 순경님."

"아하하. 네, 검사님."

도 경감은 얼굴 표정 하나 바뀌지 않고, 무뚝뚝한 말투로 형사들을 제압하는 한 검사의 모습을 보고 사람 좋은 웃음을 지었다.

"역시 소문대로십니다. 팀장님, 이어서 말씀하시죠."

"그럼 계속하겠습니다. 남시보 순경은 살인이나 사망 사건이 발생하기 일주일 전에 사건 현장에서 시체를 볼 수 있습니다. 그리고 그 시체 눈이나 주변에서 사망 원인을 찾아낼 수도 있고요. 사건 현장을 미리 알 수 있으니 사망 사건이 일어나기 전에 막을 수도 있겠죠. 이번 연쇄 살인사건의 경우, 살인범 얼굴을 미리 확보만 할 수 있다면 살인범이 범행을 저지르기 전에 체포할 수 있을 겁니다."

"그런데 말입니다, 팀장님. 범인의 침이나 체모 등이 나오지 않은 것을 봐서는 마스크를 썼거나, 얼굴 전체를 가렸을 가능성이 높습니다. 그럼 범인 얼굴을 확인하는 건 불가능할 겁니다. 그래도 범인 얼굴을 볼 수 있다는 말씀입니까?"

진지하게 이야기를 듣던 도 경감이 궁금증을 꺼내 두었다.

"그럴 수 있겠죠. 그렇다면 그 장소와 시간을 정확히 확인해, 미리 그 장소에서 범인을 기다려 검거하는 방법을 고려해 봐야 할 겁니다."

"그렇군요. 그럼 A지점을 남 순경이 일주일 전에 미리 돌아

보고 피해자 시체를 볼 수만 있다면 팀장님 말씀대로 쉽게 해결이 될 수 있겠군요."

"맞아요, 도 경감."

한 검사는 조금은 냉철하게 상황을 바라보며 입을 열었다.

"하지만, 팀장님. A지점이라도 너무 광범위하지 않나요? 그리고 예측이지 확실한 장소도 아니잖아요."

"맞습니다, 검사님. 그래서 A지점에서 범행 가능성이 높은 곳을 선별해 놓으라고 박 형사에게 지시해 뒀습니다. 그렇죠?"

"예, 팀장님. A지점은 오늘 안으로 정리될 것 같습니다. 다른 지역도 내일부터 순차적으로 조사해 예상 범행 장소를 정리할 예정입니다."

"그래요. 고마워요. 검사님, 지금까지 세 번의 범죄가 모두 CCTV 사각지대에서 일어났습니다. 또한 유동 인구가 많은 곳이기는 하지만, 그중에서도 사람들이 뜸한 장소만을 선택했습니다. 무엇보다 가장 어두운 새벽 시간을 택했고요. 이러한 공통점에 부합하는 곳으로 한정한다면 그렇게 많지는 않을 겁니다. 물론 A지점이라는 것도 예측 지점이지만 도 경감의 능력을 믿어 보시죠. 지금으로서는……."

한 검사는 도 경감을 향해 손사래를 치며 서둘러 말했다.

"도 경감님의 능력을 못 믿는 건 아니에요. 오해 마세요."

"네, 검사님. 괜찮습니다. 그런데 팀장님…… 아니, 이건 남 순경한테 물어야 하나? 그 예지력 말고 또 다른 능력은 없는 겁니까?"

"남시보 순경, 또 다른 능력이 있나?"

"예? 아니요. 어……. 예지력이라 하기에는…… 그냥 남들이 보지 못하는 시체를 볼 수 있는 정도입니다. 능력이라고 하기엔 끔찍…… 아, 아닙니다."

"아, 그러겠네요. 시체를 본다는 게 좋은 건 아니니까요."

"그렇지. 남시보 순경에게는 힘든 일이야. 그리고 시체를 볼 때마다 정신을 잃기도 하니까 말이지."

"정말요? 그렇구나."

"아니에요, 박 형사님. 요즘은 거의 그런 일 없습니다. 팀장님은 쓸데없이……."

"남 순경, 그럼 시체가 일주일 전부터 무조건 다 보이는 거야? 7일 전부터 사건이 일어나는 그날까지 어떤 시간에라도 그 장소에 가기만 하면 다? 그러면 정말…… 와우, 정말 찾기 쉽겠는데요."

"아니에요. 시체를 볼 수 있는 건 7일 후에 죽게 되는 사람만이에요. 정확히 사건이 일어나는 그 장소와 시간에 시체가 보이는 거죠. 근데 제 시체를 본 그날부터는 뭔가 좀 바뀌기 시작했어요."

"뭐가? 설마…… 안 보인다는 건 아니겠지?"

나 경사는 어느새 남 순경의 능력에 푹 빠진 듯 걱정스러운 목소리로 물었다.

"아니요. 보이는데, 조금 더 오래 볼 수 있습니다. 사건 발생 전후로 대략 1시간 내, 그러니까 총 2시간 안에 걸친 사건이면 시체를 볼 수 있는 것 같아요. 그리고 한 번 본 시체는 7일 내내 계속 보이고요. 그 일주일 동안은 시체를 발견한 곳에서 집중하기만 하면 시체 환영을 다시 볼 수 있어요. 그러니 대략 2시간 내에 예상 장소를 다 확인할 수 있다면 가능한 건데…… 하지만 그게 가능할까요?"

"도 경감, 어떻게 생각해? 예상 범행 시점과 시간을 좀 더 구체적으로 예측할 수 있을까?"

"저희도 범행 장소와 시간을 최대한 디테일하게 픽스하고자 노력 중입니다. 조만간 보고드리겠습니다."

"그래요. 부탁해요. 아, 한 가지 더 말씀드릴 게 있습니다. 남 시보 순경의 능력을 아는 사람은 극히 일부예요. 그러니 대외비로 해 주기 바랍니다. 부탁합니다."

"네, 팀장님. 그러고 보니 정말 주인공이 맞네요, 남시보 순경님."

"아닙니다, 검사님. 제가 할 수 있는 일이어서 다행입니다. 피해자가 생기지 않도록 범죄자를 잡는 게 경찰의 소임이기도 하고요."

한 검사가 미소 띤 얼굴로 남 순경에게 말했다.

"그렇게 말씀해 주시니 고맙네요. 팀장님, 이번 사건 해결되면 제가 제대로 한턱 쏘겠습니다."

"정말이십니까? 그럼 저희야 좋죠. 들었지? 자! 이제 각자 맡은 일 시작하고, 이번에는 반드시 잡자고. 또 다른 피해자가 생기기 전에 말이야."

민 경정은 자리에서 일어나 손뼉을 치며 사기를 북돋았다.

"예, 팀장님! 반드시 잡겠습니다."

나 경사도 자리에서 일어나 주먹을 쥐며 팔뚝에 잔뜩 힘을 줬다.

"그래, 나 형사. 그 팔뚝으로 한 번에 제압해 버리라고. 알았지?"

"예, 팀장님. 장소만 알아내면 제가 그 살인범을…… 바로 이 팔뚝으로 확! 그냥! 하하하. 걱정 마십시오. 남 순경, 잘 부탁해."

"네, 나 형사님."

안 경위가 차분한 목소리로 입을 열었다.

"팀장님, B지점에 나가 보실 거죠?"

"어, 그래야지."

"팀장님, 저는 어떻게 할까요? 바로 시작하지 않으면 저는 집에 좀……."

"그래, 시보야. 지구대장한테는 양해 구했다. 그러니까 당분간 여기로 출근하면 돼. 알았지?"

"벌써요? 네, 팀장님. 그럼 내일 지구대 들렀다가 바로 여기로 오겠습니다. 그래도 직접 뵙고 보고드려야 할 것 같아서요."

"오호, 그래. 그게 맞다. 역시! 남시보, 경찰 다 됐네. 좋아. 그럼 내일은 그렇게 하고, 어서 들어가서 쉬어. 쉬는 날 갑자기 끌고 와서 미안해."

"아니에요. 해야 할 일 하는 건데요. 괜찮아요. 그럼 여러분, 내일 뵙겠습니다. 앞으로 잘 부탁드립니다."

10개월 전

"그것 보세요. 제가 뭐라고 했습니까? 저렇게 모른다고만 하잖습니까? 무엇보다 정말 여남구 씨 말을 믿어도 될까요? 뭔가 확실한 물증을 갖고 있는 것 같기는 한데……. 미치겠네요, 정말."

"사실일 거야. 눈빛 봤어? 두려움에 찬 눈빛이었어. 분명 위협을 받고 있는 거야. 또 모르지, 무슨 약점을 잡혔을지도."

"약점이요? 아, 동영상이요?"

"그것만은 아닐 거야. 좀 더 기다려 보자고. 아직 2심 공판도 시작하지 않았잖아."

"아……. 이제 얼마 남지 않았단 말입니다."

"급하다고 서두르면 일을 더 그르칠 수 있어. 왜 그래? 항상 냉철하게 수사하던 우철이는 어디로 가고 왜 이렇게 조급해하는 거야?"

"제가요? 어…… 아닌데요."

"아니야? 뭐, 아니면 말고. 으하하하."

민 경정은 최 경위를 힐끔 쳐다보고 너털웃음을 쳤다. 최 경위도 민 경정의 웃음에 피식 웃음을 터뜨렸다.

2심 재판 기일이 잡힌 뒤, 최우철 경위는 다시 여남구를 찾아갔다. 하지만 끝끝내 문은 열리지 않았다. 여남구는 지켜보는 사람들이 많으니 다시는 찾아오지 말라며 단호하게 거절 의사를 밝혔다. 포기할 수 없기에 몇 번이나 다시 집을 방문했지만,

그날 이후 여남구는 인터폰 응대조차 해 주지 않았다. 결국 아무런 물증도 추가하지 못한 채 2심 재판에 들어간 결과, 재판부는 피고인 측 변호인의 손을 들어 주었다.

재판부는 검증 조서*의 증거 부동의로 증거 능력을 인정할 수 없는 바, 혐의 입증이 불충분하다며 무죄를 선고했다. 1심과 같은 판결이 나올 것으로 예상했지만, 더 안 좋은 판결을 내놓은 것이다. 사법부가 정말 미친 게 아닌가 싶을 정도로 믿기지 않는 재판 결과였다.

2심 판결문을 읽던 판사가 무죄를 선고하자, 방청석에 앉아 있던 피해자 아버지인 이덕복은 자리에서 일어나 고성을 지르며 항의했다. 그리고 흥분을 참지 못해 재판석 안으로 뛰어 들어갔다. 곧이어 보안 요원들에게 제지당한 그는, 갑자기 앞으로 꼬꾸라지며 정신을 잃고 말았다. 보안 요원들은 신속히 그를 안고 밖으로 나갔고, 최 경위도 그 뒤를 따랐다.

이덕복은 다행히 잠시 실신한 것으로 보였다. 안정을 취하기 위해 그를 긴 의자에 눕힌 뒤 응급 구조대가 도착하기를 기다렸다. 잠시 후 응급차가 도착했을 때, 보호자가 없는 그의 옆자리를 지키기 위해 최 경위도 함께 병원으로 향했다.

이덕복은 응급실에 도착해서도 의식을 차리지 못했다. 의료진은 그의 현재 상태를 파악하기 위해 몇 가지 정밀 검사가 필요하다고 했고, 최 경위의 동의 하에 검사를 받기로 했다. 그사이 최

---

* **검증 조서** : 형사 절차의 문서로 법원 또는 수사 기관이 검증의 결과를 기재한 조서를 말함

경위는 잠시 병원 밖으로 나와 민 경정에게 전화를 걸었다.

"계장님, 접니다."

"어, 나도 들었다. 어떻게 무죄가 나올 수 있지?"

"제가 문제죠. 제대로 된 물증 하나 찾아내지 못했으니 말입니다."

"너무 자책하지 마, 최 형사. 그것도 좋은 거 아니야. 항소할 거지?"

"그게…… 재판 결과 받고 아버님이 갑자기 쓰러지셨어요. 지금 병원입니다."

"뭐? 어디 병원인데?"

"아닙니다. 바쁘실 텐데 너무 걱정 마세요. 충격에 잠시 정신을 잃으신 거라, 금방 깨어나실 겁니다."

"그래? 정말이지? 그럼 다행이고……. 최 형사, 상심하지 말고 자책하지도 마. 어? 기운 내자."

"……네."

"민지 양 남자 친구는 여전하지?"

"네. 이제는 만나 주지도 않아요. 뭐, 지켜보는 사람이 많다나? 하아, 참."

"뭐? 지켜보고 있다고 그래? 누가 어디서 지켜본대?"

"에이, 아니에요. 이웃 사람들 보기 민망해서 그러겠죠."

"주변에 수상한 사람은 없는지 확인은 해 봤어?"

"네?"

"뭐가 '네?'야? 최우철, 정신 못 차려! 왜 그래?"

"아, 네. 바로 확인하겠습니다."

"나도 그쪽으로 갈 테니까 만나서 다시 얘기해."

최 경위는 전화를 끊고 뒤통수를 세게 얻어맞은 듯 잠시 멍하니 서 있다, 서둘러 병원을 나왔다. 민 경정도 경찰청에서 나와 곧장 여남구 집으로 향했다. 여남구의 말이 사실이라면 그가 위험할 수 있다고 봤다. 재판 결과가 무죄로 나왔다고 해서 그들이 여남구를 가만둘 것이라 생각하지 않았다. 그리고 가능하다면 여남구를 지켜보는 그들이 누구인지 알아내고 싶었다. 그들의 정체를 밝혀낼 수만 있다면, 재판을 새로운 국면으로 전환시킬 수 있지 않을까 하는 일말의 기대도 있었다.

"오셨어요? 금방 오셨네요."

"어! 바로 총알처럼 날아왔지. 나 멋지지?"

"와, 이 상황에도 아재 개그가 발동하십니까? 대단하십니다, 정말."

"냉철하면서도 유머를 잊지 않는 명석한 두뇌를 소유한 형사의 자세라 할까? 하하. 웃자고 한 말이야. 웃어, 웃으라고."

"아…… 아하하. 네. 웃어요, 웃어."

민 경정은 어색하게 웃는 최우철 경위의 어깨에 손을 올려 토닥였다.

"웃으면서 하자고. 잠복 중인 형사들한텐 확인해 봤어?"

"네. 별다른 건 없었다고 하네요. 조금이라도 수상한 낌새가 보이면 바로 연락 달라고 했습니다. 그리고 인력 충원 요청도 해 놨습니다."

"뭐? 청에?"

"그럼요. 청에 하지 어디에 하겠습니까? 왜요?"

"아……. 아니야."

민 경정은 내부에도 이필석 의원과 내통하는 자가 있을 것으로 의심하고 있었다. 상부에 충원 요청을 했다면 그 사유도 보고했을 것이 뻔하기에 그 점이 아쉬웠다. 하지만 이미 벌어진 일이기도 했고, 최 경위가 자책할 것도 같아 아무 일 아닌 척 넘겼다.

"그럼 우리는 남구 씨를 만나러 가 볼까?"

"가 봐도……."

"조용히 따라오기나 해."

"……네."

민 경정은 최 경위의 어깨를 가볍게 짚으며 먼저 앞서 걸어갔다. 그리고 여남구 집 대문 앞에서 아무 말 없이 한참을 서 있었다.

"계장님, 뭐 하세요?"

"조용히 해 봐."

민 경정은 갑자기 대문 앞 가까이에 얼굴을 붙이고, 무언가 열심히 듣고 있는 듯했다. 옆에 있던 최 경위도 안에서 나는 소리를 듣기 위해 덩달아 대문에 귀를 가져다 댔다. 잠시 동안 어정쩡한 자세로 대문 안 소리를 듣던 민 경정은 자세를 곧추세우고 초인종을 눌렀다.

딩동. 딩동.

"뭐가 들리셨어요?"

"아니."

"그럼 왜……."

"누가 보라고."

"네?"

최 경위는 어리둥절한 표정으로 민 경정을 쳐다보았다.

딩동. 딩동.

딩동. 딩동.

"그거 보세요. 이제는 누가 왔는지 내다보지도 않는다니까요."

딩동. 딩동.

"소용없다니까요. 안에 있는 게 분명한데도 대답을 안 한다고요."

"좀! 있어 봐."

"아……. 네."

"여남구 씨! 여남구 씨!"

민 경정은 한발작 뒤로 물러나 큰 소리로 여남구 이름을 부르기 시작했다.

"지금 뭐 하시는 거예요?"

"아이, 조용히 좀 해! 저기 여남구 씨! 잠깐 얘기 좀 합시다! 나 민우직 형사라고, 저번에 한 번 왔었는데 기억나죠?"

민 경정은 이제 아예 대문 앞에서 껑충껑충 뛰며, 집 안을 향해 고래고래 소리쳤다.

"저기, 계장님?"

"있는 거 압니다. 언제까지 집에만 있을 거예요? 오늘 항소심 재판 결과 나왔습니다! 무죄랍니다, 무죄! 이게 말이 됩니까? 안 그래요? 여남구 씨!"

"계장님, 여기 사람들 다 듣겠어요."

"들으면 어때서? 들으라고 하는 거야."

"뭐라고요?"

최 경위가 주변 눈치를 살피며 말려도 봤지만, 민 경정은 무시하고 계속 고성을 질렀다.

"계속 이러고 있을까요? 여남구 씨! 무죄라고요, 무죄! 세상이 아무리 개판이라고 해도! 어떻게 무죄가 나옵니까? 말이 안 되죠! 여남구 씨, 잠깐 만나서 얘기 좀 하시죠!"

"그래도 안 된다니까요, 정말."

"여남구 씨! 조오씁니다! 문 열어 줄 때까지 여기서 계속 이러고 있겠습니다!"

삑, 철컹!

최 경위가 안절부절못하고 있던 그때 대문 열리는 소리가 들렸다.

"오! 열렸다. 들어가자."

"와아, 이건 뭐지?"

"뭐 해? 들어와."

최 경위는 얼떨떨한 표정으로 고개를 가로저으며, 민 경정을 따라 안으로 들어섰다.

"도대체 지금 무슨 짓을 하시는 거죠?"

현관 앞에서 기다리고 있던 여남구는 현관문이 열리자마자 화를 내며 쏘아붙였다.

"죄송합니다. 급히 말씀드려야 할 것 같아서요."

"도대체 뭐가 급하다는 거죠? 형사님들이 절 얼마나 위험에 빠뜨리고 있는지 알기나 하고 그런 말씀을 하시는 거예요?"

"네, 알고 있습니다."

"뭐요?"

여남구는 예상 밖의 대답에 눈이 커진 채 민 경정을 빤히 쳐다보았다.

"계장님, 그게 무슨 말씀이세요?"

최 경위도 민 경정이 무슨 생각으로 그런 말을 했는지 궁금해 물어봤지만, 그는 최 경위에게 눈길조차 주지 않고 여남구만 바라보았다.

"알고 계시다고요? 뭘 알고 있다는 거죠? 알고 계신다는 분이 그랬단 말입니까?"

"네, 일부러 그랬습니다. 보라고요."

"일부러요?"

"그래요. 일부러 그랬어요. 여남구 씨를 우리가 지켜보고 있다고 보여 준 겁니다."

"뭐요? 그게 말이라고 하는 겁니까? 그들이 나한테…… 하! 정말……."

"경찰과 만나지 말라고 했겠죠. 무슨 협박을 했는진 모르겠지만 말입니다. 하지만 우리가 남구 씨를 지켜보고 있지 않다고 그들이 인지할 때, 남구 씨는 이 세상 사람이 아니게 될 겁니다.”

“네? 지금 뭐라고 하셨어요?”

최우철 경위도 놀란 표정을 감추지 못한 채 물었다.

“계장님, 그게 무슨 말씀이세요?”

“최 형사, 아직도 모르겠어? 지금 남구 씨를 지켜보고 있다는 그들이 남구 씨를 그냥 두겠냐고? 지금은 우리가 지켜보고 있기 때문에 섣불리 행동하지 않는 것뿐이야. 곧 재판이 끝나 우리가 철수하면 그들은 남구 씨를 죽이려 할 거야. 후환거리가 될 남구 씨를 그냥 살려 둘 리가 없잖아. 안 그래?”

“아, 그렇군요. 그럼 그들은 우리가 빠지기만을 기다리고 있겠네요. 그래서 남구 씨에게는 우리와 멀리하라고 계속 협박을 하고 있는 거고요. 그렇죠? 어때요? 남구 씨, 맞습니까? 그들이 무슨 협박을 하고 있는 겁니까? 그 동영상 때문입니까?”

“다 아는 척 그렇게 말하지 마세요! 당신들이 뭘 안다고 이러는 거죠? 나한테 왜 이러는 거냐고요? 당신들이 나와 민지를 지켜 줄 수 있다고 어떻게 믿죠? 저번에도 말했지만 당신들은 절대 우리를 지켜 줄 수 없어. 그들도 그렇게 말했다고!”

여남구는 점점 감정이 격해져 끝내 소리를 내지르고 말았다. 순간, 정적이 흐르며 민 경정의 얼굴이 굳어졌다.

“좋아요. 그들 말을 더 신뢰하고 있으니 더 할 말이 없네요. 하지만 알아 둬야 할 겁니다. 여남구 씨, 그들은 범죄자예요. 그들이 남구 씨를 협박하며 말하는 게 진실인지, 아니면 우리가 말하는 게 진실인지는 이미 남구 씨도 잘 알고 있을 겁니다. 우리는 남구 씨를 도우러 온 거예요. 남구 씨가 위험에 처해 있기에 우리가 이렇게 찾아온 거라고요. 그것만 알아줬으면 합니다. 최 형사, 가지."

"계장님, 이렇게 그냥 가요? 아니……."

갑자기 쉽게 포기하는 민 경정이 이해가 되지 않아, 최 경위는 또 한 번 어리둥절한 표정으로 민 경정을 쳐다보았다.

"잔말 말고 가자고. 여남구 씨가 우리를 믿지 못하잖아. 그들 협박에 굴복해서 더 나오려 하지 않는데 우리가 어쩌겠어?"

"그래도 남구 씨가 위험하다는 걸 알고도 그냥 간다고요? 계장님……."

"어쩔 수 없잖아. 남구 씨, 미안합니다. 우리는 여기까집니다. 혹시 생각이 바뀌면 이 번호로 전화 줘요."

민 경정은 그렇게 말하며 여남구에게 명함을 건넸다.

"계장님……."

"가자니까."

민 경정은 최 형사 팔을 '퍽!' 소리가 나게 치며 앞장서 나갔다.

"아…… 아, 네."

어두운 밤을 밝히던 빌딩 창문 불빛들이 하나둘 꺼져 갔다. 서울 남부 지방 검찰청 건물에 마지막 불빛이 꺼지고, 얼마 지나지 않아 본관 출입문으로 한 남자가 나왔다. 넥타이는 반쯤 풀어져 있었고, 막 양복 슈트 상의를 걸쳤는지 목 칼라도 펼쳐져 있었다. 한 손에는 서류 가방을 든 채 다른 한 손으로는 휴대 전화로 누군가와 통화를 하는 모습이었다.

"에이, 그런 말씀 마세요. 말이 씨가 됩니다."

"혹시 모르니까 조심하라고 하는 말 아닌가!"

"제가 뭘 조심합니까? 저랑 무슨 상관이라고."

"대체 왜 그래? 누가 모를 줄 알아. 알 만한 사람은 다 알고 있어."

"아니, 저야말로 왜 자꾸 그러십니까? 누가 알 만한 사람입니까? 말씀해 보세요. 그리고 자살이라고 하지 않습니까? 그러니까 너무 걱정 마십시오. 저는 절대 그런 미친 짓은 안 합니다."

"아이고, 우리 영감님. 그러십니까? 그렇다면 걱정하지 않아도 되겠네요. 근데 이거 하나 알아 둬. 자살이라고 알고 있는데…… 자살 아니다. 타살이지."

"네? 에이, 또 놀리신다. 뭐, 증거라도 나왔습니까?"

"내 말 우습게 듣지 않는 게 좋아. 내가 영감한테 이런 얘기 그냥 하는 거 아니다."

"아……. 정말입니까? 타살?"

"믿거나 말거나. 하지만 언론이나 검찰에서는 자살이라고 할 거야. 왜? 타살이라고 하면 일 커지니깐. 왜? 그건 알지?"

"……."

"난 경고했다. 오늘로 전화는 끝이야. 이 번호로 전화해 봤자 없는 번호로 뜰 거야. 조 검사, 조심하라고."

"저기⋯⋯."

뚜 뚜 뚜.

"아이, 재수 없게. 뭐야? 정말이야?"

조 검사는 의미심장한 말을 남기고 끊은 그의 말을 곱씹으며 차가 주차된 곳으로 갔다. 야외 주차장에는 조 검사의 차 한 대만 우두커니 서 있었다. 그런데 차와 가까워지던 조 검사가 갑자기 한숨을 크게 내쉬었다.

"하아! 뭐야? 왜 이래? 바람이 왜 빠져 있는 거야? 아이씨."

조 검사는 차 조수석 앞 서랍에서 명함을 꺼내 확인하더니 전화를 걸었다.

"어, 남부 지검 조 검산데. 차바퀴 바람이 빠진 것 같아. 언제쯤 올 수 있어?"

"저기⋯⋯ 네, 고객님. 지금 긴급 서비스 받으실 수 있게 그쪽으로 연락하겠습니다."

"그러니까 얼마나 걸리는데?"

"우선 전화를 해 보고⋯⋯."

"아이, 그걸 뭘 전화해서 물어봐? 대충 알 거 아니야? 얼마나 걸려?"

"고객님, 사실 저한테 연락하시면 안 되고 서비스 센터⋯⋯."

"야! 뭐라는 거야? 내가 이러려고 너한테 보험 든 거 아니야. 시끄럽고, 당장 네가 와서 처리해. 내 차 여기 남부 지검 주차장에 있으니까 네가 직접 와서 맡기고 다시 제자리에 갖다 놔. 아니, 아니다. 우리 집 알지? 우리 집 지하 주차장에 주차하고 어디에 주차했는지 문자나 남겨. 알았지?"

"네? 고…… 고객님, 그게……."

"잔말 말고 시키는 대로 해. 내가 누군지 몰라? 나 바쁜 사람이야. 나랏일하는 사람 생각해서 해 줘라. 응? 부탁한다. 나 피곤하게 만들면 당신도 피곤해. 알지?"

"아……. 네. 알겠습니다, 검사님."

"그래."

띡!

"빌어먹을, 까라면 까야지. 하여튼 없는 것들은 꼭 돈을 너무 쉽게 벌려는 경향이 있어. 쯧. 택시 타고 가야겠네. 아……. 택시가 있으려나?"

조 검사는 투덜대며 남부 지검 정문을 나왔다.

밤이 깊은 시간이라 주변은 조용했고, 지나다니는 차들도 많지 않았다. 그런데 그때, 운 좋게 바로 앞에 택시 한 대가 서더니 손님이 내리는 것이 아닌가? 택시를 본 조 검사는 웃는 얼굴로 손을 흔들었다. 택시는 천천히 다가와 조 검사 앞에 멈춰 섰다. 조 검사는 운이 좋았다며, 기사 양반에게 반갑게 인사하고 앞 좌석에 올라탔다. 조 검사를 태운 택시는 이내 도로로 접어들었다.

대방 지구대로 출근한 남시보 순경은 사수인 김필두 경사에게 어제 일을 설명하며, 이제 막 지구대장의 허락을 받고 나오는 참이라고 말했다. 김 경사는 서울 지방 경찰청에서 남 순경을 차출했다는 사실에 놀라면서도 괜스레 질투심을 느꼈다. 이번 일로 남 순경이 경찰청으로 영전하는 것은 아닌지 은근히 부러웠던 것이다.

남 순경은 지구대장에게 보고한 후 이남희 순경을 찾아가, 어제 부탁했던 용의 차량의 과속 단속 리스트를 받았다. 확인해 보니 이번 달만 10번의 과속 단속에 걸린 대포 차량이었다. 그전에도 여러 건의 단속에 걸렸지만 매번 잡지 못한 듯 보였다. 눈에 띄는 점은 모두 자정부터 새벽 시간대에 단속 카메라에 찍혔다는 점과 위치가 몇 지역에 한정되어 있지 않고 수도권 전 지역에 걸쳐 있다는 점이었다.

남 순경은 서류를 챙겨 지구대를 나서다 문득 어제 새벽에 봤던 여성의 시체가 떠올랐다. 잠시 망설였지만, 다시 이남희 순경을 찾아가 며칠 전 지구대 앞에서 행패 부렸던 남자의 신상 정보를 요청했다.

"남 순경님, 죄송해요. 그건 알려드릴 수 없네요."

"왜? 부탁 좀 할게."

"이건 좀……. 범죄 사건 아닌 일로 개인 신상 정보를 확인하고, 그걸 제3자에게 알리는 건 불법입니다. 그게 아무리 경찰이라고 해도요. 그분이 확실한 범죄 행위가 확인되었거나, 영장이 있을 경우에나 확인 가능하다고요. 다 아시면서."

"알지, 그건. 아……. 하지만 확실한 범죄 행위를……."

"왜요? 무슨 일이 있었나요? 그 사람이 범죄라도 저질렀어요?"

"어? 아니, 아니야. 그런 건 아닌데……. 그래, 우선 알았어."

남 순경이 단념하고 뒤돌아 나가려 할 때였다. 이남희 순경과 남 순경의 대화를 뒤에서 유심히 듣고 있던 김필두 경사가 불쑥 끼어들며 말했다.

"그건 왜?"

"어! 사수, 들으셨어요?"

"그래, 들었다. 근데 그 사람은 왜?"

"그게……. 아, 아니에요."

"뭐야? 뭔데 그래? 말해 봐."

"아니……. 그 남자 부인이 걱정돼서요."

"부인? 그 부인하고 아는 사이야?"

"아……. 그건 아닌데……. 그냥 감이 좀 안 좋아서요."

남 순경은 뭐라 말할까 잠깐 고민하다, 빙 둘러서 이야기를 꺼냈다.

"정말 느낌이 안 좋아요. 부부 사이에 무슨 문제가 생길 것 같아요."

"무슨 소리야? 네가 느낌은 무슨 느낌? 경찰 생활 30년은 한 형사처럼 얘기한다? 무슨 일인진 몰라도…… 내가 그 남자 사는 집은 알아."

"정말요? 어떻게 아세요? 어제는 그냥 돌려보냈던 걸로 아는데……."

"뭘 어떻게 알겠어. 가 봤으니까 알지. 그 사람이 어제가 처음인 줄 알아? 가정 폭력 건으로 몇 번이나 신고가 들어왔었는데. 그때도 신고받고 출동했었는데, 도착하니 집이 아주 난장판이었어. 근데 그 부인이 괜찮다고 하도 그래서 그냥 돌아왔었지. 어쩔 수 없잖아. 폭행당한 부인이 괜찮다고 하니, 참……. 아, 맞다. 그때도 네가 땡땡이를 쳤지, 아마?"

"아……. 그랬나요? 하하. 죄송합니다."

"됐고, 그래서 무슨 일로 그러는데?"

남 순경은 뭔가를 얘기할 듯 다시 말을 망설였다.

"뭐야? 뭔데 또 이래? 너 정말 이상해? 남 순경, 뭐야?"

"아니, 그게 아니라요. 어……. 사실 저희 부모님이 잘 아는 이모님이라서요."

"근데 집 주소를 몰라?"

"사정이 있어서요. 그러지 마시고 어디인지 좀 알려 주세요, 사수."

남 순경은 어색하게 웃으며 김 경사의 팔을 잡고 흔들었다. 그러자 김 경사는 화들짝 놀라며 남 순경의 손을 뿌리쳤다.

"어우, 징그럽게 왜 이래? 음……. 아무래도 수상한데. 안 그래, 이 순경?"

"그러게요. 수상하네요. 그래도 뭐, 무슨 이유가 있나 보죠. 알려 주세요."

"하여튼 이 순경은 남 순경 일이면 무조건 오케이야? 그런다고 남 순경이⋯⋯."

"김 경사님! 무슨 말씀하시는 거예요. 쓸데없는 소리 마시고 주소나 빨리 알려 주시죠."

이 순경은 갑자기 얼굴을 붉히며, 김 경사 말을 끊고 화를 냈다. 갑작스런 이 순경의 무례한 태도에 남 순경이 더 당황스러워했다.

"이남희 순경, 왜 그래? 경사님한테 너무하잖아."

"그치? 남 순경, 정말 이 순경은 나한테 막 해. 나 이래봬도 경사라고, 경사!"

"아니⋯⋯. 죄송해요. 그러니까 왜 그런 얘기를 하세요."

이 순경은 자신도 모르게 무례하게 말한 것이 민망했는지 고개를 들지 못했다.

"무슨 얘기요?"

"어? 아니, 아니야. 남 순경, 이리 와. 내가 주소 알려 줄 테니."

김 경사는 손을 휘저으며 멋쩍게 웃더니 서둘러 자기 책상으로 갔다. 남 순경은 영문을 몰라 고개를 갸우뚱하며 김 경사의 뒤를 따라갔다.

"자! 여기, 메모지 받아. 그 주소가 맞을 거야."

"네. 감사합니다, 사수."

"뭘 그 정도 가지고. 수상은 하지만 남 순경이 이상한 짓 할 놈은 아니니까."

"그럼요. 감사합니다. 그럼 전 이만 가 보겠습니다. 경찰청에 가야 해서요."

"어? 어, 그래. 근데 무슨 일로 가는 거야?"

"네? 아……. 그게요, 그러니까…… 저도 모르죠. 저야 지시
대로 움직이는 건데요. 팀장님이 뭐라고 말씀 안 하셨어요?"

"그래? 팀장님도 모르겠다고 하시던데. 아니, 아시는 것 같은
데 말을 안 해 주시는 것 같기고 하고. 연쇄 살인사건…… 때문
이라고 하셨는데 잠깐 말하시다 말아서……. 거기서 네가 뭘
하냐?"

"저요? 그러게요. 제가 그런 곳에서 뭘 하죠?"

"뭐 하긴? 네가 뭐 하겠어. 뒤치다꺼리나 하겠지. 서류나 준
비하고 보고서나 쓰겠지."

"아이, 정말요? 이런……. 겨우 그런……."

남 순경은 최대한 인상을 찌푸리며 짜증 섞인 목소리로 말하
는 척했다.

"아무튼 고생 좀 하겠다, 남 순경."

"아! 늦었네요. 이만 가 볼게요. 죄송해요."

"뭐가 맨날 죄송해? 그래, 어서 가 봐."

'그냥 사실대로 다 말해 버릴까? 같이 목숨 걸고 일하는 동료
들인데 말해도 되지 않을까? 특수본 사람들도 이제는 다 아는
사실인데…….'

남 순경은 그렇게 생각하며 지구대를 나와 버스 정류장으로
갔다. 그리고 경찰청 일이 마무리되면 지구대 동료들에게도 모
두 솔직하게 털어놓아야겠다고 마음먹었다.

제5화

의문의 죽음들

대법원 공판 기일을 일주일 남기고, 최우철 경위와 민우직 경정에게 충격적인 소식이 전해졌다.

고등 법원 판결이 나고 병원에서 검진을 받았던 피해자 아버지 이덕복이, 정밀 검사 결과 안타깝게도 뇌종양 3기라는 것이었다. 빠른 시일 안에 수술을 해야 했지만 이덕복은 수술을 극구 반대하고 있었다.

최 경위와 민 경정은 이덕복이 입원해 있는 병원을 찾았다.

"민지 아버님, 안녕하십니까? 저희 왔습니다."

"안녕하세요, 아버님."

"아이고, 형사님들 오셨군요. 여기까지 뭐 하러……. 재판 준비로 바쁘실 텐데."

"저희야 할 게 있나요. 검사님이 잘 준비하고 계시니까 걱정 마세요. 아, 얘기 들으셨죠?"

이덕복은 고개를 갸우뚱하며 최 경위를 바라보았다.

그로부터 1개월 전

민 경정에게 처음 보는 번호로 전화가 걸려 왔다.

"여보세요. 민우직입니다."

"……."

"여보세요? 광역 수사대 민우직 팀장입니다. 말씀하셔도 됩니다."

민 경정은 제보 전화란 생각해 전화를 끊지 않고 기다렸다.

"괜찮습니다. 천천히 말씀해 보세요. 이해합니다. 기다리겠습니다. 끊지만 마세요."

"……저기…… 안녕하세요."

"네, 안녕하세요."

"저…… 여남구라고 합니다."

"어! 여남구 씨? 네, 남구 씨."

"계장님……."

"네, 민우직 계장 맞습니다."

"저기…… 생각해 봤는데……. 정말 절 죽일까요? 그자들이 하라는 대로 다 했는데…… 그래도……."

떨리는 목소리로 말하던 여남구는 머뭇거리며 말을 이어 가지 못했다.

"네, 남구 씨를 그냥 두지는 않을 겁니다. 증거물은 가지고 있는 거죠?"

"……."

수화기 너머로 잠시 거친 숨소리만 들려왔다.

"그래요. 아직도 확신이 안 서나 봅니다. 그래요, 그럴 수 있어요. 이해합니다. 이러지 말고 만나서 얘기할까요? 최 형사도 같이 만나도 되겠죠?"

"……네."

"잘 생각했어요. 우리가 집으로 갈까요?"

"아니요. 집으로 오지 마세요. 지금 학교에 나와 있어요. 학교에서 봬요."

"남구 씨 대학교요?"

"네."

"알았어요. 그럼 지금 최 형사랑 만나서 바로 출발할게요."

"네, 여기서 기다리겠습니다. 오시면 이 번호로 전화 주세요."

"그래요. 근데 이 번호는 어디예요? 과실인가요?"

"아니요. 조교실이에요. 이 번호로 전화하시면 돼요."

"알았어요. 도착해서 전화할게요. 고마워요."

"저기…… 계장님, 누군가 절 지켜보고 있는 것 같아요. 그러니……."

"그건 걱정 말아요. 미행 안 붙게 조심할게요. 우리 정체도 드러나지 않게 최대한 조심해서 찾아갈게요. 걱정하지 말고, 날 믿어요. 너무 불안해하지도 말고요."

"그럼, 이만 끊겠습니다."

여남구는 누군가 자신을 감시한다는 생각에 몹시 두려워했다. 또한, 대학교 도서관과 집만 오가며 생활하고 있는 자신을 외출 시에도 미행한다고 여겼다.

민 경정과 최 경위가 여남구를 조교실에서 만났을 때도 그는 극도로 불안한 모습을 보였다. 괜히 겁을 준 것은 아닐까 민 경정은 잠시 후회했다. 하지만 그런 이유로 그가 먼저 연락해 왔으니 잘한 일이라고 위안을 삼았다.

"아버님, 제가 지난번에 말씀드렸잖아요. 여남구 그 친구가 증언하기로 한 거요. 증거 자료도 조만간 받기로 했습니다. 내일 지검에 가서 모두 진술하기로 했고요."

"아, 그래요. 그 얘기군요. 다행이지 않습니까? 이제라도 도와준다고 하니······. 으윽."

이덕복은 어지러웠는지, 눈을 감으며 한 손으로 이마를 짚고 나머지 한 손을 침대 시트를 짚었다.

"어! 괜찮으세요? 힘드시면 누워 계셔도 됩니다."

"그러세요, 어르신."

"아, 아니에요. 괜찮아요. 형사님들, 이젠 여기 찾아오지 마세요. 곧 퇴원할 겁니다. 그것보다 이번엔 합당한 판결이 나올 수 있도록 잘 좀 부탁드려요."

"네, 그래야죠. 어르신, 이번에 그 친구가 증언하면 제대로 된 판결이 나올 겁니다. 안 그래, 최 형사?"

"그럼요, 아버님."

"그러니 너무 걱정 마시고 건강만 신경 쓰세요, 어르신."

"아버님, 퇴원하지 마시고 병원에 계속 입원해 계세요. 최종 판결 나면 그때 바로 수술받으시고요. 더 늦어지면 수술도 못 할 수 있다고……."

"그 소리라면 안 하셔도 됩니다. 이제 와 내가 뭘 더 살겠다고……. 단지 그놈, 그놈이 벌받는 거 보고 딸한테 가서 얘기해 줘야죠. 이 아빠가 미안하다고……. 흐으, 네 원한을…… 풀어 주려고 이 아빠가…… 흐흑, 아빠가 조금은 노력했다고……."

이덕복은 딸 생각에 눈물을 참지 못하고 고개 숙여 흐느꼈다.

"아버님, 민지 양이 이런 걸 바라진 않을 겁니다. 어르신이 빨리 완쾌하셔서 건강하게 사시다 더 나중에 만나길 바랄 거예요. 그러니 그런 생각하지 마십시오. 최 형사 말대로 대법원 판결 나오면 바로 수술받으세요. 네?"

"고맙습니다, 형사님들. 정말 고마워요……. 제발 부탁합니다. 제발…… 내 딸 원한 좀 꼭 풀어 주세요."

"그건 걱정 마십시오. 이번엔 반드시 합당한 처벌을 받을 겁니다. 저희도 최대한 옆에서 돕겠습니다. 그러니 힘내서 요양 잘하시고 계세요."

"고맙습니다. 고맙습니다……. 그런데 여남구 그 학생, 마음이 또 바뀌진 않겠지요?"

"아, 아닙니다. 어렵게 결정한 거라 이번엔 안 그럴 겁니다. 걱정 마세요."

"그럼 다행입니다. 저기, 최 형사님. 검사님을 한번 뵙고 싶은데요. 찾아가 뵐 수 있을까요?"

"지금은 거동하시면 안 될 것 같은데요. 나중에…….."

"그럼 죄송하지만 찾아와 주실 수는 없는지 말씀 좀 전해 주시겠어요? 직접 만나 부탁드리고 싶어서 그럽니다. 이번이 마지막이라…….."

"아……. 네, 그렇죠. 제가 말씀드려 볼게요. 검사님이 바쁘셔서 직접 찾아오지 못할 수도 있습니다. 그래도 너무 서운해하지 마시고요. 검사님도 신경 많이 쓰고 계십니다."

"그래요, 바쁘시죠. 검사님이 어련히 잘하시려고요."

"네, 어르신. 검사님도 노력하고 계시니까 잘될 겁니다. 요양 잘하고 계시다가 좋은 소식 들으시면 됩니다. 걱정 내려놓으시고 쉬세요. 이번 대법원 판결로 정의가 실현될 겁니다."

"그래야죠. 꼭 좋은 소식 들려주세요. 아이고, 바쁘실 텐데 어서 가셔서 일 보세요."

"네, 아버님. 조금만 기다려 주세요. 다음에 또 찾아뵙겠습니다."

민 경정과 최 경위는 이덕복에게 정중히 인사하고 병실을 나왔다. 병실 복도를 걸으며 민 경정은 조심스럽게 말을 꺼냈다.

"의사 선생님이 뭐래?"

"길어야 6개월이라고 하던데요. 수술 안 하면요."

"수술하면 완치할 확률은?"

"음……. 40퍼센트 조금 안 된다고 하더라고요."

"뭐? 40퍼센트도 안 돼? 정말이야?"

"그래도 꽤 높은 거라던데요. 의사 말로는요. 어, 잠시만요. 전화가……."

최 경위는 안주머니에 손을 넣어 휴대폰을 꺼내 들었다.

"팀장님! 여남구 씨 전화예요. 아, 이런……. 끊겼네요."

"다시 전화해 봐."

"아, 네."

한참 동안 신호음이 울렸지만 여남구는 전화를 받지 않았다.

"안 받는데요……. 어, 두 번이나 더 전화를 했었네요."

"뭐? 언제?"

"한 20분 전에요."

"우철아! 다시 전화해 봐. 어서!"

최 경위는 민 경정의 말에 다시 전화를 걸었다. 하지만 이번에도 여남구의 목소리는 들려오지 않았다.

"안 받는데요."

"아……. 무슨 일 있는 거 아니야? 계속해 봐."

"에이, 무슨 일이야 있겠어요. 제가 직접 가 보겠습니다. 아마 내일 같이 만나서 지검에 가는 것 때문에 전화한 걸 거예요. 언제 만나자고는 약속을……."

"야! 지금 그런 한가한 소리할 때야? 당장 뛰어가! 난 경찰청에 보고할 게 있어서 같이 못 가니까. 가서 여남구 씨 신변 확인하고 바로 연락 줘. 알았어?"

"가면서 전화 계속해 보고. 최 형사! 바로 가야 한다. 딴 곳으로 빠지지 말고 곧장 가라고! 알았지?"

"네, 알겠습니다. 연락드릴게요."

최 경위는 큰 일이 아닐 거라 생각했지만, 민 경정의 불호령에 놀라 발에 불이 나도록 병원을 빠져나갔다.

"무슨 일 있는 건 아니겠지? 왜 이렇게 기분이 싸하지."

왠지 불길한 기분이 든 민 경정은 걱정스런 마음에 중얼거리며 병원을 나섰다. 경찰청으로 가는 차 안에서도 내내 신경이 쓰였다.

따르릉. 따르릉. 따르릉.

"네, 최우철 형사입니다."

"최 경위, 지금 어디예요?"

"지금 여남구 씨 만나러 가는 길입니다."

"그래요? 그럼 먼저 좀 만납시다."

"지금이요? 조 검사님, 무슨 일로 그러십니까?"

"무슨 일은? 대법원 공판 관련에서지."

"아, 제가 급히 확인할 게 있어서 그런데……."

"그러지 말고 바로 이쪽으로 좀 와 줘요. 급해서 그래."

"저기, 검사님. 저도 좀 급하게 확인을……."

"피고인 측에서 공판 연기를 신청해서 그래요. 뭐가 더 급한지 몰라요, 지금? 그쪽에 다른 경찰 보내도 되잖아. 경찰이 최 경위 한 명밖에 없어?"

"아……. 그렇긴 한데……. 네, 알겠습니다. 그럼 어디로 가면 될까요?"

"뭐가 어디예요? 지검으로 오세요."

"네, 바로 가겠습니다."

최 경위는 뭔가 기분이 께름칙했지만, 조 검사 말대로 여남구에겐 다른 경찰을 보내면 되는 일이었다. 무엇보다 피고인 측에서 공판 연기 신청을 한 이유가 무엇인지를 파악하는 일이 급선무라 생각되었다. 최 경위는 바로 경기 남부 지방 경찰청으로 전화해, 여남구 신변을 확인한 후 연락 달라고 요청했다. 그리고 수원 지검으로 차를 돌렸다.

오전 10시. 강남 경찰서 특별 수사본부 상황실 창문에 밝은 햇살이 비쳤다. 민우직 경정은 의자 등받이에 기댄 채로, 안민호 경위와 나상남 경사는 책상에 엎드린 채로 잠들어 있었다.

그때 도민 경감과 나영석 경위가 상황실로 들어왔다.

"경감님, 팀장님이 주무시고 계시는데요. 어쩌죠? 깨워야 할까요?"

"어쩔 수 없잖아요, 시간도 시간이고. 내가 깨울게요."

도 경감은 민 경정에게 다가가 어깨를 살짝 흔들며 말했다.

"팀장님! 민우직 팀장님, 좀 일어나 보십시오."

민 경정은 크게 기지개를 켜며 천천히 눈을 떴다.

"아으……. 어, 도 경감. 무슨…… 아! 지금 몇 시지?"

민 경정은 벌떡 자리에서 일어나 벽걸이 시계를 확인했다.

"어제 밤새셨습니까? 지금 10시가 넘었습니다, 팀장님."

"벌써 그렇게 됐어? 어제 B지점에 나갔다가 새벽에 들어왔거든. 들어와서도 서류 정리하느라. 아으으……."

"이 친구들 깨울까요, 팀장님?"

"아니야, 나 경위. 그냥 둬. 많이 피곤할 거야. 아, 혹시 모두 들어야 하는 얘기인가?"

"아니, 그건 아닙니다."

"그럼 놔두지. 뭔가? 도 경감."

"아, 네. 나 경위, 설명드려요."

"네, 경감님. 팀장님, 별 문양과 관련해 설명드릴 부분이 있습니다. 다윗의 별. 기억나시죠?"

"어, 알지. 그때 설명하지 않았나."

"네. 그와 관련된 자료를 찾다가, 다윗의 별과 유대교를 다룬 심령술사에 대한 소설책을 발견했습니다."

"책? 소설책이라고?"

"네. 소설책이긴 한데…… 다큐멘터리 형식으로 좀 특이했습니다. 실제 겪었던 일을 모아 둔 것처럼 쓰인 내용이었습니다."

"실제로 겪어? 뭘?"

"책 내용을 보면, 다윗의 별 형태인 신전을 만들어 그곳에 제물을 바친다는 이야기가 나옵니다. 그렇게 함으로써 그 도시를 구원한다는 거죠. 그리고 일부 내용은 개인이 악령으로부터 자신을 보호하기 위해 다윗의 별 여섯 개의 꼭짓점에 제물을 바쳤다는 내용도 나옵니다."

"제물이라면 동물?"

"아니요. 인간입니다. 그것도 젊은 여성만을 골라 제물로 바쳤습니다."

"뭐? 그 소설 제목이 뭔가?"

"《다윗의 별, 그 진실은?》입니다. 이 책입니다, 팀장님."

나 경위는 가방에서 책 한 권을 꺼내 민 경정에게 건넸다.

"유럽에서 전해 내려오는 고전인데, 2년 전에 번역되어 책으로 출간되었습니다."

"아니, 그럼 살인범이 이 책대로 하고 있다는 건가? 그 말이야?"

민 경정은 나 경위에게 책을 흔들어 보이며 물었다.

"네, 그렇습니다."

도 경감이 대신 대답하자, 민 경정은 납득이 되지 않는다는 얼굴로 도 경감을 쳐다보았다.

"도 경감, 소설이잖아. 어느 미친…… 아니, 정말 미친놈이란 말이야?"

"지금까지의 범행 수법으로 봐서, 과거 미제 사건의 연쇄 살인마가 저지른 또 다른 범행일 수 있겠다 생각했었습니다. 근데 만약 이 소설을 보고 단순 모방한 것이라면, 이자는 패러노이아…… 피해망상에 빠져 자신이 악령에게 사로잡혀 있다고 믿는 정신 이상자로 봐야 할 것 같습니다."

"하지만 어떻게 그런 놈이 지문 하나 모발 하나 남기지 않고 깔끔하게 범행을 저지를 수 있단 말이야? 말이 안 되지 않나."

민 경정이 도 경감 설명에 조금 의아해하자, 나 경위가 나서서 부연 설명을 했다.

"네, 팀장님. 그렇게 보실 수도 있습니다. 하지만 철두철미한 성격의 소유자라면 가능한 일일 수 있습니다. 아니면 겁이 아주 많은 소심한 성격일 수도 있고요. 그것도 아니라면, 공범이 있을 가능성도 있겠습니다."

"공범? 한 명이 아니다?"

"그렇습니다, 팀장님. 나 경위 설명대로 공범이 있을 수 있다고 생각하고 수사를 진행하셔야 할 것 같습니다."

"정말입니까?"

책상에 엎드려 자고 있던 안민호 경위가 불쑥 고개를 들며 물었다. 그 소리에 민 경정은 깜짝 놀라 안 경위를 쳐다봤다.

"아이, 놀랐잖아! 뭐야? 자고 있었던 거 아니야? 다 듣고 있었어?"

"네, 다 듣고 있었습니다. 저희 몰래 하실 말씀이 있나 싶어 자는 척했죠. 나 경사님! 나 경사님, 일어나 보세요."

안 경위는 나 경사도 깨어 있을 것으로 생각하고 불렀으나, 아무런 움직임이 없자 어깨를 흔들며 상태를 살폈다.

"나상남 경사! 일어나!"

어깨를 흔들어도 일어날 기미가 보이지 않자, 민 경정이 있는 힘껏 나 경사를 소리쳐 불렀다. 나 경사는 그제야 자리에서 벌떡 일어서며 큰 소리로 대답했다.

"아! 네, 네네! 팀장님, 부르셨습니까?"

"뭐야? 진짜 자고 있었어?"

"네? 어, 도 경감님. 흐아아암. 나 경위님도 오셨습니까?"

나 경사는 잠이 덜 깬 듯 크게 하품을 하며 주위를 둘러보았다.

"하하. 하품 한번 참 크게 하네."

"아……. 그렇죠?"

나 경사는 하품하는 입을 손으로 가리며 나 경위에게 겸연쩍은 웃음을 지어 보였다.

"그런데 경감님, 사실입니까? 공범이 있을 수 있다는 게 말입니다."

"그래요, 안 경위. 확실하지는 않지만 가능성을 열어 놓고 수사해야 하지 않을까 합니다. 물론 연쇄 살인에 공범은 드문 일입니다. 미국에서 쌍둥이가 함께 연쇄 살인을 저지른 사건이 있기는 했어도……."

"정말입니까? 그럼 이놈들도 쌍둥이일 수 있지 않겠습니까?"

"뭐, 그럴 수도 있겠죠. 그 점도 감안하고 수사를 해야 할 것 같아서 급히 찾아온 겁니다."

"잘했네, 도 경감. 근데 이 책이 2년 전에 출간했다고 했잖아. 혹시 번역 작가나 출판사 관계자들은 조사해 봤나?"

민 경정의 물음에 나 경위가 대답했다.

"네, 팀장님. 직접 만나 보지는 못했지만 출판사 관계자들과 번역 작가에 대해 조사한 결과로는 별다른 특이 사항을 발견하지 못했습니다."

"그래? 그래도 모르니 직접 만나 보는 게 좋을 것 같은데. 그건 우리가 맡을 테니까 신상 정보만 넘겨줘."

"그리고 나 경위, 그것도 있잖아요. 팀장님께 마저 말씀드려요."

"아, 네! 팀장님, 말씀드리려다 갑자기 안 경위가…… 하하. 아무튼, 그 소설책을 구입한 구매자들을 찾아봤습니다. 서울에 있는 모든 서점과 온라인 서점에서 그 책을 구입한 구매자 명단을 현재 요청한 상태입니다. 개인 정보를 확인하는 거라 영장이 필요해서 한 검사님께 요청해 진행했습니다. 하지만 현금으로 구매한 경우도 있으니 그 점 감안하셔야 할 것 같습니다. 먼저 신용 카드로 결제한 구매자 명단은 곧 받아 볼 수 있을 것 같습니다."

"오호, 정말? 뭐야? 벌써 그렇게까지 진행을 다 한 거야?"

"네, 팀장님."

"잘됐습니다. 그런 이상한 소설을 구매한 사람이 몇 명이나 있겠습니까?"

안 경위가 희망 가득한 목소리로 말했다.

"그렇지? 그래, 얼마나 되겠어. 명단 나오는 대로 구매자들 집 수색하고 주변 조사하면 범행 증거는 금방 찾을 수 있을 거야. 수고했어, 나 경위."

"아닙니다, 팀장님. 그렇게만 된다면 다행이죠."

"대단하십니다, 나 경위님. 이게 프로파일링이라는 거군요. 와우, 정말."

나 경사는 나 경위에게 양손 엄지를 치켜세웠다.

"내가 말했죠? 보통 친구가 아니라고. 앞으로 대한민국 프로파일러 리더가 될 겁니다."

도 경감은 나 경위에게 다가가 자랑스럽다는 듯 어깨에 손을 올렸다.

"아닙니다, 경감님. 앞으로도 대한민국 리더는 쭉 경감님이시죠."

"말이라도 그렇게 해 주니 고맙네."

민 경정이 흐뭇한 표정으로 두 사람을 바라보며 말했다.

"야, 보기 좋네. 과학 수사대 팀워크는 역시 대단해?"

"이게 다 나 경위 덕 아니겠습니까, 팀장님."

"아, 아닙니다. 이건 다 경감님이 솔선수범하셔서 그에 따른 것뿐입니다."

"그래, 그래. 나 경위가 수고 많았어. 보기 좋네. 훈훈하고."

민 경정은 환히 웃으며 나 경위와 도 경감을 번갈아 바라보았다.

"경감님, 저희도 어제 A지점에 예상되는 범행 장소를 추려서 정리해 놓았습니다. 나머지 지점들도 오늘 내일 중이면 정리가 될 겁니다."

"어어, 안 형사. 그렇지. 우리 강력계 형사들도 고생 많았지."

낯 뜨거워 자기 팀원들 칭찬에 궁색했던 민 경정은 어색하게 웃으며 강력계 형사들을 마지못해 격려했다.

"그래요. 안 경위, 나 경사도 고생 많았어요."

도 경감은 안 경위와 나 경사에게 흐뭇한 미소를 지어 보였다. 민 경정은 멋쩍게 웃으며 안 경위에게 물었다.

"이제 다음 범행 예상일까지 3주 남았지?"

"네, 팀장님. 2주하고 5일 남았습니다."

"그래. 오늘부터 남시보 순경이랑 A지점으로 현장 점검을 나갈 예정이야. 체크한 장소를 중심으로. 앞으로 일주일 내에 무슨 수를 써서라도 예상되는 범행 지점을 모두 파악해서 예상 장소를 확정해야 돼."

"네, 저희도 빠른 시일 내에 확실한 범행 일자와 시간을 보고드리겠습니다. 그러고 보니 남 순경이 안 보입니다?"

"지구대에 들렀다 온다고 했어. 팀장에게 직접 보고하고, 일 처리할 것도 있다고 해서 말이야."

"남 순경이 꼭 찾아내 줬으면 좋겠는데 말입니다."

"남 순경은 꼭 찾아낼 거야. 난 그렇게 믿네, 도 경감. 그래도 남 순경이 찾기 전에 범인을 찾아낸다면 더 좋겠지. 나 경위가 찾은 구매자들을 조사해 보면 뭔가 나오지 않겠어?"

"그래야죠, 팀장님. 구매자 중에 있다면 범행 전에 잡을 수 있을 겁니다."

벌컥!

그때, 최우철 경위가 상황실 안으로 다급히 뛰쳐 들어왔다. 문을 열고 닫는 소리가 워낙 커서 모두 놀란 눈으로 문 쪽을 바라보았다.

"팀장님, 들으셨어요?"

"에고! 놀래라. 오늘 따라 왜들 이래?"

"최 경위, 이제 오는 거예요?"

"어! 도 경감님, 안녕하십니까."

"그나저나 최 형사, 뭐야? 왜? 무슨 일이라도 생겼어?"

안녕하십니까. FM KBC1 라디오 뉴스를 알려드립니다. 첫 번째 뉴스입니다. 금일 새벽 택시 한 대가 미사 대교 아래로 추락하는 사고가 있었습니다. 이 사고로 타고 있던 승객은 사망하고, 택시 운전기사 A씨는 실종 상태인 것으로 알려졌습니다. 현재 남한강 하류까지 수색 지역을 넓혀 실종자를 찾고 있으며, 사망한 승객은 서울 남부지방 검찰청 조모 부장 검사인 것으로 확인되었습니다. CCTV와 블랙박스 분석 결과, 택시 기사의 졸음운전이 사고 원인이라고……

라디오 방송을 듣고 있던 남시보 순경은 하차 안내 방송이 나오자 급히 자리에서 일어나 벨을 눌렀다. 버스에서 내려 경찰서 정문으로 들어서는 길에 옆으로 승용차 한 대가 지나가 힐끔 쳐다보았다. 그 찰나, 남 순경은 운전석에 앉아 있던 한 남자를 우연히 보게 되었다. 어딘가 낯이 익은 얼굴이었다.

'누굴까?'

잠시 생각하던 남 순경은 이내 3년전 죽은 최우식 경사라는 것을 깨달았다. 아니, 정확하게는 최우식 경사와 너무나 똑 닮은 사람이었다. 남 순경은 앞서 가는 차를 뒤에서 멍하니 바라보다, 차가 경찰서 본관을 지나 주차장으로 들어갈 쯤 고개를 절레절레 흔들며 다시 걷기 시작했다.

남 순경이 상황실 근처에 왔을 때, 안에서 살짝 소란스럽게 웅성거리는 소리가 들렸다. 남 순경은 회의를 하고 있다고 생각해 조심스레 문을 열고 들어갔다.

"조덕삼 검사도 죽었단 말입니다, 팀장님."

"그게 무슨 말이야? 최 형사, 조 검사가 왜 죽어? 또 자살이라도 했다는 거야?"

민 경정이 심드렁하게 반응하자, 최 경위는 조금 짜증 섞인 목소리로 말했다.

"아니요. 자살이 아니고 이번은 사고로…… 아이, 뉴스도 안 보셨습니까? 조 검사가 타고 있던 택시가 미사 대교에서 추락해 죽었다지 않습니까!"

"자식, 우리가 노냐? 뉴스 못 봤다고 성질은……. 확실해? 우리가 아는 그 조덕삼 검사 맞아?"

"네, 남부 지검에서 확인하고 들어오는 길입니다."

"저기, 두 분 무슨 얘기하시는 겁니까?"

민 경정과 최 경위가 대화하는 것을 멀뚱히 서서 듣고 있던 도 경감은 더는 참지 못하고 끼어들어 물었다.

"아, 도 경감. 그게……."

상황을 설명하려던 그때, 살며시 상황실 문을 열고 들어오는 남 순경이 민 경정의 눈에 들어왔다.

"어! 남시보!"

"아……. 안녕하십니까. 저 왔습니다."

남 순경은 머리를 긁적이며 형사들에게 일일이 고개 숙여 인사했다.

"뭘 그렇게 눈치 보면서 들어와? 이리 와."

"아, 네. 어, 이분은 아까 앞에서……."

남 순경은 민 경정 옆에 서 있는 최우철 경위를 보고 깜짝 놀라 말을 더듬었다.

"뭐야? 벌써 둘이 인사했어?"

"네? 누굽니까, 팀장님?"

"아……. 아니, 아까 차 타고 올라가시는 걸 우연히 봤거든요. 최우식 형사……."

"아아, 맞아. 최우식 형사 동생이야. 많이 닮았지?"

"동생이요? 많이 닮은 정도가 아니라 최우식 형사님이 살아 계신 줄 알았어요."

옆모습이 많이 닮았다고 생각했던 남 순경은, 정면에서 보니 최우식 경사와 더 쌍둥이처럼 닮았다는 것에 놀라 입을 다물지 못했다.

"우리 형을 알아요?"

"시보야, 여기는 최우철 경위. 여기는 남시보 순경이라고, 내가 여러 번 얘기했잖아."

"아, 그 시체를 본다는……."

"맞아. 서로 인사해."

"안녕하십니까. 남시보 순경이라고 합니다."

"네, 얘기 많이 들었어요. 최우철 경위예요."

남 순경은 최 경위에게 고개 숙여 인사했고, 최 경위는 남 순경에게 손을 내밀어 악수를 청했다.

"그래. 아, 도 경감. 얘기가 샜네. 조덕삼 검사라고, 예전에 여기 최 형사가 맡았던 사건 담당 검사야. 지금은 남부 지검 부장 검사고. 근데 그 검사가 사고로 죽었다고……. 쓰으, 이상하긴 하네. 관련자들이 연이어 죽고 있는데…… 조 검사는……."

민 경정은 고개를 갸우뚱하며 중얼거리다 말끝을 흐렸다.

"그렇죠? 저도 그게 좀 이상해서……."

"우선은 뭐, 다들 그렇게만 알고 있어. 최 형사는 더 확인해 보고. 일단 연쇄 살인범 잡는 데 집중하자고."

도 경감은 고개를 끄덕이며 대답했다.

"알겠습니다, 팀장님."

"팀장님, 바로 확인 안 하고요?"

"최 형사, 나중에 얘기하자니까. 지금은 연쇄 살인범 잡는 게 더 시급해. 어?"

"아……. 네, 알겠습니다."

최 경위는 민 경정의 얼굴을 보더니, 수긍하고 더는 조 검사 관련 얘기를 꺼내지 않았다.

"그럼 최 형사, 나 형사랑 함께 정신과 치료 이력 있는 사람들 직접 만나 보고, 수상하다 싶은 사람은 체크만 해 놓으라고. 혹시나 하는 말인데…… 형사라고 티 내지 말고. 특히 나 형사."

"생겨 먹은 게 딱! 형사라 어쩝니까? 팀장님, 매번……."

"그러게요. 솔직히 나 형사는 비주얼이 딱 형사 아니면 조폭 아닙니까? 하하. 제가 잘 데리고 다니겠습니다."

"아이, 최 형사님까지……. 그런데 박민희 형사도 같이 가면 안 됩니까? 팀장님."

"무슨 소리야? 같이 가야지."

"아……. 그렇죠?"

"나 형사, 티 좀 내지 말라니까."

최 경위는 자신의 어깨로 나 경사 어깨를 툭! 치며 웃었다.

"에? 무슨……."

"으이그, 모르면 됐다. 어서 가자."

최 경위는 눈치도 없다는 듯 나 경사 등을 손바닥으로 찰싹 때렸다.

"아야! 아이…… 아픕니다, 최 형사님."

"팀장님, 저희는 먼저 움직이겠습니다."

"그래. 아! 최 형사, 나 형사 밥 좀 먹이고 출발해."

"그럼요. 챙겨야죠. 걱정 마십시오."

"역시 팀장님이셔……."

나 경사는 감동받은 듯 게슴츠레한 눈빛으로 민 경정을 바라보며 엄지를 추켜세웠다.

"그럼 수고하십시오. 나 형사, 어서 가자고."

"아, 네. 모두들 고생하십시오."

"팀장님, 저희도 청에 돌아가 보겠습니다."

"그래, 도 경감. 고마워. 수고 좀 해 줘."

"네, 팀장님, 남 순경도 수고해요. 안 경위도."

"네, 들어가십시오."

민 경정은 어느 정도 상황이 정리되었다는 듯 길게 숨을 내쉬며 말했다.

"그럼 이제 우리 할 일에 대해 얘기해 볼까?"

모두가 상황실을 나간 뒤, 민 경정은 남 순경과 안 경위를 불러 앉혔다.

"예, 팀장님. 제가 뭘 하면 될까요?"

"우선 남 순경도 우리와 함께 A지점 돌면서 CCTV 사각지대나 외진 곳 위주로 확인해 보자고. 범행 예상 지점을 리스트로 정리해 놓았으니까, 먼저 그곳 위주로 현장 점검하면서 2시간 내에 모두 확인할 수 있는지 체크해 봐야 돼. 그리고 현장에서 추가할 장소가 있으면 리스트에 포함시켜 그때그때 다시 정리하고."

"그런데 책 구매자 명단이 오면 그 사람들 먼저 조사해야 하지 않겠습니까?"

"그래야겠지. 그래도 안 형사는 남 순경과 함께 A지점 수사에만 전념해."

"예, 알겠습니다."

"무슨 책 말씀이세요?"

"안 형사, 남 순경한테도 설명해 줘. 남 순경은 안 형사가 하는 얘기 잘 듣고. 그럼 나가 볼까?"

"네, 팀장님."

마지막으로 민 경정과 안 경위 그리고 남 순경이 상황실을 나왔다. 상황실을 나오며 안 경위는 나영석 경위가 설명했던 책《다윗의 별, 그 진실은?》에 대해 얘기해 주었다. 설명을 들은 남 순경은 왠지 섬뜩함을 느꼈다. 또한, 연쇄 살인범이 무엇을 두려워하고 있는 것인지도 궁금했다.

"팀장님, 어디로 가시는 겁니까? A지점으로 가는 거 아닙니까?"

"잠시만 대기해. 나 경위한테 출판사 대표 연락처 받기로 했으니까. 아까 얘기했어야 하는데 깜박했지 뭐야."

"그럼 출판사로 가실 겁니까?"

"응, 그렇지."

민 경정은 울리는 휴대폰을 확인하자마자 곧바로 통화 버튼을 눌렀다.

"어, 나 경위."

"네, 팀장님. 출판사 대표에게 전화해서 번역가와 함께 만날 수 있게 조치해 뒀습니다. 출판사 주소는 제가 문자로 보내드리겠습니다."

"어? 정말? 야아, 역시. 일 처리 하나는 알아줘야겠어. 고마워, 일 덜어 줘서. 그럼 수고해. 만나고 나서 다시 연락할게."

"네, 팀장님. 수고하십시오."

"어, 그래."

전화를 끊고 잠시 후 민 경정 휴대폰에서 '띵동' 하는 알림 소

리가 들렸다. 나 경위 문자였다. 민 경정은 문자를 안 경위에게
보여 주며 말했다.

"안 형사, 이 주소로 내비 찍고 출발하지."

"네, 팀장님. 그런데 출판사에 가면 대표랑……."

"그건 걱정 마. 나 경위가 벌써 연락해서 조치해 뒀다고 하네.
가면 번역가랑 대표 같이 만날 수 있을 거야."

"아……. 네. 역시 일 처리……."

안 경위는 자기도 겸연쩍었는지 말을 흐리며 웃고 말았다.

"일 처리 하나는 끝내 주지? 이건 참 부럽다니까. 그런 부사
수 하나만…… 아, 아니. 아니야. 어서 출발하자고."

"네, 팀장님. 분발하겠습니다."

"그래. 분발 좀 하자!"

민 경정은 안 경위의 어깨를 툭 치며 웃어 보였다.

출판사에서 만나 본 번역 작가와 출판사 대표에게는 의심이
갈 만한 정도의 범죄 혐의를 찾지 못했다. 게다가 살인사건이
발생한 시간에 확실한 알리바이도 있었다.

캄캄한 거실 끝자락에 옅은 주황색 불빛이 새어 나오고 있었
다. 샤워기에서 물이 떨어지는 소리가 잔잔하게 들려온다. 욕
조 안에는 머리카락을 아주 짧게 깎은 한 남자가 비누 거품을
가득 품고 앉아 있었다. 샤워기에서 떨어지는 물을 그대로 맞

고 있던 그는, 양손으로 자신의 짧은 머리카락을 한두 번 훑어 내며 거칠게 세수를 했다. 가느다란 팔엔 살이 거의 붙어 있지 않아 잔 근육이 선명하게 도드라졌다.

그는 욕조에서 일어나 몸에 붙은 거품들을 씻어 냈다. 왜소하고 바짝 마른 체구에 피부는 하얗고 잡티 하나 없이 매끄러웠다. 온몸에 털이라고는 짧은 머리카락밖에 보이지 않았는데, 대신 자주색 멍들과 상처들이 구석구석 가득했다.

목욕을 마친 뒤에는 욕조 위에 떠 있던 제모 크림을 꺼내 선반 위에 올려 놓았다. 아마 제모 크림을 온몸에 바르고 목욕을 한 듯했다. 샤워 가운을 걸치고 욕실에서 나온 그는, 불이 꺼진 거실을 가로질러 소파에 앉았다. 그러고는 테이블 위에 흩어져 있던 하얀 가루를 조심스럽게 한곳으로 모았다. 그대로 코로 가져가 흡입을 하는가 싶더니, 잠시 고개를 하늘로 쳐들어 코에 남아 있는 가루까지 모두 들이마셨다.

잠시 멍하니 욕실 쪽 불빛을 바라보던 그는 자리에서 벌떡 일어나 춤추듯 팔을 흔들며 해맑게 웃었다. 뭐가 그렇게 기분이 좋은지 탈춤이라도 추듯 두 팔을 휘휘 휘저어 가며 방긋방긋 웃음 지었다.

한참 동안 춤을 추며 거실을 돌아다니던 그는 갑자기 소파에 몸을 던져 누웠다. 그리고 머리를 쥐어짜듯 움켜잡더니, 얼굴을 잔뜩 찌푸린 채 눈을 질끈 감고 고통스러워했다. 입에선 침이 질질 흘러내렸고, 잠깐 떠진 눈엔 흰자위만 가득했다. 흐리멍덩한 눈빛으로 잠시 천장을 응시하던 그는 다시 눈을 감았다.

그때 위층에서 누군가 걸어 내려오는 소리가 들렸다. 곧이어 하얀 피부에 단발머리를 한 건장한 남자가 그의 옆으로 다가와 답답하다는 듯 목청을 돋우며 말했다.

"또 약 빨았어? 왜 그래, 정말! 이제 좀 정신 차려!"

"누구야? 어! 너구나. 아하하. 또 잔소리냐? 잔소리 할 거면 꺼져, 꺼지라고."

단발머리 남자는 그의 옆에 앉아, 탁자에 뿌려져 있던 하얀 가루를 손으로 찍어 맛을 보았다.

"윽, 퉤퉤! 야! 약으로 해결되는 게 아니잖아. 이러면 너만 더 망가져. 이제 그만둬. 그리고 그 미친 짓도."

"넌 몰라, 넌 모른다고. 이거라도 안 하면 숨을 쉴 수 없다고. 죽을 것 같단 말이야!"

"나도 다 알아. 그래, 약까지는 좋다 이거야. 근데 그 미친 짓은 당장 그만두라고. 어?"

"야! 내가 말했잖아. 어쩔 수 없다고. 그래야 내가 산다고. 그래야 아빠가…… 아빠가 나에게 돌아온다고. 그걸 아직도 몰라? 그래, 네가 뭘 알겠어. 네가 내 마음을 어떻게 알겠냐고. 너 같은 나쁜 새끼가!"

그는 점점 감정이 격해지더니 끝내 고함을 버럭 질렀다.

"내가 왜 몰라? 나도 안다니까. 그래서 이렇게 너한테 말하는 거잖아. 이제 제발 좀 그만하라고. 그런다고 아빠가 다시 돌아올 것 같아? 그리고 돌아온다고 널 사랑할 것 같아? 미친 생각이야, 정신 차려."

단발머리 남자는 무덤덤한 표정으로 차분하게 말했다.

"야! 조용하라고, 씨발! 네까짓 게 뭘 알아? 분명 돌아오실 거야. 날 사랑해 줬던 아빠로 돌아오실 거라고. 그러니까 너도 날 좀 도와줘. 어?"

"싫어! 이제 정말 싫어. 더는 도와주기 싫다고. 이제 그만하자. 그런다고 미친 아빠 새끼가 다시 돌아오지 않아. 절대!"

그는 단발머리 남자의 멱살을 잡아 흔들며 말했다.

"뭐? 이 새끼가! 너 말 다 했어? 아빠는 악령에 쓰인 거라고 했잖아. 그래서 도와 달라고 하는 거 아냐!"

단발머리 남자는 그의 손을 뿌리치며 덩달아 큰 소리로 말했다.

"제발 정신 차려! 무슨 악령이야? 그런 게 어디에 있어? 그냥 아빠가 악마야. 미친놈이라고!"

"씨발, 조용해! 그래, 돕기 싫으면 그냥 조용히 꺼져! 다시는 내 앞에 나타나지도 말라고. 어서 사라져!"

그는 두 손으로 자신의 머리를 감싸며 소리쳤다. 단발머리 남자는 그런 그를 잠시 지켜보는가 싶더니, 그의 어깨에 손을 올리고 귀 가까이에 다가가 조용히 속삭였다.

"그러지 말고 나랑 같이 아빠를 죽이자."

"싫어. 안 돼."

"왜? 차라리 아빠를 죽이는 게 더 빨라."

그는 두 팔로 자기 자신을 감싸 안은 채 쉴 새 없이 눈동자를 움직였다. 그러더니 갑자기 단발머리 남자의 두 팔을 움켜잡으며 애원한 듯 도움을 청했다.

"무서워. 아빠를 집어삼킨 그 악령이 날 잡아먹으려 한다고. 아빠를 죽이면 그땐 날 잡아 먹을 거야. 나도 그 악령에 사로잡혀 빠져나오지 못할 거라고. 그러니 제발 나 좀 도와줘. 이제 얼마 남지 않았잖아. 어?"

"아니야! 정신 차리란 말이야!"

단발머리 남자는 그의 두 손을 뿌리치며, 자리에서 일어나 말을 이어 갔다.

"난 더 이상 그런 미친 짓 하고 싶지 않아. 왜, 왜 죄 없는 사람을……. 싫어. 생각하기도 싫다고. 하려면 너 혼자 해. 이제 난 도와줄 수 없어. 아니, 돕지 않을 거야!"

"젠장! 마음대로 해. 난 혼자라도 할 거야. 그래서 악령으로부터 아빠를 구해 낼 거라고. 그리고 나도 악령에서 벗어날 거고. 두고 봐. 너에게 곧 악령이 찾아갈 테니. 그때는 후회해도 늦어. 잊지 마."

"미친놈, 마음대로 해! 넌 완전 미쳤다고. 이제 나도 지쳤어. 그 빌어먹을 말도 안 되는 헛소리에 진절머리가 난다고. 이제 더는 꼴도 보기 싫어!"

"나도 마찬가지야. 나쁜 새끼야! 당장 꺼져! 어서 꺼지라고!"

그는 소파에 머리를 박으며 소리쳤다. 단발머리 남자는 그를 남겨 두고 위층으로 올라가 버렸다. 소파에 머리를 박고 있던 그는 그새 잠이 들었는지 한참 동안 아무런 미동도 없었다. 그러다 갑자기 괴로워하며 중얼거리기 시작했다.

"아아! 살려 주세요, 예? 아버지, 아버지 그만요. 제발! 아으, 아악! 제발 죽이지만 말아 주세요. 아으……. 잘못했어요. 다시는 안 그럴게요, 아버지. 아버지!"

그는 마치 비명을 지르듯 아버지를 부르며 벌떡 일어나 눈을 떴다. 하지만 여전히 초점 잃은 눈빛으로 정면만 응시하다가, 다시 쓰러지듯 소파에 누워 눈을 감았다. 이번엔 정말 잠이 들었는지 코 고는 소리가 들려왔다.

그는 악몽을 꾸는지 작은 목소리로 "잘못했어요."라는 말을 반복하며 눈물을 흘렸다. 하지만 목소리와 달리 남자의 얼굴엔 슬픔이나 아픔 대신 비웃음과 경멸이 가득했다.

3개월 전

수원 지검에 도착한 최우철 경위는 초조한 모습으로 망설이다 다시 전화를 걸었다. 여남구의 신변이 걱정돼 연락이 올 때까지 마냥 기다릴 수가 없었던 것이다. 하지만 무슨 일인지 또 연결이 되지 않았다. 본관 안으로 들어가기 전 다시 한번 전화를 걸어 보려던 그때, 경기 남부 지방 경찰청 형사과에서 전화가 걸려 왔다.

"네, 최우철 형사입니다."

"최 형사님, 큰일 났습니다. 여남구 씨 신변 보호 경찰관과 이제야 연락이 됐습니다."

"그래서요? 빨리 말해 봐요."

"여남구 씨가 자살을 시도했다고 합니다."

"뭐라고요? 자살?"

"네. 응급조치한 후 가까운 종합 병원으로 후송했다는데 상태가 위독하다고 합니다. 빨리 그쪽으로 가 보셔야겠습니다."

"알았어요. 바로 갈게요. 병원 위치 문자로 보내 주세요."

전화를 끊은 최 경위는 다시 차에 올라탔다. 이 사실을 알리고 양해를 얻고자 조 검사에게 서둘러 전화를 걸었다.

"조 검사님, 여기 지검에 와 있습니다. 근데 여남구 씨가 자살을 시도했다고 합니다."

"아…… . 그래요? 최 경위는 지금 어디예요?"

"저는 주차장입니다. 근데……."

"그래요. 그럼 잠깐 기다려요. 나도 같이 갑시다."

"네? 아, 네. 여남구 씨가 위독하다고 하니 빨리 좀 내려와 주십시오."

"알았어요. 금방 준비하고 나갈게요. 조금만 기다려요."

전화를 끊은 최 경위는 조 검사에게서 왠지 모를 음산한 기운을 느꼈다. 반응이 냉랭하고 무덤덤하게 느껴졌기 때문이다. 여남구가 자살했다는 말에 크게 놀라지도 않고, 이미 알고 있었던 사실을 들은 사람처럼 오히려 침착하기까지 했다.

최 경위는 의아한 마음을 뒤로하고 민 경정에게 전화를 걸었다.

"어! 어디야? 어떻게 됐어?"

"그게⋯⋯."

"뭐야? 나 바빠. 빨리 말해. 무슨 문제 있는 거야?"

"여남구 씨가 자살을⋯⋯."

"뭐? 자살했다고? 정말이야? 죽었어?"

"그건 아닙니다. 근데 위독한 상태라고 합니다."

"그래? 지금 어디에 있는데?"

"아, 네. 수원 지검 주차장에⋯⋯"

"무슨 소리야? 여남구 씨 어디에 있냐고? 정신 안 차려!"

"아, 네. 병원으로 옮겼다고 합니다. 병원 위치는⋯⋯."

"근데 왜 수원 지검에 있는 거야?"

"저⋯⋯. 그게, 조 검사가 급히 보자고 해서⋯⋯."

"뭐라고? 야! 최우철!"

"죄송합니다, 계장님."

"됐다. 일단 끊고 병원에서 보자. 바로 갈 테니까 어느 병원인지 문자 보내."

"네. 죄송합니다."

최 경위는 다른 곳으로 새지 말고 바로 여남구에게 가라는 민 경정의 말을 듣지 않은 것이 죄송했다. 한편으로는 바로 갔다면 그의 자살을 막을 수 있었을 것이라는 자책감도 들었다.

지금 생각해 보니, 상반되었던 민 경정의 반응과 조 검사의 반응이 더욱 뚜렷하게 드러나 보였다. 동시에 수상했던 느낌은 확신으로 다가왔다.

"무슨 생각하십니까?"

눈을 감고 생각에 잠겨 있던 최 경위는 나 경사의 목소리에 눈을 떴다.

"어! 어, 다 왔어?"

"아니요. 차가 좀 막히네요. 무슨 생각을 그렇게 하셨어요? 아니면 깜빡 조셨어요? 저기 뒤에 박 형사가 묻지 않습니까?"

"미안, 잠깐 딴생각을 하고 있었네. 박 형사, 왜? 뭐라고 했어?"

"아, 리스트 보셨으면 어떻게 하실 건지 해서요. 다 같이 다니실 건지, 나눠서 움직이실 건지……."

"음, 우선은 같이 움직이지. 보니까 그렇게 많지 않네."

"네? 많지 않다고요?"

나 경사의 반문에 최 경위는 들고 있던 명부를 몇 장 들쳐 보았다.

"열다섯 명……. 아, 미안. 내가 딴생각을 좀 하느라……."

"무슨 생각을 하시는 거예요? 뭔가 따로 수사하고 계시는 게 있는 것 같은데……. 혹시 남부 경찰청에 있을 때 맡았던 그 사건 아직도 붙들고 계신 겁니까?"

"아니야, 그런 거. 됐고, 그럼 각자 흩어져서 방문해 보자고."

"아……. 예."

민우직 경정은 A지점 지도를 손으로 가리키며 동선을 설명했다. 안민호 경위는 정지 신호에 차를 세우고, 민 경정이 가리키는 위치를 확인하며 내비게이션에 주소를 입력했다. 먼저 범행 예상 지점을 돌며 소요 시간을 확인할 생각이었다. 남시보 순경이 2시간 내에 모든 곳을 확인할 수 있는지 파악하기 위해서였다.

　민 경정은 생각보다 많은 곳이 범행 예상 지점으로 나와 조금 당황스러웠다. 하지만 이것도 CCTV 사각지대나 외진 장소 등 범행이 예상되는 곳만을 추린 것이라, 그 외에 더 있을 수 있다고 생각하니 머리가 다 지끈거리고 아팠다.

　"왜 그러세요? 어디 아프세요?"

　"아니, 잠깐 두통이…… 괜찮아질 거야."

　"가다가 두통약 좀 살까요?"

　"아니야 괜찮아. 리스트 보고 좀 놀라서 그런 거야. 시보야, 리스트를 보니 확인할 장소가 좀 많은 것 같다. 이것도 추리고 추린 곳인데…… 후우, 이게 가능할까?"

　"얼마나 많기에 그러세요. 좀 봐도 될까요?"

　민 경정은 들고 있던 지도와 리스트를 뒷좌석에 있던 남 순경에게 건넸다.

　"와우, 정말 많네요. 이곳을 일주일간 매일 돌아다녀야 한다는 거잖아요. 시간도…… 새벽이라 한산하겠지만 차로 다녀도 2시간 내로 다 돌아볼 수 있을지 걱정이네요. 몇 번은 리허설해 봐야겠는데요?"

"그렇지? 몇 번은 돌아봐야겠지? 좀 무모한 것 같지만 이 방법밖에는 없으니까. 힘들어도 좀 고생하자, 시보야."

"네, 형…… 아! 팀장님."

"우리끼리 있을 때는 편하게 해. 괜찮아."

"아니에요. 그러다 팀원 분들 앞에서도 실수할 수 있어요. 그냥 팀장님이라고 할게요. 너무 서운해하지 마세요."

"어허, 이거 너무 서운한데."

"정말이십니까?"

"뭐가 정말이야? 안 형사, 운전이나 똑바로 해."

민 경정은 웃으며 안 경위의 어깨를 가볍게 툭 쳤다.

"아이, 또 나만 가지고."

"어어? 안 형사, 또 말이 짧다? 남시보 순경을 봐. 얼마나 예의 바르나. 응?"

"이거 보십시오, 남 순경님. 매번 이렇게 애먼 사람을 잡으십니다. 아휴!"

안 경위는 한숨을 크게 내쉬고 룸미러로 남 순경을 보며 미간을 찌푸렸다.

"하하하. 좋아서 그러지, 좋아서. 안 그래, 남 순경?"

"그래요, 안 형사님. 팀장님이 안 형사님을 너어무 좋아하셔서 그런 겁니다. 아이, 이거 질투 나는데요."

"그렇지? 질투 나지? 그것 봐, 안 형사."

"네에, 네. 그러시지요."

"아무튼 안 형사와 남 순경은 앞으로 항상 같이 움직이는 거야. 알았지? 내가 동행 못 해도 둘은 하나처럼 붙어 다니는 거다? 그렇게 알아."

"왜요?"

"어허! 또 그런다, 안 형사."

이번에도 안 경위가 딴죽을 거는 줄 알고, 민 경정은 안 경위를 쏘아보았다.

"네? 저요?"

"팀장님, 제가 왜냐고 물어봤는데요?"

남 순경이 크게 웃으며 자신이라고 하자, 민 경정은 안 경위를 보며 어색하게 웃으며 말했다.

"어? 이런, 그런 거야? 내가 잘못 들었나 보네. 매번 안 형사가 태클을 걸어서 또 안 형사인줄 알았지?"

"너무하십니다, 팀장님."

안 경위는 입술을 삐죽 내밀다 룸미러로 남 순경의 눈과 마주쳤다. 남 순경은 민 경정과 안 경위의 케미가 너무 재밌어 웃음을 참지 못했다.

"그런데 팀장님, 남시보 순경은 왜 형사라고 부르지 않고 계속 순경이라고 부르시는 겁니까? 박민희 형사에게 순경이라고 하면 뭐라고 하시는 분이. 이제 남시보 순경도 수사에 합류해 함께……."

"그래. 하지만 정식으로 차출돼 온 것도 아니고……. 단지 대방 지구대장하고 내가 친분이 있어서 데리고 온 것뿐이야. 억울하면 얼른 경력 쌓고 형사과로 오든지?"

"에이, 그게 가고 싶다고 되는 건가요. 아무튼 저도 경력이 쌓이면 형사과로 신청해 갈 겁니다. 그러니 기다리십시오. 그 전까지는 순경이라고 하셔도 됩니다."

"들었지, 안 형사?"

"네에, 네. 두 분이 언제부터 이리 짝짜꿍이 잘 맞으셨는지 모르겠습니다."

"몰랐어? 우린 처음부터 찰떡궁합이었어."

안 경위는 자신도 모르게 콧방귀를 뀌었다.

"안 형사님, 지금 질투하시는 거 아니죠?"

"뭐야? 정말이야?"

"네? 정말 못 말린다니까. 내가 말을 말아야지……. 아이참."

민 경정이 안 경위를 쳐다보며 웃자, 남 순경도 더는 참지 못하고 웃음을 터뜨렸다.

"다 왔습니다. 이제 내리시죠."

"어, 벌써 다 왔네. 자아, 그럼 시작해 볼까?"

안 경위는 빌딩 정문 앞에 차를 정차해 민 경정과 남 순경을 먼저 내려 준 후, 주차 구역으로 가 차를 세웠다. 그들은 빌딩 후문의 외진 곳으로 갔다. 번화가에서 조금 벗어난 골목길에 위치한 곳으로, 버스 정류장으로 갈 수 있는 좁은 지름길이었다.

"잘 봐, 남 순경. 여기서부터 번화가 쪽으로 한 200미터 지점에 일곱 곳을 확인하고 다음 장소로 이동할 거야. 일곱 곳은 뛰어서 이동한다. 안 형사는 우리가 마지막에 도착하는 지점에 미리 가 있다가, 우리가 그곳에 도착하면 우리를 태우고 다음 장소로 이동하면 되는 거야. 알았지?"

"네, 팀장님."

"남 순경, 들었어?"

민 경정의 물음에 대답이 없자, 남 순경의 어깨에 살짝 손을 올렸다.

"왜? 벌써 뭐가 보여?"

"아니요. 그게 아니라……."

"왜 그래? 무섭게."

"이 빌딩 보니까 예전에…… 아니, 아니에요."

남 순경의 말에 민 경정도 건물을 살펴보았다.

"아, 여기도 명보 빌딩이구나. 이거…… 빌딩 이름이 같네."

안 경위도 뒤늦게 건물 이름을 확인하고 남 순경의 눈치를 살폈다.

"남 순경님, 괜찮으십니까?"

"네, 괜찮죠. 그럼요."

3년 전, 노량진에서 있었던 일이 생각난 남 순경은 그 당시 명보 빌딩 안에 감금되어 있었던 강소담이 떠올랐다. 같은 이름의 빌딩일 뿐인데 또 그녀가 떠올라 잠시 생각에 잠겼던 것이다.

"팀장님, 이제 움직여 볼까요. 여기 외진 곳을 보면 되는 거죠?"

"어? 어, 그래. 요 주변을 한번 훑어보고 이동하자고. 안 형사는 시간 재고."

"네. 벌써 시작했습니다, 팀장님."

"좋아. 남 순경, 어때? 전반적으로 다 훑고 가야 해서 말이야. 괜찮아?"

"네, 꼼꼼히 보고 있습니다. 이제 다음 지점으로 가시죠. 뛸까요?"

"그래. 연습을 실전처럼. 안 형사, 먼저 마지막 지점에 가 있어."

"네, 그럼 수고하십시오."

안 경위는 차가 주차되어 있는 곳으로 뛰어갔다. 남 순경과 민 경정은 달리기 시합이라도 하듯 서로 눈을 마주보더니, 누가 먼저라고 할 것 없이 동시에 힘차게 출발했다. 그리고 있는 힘껏 달린 남 순경은 이내 민 경정을 멀찌감치 앞질러 나갔다.

가로등 불빛이 깜박거리는 어두운 골목길. 짧은 미니스커트에 반짝이 티셔츠를 입은 한 여자가, 손가방을 가슴에 품고 흔들흔들 가로로 세로로 위태롭게 걷고 있었다. 그 모습을 멀리 차 안에서 지켜보고 있던 그는 슬며시 차문을 열고 나왔다. 최대한 어두운 곳으로 몸을 숨긴 그는 주위에 누가 있는지 살피며, 서서히 그녀에게로 걸어갔다.

술에 취한 그녀는 아무것도 모른 채 깜박이는 가로등 불빛 바로 아래까지 걸어와, 허리를 90도로 꺾어 속에 있던 것을 시원하게 게워 냈다. 잠시 수돗물 쏟아지는 소리가 정적을 깼고,

그녀에게 걸어가던 그도 그 소리에 놀랐는지 걸음을 멈췄다.

소리가 조금 잠잠해진 뒤, 그녀가 가로등을 붙잡고 몸을 일으켰을 때 깜박이던 가로등 불빛이 갑자기 꺼져 버렸다. 그녀는 눈앞이 깜깜해지자, 놀란 마음에 서둘러 밝은 곳으로 나가려 했다. 하지만 술에 취한 그녀는 몸을 제대로 가누지 못했다.

몇 걸음 걷던 그녀가 순간 사라졌다. 아주 재빠른 짐승이 먹잇감을 낚아채듯, 순식간에 누군가가 그녀를 끌고 깊숙한 곳으로 사라졌다.

"으음! 으음……."

그녀는 불안한 눈빛으로 발버둥 쳤다.

"조용. 가만히 있어."

"으으, 으음!"

"가만히 있으라고!"

퍽!

"으윽!"

"그러니까 내가 조용하라고 했잖아."

머리에 골무 모자를 쓴 남자가 큰 둔기를 들어 그녀의 머리를 힘껏 내리쳤다. 사방으로 흩어진 핏방울은 그의 얼굴에도 묻었지만, 그는 아무렇지 않게 손등으로 얼굴에 묻은 피를 닦아 냈다. 피를 닦아 낸 손등은 너무나 하얗고 잔털 하나 없이 고와 마치 여자 손처럼 보였다. 뒤이어 그는 주머니에서 접이식 칼을 꺼내 그녀의 몸을…….

그때였다. 어두운 저편에서 거대한 그림자가 서서히 그를 향해 다가왔다. 그는 자신에게 다가오는 그림자를 본 순간, 들고 있던 칼과 둔기를 바닥에 떨어뜨렸다. 거대한 그림자가 다가오는 그 순간, 온 세상은 캄캄해졌고 적막이 감돌았다.

"오셨습니까, 주인님. 아직…… 준비가……."

그는 무릎을 꿇고 깊숙이 고개를 숙였다. 하지만 검은 그림자는 아무런 소리도 없이, 서서히 그에게로 다가올 뿐이었다.

"조금만 기다려 주십시오. 곧 주인님께 드릴 제물을 준비하도록 하겠습니다. 제발……."

그는 머리가 땅바닥에 닿도록 고개를 연거푸 숙이며 간청했다.

"죄송합니다. 이렇게 빨리 오실 줄 몰랐습니다. 제발…… 제발…… 살려 주십시오. 곧 준비를…… 아으! 아악! 허억, 헉……. 아휴, 꿈이구나."

비명을 지르며 잠에서 깬 그는 안도의 한숨을 내쉬었다. 그의 옷은 땀에 흠뻑 젖어 있었다. 그는 자신을 덮치려 했던 그림자가 무엇인지 제대로 보지 못했다. 매번 그림자에게 잡아먹히는 꿈을 꾸다 비명을 지르며 깨어나기를 반복할 뿐이었다.

또 한 번 악령의 계시가 내려졌다고 생각한 그는, 바로 자리에서 일어나 다음 제물을 준비하기 위해 욕실로 들어갔다.

이필석 의원 대법원 공판 6일 전

수원 지검 로비에 이덕복이 들어섰다. 경비를 서고 있던 경찰관이 이덕복 앞을 가로 막았다.

"죄송합니다. 이곳은 일반일 출입 제한 구역입니다. 민원실은 저쪽으로 가시면 됩니다."

"아니요. 제가 조덕삼 검사님을 뵈러 왔어요."

"아, 그러세요. 그럼 약속하시고 오셨습니까?"

"아……. 그게……."

"저기, 무슨 일이죠?"

머뭇거리는 이덕복에게 젊은 남자 검사가 다가와 말을 걸었다.

"아! 검사님, 아닙니다. 이분이 잘못……."

"안녕하세요, 검사님. 저 기억하시겠어요?"

경찰관이 검사에게 상황을 설명하려 할 때, 이덕복은 예전에 잠깐 만났던 검사를 알아보고 먼저 인사를 건넸다.

"안녕하세요. 이민지 양 아버님 맞으시죠?"

"아이고, 감사합니다. 기억해 주시네요. 검사님, 죄송합니다만 조덕삼 검사님 좀 뵐 수 있을까요?"

"조 검사님께 연락은 하고 오셨어요?"

"아니, 계속 전화를 받지 않으셔서……."

"그러세요. 바쁘신가 보네요. 음……. 그럼 저랑 같이 올라가시죠."

"정말입니까? 아이고, 감사합니다."

"검사님, 그러시면 출입증이라도 발급받고 들어가시게 하시죠."

상황을 지켜보던 경찰관은 출입 절차를 안내했다.

"아, 네. 아버님, 저쪽에 가셔서 신분증 맡기시고 출입증 받아오시면 됩니다. 저랑 같이 가시죠."

"예. 정말 고맙습니다, 검사님."

"아닙니다. 이 정도는 도와드려야죠. 여러모로 많이 힘드시죠? 아! 이분은 제가 모실 테니 일 보세요."

"아, 네. 그럼."

경찰관은 검사에게 목례하고 자신의 자리로 돌아갔다. 이덕복은 안내 데스크에서 출입증을 받아 검사와 함께 계단으로 올라갔다. 젊은 검사는 올라가며 조 검사에게 전화해 보았지만, 계속 통화 중 대기로 연결이 되지 않았다. 어쩔 수 없이 자신의 검사실로 이덕복을 안내했다.

"잠시만 여기서 기다리시죠. 제가 전화해 보고 검사실에 계신지 확인되면 그쪽으로 모시겠습니다."

"아이고, 죄송합니다. 바쁘실 텐데……."

"아니에요. 사무관님, 여기 차 한 잔 부탁해요."

"네, 검사님."

"아유……. 감사합니다. 검사님, 화장실 좀 다녀와도 될까요?"

"아, 네. 나가셔서 오른쪽으로 쭉 걸어가시면 보이실 겁니다."

"예, 검사님."

검사실에서 나온 이덕복은 오른쪽 복도를 따라 화장실 방향으로 걸어갔다. 그때 조덕삼 검사가 반대편 복도에 서 있는 것이 보였다. 이덕복은 서둘러 조 검사가 있는 곳으로 가 봤지만, 조 검사는 그새 감쪽같이 사라지고 없었다. 주위를 둘러보던 이덕복은 야외 테라스 문이 열려 있어 혹시나 하는 마음에 그곳으로 다가갔다. 그때, 안쪽에서 조덕삼 검사의 목소리가 들렸다.

"그래, 방금 뉴스 봤다. 문제없이 처리한 거 맞지? 아이, 이렇게까지 해야 하는 거야? ……분명 입막음 제대로 한다고 했잖아! 씨…… 난 모르는 일이다. 그러니까 한 방에 보냈어야지. 이게 뭐야? ……아무튼 자살로 잘 마무리 해. 병원에서도 문제없도록 하고. 이거 잘못 불거졌다가는 너 하나로 끝나는 게 아니라고. 알았어? 앞으로 내가 연락할 때까지 다신 전화하지 마. ……이 새…… 아니, 내가 그건 문제없게 처리한다고 했잖아. 위에서 지시 내려온 거 알면서 그래? 그러니까 잔말 말고……. 잠깐만."

전화하던 그는 잠시 휴대폰을 내리고, 주위를 살피다 다시 귀에 휴대폰을 가져다 댔다.

"아니야. 아무튼 잔말 말고 남구 그 자식 마무리나 잘하라고. 재판은 내가 알아서 잘 처리한다고, 새끼야! 아이씨……. 끊어."

띡!

"이 자식은 뭐가 이리 겁이 많아? 어떻게 지금까지 그 자리에 있었는지 모르겠네. 아이씨."

이덕복은 조덕삼 검사가 누군가와 통화하는 것을 보고 잠시 기다렸다 말을 걸어 보려 했지만, 통화 내용이 심상치 않아 밖에서 조용히 그의 통화를 엿들었다.

'그런데 '남구'라니? 여남구 학생을 말하는 걸까? 뭘 마무리 잘하라는 거지? 그것도 자살로?'

무슨 말인지 도통 이해할 수 없던 이덕복은 휴대폰을 꺼내 뉴스를 검색한 후 비틀거리는 걸음으로 뒷걸음질쳤다.

젊은 검사는 한참이 지나도 돌아오지 않는 이덕복이 걱정되어 직접 찾아 나섰지만, 화장실에서도 이덕복은 보이지 않았다. 조 검사와 만난 걸까 싶어 조덕삼 검사실로 향하던 그때, 조 검사가 통화하며 검사실로 들어가는 모습이 눈에 들어왔다. 젊은 검사는 이덕복이 조 검사를 만나 함께 들어간 것이라 생각하고 가벼운 마음으로 돌아섰다.

한 달 후 대법원의 판결은 예상대로 무죄였다. 결정적 증거를 갖고 있던 피해자 남자 친구 여남구가 자살하면서 아무런 물증과 증인을 제시하지 못한 것이 원인이었다. 또한, 여남구 자살이 경찰의 무리한 강압 수사로 인해 발생했다는 언론 보도로 여론이 악화된 점도 판결에 영향을 미쳤다. 무리하게 물증을 만들기 위해 여남구를 증인으로 매수하려 했다는 이야기까지 나돌았다.

대법원 판결 후, 수사를 진행했던 경기 남부 지방 경찰청 강력계 형사들에게 질책성 징계가 내려질 것이라 예상했다. 하지만 최우철 경위는 감봉 징계를 받았을 뿐, 서울 지방 경찰청 형사과로 보직 이동되었다. 나머지 형사들도 모두 승진하거나 꿀

보직으로 이동했다.

　나중에서야 알게 된 것이었지만, 더 놀라운 사실은 사건을 맡았던 조덕삼 검사가 서울 남부 지검 부장 검사로 영전했다는 것이었다.

　"최 형사님, 무슨 생각을 그리 하십니까?"

　"어, 왔어? 어때? 수상한 사람은 없었고?"

　"아직 부재중인 사람이 몇 명 있어서 저녁 이후에나 다시 가 봐야 할 것 같습니다. 최 형사님은 없으셨어요?"

　"응, 나도 특별히 수상해 보이는 사람은 없었어. 그래도 몇 집은 다시 찾아가 봐야 할 것 같아."

　"네, 알겠습니다."

　뒤늦게 모습을 드러낸 박 순경은 최 경위와 나 경사를 보고 급히 뛰기 시작했다. 그 모습을 지켜보던 나 경사는 운전석 창문을 내려 박 순경을 불렀다.

　"박 형사! 뛰지 마!"

　빠른 속도로 뛰어온 박 순경은 바로 차 뒷좌석에 타며 말했다.

　"먼저 와 계셨네요. 수고하셨습니다."

　"수고했어. 박 형사, 어땠어?"

　"용의자로 보일만한 사람은 없었습니다. 아, 한 집은 아예 빈 집 같더라고요. 사람 사는 집 같지도 않았고요. 너무 조용해서요. 집은 또 얼마나 큰지……. 저녁에 다시 가 봐야 할 것 같습니다."

"그래? 다들 비슷하네. 여기까지 하고 서로 복귀하자고."

"저기, 최 형사님. 복귀하기 전에 식사라도 하고……."

"어, 그래. 나 형사랑 박 형사 둘이 먹어. 난 일이 좀 있어서 먼저 가 볼게."

"네? 아닙니다. 그럼 같이 가시죠."

"아니야. 서로 가는 게 아니라서. 둘은 식사하고 서로 복귀하라고. 복귀해서 팀장님께 나 대신 보고 좀 부탁해."

최 경위는 조수석에서 내리며 말했다.

"최 형사님, 어디 가시게요?"

"남부 지검. 그냥 누구 좀 만나러 가는 거야. 팀장님께 그렇게 전해."

최 경위는 손을 들어 얼른 출발하라고 손짓하며 뒤돌아 걸어갔다. 뒷좌석에 앉아 있던 박 순경은 차에서 내려 조수석에 올라탔다.

"나 형사님, 뭐 좀 알고 계신 게 있으세요?"

"어? 무슨 말이야?"

"조덕삼 검사 사고 말이에요. 최 형사님, 그것 때문에 가시는 거 아니에요?"

"어……. 그런 것 같기는 한데 나도 자세한 내막은 모르겠어. 서울 경찰청에 오기 전에 맡았던 사건 담당 검사가 조 검사라는 건 알고 말하는 거지?"

"그렇죠. 그래서 여쭤보는 거예요."

"그래. 그때 최 형사님이 좀 힘들어하셨어. 자책도 많이 하셨고."

"자책이요? 왜요?"

"그때 맡았던 사건 피해자 학생 이름이 이민지라고, 알지? 이필석 의원도 알고? 그 의원도 며칠 전에 자살했잖아. 그때 민지 양이 자살하면서 유서와 몇 가지 증거물들을 남겼는데…… 그게 실수로 훼손된 거야. 그 일 때문에 최 형사님이 곤욕을 꽤 치르셨지. 근데 그게 좀 이상해."

"뭐가요?"

"실수가 아닌 것 같아서."

"실수가 아니면 누가 일부러 훼손했다는 말씀이세요?"

"그때도 분명 문제 제기를 했는데 오히려 더 질책을 받았다니까! 그것 때문에 수사도 엄청 꼬였고. 기자 놈들은 또 어떻게 알았는지 관련 기사들을 엄청 쏟아 냈지. 대부분이 경찰 까는 보도로 도배될 정도였어. 검경 수사관 조정 건으로 경찰과 검찰 간 갈등 때문에 경찰이 일부러 증거를 조작하려 했다고 말이야. 그리고 정부가 야당 의원들을 탄압하기 위해 사건을 조작했다는 말까지 나왔잖아. 근데 그것보다 결정적인 건, 민지 양 남자 친구가 중요 물증을 제출하고 증언하기로 했었거든. 대법원 공판 전에 말이야. 하, 그때도 최 형사님이 엄청 공들여서 겨우 설득했었거든. 근데 공판 일주일 전인가? 갑자기 그 친구가 자살한 거야."

"네? 아, 그래서……."

"그렇지. 뉴스에서 봤지? 난리가 났었어. 경찰이 무리하게 수사하다가 사람을 잡았다나 뭐라나. 아이씨. 그리고 그날 민지 양 남자 친구가 자살하기 전에 최 형사님께 연락을 했었나 봐. 근데 그걸 받지 못한 거야. 그래서 그 친구에게 바로 못 간 거지. 그날 이후로 자신이 자살을 막지 못했다고, 그렇게 자책을 많이 하셨어. 그뿐만이 아니야. 민지 양 아버님이 시한부 선고를 받으셨는데…… 갑자기 사라지신 거야. 대법원 공판 때 나오지 않으셨어. 병실에도 찾아가 봤지만 안 계셨고. 그 이후로 지금까지 뵙지 못했지. 그래서 저렇게 그 사건에 미련을 못 버리시는 것 같아. 미안한 마음에."

"그런 일이 있었군요. 그럼 나 형사님이라도 좀 도와…… 아, 그러니까 제 말은……."

"그래, 맞아. 나도 그 생각은 했었어. 그래서 몇 번 같이 가자고도 했고 무슨 일인지도 물어봤는데, 별말씀이 없더라고. 몰라도 된다고만 하시고……. 최 형사님이 혼자 책임지고 해결하려는 경향이 좀 있으셔, 자주."

"아……. 그러시구나. 참고할게요."

"근데 좀 이상한 게, 내가 알기로는 최 형사님이 형을 죽인 채비로 계장 부친을 캐고 있는 줄 알았거든? 민우직 팀장님을 함정에 빠뜨렸던, 남 순경이 얘기했던 그때 그 살인사건들 말이야. 그때 증거물들 중에 채비로 계장 부친하고 국회의원…… 아! 아니, 아니다."

"네? 왜요? 왜 말씀하시다 마세요?"

"어? 아니, 나도 잘 몰라. 거기까지야. 최 형사님 형 때문에 그런 줄 알고 있었다고, 어."

"그게 무슨 말씀이세요?"

"에이, 아니야. 얼른 밥이나 먹으러 가자."

"음……. 네. 밥은 최 형사님도 안 계신데 그냥 들어가서 시켜 먹죠?"

"어, 그래? 뭐, 그럼 그러지."

거친 숨을 헐떡이며 뛰어오는 민우직 경정을 물끄러미 지켜보던 남시보 순경은 휴대폰을 확인했다. A지점 범행 예상 장소를 모두 확인하는 데 걸린 시간을 체크해 메모하기 위함이었다. 정확히 2시간 45분 25초. 꼼꼼히 메모하고 고개를 들어 보니, 민 경정은 뛰는 것도 힘겨웠는지 거친 숨을 내쉬며 걸어오고 있었다.

"괜찮으세요, 팀장님?"

"하아. 하아. 하아."

"그러니까, 그냥 안민호 형사랑 같이 차로 오시라니까요?"

"하아. 나…… 나 괜찮아. 하아. 이제 좀 살겠네. 이 기회에 체력 관리 좀 해야겠다. 시간은 얼마나 걸렸어?"

"2시간 45분 25초 나오네요."

"뭐? 그러면 안 되는 거 아니야?"

"네, 더 빨리 뛰어…… 아니, 뛰는 걸로는 안 되겠어요. 음……. 스쿠터? 맞아요, 오토바이를 타고 이동하면 시간을 더 줄일 수 있을 거예요."

"어! 그래, 그 방법이 있었네. 그럼 내가 스쿠터 구해서 올 테니까. 다시 한번 돌아보자."

"네? 오늘이요? 바로?"

그때 민 경정 옆으로 차가 멈춰서더니 안 경위가 내렸다.

"벌써 와 계셨습니까?"

"차 많이 막히죠?"

"네, 남 순경님. 자동차로 이동하는 건 아닌 것 같습니다. 그래서 오……."

"오토바이?"

"에? 예. 오토바이요. 이미 생각하셨습니까? 역시, 팀장님."

"나 아니다. 여기 남 순경."

"아, 그렇습니까? 역시 남 순경님."

"뭐야? 나한테도 역시, 남 순경한테도 역시. 뭐냐?"

민 경정의 말에 안 경위는 머리를 긁적이며 웃어 보였다.

"얼른 움직이자. 빨리 스쿠터 구해서 한 번 더 돌아봐야 돼."

"지금 바로 말입니까?"

"그래. 왜 또?"

"또라니요?"

안 경위는 의아해하며 남 순경을 힐끔 쳐다보았다.

"네, 저도 여쭤봤거든요."

"아니, 팀장님. 지금 시간이……."

"시간? 아! 이런, 점심시간이 한참 지났구나. 진작 그렇게 말을 하지. 그래, 그럼 밥 먹고 하자. 그래야 뛰지. 안 그래?"

"그렇죠. 뭐 드시겠습니까?"

"순댓국."

안 경위의 물음에 민 경정과 남 순경이 동시에 대답했다.

"두 분이 저 없을 때 순댓국으로 이미 결정하신 겁니까?"

민 경정과 남 순경은 서로를 바라보며 크게 웃었다.

"아니에요, 안 형사님. 팀장님, 요즘도 순댓국 자주 드시나 봐요?"

"그럼! 맛있고 든든하게 배 채울 만한 게 순댓국 말고 있나. 그러는 넌?"

"저요? 팀장님께 전수받아 순댓국 마니아 됐죠. 하하."

"뭡니까? 이 소외감은……."

안 경위의 말에 민 경정과 남 순경은 또 서로를 바라보며 기분 좋게 웃었다.

"자, 그럼 다들 안전벨트 매셨습니까? 왕할머니 순댓국집으로 출발합니다."

"좋았어!"

강남 경찰서 특수본 상황실에서 한서율 검사는 초초한 기색으로 민우직 경정을 기다리고 있었다. 모두 현장에 나가 빈 상황실임을 알고 있었지만, 서울 지검에서 떠도는 소문을 듣고 마냥 앉아 있을 수만은 없었기 때문이었다. 조덕삼 부장 검사의 사망 사고가 있은 후 떠돌던 소문이 그냥 뜬소문이 아님을 직감한 것도 있었다.

한 검사는 들고 있던 텀블러 뚜껑을 열어 한 모금 마셨다. 얼마 있지 않아 또 목이 타는 듯 텀블러 뚜껑을 열려 할 때, 굳게 닫혀 있던 상황실 문이 열렸다.

"어, 검사님. 여기 계셨습니까?"

"네, 이제들 오세요? 고생 많으셨어요."

A지점 현장 점검을 마치고 복귀한 민 경정과 안 경위 그리고 남 순경이었다. 민 경정은 상황실에 한 검사가 있는 것을 보고 놀랐지만, 이내 반갑게 인사를 건넸다. 한 검사는 안 경위와 남 순경의 인사에 바로바로 대답을 하면서도 시선은 민 경정에게 고정되어 있었다. 마치 무언가에 쫓기듯 서두르는 느낌이었다.

"뭘요. 고생이랄 게 있나요? 이걸로 입에 풀칠하는 건데요."

"입에 풀칠이 아니라 입에 순댓국칠 아닙니까?"

"순댓국? 말 되네, 안 형사."

민 경정의 너스레에 안 경위가 맞장구를 치며 모두가 호탕하게 웃었지만, 한 검사는 여전히 굳은 표정으로 입을 열었다.

"민 팀장님, 저랑 잠깐 얘기 좀 하시죠."

"아! 네, 그러시죠. 회의실로 갈까요? 그러면…… 보자, 둘은 현장 상황 정리해서 팀원들 모이면 바로 회의 들어갈 수 있도록 준비해 둬."

"예, 알겠습니다."

한 검사의 표정이 심상치 않음을 뒤늦게 눈치챈 민 경정은 뭔가 안 좋은 일이라 판단하고, 곧바로 회의실로 앞서 갔다. 한 검사도 아무 말 없이 민 경정을 따라 회의실로 향했다.

"검사님, 무슨 일 있으십니까?"

"팀장님, 서울 지검에 좋지 않은 소문이 암암리에 돌고 있었어요."

"있었다고요? 과거 버전입니다?"

"네, 맞아요. 떠돌던 소문이었죠. 그동안 흔한 증권가 찌라시 정도로 치부했던……. 근데 그 소문이……."

"왜 그러십니까? 난처한 얘기인가요?"

"아니요, 그런 건 아닌데…… 혹시 알고 계신 건가요?"

"아닙니다. 평소에 거침없이 말씀 잘하시는 검사님이 뜸을 드리는 걸 보고 추측해 본 겁니다. 맞나요?"

"아, 그게…… 정확한 정보가 아닌 풍문 수준이라서요. 그렇다고 풍문으로 넘기기엔 또 그렇고. 그러다 오늘 뉴스를 보고 이상한 생각이 들어서……."

"뉴스라면…… 조덕삼 부장 검사 사고 말입니까?"

"맞아요."

"그게 왜?"

한 검사는 쉽게 말을 잇지 못하고 잠시 머뭇거렸다.

"무슨 일입니까, 검사님."

"혹시 고위 공직자들의 사교 파티라고 들어 보셨어요?"

"아……. 정기적인 마약 파티와 성 접대가 있었다는 뜬소문 말인가요?"

"알고 계셨네요!"

한 검사는 번쩍 커진 눈으로 민 경정을 바라보았다.

"저희 경찰 내에서도 그 정도는 알고 있었습니다. 근데 그걸 가지고 말을 못 하시는 건 아니실 테고요. 뭐가 더 있군요?"

"그게…… 사실은 사교 파티에 참석했던 고위 공직자 명단에 전직 검찰 총장과 전직 대법원장이 포함되었다고. 거기에 전 정부 VIP도……."

"그게 조 검사 죽음하고 무슨 연관이 있다는 겁니까?"

"놀라지 않으시네요? 이것도 알고 계셨어요?"

민 경정은 말없이 고개를 끄덕이며 옅은 미소를 보였다.

"그렇군요……. 다름이 아니라 조덕삼 부장 검사의 죽음이 사고가 아닌 타살이라는 말이 내부에서 돌아서요."

"타살이요?"

"이필석 의원, 이대우 판사 그리고 이번엔 조덕삼 검사……. 이상하지 않으세요? 전형적인 꼬리 자르기라는 말도 있어요."

"그럼 그 사교 파티에 참석한 고위 공직자들과 연관이 있다는 말씀입니까?"

"네, 맞아요. 혹시 팀장님도 뭔가 알고 계신 게 있으신가요? 전혀 놀라지 않으시네요. 전 이 얘기 듣고 좀 많이 놀랐는데……. 3년 전부터 떠돌다가 정권이 바뀌고 수면 아래로 가라앉아 있었거든요. 그러다 이번에 연이은 사망 사건이 일어나면서 다시 수면 위로 올라와 돌고 있어요.”

“검사님은 어떻게 생각하십니까? 그 명단이 진짜 있다고 믿으세요? 말씀하신대로 전직 검찰 총장, 대법원장 그리고 VIP까지 연관이 있다고 믿으시는 겁니까?”

“에이, 설마요. 물론 사교 파티야 있을 수 있겠죠. 하지만 마약에, 성 접대에, VIP까지…….”

“그렇죠? 저도 믿을 만한 정보는 아니라고 봤습니다. 너무 심각하게 생각하지 마십시오. 그런데 만약에 말입니다, 검사님. 만약에 그 명단이 존재하고, 명단에 검사님 말씀대로 전직 고위 공직자들이 대거 포함되어 있다고 치면 말입니다. 검사님은 어떻게 하실 겁니까?”

“저요? 제가 어떻게 할 거냐는 말씀이시죠?”

“네, 한서율 검사님.”

“의미심장하게 이름까지 붙여 부르시네요. 음…….”

“정말 있다고 생각하시고 말씀해 주시죠.”

“음……. 뭐, 당연히 그 명단이 존재한다면 수사해야겠죠. 고위 공직자라도, 아니죠. VIP라도 법 앞에서는 평등해야 하니까요. 안 그런가요, 팀장님?”

“물론입니다. 근데 정말 그럴 수 있겠습니까? 그들이 어떤 괴물인지 모르고 하신 말씀은 아니시죠?”

민 경정은 갑자기 정색하며 한 검사를 똑바로 쳐다보았다.

"괴물……. 아직 확실한 것도 아닌데 괴물이라고 하시는 건……."

"물론 확실하지는 않죠. 하지만 지금까지 권력과 부를 가진 자들이 어떤 모습을 보여 왔는지 알지 않으십니까? 모르신다면 실망입니다."

"그건 모르는 바 아니죠. 저 또한 직접 겪어 봤으니까요."

"그래요? 검사님이 겪은 일이 뭔지는 몰라도, 억울하게 당한 사람들이 어디 한둘이겠습니까?"

"그렇긴 하죠."

"검사님, 괴물들이 자신들을 잡으려 달려드는 우리를 그냥 둘까요? 그럴 거라 생각하십니까?"

"무슨 말씀인지 알겠네요. 예전 팀장님 사건 때처럼 말이군요. 그때 신참내기인 저를 앞세워 꼬리 자르고 무마하려 했던 거 말이에요."

"네. 그때 검사님이 깨지는 걸 직접 보지 않았습니까? 그래도 끝까지 버티면서 실체를 밝히려 했던 검사님이 정말 존경스러웠습니다. 어린 나이셨지만 말입니다."

"그러셨어요? 영광이네요. 팀장님이 존경이라는 말까지 해 주시고. 그땐 제가 그 자리에 있었으면 안 되는 거였잖아요. 알면서도 어쩔 수 없이 그 자리를 맡게 된 거죠. 최선을 다해 보려 제 딴엔 한다고 했는데……."

"충분히 하셨습니다. 그땐 어쩔 수 없었잖습니까? 이미 플랜이 다 짜여 있어서 손 쓸 수도 없었고요. 워낙 압박도 심했고 신변의 위협까지 받았으니 말입니다. 하지만 전 그때 원석을 발견했죠."

"원석이요? 무슨……. 남시보 순경을 말씀하시는 건가요?"

"아, 그래요. 남 순경도 원석이죠. 하지만 남 순경을 말하는 건 아닙니다. 그날 이후 저는 그 원석이 보석이 될 수 있을지 좀 더 지켜보고 있었습니다. 만약 이필석 의원, 이대우 판사 그리고 조덕삼 검사까지 사교 파티와 연관이 있다면 말입니다. 그렇다면 이건 보통 사건이 아닙니다. 그 뒤에 어떤 괴물이 숨죽이고 있을지 모를 일이죠. 그런 괴물과 맞짱 뜰 수 있으시겠습니까?"

"맞짱이요? 괴물들과……."

제6화

죽음 속에 감추어진 것들

"다녀왔습니다!"

안 경위와 남 순경이 머리를 맞대고 현장 일지를 정리하고 있을 때, 상황실로 박민희 순경과 나상남 경사가 들어왔다. 박 순경의 청아하면서 까랑까랑한 목소리가 상황실 전체에 울려 퍼졌다.

"어! 이제 오세요?"

남 순경이 자리에서 일어나 인사했다.

"뭐라도 건진 게 있으십니까, 나 형사님?"

안 경위의 물음에 나 경사가 씁쓸하게 웃으며 대답했다.

"아니요. 허탕입니다. 남 순경, 점심 먹었어?"

"점심이요? 혹시 아직 못 드셨어요?"

"먹었구나? 하긴 시간이……."

나 경사가 박 순경을 힐끔 쳐다보며 말하자, 박 순경은 눈치 빠르게 끼어들어 말했다.

"에이, 그래서 뭐 시킬까요?"

나 경사가 고민 끝에 "짜장……." 하고 입을 열었을 때, 때마침 민 경정이 상황실 문을 열고 들어왔다.

"어! 다들 모여 있었네."

박 순경과 나 경사는 자리에서 일어나 민 경정에게 인사했다.

"안녕하세요, 팀장님. 다녀왔습니다."

"다녀왔습니다, 팀장님."

"어, 수고했어."

안 경위는 문 쪽을 바라보다 한 검사가 보이지 않자 물었다.

"검사님은 가셨습니까?"

"아니, 계셔. 안 형사, 현장 일지 정리됐으면 공유하고 남 순경이랑 스쿠터 대여해서 A지점에 다녀와. 현장 가서 추가할 곳 보이면 리스트에 체크해 놓고. 알았지?"

"예, 팀장님. 그런데 팀장님은 어디……."

"난 검사님하고 갈 때가 있으니까 그렇게 알고."

나 경사가 손을 들고 말했다.

"팀장님, 저희는 어떻게 할까요?"

"최 형사는 어디 갔나?"

"남부 지검에 일이 있다고 갔습니다."

"남부 지검? 남부 경찰청도 아니고?"

"예, 남부 지검이라고 하셨어요."

박 순경이 확인하듯 다시 한번 대답했다.

"그래, 알았어. 그럼 다들 수고해."

"팀장님! 저희는······."

쿵.

민 경정은 최 경위가 남부 경찰청이 아닌 남부 지검으로 간 것이 의아했다. 하지만 최 경위에게 직접 확인해 봐야겠다는 생각에 나 경사의 말은 다 듣지도 않고 급히 나가 버렸다. 민 경정은 한 검사와 함께 조덕삼 검사 사건으로 경기 남부 지방 경찰청에 가려던 참이었다.

"무슨 일이시지? 나 형사님, 뭐 아시는 거 있으세요?"

"그게······ 아니, 나도 잘 몰라."

박 순경이 옆에서 조심스럽게 말했다.

"조덕삼 부장 검사 사망 건 때문에 내려가시나 봐요."

"그래요? 근데 왜 최 형사님은 남부 지검으로 가신 거예요?"

남 순경 질문에 뒤에 앉아 가만히 듣고 있던 안 경위가 대답했다.

"조덕삼 검사가 남부 지검 부장 검사라서 그럴 겁니다. 근데 단순 추락 사고가 아닌 것 같습니다."

그의 말에 놀란 남 순경은 뒤를 돌아보며 물었다.

"네에? 사고가 아니라고요? 그럼 타살이라는 건가요? 이번 연쇄 살인사건이랑도 무슨 연관이 있는 거고요?"

남 순경의 질문에 안 경위는 나 경사를 바라보며 대답했다.

"상관없습니다. 그렇죠, 나 형사님? 나 형사님은 알고 계시죠?"

"저요? 아, 그게······ 사실 저도 자세히는 모릅니다. 경기 남부 경찰청에 있을 때 맡았던 사건 때문이 아닐까? 그냥 그 정도

밖에……."

"정말이죠, 나 형사님?"

"어? 왜 그래? 박 형사까지."

박 순경은 나 경사가 뭔가 알고 있지만 숨기고 있는 것이라 생각했다.

"박 형사, 쓸데없는 소리 말고 짬뽕이나 시켜 줘. 탕수육도 소 자로 시키고. 알았지?"

"아! 넵."

"뭔가 있는데 분명…… 그런 것 같죠?"

남 순경은 뭔가 미심쩍은 기분에, 안 경위를 바라보며 나지막이 물었다.

"모른다고 하시지 않습니까? 우리는 현장에 가서 한 번 더 돌아보죠."

"아, 그 전에 업무 공유부터 해야 될 것 같아요."

"맞다. 깜빡했네요. 나 형사님, 음식 오기 전에 잠깐 업무 공유하시죠."

"그럴까요? 박 형사, 배달 시켰어?"

"네, 나 형사님."

안 경위와 나 경사는 오전 현장 상황을 공유했고, 박 순경은 공유 내용을 바로 정리해 그 자리에서 보고서로 작성했다. 원활히 업무 공유가 끝날 때쯤, 때맞춰 배달 음식이 도착했다.

"식사 맛있게 하십시오. 저희는 먼저 나가 보겠습니다."

"벌써 나가시게요?"

"네. 팀장님이 지시하셨잖습니까?"

"그래도 좀…… 쉬엄쉬엄 하시지, 융통성 없이."

"네? 뭐라고 하셨습니까?"

"아, 아닙니다. 조심히 다녀오시라고요."

"네, 그럼 수고하십시오. 가시죠, 남 순경님."

"식사 맛있게 하세요."

안 경위와 남 순경은 상황실에서 나와 스쿠터 대여점으로 향했다.

민 경정은 3년 전 자신에게 누명을 씌우고 살인을 저지른 채비로 계장과 김범진 경위 사건을 한서율 검사가 맡는 것을 보고, 바로 상황 파악을 할 수 있었다. 경력 짧은 초임 여성 검사를 내세워 갖은 언론 플레이로 사건의 초점을 흐린 뒤, 김범진 경위 선에서 마무리하려는 것이었다.

다행히 초선 국회의원이 기자 회견을 통해 채비로 계장 부친인 채이돈 의원 비리 의혹을 제기하여 세상에 알려졌고, 여론의 힘에 밀려 어쩔 수 없이 수사에 착수하게 되었다. 채이돈 의원을 비롯한 일부 국회의원들이 재벌 총수들에게 뇌물을 받았다는 의혹을 밝혀내기 위해, 한 검사는 동분서주하며 최선을 다했다.

하지만 유착 관계에 있던 재벌 총수들 간의 증거가 확실하지 않다는 이유로, 국회의원과 재벌들 모두 증거 불충분으로 무죄 선고를 받았다. 그것보다 더 놀라웠던 것은 고위 공직자 사교 파티와 관련된 내용은 언급 자체가 되지 않았다는 사실이다. 사교 파티와 관련된 증거물들은 한 검사에게 아예 전달되지 않았던 것으로 보였다.

그때 민 경정은 패기와 열정으로 그들과 맞서 싸우는 한 검사를 옆에서 지켜보았고, 그 이후로도 그녀를 계속 지켜봐 왔다. 앞으로 함께 괴물들과 맞서 싸울 수 있는 사람인지 아닌지를 확인하기 위해서였다. 그런 이유로 연쇄 살인사건 담당도 한 검사로 배정해 달라고 상부에 강력히 요청했던 것이다.

그런데 예상보다 일찍 사건들이 터지기 시작했다. 민 경정은 사교 파티와 관련하여 개인적으로 내사 중이던 채이돈 의원과 이필석 의원의 수상한 만남을 확인하는 과정에서 최우철 경위가 맡고 있던 성폭력 사건을 알게 되었다. 그 사건을 계기로 평소 알고 지내던 최 경위도 합류하였다.

채이돈 의원과 사교 파티의 연결 고리를 쫓는 중에, 관련된 자들이 사망하는 사건들이 연이어 일어났다. 괴물의 정체가 무엇인지 파악하지 못한 상태에서 그들이 생각보다 빨리 움직인 것이 민 경정을 당혹스럽게 만들었다. 이런 와중에 한 검사가 검찰 내부에 돌고 있던 소문을 먼저 꺼낸 것이었다.

사실 민 경정은 아직 한 검사에 대해 확신을 갖지 못했지만, 먼저 다가온 한 검사였기에 그 역시 정공법으로 다가갔다. 민 경정과 한 검사는 남부 경찰청으로 내려가는 차 안에서 조덕삼 부장 검사의 죽음이 고위 공직자 사교 파티와 어떤 연관성이 있는지 의견을 나눴다. 하지만 결정적으로 확신할 수 있는 것은 아무것도 없었다.

한 검사는 민 경정과 이야기하면서도 점점 미궁 속으로 빠져들어가는 그들의 정체가 궁금했다. 다만, 조덕삼 검사는 이필석 의원의 성폭행 사건을 맡았던 검사이기에, 이 의원과 어떠한 유착 관계가 있었을 것으로 보았다. 또한, 이필석 의원과 이대우 대법관 관계에도 연관이 있을 것이라 추측할 뿐이었다.

민 경정은 스피커폰으로 최 경위의 전화를 받으며 말했다.

"어, 최 형사."

"팀장님, 오시는 중이세요?"

"뭐?"

"남부 지검으로 오시는 거 아니세요?"

"안녕하세요, 최 형사님."

"누구…… 아! 한서율 검사님, 안녕하십니까. 같이 오시는 겁니까?"

"네."

"최 형사, 근데 왜 남부 지검에 있는 거야? 지금 한 검사님이랑 조 검사 건 확인하려고 남부 경찰청으로 가는 중이야."

"아, 그러셨어요. 그럼 여기로 오십시오. 보셔야 할 것이 있습니다."

"뭐야? 뭐라도 찾았어?"

"그건 오셔서 보시는 게 좋을 것 같아요. 근데 한 검사님은……."

"왜요? 같이 가면 안 되나요?"

"아니……. 검사님, 그게 아니고요. 팀장님, 어떻게 된 거예요?"

"괜찮아. 가서 얘기해 줄게. 그럼 이따 보자고."

"아……. 네, 팀장님."

뚜 뚜.

"최 형사도 사교 파티에 대해 알고 있는 건가요?"

"아……. 다 알고 있다고 할 순 없지만, 대체적으로는 알고 있다고 할 수 있죠."

"대체적으로요? 그럼 저도 대체적으로 알고 있는 건가요?"

"아니요. 검사님은 대부분 모르고 계시죠."

민 경정은 한 검사를 힐끔 쳐다보며 크게 웃었다. 하지만 끝까지 웃지 않는 한 검사를 보자 민망해졌는지 급히 웃음을 멈췄다.

"제가 모르고 있는 내용이 더 있다는 말씀이군요. 그렇죠?"

한 검사는 여전히 무표정한 얼굴이었다.

"네, 검사님."

"말씀해 주실 수 없는 내용인가요?"

"네, 현재는……."

"알겠어요. 얼마나 더 가야 하죠?"

"아, 20분만 더 가면 됩니다. 음악이라도 들을까요?"

"아니요. 그냥 조용히 가시죠."

한 검사의 서늘한 목소리에 기가 눌린 민 경정은 남부 지검에 도착할 때까지 아무 말 없이 운전만 했다. 한 검사는 피곤했는지 아니면 생각에 잠긴 건지, 눈을 감은 채 조금의 미동도 보이지 않았다. 남부 지검 주차장에 들어선 차가 완전히 멈추고 시동이 꺼진 후에야 한 검사는 조용히 눈을 떴다.

"우철, 이번 사건도 타살로 보는 거야?"

"맞아. 타살이 분명해. 민주도 봤잖아, CCTV 영상."

"그것만으로 타살이라 의심하는 건 무리 아니야?"

"그럴 수도 있지. 그래도 뭔가 있어. 서비스 센터에서 바퀴에 난 구멍이 인위적으로 난 거라고 했어. 그럼 누군가 의도를 가지고 바퀴에 장난을 친 거라 볼 수 있지 않을까?"

"음……. 그래, 알았어. 언론에 흘리면 되는 거지?"

"어, 부탁해. 언론에서 타살 의혹 보도를 내면 경찰이나 검찰 쪽에서 움직일 수밖에 없을 거야. 아니면 또 다른 누군가 움직이지 않을까? 미안해. 위험할 수 있는데……."

"아니야, 괜찮아. 그건 알아서 할게. 그것보다 채이돈 의원 관련해서 뭐라도 나온 건 없어?"

"아직. 그 이후로 별다른 행적이 없었어."

"알았어. 그럼 이만 가 볼게."

"미안해. 바쁜 사람 오라 가라 해서."

"미안하긴. 나도 도움 많이 받았잖아. 몸조심하고. 아! 밥은 꼭 챙겨 먹고. 알았지?"

"그래, 너도. 고마워. 조심히 가."

최우철 경위는 주차장으로 가는 그녀를 한참 동안이나 물끄러미 바라보았다. 막 차에서 내린 민우직 경정과 한서율 검사는 멀찌감치 서서 그들을 지켜보고 있었다.

"최 형사!"

"……."

"야! 최우철!"

"어!"

최 경위는 그제야 민 경정과 한 검사를 보고 서둘러 달려왔다.

"언제 오셨어요, 팀장님? 검사님도 안녕하세요."

"뭐야? 애인이야? 어디서 본 듯한데……."

"에이, 저번에 한 번 보셨잖아요. 그때도 애인이냐고 하시더니……. 서민주 의원이요."

"아, 맞다! 이제 기억나네. 그때 우리 도와주신……."

민 경정은 3년 전 일이 떠올라 그때 일을 말하려다, 아차 싶었는지 한 검사의 눈치를 살폈다.

"서민주 의원이라고 하셨어요? 3년 전에 정론관에서 채 의원 비리를 폭로한 그 국회의원이요?"

민 경정은 한 검사의 눈을 피해 먼 곳을 보며 어색하게 소리 내어 웃었다.

"그런데 도왔다고요? 민우직 팀장님!"

"최 형사, 뭐라고 좀……."

"저요? 아니, 그게 아니라……. 검사님, 그때는 그럴 수밖에……."

"뭐라고요? 그럴 수밖에 없었다고요? 서민주 의원 때문에 그때 제가 얼마나 곤욕스러운 일을 겪었는지 모르세요?"

"알죠. 알고말고요. 하지만 그때 그렇게 하지 않았으면 그냥 묻힐 뻔하지 않았습니까? 결국엔 묻혔지만……."

"아니, 팀장님. 지금 그게 말이…… 나 참! 등 뒤에 칼을 꽂은 놈이 두 분이셨네요?"

한 검사는 기가 찬 듯 크게 한숨을 내쉬며 민 경정을 쩨려보았다.

"에이, 뭐 그렇게까지 험한 말씀을……. 아니, 전략적으로 숨은 패를 깐 거죠. 반전을 위해. 안 그래, 최 형사?"

최 경위는 민 경정과 한 검사 사이에서 어찌할 바를 몰랐다.

"반전이요? 무슨 반전이죠? 아무리 그래도 미리 귀뜸이라도 해 줬어야죠."

"아니, 그때는…… 몰랐죠. 검사님에……."

"전 이만 올라가 봐야겠네요. 언제 또 제 등에 칼을 꽂을지 모르니까 말이죠."

"왜 이러십니까? 검사님, 죄송합니다. 미리 말씀드렸어야 했는데……. 결과도 좋지 않았고, 그때 경황도 없어서 깜박 잊고 지나갔습니다."

"검사님, 그때는 팀장님이 부탁하셔서 서 의원에게 전달해 준 것뿐이었습니다. 정말입니다. 팀장님, 말씀 좀 해 보세요."

"맞습니다. 제가 사과드리겠습니다. 하지만 어떤 상황인지

다 알고 여기까지 오신 거 아닙니까? 이제 와서 빠지겠다고 하시면 어쩝니까? 그리고 빠진다고 해서 빠질 수 있는 게 아니지 않습니까? 안 그렇습니까, 검사님?"

"이건 뭐죠? 저에게 오히려 협박을 하시네요."

민 경정은 손사래를 치며 말했다.

"협박이라뇨? 아이, 아닙니다. 정중히 부탁드리는 겁니다. 저희에게 힘을 보태 주셔야죠, 검사님."

한 검사는 그저 민 경정을 빤히 쳐다보고 있을 뿐이었다.

"검사님, 그때 일은 정중히 사과드리겠습니다."

민 경정은 한 검사에게 고개 숙이며 최 경위의 허리를 툭 쳤다.

"네, 검사님. 저도 사과드리겠습니다."

"좋아요. 사과들을 하시니 이번 한 번은 넘어가드리죠. 대신, 그런 일은 또 없었으면 하네요. 아셨나요?"

"그럼요. 그렇지, 최 형사?"

"물론이죠, 검사님."

"네, 한번 믿어 보죠."

최 경위는 잠시 둘의 눈치를 살피다 말문을 열었다.

"저기…… 그럼 이제 좀 보셔야 할 것이 있는데……. 같이 가시죠."

"그래, 어디로 갈까?"

"팀장님 차로 이동하시죠."

"내 차?"

"네."

강남 번화가는 화려한 불빛을 뿜내며 활기찬 열기로 한껏 달아올라 있었다. 골목골목마다 늦은 밤이 찾아올수록 점점 더 많은 사람들로 붐벼 갔다. 하지만 조명들로 눈부시게 빛나는 곳이 있는 반면, 바로 옆으로는 어둡고 싸늘한 공간들이 공존하고 있었다.

그 어둠침침한 공간에서 두 남자가 서서히 나오며 대화를 주고받았다.

"여기가 마지막이네요. 시간이……."

"역시 효과가 있는데요. 1시간 20분 걸렸습니다."

휴대폰 시계를 보며 안 경위가 말했다.

"그러게요. 그래도 시간을 더 단축해야 할 것 같아요. 동선을 좀 더 짧게 할 방법도 찾고요."

"왜요? 이 시간이면 문제없지 않습니까?"

"그렇긴 한데…… 2시간 이내라고 했지만 영 불안해서요. 정확히 2시간이 아닐 수도 있고, 또 어떤 변수가 생길지도 모르니까요. 그리고 돌아보니 우리가 놓친 곳도 많아 보였어요. 사전에 조사한 날과 실제 발생할 날이 다르니, 사실 어떤 변수가 일어날지 모를 일이잖아요."

"아……. 그러고 보니 조사한 장소 외에도 범죄가 발생할 만한 외진 곳이 더 있었습니다. 만약 요일마다 상황이 다르면 그거 큰 문제 아닙니까?"

"맞아요. 범행 당일에 문이 닫힌 상점이 있거나 CCTV가 고장 난 곳이 있을 수도 있으니까요. 그리고 팀장님 말씀처럼 추가로 확인해야 할 장소들도 꽤 많았잖아요. 체크해 놓았으니 다시 돌 때는 포함해야 할 것 같아요. 그런 곳에서 범행이 일어날 수도 있으니 대비해야겠죠."

"하지만 그런 변수까지 고려하면 제 시간에 다 돌기 어렵지 않겠습니까?"

"아마 그럴 거예요. 도 경감님께 말씀드리고 상의드려야겠어요. 좀 더 예상 지점을 좁혀야 할 것 같아요. 그리고 요일별로 범행 예상 지점을 정리할 필요도 있을 것 같고요."

"요일별로 말입니까? 걱정이네요……. 그걸 다 체크할 시간이 있을지 모르겠습니다."

"지금까지 현장 점검하면서 체크한 곳들부터 정리해 보죠. 그런 김에 추가할 장소 포함해서 한 번만 더 돌아보고요. 그리고 이번에는 좀 다르게 살펴보면 어떨까요?"

남 순경은 확인해야 할 지점 동선을 좀 더 짧게 그려 보이며, 체크되어 있지 않았던 새로운 곳도 추가해 돌아보자고 제안했다. 두 사람은 스쿠터에 올라타, 다시 범행 예상 지점을 돌며 꼼꼼히 점검했다.

"아무리 동선을 짧게 한다 해도 확인해야 할 곳이 많아져서 시간이 더 걸리겠습니다. 벌써 1시간 40분이나 지났습니다. 마지막 지점까지 확인하면 25분 정도 더 걸릴 것 같은데요."

"그래도 빠진 곳 없이 점검하는 게 더 중요할 것 같아요. 마지막으로 주택가 안을 점검하고 오늘은 이만 들어가시죠."

"그러시죠, 남 순경님."

유흥업소들이 즐비한 번화가를 지나 주택가로 접어들자, 마치 새로운 세상으로 들어서는 듯한 기분이 들었다. 소음에 가까운 음악 소리와 술에 취해 큰 소리로 떠들던 사람들이 순식간에 사라진 듯 고요했다.

주택가에는 CCTV가 설치되어 있지 않는 곳이 의외로 많았다. 어두운 골목에 들어섰을 땐 서늘한 기운도 감돌았다. 가로등이 제대로 켜진 곳은 대상에서 제외하고, 어둠이 지배하는 곳으로 남 순경과 안 경위가 들어섰다.

"딴세상에 온 것 같습니다."

"그러게요. 밤에 돌았을 땐 못 느꼈는데 새벽은 분위기가 새삼 다르네요. 와아, 어쩜 이럴 수 있죠?"

"그러게 말입니다. 그리 먼 거리도 아닌데……. 잘 보고 계신 거죠?"

"네, 안 형사님. 졸지 않고 매서운 눈으로 잘 살펴보고 있습니다. 근데 여긴 역시 부촌이네요. 집들이 다 커요. 대문 보세요. 이런 곳에서 무슨 일이 생길까요?"

"그러게요. 조용하다 못해 적막하네요. 모두 차로 다니는지 지나다니는 사람도 없습니다."

"새벽이라 더 그렇겠죠. 이제야 차 한 대 보이네요. 다들 집 안에 주차를 했나 봐요."

"차요? 차가 어디 있습니까?"

"저기 대문 앞에 저 차요."

남 순경은 초록색 큰 대문 앞을 손가락으로 가리키며 말했다.

"어디 말입니까?"

"장난치지 마세요, 안 형사님. 아이, 진짜인 줄 알았네."

"차가 보이십니까? 어딥니까? 이제는 차도 보이십니까?"

"안 보이세요? 정말이에요?"

"장난 아닙니다. 지금 남 순경님한테만 보이는 거 맞죠? 그렇죠?"

"어……. 그런 것 같네요."

'시체가 아니라 차가 환영으로 보이다니. 이런 적이 있었나? 뭐지?'

"남 순경님, 왜 그러십니까?"

"아니요. 잠깐만요. 일단 제가 가 볼게요."

남 순경은 지금까지 남들이 보지 못하는 시체들을 봐 왔지만, 자동차와 같은 사물 환영을 본 적은 없다고 생각했다. 하지만 고등학교 때 남 순경은 봤었고, 그걸 기억하지 못할 뿐이었다. 그는 본능적으로 차 안에 시체가 있을 것 같다는 느낌이 들었다.

"남 순경님, 뭐가 보이십니까? 정말 차가 있는 겁니까?"

"안 형사님, 잠깐 거기 계세요. 확인하고 말씀드릴게요."

"네."

남 순경은 앞 유리를 통해 안을 살폈다.

"아! 이런……."

눈을 찡긋 감으며 뒤로 한 발짝 물러났다.

"왜 그러세요?"

"차 안에 시체가 있어요."

"정말입니까? 시체 상태는 어떻습니까? 성별은요?"

남 순경은 좀 더 자세히 살펴본 후 대답했다.

"머리 스타일을 봐서는 여성 같은데요."

"혹시 몸에 상흔 같은 건 안 보이십니까? 칼에 찔린 상처 말입니다."

"아니요. 상흔 같은 건 없어요. 핏자국 하나 보이지 않는데요. 연쇄 살인하고는 상관없어 보여요. 아, 근데 눈이 감겨 있네요."

"그래요? 남 순경님, 머리는 안 아프십니까?"

"이젠 괜찮아요. 대신…… 어! 잠시만요. 이건 뭐지?"

"왜요? 누가 또 있는 겁니까?"

"아니요……. 느껴져요."

박민희 순경과 나상남 경사는 다시 B지점 탐문 수색에 나섰다. 밤이 되도록 오전에 부재중이던 집들을 돌아다녔지만, 특별히 혐의가 있어 보이는 사람은 없었다.

"박 형사, 오늘은 이 집까지만 하자."

"어휴! 서둘러 돈다고 했는데 아직도 열 집이 더 남았네요."

"열 집? 아닌데. 최 형사님이 맡았던 곳까지 한 스무 집은 더 확인해야 해."

"아, 맞다. 어휴. 그럼 오늘은 요 집만 확인하고 복귀하는 거죠?"

"그래, 그러니까 한숨 그만 쉬고. 근데 이 집이 그 집인가?"

"네, 맞아요. 오전에 왔을 때 봤는데 아주 조용한 집이더라고요. 왠지 음산한 기운도 느껴지고. 안 그런 가요?"

"그러게. 밤이라 더 그런가? 괜히 오싹하네. 스산한 게……."

"그죠? 근처에 가로등 하나 없으니 더 으스스하네요. 아으, 무서워."

"무섭기는 뭐가 무서워? 경찰이."

"뭐, 경찰은 사람 아닌가요? 귀신 나올 것 같아서 그러죠."

"귀신? 아, 왜 그런 소리를 해! 아이……. 그만하고 벨이나 눌러 봐."

"넵."

삐이익!

"어우! 뭐야, 이 소리는?"

나 경사는 초인종 소리에 놀라 박 순경의 어깨를 붙잡았다.

"어머! 나 형사님, 놀랐잖아요. 초인종 소리예요, 초인종."

"초인종 소리가 뭐 이래?"

삐이익! 삐이익!

"또 없나 보네."

"사람이 살지 않는 건가? 수상하지 않나요? 나 형사님, 잠깐 안 좀 들여다볼까요?"

"근데 담이 좀 높은데……."

"목마 태워 주세요."

"뭐? 너를?"

"왜요? 저 그렇게 안 무거워요!"

"아니……. 무거워서가 아니라……. 아, 알았어."

나 경사는 난처한 듯 망설이다 무릎을 꿇고 앉았다.

"걱정 마세요. 키가 좀 커서 그렇지 하나도 안 무…… 어, 잠깐만요."

박 순경이 나 경사 목에 걸터앉으려고 하던 그때, 모자 쓴 남자가 집 앞을 지나갔다. 그는 박 순경을 힐끗 한 번 쳐다보더니, 집 담벼락 옆에 주차되어 있던 차에 올라탔다.

"왜? 왜 그래?"

쪼그려 앉아 있던 나 경사는 힘겹게 다시 일어나며 말했다. 박 순경은 모자 쓴 남자가 차 문을 열 때, 실내등 불빛에 비친 그와 눈이 마주쳤다. 찰나의 순간이었지만 어딘가 섬뜩한 기분이 들었다.

"저기! 나 형사님, 저기요!"

박 순경은 차가 있는 방향으로 손가락을 가리키며 소리쳤다.

"뭐야? 왜 그래?"

시동이 켜지고 차가 출발하자, 박 순경은 그 뒤를 따라 황급히 달려가며 외쳤다.

"저기, 잠깐만! 멈춰요! 멈춰 봐요!"

나 경사는 어리둥절한 표정으로 박 순경의 뒤를 따라 달렸다. 하지만 차에 탄 그는 박 순경의 목소리를 듣지 못한 듯 골목길을 빠져나가 큰 대로로 사라져 버렸다.

"박 형사, 어디까지 따라갈 거야?"

"하아. 휴우! 확인했어야 하는 건데⋯⋯."

박 순경은 더는 쫓아가지 못하고 골목길에서 멈춰 섰다. 뒤따라오던 나 경사도 박 순경 옆에 서서 크게 심호흡했다.

"허어. 허어. 뭐야, 박 형사? 갑자기 저 차를 왜 쫓는 건데?"

"나 형사님, 차에 탄 사람 얼굴⋯⋯ 아니, 눈 보셨어요?"

"뭐? 눈? 난 아무것도 못 봤는데. 뭘 봤는데 그래?"

"잠깐 눈을 마주쳤거든요. 근데⋯⋯ 싸하더라고요. 소름이 돋을 정도로⋯⋯. 아! 혹시 차량 번호 보셨어요?"

"어두워서 못 봤지. 왜? 살인범 같아?"

"아니요. 그건 모르겠지만 눈빛이 예사롭지 않았어요. 그래서⋯⋯ 아, 4862! 차량 번호가 4862라고요."

"그걸 언제 봤데? 야아."

"큰길로 빠져나갈 때 뒤차 헤드라이트 덕분에 잠깐 보였어요. 저 대단하죠?"

"어어, 그러네. 앞 번호는 확인 못 했어?"

"네. 앞자리는 어두워서 보이지 않더라고요. 번호판 등이 고장 났는지 안 보였어요. 그래도 뒷번호랑 차종만 알면 쉽게 찾을 수 있지 않을까요?"

"그거야 찾아보면 알겠지. 자, 일단 집 안부터 살펴보자고."

"아, 네! 그래야죠."

남 순경은 허공을 더듬으며 고개를 갸우뚱거렸다. 그 모습을 지켜보던 안 경위가 의아하다는 표정으로 물었다.

"뭐가 느껴진다는 겁니까?"

"차 보닛 열기가 느껴져요. 차를 만질 수가 있네. 와우, 이건 또 뭐지……."

"무슨 말입니까? 차를 만질 수 있다니요?"

"그동안 시체만 봐 왔지 다른 물건들을 직접 만져 보진 않았거든요. 그냥 환영으로만 보이는 줄 알았죠. 근데 만질 수 있네요. 전혀 생각 못 했는데……. 와! 차 보닛이 느껴지다니."

"정말입니까? 원래 그런 능력이 있었는데 몰랐던 겁니까? 아니면 새롭게 생긴 겁니까?"

"그걸 모르겠어요……."

"하긴 그게 지금 중요한 건 아니죠. 저도 그곳에 가도 되겠습니까?"

"네, 오셔도 돼요. 상관없어요."

안 경위는 조심스럽게 남 순경이 있는 곳으로 갔다.

"남 순경님, 그런데 이렇게 말을 걸어도 되는 겁니까? 그 전에는……."

"이제 괜찮아요. 언제부턴가 주변 소음에도 상관없이 계속 시체가 보였어요. 지금도 안 형사님과 대화하면서 환영을 보고 있거든요. 마치 환영 같지 않은 느낌이랄까요. 초자연 현상 안에 내가 들어와 있는 것 같다고 해야 맞을 것 같네요. 그래서인지 머리도 아프지도 않고 집중력도 흐트러지지 않더라고요."

"정말요? 그럼 그 능력이 진화한 겁니까?"

"진화요? 진화라고 하기는 그렇고……. 이제 제가 시체 보는 능력을 감당할 수 있게 된 거죠. 체력적으로나 정신적으로나 제가 조금 성장했다고 해야 할까요? 그러고 보니 능력이 조금씩 강화되는 것 같기는 해요."

"그렇겠네요. 경찰 준비하면서 체력도 많이 키웠잖습니까. 경찰된 이후로도 꾸준히 운동하고 말입니다. 하지만 무엇보다 범죄 현장에서 진짜 시체를 보기도 했으니 그런 거 아니겠습니까? 아, 근데 지금 눈을 뜨고 계신데……. 눈 뜨고도 환영이 보이는 겁니까?"

"그렇죠. 처음 시체가 보일 때는 그래요. 시체를 보고 나서는 눈을 감고 집중해야 시체를 다시 볼 수 있고요."

"야아, 그렇군요. 보면 볼수록 신기하네요."

"옆에서 지켜보는 사람은 더 그렇겠죠. 어! 문이 열리네?"

"차 문이 열린다고요?"

"네, 문이 열렸어요. 어우, 이건 무슨 냄새지……."

"냄새가 납니까? 아니, 냄새도 맡으십니까?"

"냄새뿐 아니라 오감을 다 느낄 수 있어요. 잠시만요. 여기 여성분 좀 확인해 볼게요."

놀란 표정의 안 경위는 혹여 방해가 될까 소리 없이 지켜봤다. 남 순경은 운전석에서 오른쪽으로 비스듬히 고개를 숙인 채 앉아 있는 여성의 코에 손가락을 대어 보았다.

"맞네요. 시체예요. 숨을 안 쉬어요."

"그런데 시체가 눈을 감고 있다고 하지 않았습니까? 그럼 어쩝니까?"

"아무래도 좀 더 살펴봐야겠어요. 눈이 감겨 있을 때 주변 사물에서 단서를 찾을 수 있었거든요. 걱정 마세요. 자살인지 타살인지는 곧 알 수 있을 거예요."

남 순경은 그렇게 말한 뒤 허공 이곳저곳을 두리번거리며 뭔가를 찾기 시작했다.

"뭐가 좀 보이십니까?"

"어, 아직……. 아! 여기네요. 이번엔 룸미러예요."

"룸미러요? 찾은 겁니까?"

"네, 야구 모자와 마스크를 쓴 사람이네요. 얼굴은 잘 보이지 않지만 어쨌든 자살은 아닌 것 같아요. 하지만 여성분에게 외상이 전혀 없어 보이네요. ……아, 이 냄새가 또 나네. 도대체 뭐지?"

"혹시 시체가 부패해서 나는 냄새 아닙니까?"

"아니요. 그 냄새는 아니고…… 가스 냄새 같기도 한데 왜 이런 냄새가 나는지 모르겠네요."

"외상이 없다고 하셨죠? 그렇다면 가스 질식 아닐까요? 혹시 주변에 번개탄 같은 거 없습니까?"

"네, 번개탄 같은 건 안 보이는데요."

"혹시 못 보시는 건 아닙니까?"

"그럴 수도 있겠네요. 번개탄 냄새가 이런 냄샌가요? 맡아 본 적이 없어서 모르겠네요."

"저도 차에서 번개탄을 피우고 자살하는 사건이 꽤 있어서 사건 현장에서 맡아 본 게 다여서 말입니다. 그것도 아니라면 그 여성분을 마취시킨 후 또 다른 가스로 질식시킨 건 아닐까요?"

"번개탄…… 또 다른 가스라……. 우선 차량 번호 확인해서 신원부터 확인해 봐야 할 것 같아요. 어? 잠깐만, 이거……."

"또 뭐가 보이십니까?"

남 순경은 운전석에 앉아 있는 여성 무릎에서 배지 하나를 집어 들어 확인했다.

"배지에 국회라고 쓰여 있으면 국회의원 아닌가요?"

"뭐라고 하셨습니까? 국회의원 배지요? 어디에요? 가슴에 달려 있습니까?"

"아니요. 무릎에 떨어져 있었는데요. 그럼 아닐 수 있겠네요."

"아니죠. 살해당할 때 가슴에서 떨어졌을 수도 있지 않습니까?"

"그럼 빨리 피해자가 누군지 신원 조회부터 해 봐야 할 것 같은데요."

"와아! 이거…… 보통 심각한 게 아닌 것 같습니다. 우선 팀장님께 보고드려야 하지 않겠습니까?"

"아직 확실한 게 아니고 시간도 여유가 있으니 신원 확인부터 하고 보고드리죠. 여기 위치와 시간, 차량 번호를 메모해 둬야겠어요."

"지금 02시 15분입니다."

"네. 02시 15분, 지운로 32길 480번지 그리고 차량 번호는 44가 4211이네요. 근데 설마 대포 차는 아니겠죠?"

"국회의원 차가…… 아, 그럴 수도 있겠네요. 그럼 몽타주도 만들어 확인해 보는 게 좋겠습니다. 얼굴 특징을 설명해 주시 겠습니까? 바로 녹음하겠습니다."

안 경위는 들고 있던 휴대폰에서 녹음 기능을 켰다.

"여기서 말씀드리기 어려워서요. 팀장님 차가 그나마 가까이 있잖습니까."

"어어, 그러지 뭐."

"네, 이 안에 들어 있는 거 보면서 말씀드리겠습니다."

최 경위는 들고 있던 노트북을 들어 올려 보이며 말했다.

"어! 못 보던 노트북이네. 언제 샀어?"

"서 의원한테 빌렸습니다."

"서 의원? 뭐야 둘이 그런 사이야? 에이, 맞네. 그렇지?"

"싱거운 소리 그만하시고 차로 가시죠."

"감사합니다, 검사님. 제가 하고 싶었던 말을 대신해 주셔서 요."

한 검사는 민 경정의 장난이 더 이상 이어지지 못하도록 옆에서 단칼에 끊어 버렸다. 최 경위는 이 상황이 재미있었는지 참을 생각도 하지 못하고 크게 소리 내어 웃었다. 민 경정은 아끼는 최 경위의 결혼을 걱정하는 애정 어린 마음이라며 피력했지만, 맞장구 한 번 받지 못하고 한 검사의 냉정함에 이래저래 치이기만 할 뿐이었다.

결국 민 경정은 기가 한풀 꺾인 척 허탈하게 웃으며, 앞장서서 차가 있는 곳으로 갔다.

"팀장님, 그러니까 적당히 좀 하세요."

최 경위가 민 경정에게 쪼르르 다가가 한 소리하자, 민 경정은 괜히 짜증을 내며 차에 올라탔다.

"시끄러워. 어서 타기나 해."

"그만들 하시고 어서 보여 주시죠, 최 경위님."

티격태격하는 모습을 뒤에서 지켜보던 한 검사가 마지막으로 차에 올라타며 말했다.

"아! 네, 잠시만요."

최 경위는 노트북 안에 있던 파일 하나를 열어 영상을 재생시켰다.

"무슨 영상인가요?"

"이 영상은 남부 지검 정문 건너편 상가에 설치되어 있던 CCTV 영상입니다. 잠시…… 아, 여기요."

최 경위는 영상을 정지하고 손으로 화면 속 한 인물을 가리켰지만, 한 검사는 잘 보이지 않는 듯했다.

"보이시죠? 조덕삼 검사가 정문에서 걸어 나오는 모습입니다."

"조덕삼 검사가 맞나요?"

"네, 검사님. 최대한 확대해서 보면 확인 가능합니다. 그것보다 조 검사 뒤쪽으로…… 여기, 택시 보이시죠? 저 택시를 잘 보십시오. 재생하겠습니다."

"조 검사가 왜 자기 차를 두고 택시를 탔을까? 술 마셨나?"

"아니요, 팀장님. 그건 이 장면 보고 말씀드릴게요. ……보셨죠? 이 택시가 미사 대교에서 추락한 그 택십니다. 차량 번호도 확인했고요. 자, 그럼 좀 더 앞으로 돌려 보겠습니다."

"앞으로요?"

"네. 보시면 알게 되실 겁니다."

최 경위는 의미심장하게 말하며 영상을 앞으로 돌려 다시 재생시켰다.

"어! 잠깐, 저 택시가 그 택시야?"

"조 검사가 나오기를 기다렸던 것 같네요. 맞나요?"

"검사님도 그렇게 보이시죠? 팀장님은 어떠세요?"

"그러네. 좀 더 앞으로 돌려 봐. ……어! 여기! 멈춰."

"여기요?"

"그래. 여기 내리는 사람은 그럼 승객이 아니라는 건가? 공범?"

"저도 그렇게 생각합니다. 근데 팀장님, 잘 보십시오. 이 승객, 낯이 익지 않습니까?"

최 경위의 말에 민 경정은 얼굴을 가까이 들이밀고 유심히 영상을 살폈다.

"낯이 익어? 아! 아……. 에이, 아니지. 그 어르신은 중국에 계신다고 하지 않았어? 화질이 흐려서 그렇게 보이는 거겠지."

"그렇죠? 그냥 좀 닮은 사람인 거겠죠?"

"누구 말씀하시는 거예요? 누가 중국에……."

한 검사의 물음에 최 경위가 곧바로 대답했다.

"아! 죄송합니다, 검사님. 이필석 의원 성 접대 사건의 피해자 아버님 얘깁니다. 이덕복 씨라고, 갑자기 말씀 없이 사라지셨거든요. 확인해 보니 중국으로 출국하셨더라고요. 그 뒤로도 혹시나 해서 입국하셨는지 확인해 봤지만 들어온 기록은 없었고요."

"아, 네……. 근데 중국에는 왜 가신 거죠?"

"원래 중국에서 오랫동안 무역업을 하셨거든요. 중국에 계시다가 그 일로 급히 들어오셨던 겁니다. 아마, 정리할 것들이 많아 다시 중국으로 가신 듯합니다. 그리고 여기보다는 중국에서 생……."

최 경위는 말을 하다 갑자기 머뭇거리며 더는 말을 잇지 못했다.

"왜 그러세요?"

"아……. 검사님, 잊고 있었는데 아버님이 대법원 공판 앞두고 시한부 판정을 받으셨어요. 그 당시에 6개월 남았다고……."

"무슨 말씀인지 알겠어요. 그럼 저 영상 속 인물은 아니겠네요."

"네, 아무튼 택시에서 내린 저 사람만 찾을 수 있다면 조 검사 사건 해결에 큰 실마리를 풀 수 있을 겁니다. 주변 CCTV 모두 확인해서 동선 따라 찾아보겠습니다. 크게 어렵지는 않을 것 같습니다."

"그래, 찾아보자고. 근데 내가 알기론 아직 택시 기사 시신을 찾지 못했다고 하던데. 맞아?"

"네, 아직 찾지 못했습니다. 택시 기사가 살아 있다고 생각하시는 겁니까?"

"어, 유력한 용의자고⋯⋯ 지금까지 시신을 찾지 못한 걸 봤을 때 살아 있을 가능성이 높아."

"하지만 대교에서 떨어졌는데 살아 있다는 게⋯⋯."

"그래도 모르는 일이니 택시 기사가 누군지 신원 조회해 보고 행방을 찾아보자고. 만약에 살아 있다면 조 검사 사망 원인뿐만 아니라⋯⋯."

민 경정이 뒷말을 망설이자 최 경위가 대신 입을 열었다.

"이건 당연히 단순 사고가 아니라 타살이죠. 누가 봐도 그렇죠. 근데 지금 이걸 단순 사고로 묻으려고 하지 않습니까?"

"그래, 그렇지. 그러니까 택시 기사 행방도 함께 찾아보자고."

"네, 바로 확인해 보겠습니다."

멈춰 있는 영상 속 장면을 뚫어져라 쳐다보던 민 경정이 다시 물음을 던졌다.

"근데 조 검사가 택시를 탈 거라는 걸 어떻게 알았을까? 계속 미행을 해 왔다는 건가?"

"아니요, 팀장님. 택시를 탈 수밖에 없도록 미리 조치했더라고요."

"그게 무슨 말씀이세요?"

최 경위는 영상을 뒤로 빨리 돌린 후 다시 재생시켰다.

"여기요. 1시간 후에 견인차가 들어와서 조 검사 차를 끌고 나갑니다. 보이시죠."

"아, 차에 고장이 난 거군요."

"고장이 아니라 타이어 바람이 빠져 있었다고 하더라고요."

"고의로 타이어에 바람을 뺀 거네."

"네, 맞아요. 뒤쪽 타이어 2개에 구멍이 나 있었습니다."

"야아, 언제 그것까지 다 확인한 거야?"

"에이, 일도 아니죠. 견인차 기사한테 전화해서 수리 맡긴 카 센터를 확인했죠. 카센터 직원 말이 송곳 같은 날카로운 것으로 구멍을 낸 거라고 하더라고요. 확실히 타살이 맞겠죠?"

"확신할 순 없지. 택시엔 태웠다지만 사고로 위장한 살인이라고 증명할 증거는 없으니까."

"아⋯⋯. 네, 그렇죠. 살인이라는 증거는 없죠."

"확실한 증거가 필요해. 이걸로는 살인이라 단정하기 힘들어."

"최 경위님, 남부 지검 주차장 CCTV에 타이어에 구멍을 낸 자가 찍히지 않았을까요? 확인해 보셨어요?"

"그게⋯⋯ 영장 없이는 확인할 수 없었어요. 검사님⋯⋯."

"안 됩니다, 검사님."

최 경위가 한 검사에게 영장 청구를 부탁하려고 하자 민 경 정이 단호하게 말을 잘랐다.

"왜요? 팀장님, 타살 사건입니다. 서울 지검에서 영장 청구를……."

"글쎄, 안 된대도. 검사님, 경찰·검찰 내부에 이번 사건과 밀접하게 연관된 인물들이 있을 수 있습니다. 우리가 들쑤시고 다닌다는 걸 그들에게 노출할 필요는 없지 않겠습니까?"

한 검사는 맞는 말이라는 듯 고개를 끄덕였다.

"그럼 어쩌시게요, 팀장님?"

"우선 주변 CCTV를 찾아서 확인해 보고, 택시에서 내린 손님과 택시 기사 동선부터 파악해 보자고. 눈치 못 채게 조심해서 파악해야 해. 동료 경찰들 말고 정보원들 이용해서. 알았지?"

"네, 팀장님."

"그리고 검사님, 한 가지 더 드릴 말씀이 있습니다. 채이돈 의원 뇌물 수수 사건 때 말입니다. 저희가 확보한 증거 자료들을 검찰로 송치하지 않았습니까? 그 자료들 모두 확인하셨습니까?"

"그건 왜요? 그때 다 말씀드렸는데요. 경찰에서 검찰로 송치된 증거 자료들은 대부분 훼손된 상태였다고요. 채이돈 의원과 관련된 모든 자료들이 원본이 아니라 편집되어 누군가 장난질을 쳐 놓은 상태였어요. 경찰에서 훼손된 증거물을 송치했다고 사과도 하지 않았나요?"

"그랬죠. 그때는…… 아시잖아요? 그게 말이 안 된다는 거. 저희는 그대로 검찰에 모두 전달했단 말입니다. 못 보셨습니까?"

"봤죠. 봤으니까 훼손되었다는 걸 알 수 있었겠죠. 안 그런 가요?"

민 경정은 잠깐 뭔가를 생각하는 듯 손가락을 허벅지에 대고 까닥까닥 움직였다.

"지금 제 말을 못 믿으시는 건가요? 아니, 그때도 믿지 않으셨군요."

"아닙니다. 못 믿어서가 아니에요. 혹시나 해서 말…… 아니, 그 자료들 중에 사교 파티와 관련된 자료를 아예 보지 못하신 겁니까?"

"사교 파티요? 무슨……. 설마 고위 공직자 사교 파티를 말씀하시는 건가요?"

"고위 공직자 사교 파티라니요? 검사님, 그게 뭔가요?"

최 경위는 생뚱맞은 얘기를 꺼낸 한 검사를 빤히 쳐다보았다.

"뭐예요? 최 경위님은 모르고 계셨어요?"

최 경위는 어리둥절한 표정으로 민 경정을 바라보며 물었다.

"최근에 받은 빨대* 제보입니까?"

"팀장님, 경찰 내에서 떠도는 소문이라고 하지 않으셨나요?"

한 검사는 새침한 얼굴로 민 경정을 흘겨보았다.

"저…… 진정 좀 하시고. 제 말을 좀 들어보십시오, 검사님. 최 형사도 들어 봐. 거 얼굴 좀 풀고. 아이, 자식."

최 경위는 잔뜩 찌푸린 얼굴로 민 경정을 째려보고 있었다.

---

* **빨대** : 중요한 정보를 잘 흘려 주는 취재원을 말하는 은어

"어서 말씀이나 해 보세요."

"네, 검사님. 전부 말씀드릴게요. 우선, 제가 경찰 내에 떠도는 소문이라고는 하지 않았습니다. 경찰 내에서 알고 있다고만 했죠. 그렇죠?"

"아니, 그건……. 검찰 내에서 떠도는 소문이라고 말씀하셨으니 당연히 경찰도……."

"그러니까요. 그건 검사님이 추측하신 게 아닙니까? 그러니 최 형사가 모를 수 있는 거죠. 그러니까 그런 얼굴로 보지 말아 주십시오."

"제 얼굴이 어때서요?"

민 경정은 한 검사의 눈을 피해 최 경위를 바라보며 말했다.

"최 형사, 사정이 있었어. 채 의원 사건을 수사하다 증거물에서 사교 파티 관련 자료를 발견한 거야. 그때 검찰로 송치된 증거물에도 포함되어 있었거든. 그래서 검사님께 확인해 본 거야. 혹시 그 자료를 보셨는지 말이야."

"뭐죠? 3년 전 내용을 이제야 듣는 저는요."

"그건 저도 마찬가지예요, 최 경위님. 그럼 회의실에서 사교 파티에 대해 얘기했을 때 물어보셨어야죠. 왜 이제 와 물어보시는 건데요?"

"아니, 그게……. 이제는 다 드러내고 말씀을 드려야 해서 말이죠. 그래서 그 전에 확실하게 하고 넘어가야 할 것 같아 물어본 겁니다. 검사님, 3년 전에 돌던 소문이라고 하셨죠? 아마 저희가 검찰에 송치했던 증거물이 유출된 게 아닌가 싶습니다.

사실, 그게 외부로 알려지거나 섣불리 수사하다 노출이 되면 위험할 수 있을 것 같아 지금까지 말하지 못했습니다. 그러니 최 형사도 서운해하지 마. 채 의원을 좀 더 캐 보고 확신이 서면…… 아니, 아니지. 그래도 쉽게 말 못 했을 거야."

"뭐라고요? 하아, 그래서 이제는 괜찮은 겁니까?"

최 경위는 허탈한 웃음을 지으며 민 경정에게 물었고, 한 검사도 뒤이어 물음을 덧붙였다.

"채이돈 의원과 관련된 사건인 건 맞나요?"

"네, 관련 있죠. 하지만 더 높은 곳을 가리키고 있습니다. 그래서 위험하다고 판단했습니다. 근데 이제는 시작해야 할 때라 생각했습니다."

"그러시죠. 이제 정권도 바꿨으니 모두 공개하고 수사하는 게 좋겠네요."

"검사님, 저도 그렇게 생각했습니다. 확실한 물증만 찾는다면, 공개하고 전면 수사에 들어갈 수 있겠다고 말이죠. 그런데……."

민 경정이 하려던 말을 최 경위가 먼저 앞서 얘기했다.

"이필석 의원, 이대우 대법관 자살 그리고 조덕삼 부장 검사 사고……."

"그렇지. 냄새를 맡았는지 눈치를 챈 건지 우리가 내사 중이던 용의자들을 차례로 제거했어. 그것도 너무 빨리 말이야. 아직까지 제대로 된 증거 하나 찾지 못했는데……."

"그럼 팀장님은 최 경위가 말한 세 사람이 모두 연관이 있다고 보시는 건가요? 풍문이 아니라는 말씀이세요?"

"아니요. 조 검사는 예상 밖입니다. 용의 선상에 없었거든요. 그것보다 중요한 점은, 이필석 의원 대법원 판결이 난 직후에 김범진이 자살했다는 겁니다."

"네? 김범진 경위 말인가요?"

"아니, 어떻게요? 교도소 안에서 자살했다는 말씀입니까?"

한 검사와 최 경위는 놀란 눈으로 민 경정을 바라보았다.

"맞아. 하지만 자살이 아니겠지."

"타살이라고요? 그런데 어떻게 우리가 몰랐죠?"

"아마도 조용히 처리하라는 지시가 있었겠죠. 김범진이 자살했던 그날 탑 연예인 스캔들이 떠졌거든요. 마약 건으로."

"아, 그날이군요. 하아, 정말⋯⋯."

"그럼 팀장님은 그때 시작된 거라 보시는 건가요?"

"그렇습니다, 검사님. 우리가⋯⋯ 아니, 제가 움직인다는 걸 알아챈 것 같습니다. 실수 없도록 신경 써서 수사한다고 했는데⋯⋯."

"아니요, 팀장님. 저 때문일 겁니다."

"어? 그게 무슨 말이야?"

"사실⋯⋯ 대법원 판결 후에 무리하게 정보를 캐고 있었습니다. 서 의원과 함께요."

"뭐? 서민주 의원? 무슨 말이야? 서 의원은 채 의원 뇌물 수수 의혹 제기로 큰 곤욕을 치렀잖아. 그 일로 당 내에서도 입지가 좁아져서 다음 총선 공천도 물 건너 간 걸로 알고 있는데⋯⋯. 조용히 자숙하고 있었던 거 아니었어?"

"잘 알고 계시네요. 그래서 서 의원이 채이돈 의원을 더 못 놓고 있는 겁니다."

"아니겠지."

"네?"

민 경정의 말에 최 경위의 눈동자가 약간 흔들렸다.

"최 형사가 못 놓고 있는 거겠지. 안 그래?"

최 경위는 고개를 숙이며 작은 목소리로 말했다.

"⋯⋯알고 계셨어요?"

"그럼 모르고 있었겠어? 형 일로 괜찮은 척해도, 가만히 있을 최 형사가 아니잖아."

"아⋯⋯. 하지만 팀장님, 그것 때문만은 아닙니다⋯⋯. 이필석 의원을 조사하다가 이 의원이 검찰 수뇌부와 접촉한 사실을 포착했습니다. 그래서 검찰 간부 몇 명을 내사 진행했고요. 거기서 멈췄어야 했는데⋯⋯. 건들지 말아야 할 윗선까지 건들고 말았습니다. 조심한다고 했는데⋯⋯."

"뭐야? 검찰 간부만 조사한 게 아니었어? 아⋯⋯. 윗선부터 건들면 안 된다고 몇 번을 말했어? 시간이 걸려도 주변에서부터 몰아가야 한다고⋯⋯."

"그래서 지금 경위님이 죄송하다고 하잖아요, 팀장님."

민 경정이 안 그래도 기죽어 있는 최 경위를 매섭게 몰아세우자, 보다 못한 한 검사가 나서서 둘의 대화를 말렸다.

"지금 잘잘못을 따질 때가 아니잖아요. 이미 엎질러진 물, 다시 주워 담을 수 없으니 새로운 대책을 세워야죠. 안 그런가요?"

"그렇죠. 그렇긴 하죠, 네."

"저…… 팀장님, 그리고 서민주 의원에게 조덕삼 검사 타살 사실을 언론에 흘려 달라고 부탁했습니다. 괜찮을까요?"

"그럼 서민주 의원이 위험하지 않을까요?"

한 검사는 미간을 좁히며 민 경정을 바라보았다.

"최 경위가 그걸 몰라서 부탁한 건 아닐 겁니다. 그렇지?"

"네, 팀장님."

"팀장님, 무슨 계획이라도 있으신 거예요?"

"우선 두고 보시죠, 검사님. 이렇게 된 이상 서 의원도 우리와 함께해야 할 것 같군요."

"팀장님, 드릴 말씀이 없습니다."

"아니야. 오히려 잘됐어. 서 의원이 우릴 도와준다면 말이야."

해가 뜰 시간이 다가오지만 불야성의 강남 거리는 여전히 잠들지 않았다. 스쿠터를 탄 남 순경과 안 경위는 화려한 네온에 둘러싸인 번화가를 가로질러 강남 경찰서로 복귀했다.

"고생하셨어요, 안 형사님."

"네, 남 순경님도 고생하셨…… 아! 차량 번호 조회 결과가 나왔나 봅니다. 잠시만요. 여보세요? 아, 네. ……정말입니까? 아……. 알겠습니다. 고맙습니다. ……수고하세요."

"누군지 확인됐나요?"

"몽타주는 만들 필요 없겠습니다. 서민주 의원이라고 하네요."

"아, 그렇군요."

"아시는 분입니까?"

"아니요. 모르는 분인데……. 안 형사님은 아는 분인가요?"

"안다기보다는……. 아, 남 순경님도 아실 것 같은데. 그때 있잖습니까? 민 팀장님 사건으로 재판 중일 때 뉴스에도 나왔는데……."

"정말이요? 뉴스에도 나왔다고요?"

안 경위는 휴대폰으로 뉴스를 검색해 보여 주며 말했다.

"네, 여기요. 검색하니깐 금방 나오네요. 영상인데 한번 보십시오."

"아, 알아요. 비례 대표 의원이네요."

"맞습니다. 기억 안 나세요? 당시 채이돈 의원 뇌물 수수 관련해서 의혹 제기했던 의원입니다. 기자 회견까지 했었는데."

"그럼 그 일과 연관이 있을까요?"

"그거야…… 모르죠. 만약 그렇다면 민 팀장님께 빨리 말씀드리고 대책을 세워야 하는 거 아닙니까?"

"그러게요. 우선은 저희 둘만 알고 있었으면 해요. 이 사실을 서민주 의원이 알게 되면 변수가 생길 수 있거든요. 팀장님께는 나중에 제가 말씀드릴 테니 아무 말 말아 주세요. 아셨죠? 부탁드릴게요."

"알겠습니다. 그렇게 하겠습니다."

"그럼 전 이만 들어가 볼게요. 내일 일찍 나오려면 부지런히 들어가 조금이라도 눈을 붙여야겠어요."

"아! 제 차로 가시죠. 집까지 태워다드리겠습니다."

안 경위는 주차장 방향으로 팔을 뻗어 가리키며 남 순경의 팔을 잡았다.

"아, 괜찮은데…… 그럼 신세 좀……"

"에이, 무슨 신세입니까? 가시죠."

쾅!

"어! 뭐지?"

"왜 그러십니까, 남 순경님?"

"네? 소리 못 들으셨어요?"

"소리요? 왜 그러십니까? 무섭게."

"아니, 분명 저쪽에서 들렸는데……. 잠깐만요. 여기에 계세요. 뭔가 큰 게 떨어진 소리가 나서요. 확인해 볼게요."

"정말입니까? 전 아무 소리도 안 들렸는데……"

남 순경은 본관 외벽 가까이에 있는 주차 구역으로 갔다.

"으흑!"

"왜요? 남 순경님, 뭡니까?"

"저…… 저 차 위에……"

남 순경은 주차되어 있는 차량 위를 검지로 가리키며 말했다.

"어디…… 어떤 차 말입니까?"

"저 흰색 차 위에……"

남 순경은 잔뜩 인상을 쓴 얼굴로 안 경위를 바라보며, 다시 한번 차 위를 손가락으로 가리켰다.

"흰색 차? 아, 저 차 말입니까? 차가 보이는데 왜 그러십니까?"

"아니요. 차가 아니라……. 역시……."

"이번엔 차가 아닙니까? 그럼 뭐가 보이…… 설마, 시체가 보이는 겁니까?"

제7화

태세(態勢)를 취하다

안 경위의 눈이 번쩍 커지며, 놀란 얼굴로 남 순경을 쳐다보았다.

"그런 것 같아요."

"정말입니까? 아이, 미치겠네. 또 시체라니."

"안 형사님은 안 보이시죠?"

"안 보입니다. 시체가 어디에 있는 겁니까?"

"저기, 흰색 차 위에요."

"흰색 차 위…… 안 보이는데……."

"안 보이면 확실하네요. 시체 환영이에요. 그래도 좀 더 가까이 가서 확인해 봐야겠어요."

"그러시죠. 저도 같이 가도 됩니까?"

"네, 상관없어요."

남 순경은 차들이 주차된 곳으로 가더니 흰색 차량 앞에 멈춰 섰다. 안 경위는 그런 남 순경을 뒤에서 지켜보고 있었다.

"아! 뭐야……."

남 순경은 순간적으로 인상을 잔뜩 찌푸리며 옆으로 고개를 돌렸다.

"뭡니까? 시체가 맞습니까?"

"아, 아니에요. 아니네요."

"에? 아니란 말입니까? 잘못 보신 겁니까?"

"죄송해요. 제가 잘못 봤어요."

"에이, 뭐가 죄송합니까? 아니라니 다행입니다. 그런데 설마…… 시체 보는 능력에 문제가 생긴 건 아니겠죠?"

"그건 아닐 거예요. 오늘 좀 피곤해서 그런가 봐요."

남 순경은 머리를 긁적이며 다시 안 경위가 있는 곳으로 돌아갔다. 그러다 문득 뒤돌아서서 차 위를 다시 살폈다.

"뭐가 있는 거죠? 뭐가 있는데 말 안 하시는 겁니까? 혹시…… 접니까?"

"네? 에이, 아니에요. 안 형사님 말대로 시체 보는 능력에 문제가 생겼나 싶어서 한 번 더 본 거예요. 아무것도 없네요…… 아니, 아무 이상 없네요. 아하하. 잠을 못 자서 그런지 눈에 헛것이 다 보이네요. 아으, 피곤해……."

남 순경은 어색하게 웃으며 평소보다 더 크게 하품을 했다.

"정말이시죠?"

"그럼요. 피곤해서 그래요. 차 어디에 세웠어요? 어서 가요."

"알겠습니다. 저쪽입니다."

안 경위는 차가 주차된 곳으로 앞장서 갔다. 남 순경은 주머니에서 휴대폰을 조심스럽게 꺼내, 시간을 확인하고 안 경위를 따라 차에 올라탔다.

"표정을 봐서는 뭔가 있는데 말입니다."

"에이, 아니에요. 너무 졸려서……. 미안한데 눈 좀 붙여도 될까요?"

"그러세요. 편하게 모셔다드리겠습니다."

"감사합니다, 안 형사님."

남 순경은 눈을 감고 방금 전에 본 휴대폰 속 시간을 되새겼다. 02시 45분. 휴대폰에 바로 저장하고 싶었지만, 안 경위가 눈치챌 수도 있기에 집에 도착할 때까지 어떻게든 잘 기억해 두어야 했다.

잊을 수 없는 장면이었고, 또 잊어서도 안 될 장면이었다. 안 경위에겐 아무것도 아니라고 했지만, 남 순경은 주차장에서 또 다른 시체를 목격했다.

"박 형사, 일어났어?"

"네, 지금 막 나가려는 참이었어요."

"그래, 잘됐다. 팀장님이 오늘 최 형사님하고 일이 있다고 못 나오신다 하셨어. 급한 일 아니면 전화도 하지 말라고 하시네."

"또 다른 사건이 발생한 건가요?"

"아니, 그건 아닌 것 같고……. 자세한 건 나도 잘 몰라. 그냥 그렇게만 알라고 하셨어. 아, 안 형사랑 남 순경은 어제 늦게까지 현장에 있다 귀가했다고, 상황실에 들르지 않고 바로 현장으로 간다고 했고. 그렇게 알아."

"네, 알겠습니다."

"그래. 서에 도착하면 어제 요청한 차량 조회 어떻게 됐는지 확인하고 알려 줘. 알았지?"

"네, 나 형사님."

"응, 얼른 와. 배고파."

"아침 드세요."

"혼자? 싫어. 같이 먹자. 어서 와."

"아……. 네, 바로 가겠습니다."

"응, 끊는다."

뚜 뚜.

박 순경은 이제 막 차린 아침상을 급히 정리하며, 푸념 섞인 한숨을 내쉬었다.

나는 캄캄한 방 안에 가만히 누워 있었다. 잠을 깨우는 알람 소리에 눈을 떴지만 일어나고 싶지 않았다. 새벽에 들어오자마자 바로 침대 위에 몸을 눕혔지만, 생각보다 꽤 많이 피곤했는지 도통 잠이 오지 않았다.

시체 보는 것이 이제는 좀 익숙해졌다고 생각했다. 그런데 경찰서에서 시체를 본 순간, 온몸의 기가 하나도 남김없이 몽

땅 빠져나가는 것처럼 느껴졌다. 그 자리에서 쓰러지지 않은 것이 다행일 정도였다. 무엇 때문인지는 알 수 없었지만 가슴까지 먹먹했다.

잠자리에 들어서도 뇌와 연결된 신경 세포들이 모두 끊어진 듯, 뇌가 제 기능을 하지 못해 잠을 잘 수가 없었다. 얼마나 시간이 지났는지도 모르겠다. 시체로 보인 그들을 앞으로 어떻게 구해야 할지 고민하던 중에 기절하듯 그대로 잠들어 버렸다.

휴대폰 벨 소리가 울렸다. 몸을 일으켜 휴대폰을 집으려 했지만, 어찌 된 일인지 몸이 움직여지지 않았다. 아직 잠자고 있는 건가? 지금 나는 꿈속인가? 하지만 꿈이라기엔 벨 소리가 너무도 선명하게 들려왔다.

계속 울리던 벨소리가 멈추고, 곧이어 문자 알림 소리가 들렸다. 이런 적은 없었는데……. 새벽에 있었던 일로 충격을 받았거나 뇌에 이상이 생긴 것은 아닌지 괜히 걱정되었다. 하루에 두 명의 시체를 본 것이 문제였나? 나는 다시 눈을 감고 정신을 차리려 노력했다.

몸 구석구석에서 알 수 없는 찌릿함이 느껴진 뒤, 다시 팔을 뻗어 휴대폰을 집어 들었다. 오후 편한 시간에 출근하라는 민우직 팀장의 문자였다. 부재중 전화도 찍혀 있어, 바로 민 팀장에게 전화를 걸었다.

"팀장님, 이제야 일어났어요."

"어, 문자 봤어?"

"네. 정말 오후 아무 때나 나가도 될까요?"

"그래, 어차피 오후 늦게까지 모두 자리에 없을 거야. 아니다. 그냥 오늘 하루 개인 일정 봐도 될 것 같아."

"정말요? 네, 알겠습니다."

"뭐야? 기다렸다는 듯이 대답하네. 무슨 할 일이라도 있어?"

"그게 아니라…… 좋아서요. 하하하."

"그래, 어제 많이 힘들었지? 안 형사한테 들었어. 어제 좀 무리한 것 같다던데. 오늘은 좀 쉬라고. 앞으로 더 힘들 거니까 쉴 수 있을 때 푹 쉬어 둬."

"네, 감사합니다. 그럼 새벽에 바로 현장으로 갈게요."

"아니야. 그러지 마. 안 형사한테 얘기 들었어. 내일 새벽에 다른 팀원이 현장 나가서 다시 체크할 거야. 요일별로 정리하자고 했다면서? 그렇게 하자고. 오늘은 그냥 하루 쉬고 내일 아침에 보자. 매일 그렇게 하다가 쓰러질 것 같아서 그래."

"아……. 네. 고맙습니다, 형님."

"그리고 내가 미리 도 경감한테 말해 둘 테니까 같이 협의해 보자. 나도 도 경감한테 예상 시간을 최대한 좁혀 달라고 말은 해 놨거든."

"네, 알겠습니다. 언제든 말씀하시면 저야 뭐……. 오늘 형님도 쉬시는 거죠?"

"어, 그렇지. 나도 좀 쉬려고. 쉬면 안 되냐?"

"아니요. 쉬면서 하시라는 거죠. 하하."

"하하. 그래, 쉬어. 이만 끊는다."

그렇다. 생각해 보니, 어제는 긴 시간을 긴장된 상태로 계속 집중했었다. 그뿐 아니라 연이어 두 명의 시체를 본 것도 내 몸에 무리를 준 것 같다. 그래서 상태가 안 좋았나 보다.

그나저나 다행이었다. 언제 따로 시간을 빼야 하나 고민이었는데 자연스럽게 시간이 생기다니! 어서 그 부인을 구할 방법을 찾아야 했다. 부인은 남편에게 폭행당하고 도망치다 골목에서 죽었다. 그러니 그 전에 어떻게든 남편과 떼어 놓아야 그녀를 살릴 수 있다.

이제 며칠 남지 않았다. 어떻게든 방법을 찾아야만 한다.

민 경정이 지금까지 조사한 사교 파티 관련 수사 파일들이 침대 위에 가지런히 놓여 있었다. 휴대폰을 내려놓는 민 경정 뒤로 최 경위가 화장실 문을 열고 나왔다. 어젯밤 이들은 한 오피스텔에 모여 수사 자료들을 공유했다. 한서율 검사도 함께 내용을 검토하다 새벽이 돼서야 귀가하고 민 경정과 최 경위만 남아 잠을 잤다. 하루만 더 관련 자료를 검토한 뒤, 앞으로의 수사 방향을 결정할 계획이었다.

"팀장님, 벌써 전화하신 겁니까?"

"어. 막 남 순경한테 전화했어."

"그럼 식사나 하시죠."

"그래, 아침은 먹어야지. 근데 올 사람이 있으니까 오면 같이 먹자고."

"누구요? 아, 검사님도 일찍 온다고 하셨어요?"

"아니, 검사님은 아침에 지검장님께 보고가 있다고 하셨어. 늦으실 거야."

"그럼 누가 또 옵니까?"

"안 형사."

"안 형사도 이 일에 합류시키려 하십니까?"

"왜? 그러면 안 돼?"

"아니, 안 되는 건 아니지만······. 위험한 일이라 최소 인원으로 움직이기로 한 거 아니었어요?"

"이제는 손이 더 필요하다고. 서 의원도 함께할 거잖아. 앞으로 확실한 우리 사람이 더 필요해."

"그래요? 그럼 더 많이 부르시죠. 나상남 형사나 박민희 형사도······."

"믿을 만해? 나 형사, 박 형사."

"네? 아니, 그 말씀은······."

"미안해. 아직 믿을 수가 없어서. 아니, 그것보다 연쇄 살인사건도 있잖아. 그 사건도 급하다고. 모두 이 사건에 투입할 순 없잖아. 안 그래?"

"그렇죠. 근데 정말 믿지 못하시는 거예요?"

"믿고 안 믿고를 떠나서 우리 사람이 될 수 있냐, 없냐의 문제야. 이제 천천히 알아 가야지. 우철아, 이해하지?"

"그럼 남시보 순경은 어떠세요?"

"시보? 시보야 내 사람이지. 하지만 이번 사건엔 필요하지 않

아. 그보다 연쇄 살인사건에 더 필요하니 그 사건에 집중할 수 있도록 해 줘야지. 그것만으로도 지금 충분히 힘들어. 이 일까지는 무리야."

"그렇죠."

"뭐야? 지금 떠본 거야?"

"아니요. 떠보긴요? 그냥 의중이 궁금해서."

최 경위는 팔을 긁적이며 어색하게 웃었다.

"우철아, 안민호랑 남시보는 믿을 수 있는 우리 사람이다. 이번 일 외에도 함께할 사람이라고."

"무슨 말씀인지 압니다. 나 형사, 단순하고 성질 급한 성격이지만 진국입니다. 의리도 있고요. 아시죠?"

"그럼, 알지. 네가 데리고 온 사람이잖아. 그것만으로도 믿지. 서운했다면 미안하다. 그렇게 말해서."

"아, 아닙니다. 직접 겪어 보지 않으셨으니 그러실 수 있죠. 저도 안 형사랑 남 순경, 확실히 신뢰하는 건 아니니까요."

최 경위는 민 경정을 힐끗 쳐다보며 웃음 지었다. 그런 최 경위를 보고 민 경정도 한바탕 크게 웃음을 터뜨렸다.

"야아, 그래. 너도 직접 겪어 보고 판단해. 자식, 뒤끝 있네?"

"모르셨어요? 저 뒤끝 작렬인 거?"

"그랬지. 깜박했네."

"아이, 정말! 아하하, 참."

민 경정과 최 경위는 서로의 얼굴을 마주보며 크게 웃었다.

남 순경은 김필두 경사가 알려 준 주소로 찾아가는 길이 어딘가 익숙하게 느껴졌다. 처음 온 곳이지만 왠지 모르게 눈에 익은 건물들이 보였기 때문이다. '이런 걸 데자뷰라고 하는 건가?' 하며 신기해하던 남 순경은, 주소지 근처에 다다라서야 이 길이 왜 익숙했는지 이유를 알게 되었다.

　며칠 전, 대방 교차로에서 속도위반 차에 치일 뻔한 할머니 집으로 가는 길이었다. 어두운 새벽에 왔던 길이라 바로 기억을 하지 못했던 것이다. 주소지에 가까워졌을 때, 남 순경은 메모지 주소를 다시 한번 확인했다. 메모지에 적혀 있는 주소가 다름 아닌 할머니가 사는 그 집 주소였기 때문이다. 아마 그 집의 1층인 듯했다.

　'설마 했는데 정말 그 집이라니. 무슨 인연이 있는 것은 아닐까?'

　남 순경은 우연일 것이라 치부하고, 1층 초인종 버튼을 눌렀다.

　딩동 딩동.

　"누구야?"

　"네, 경찰입니다. 잠깐 확인할 것이 있어서 왔습니다."

　"경찰……. 무신 일이야? 나 혼자다. 안 돼."

　현관 인터폰으로 들리는 여자의 목소리엔 경계심이 잔뜩 묻어났다. 말이 서툴렀고, 억양도 특이했다. 무엇보다 계속 반말로 대답하는 것을 보니 외국인인 듯했다.

"그러시면 잠깐 현관까지만 나와 주시겠어요."

"아……. 알았다."

"감사합니다."

이내 1층 현관문이 열리고 누군가 밖으로 나왔다. 대문 창살 사이로 보이는 그는 동양계 여성이었다. 아, 그녀가 맞았다. 골목에 쓰러져 죽어 있던 그 여자였다. 그녀의 얼굴엔 피멍이 선명했다.

"갑자기 찾아와 죄송합니다. 여기 경찰 배지 보이시죠. 대방 지구대 남시보 순경이라고 합니다."

"어……. 미안, 천천히 말해 줘."

"아! 저는, 대, 방, 지구대, 남시보, 순, 경, 이라고 합니다."

"알았다. 무신 일이야?"

"남, 편, 분, 일, 로, 찾, 아, 왔어요."

"또 무신 일 있어? 기다려."

"저기요. 잠깐만요. 어디 가세요? 체포하러 온 거 아닙니다. 그냥 몇 가지……."

그녀는 갑자기 뒤돌아 반지하 계단으로 뛰어 내려갔다. 남 순경은 할머니 집으로 알고 있던 반지하에 그녀가 들어가는 것을 보고 순간 눈이 커졌다. 얼마 지나지 않아 반지하 현관문이 열리는가 싶더니, 그녀가 다시 올라왔다. 그리고 그 뒤에 또 다른 누군가가 꾸부정한 자세로 걸어 올라오고 있었다.

"엄마, 이 사람, 경찰."

"무슨 일이여? 경찰 총각."

"아! 안녕하세요, 할머니. 저 기억나세요? 며칠 전 새벽에 대방 교차로 횡단보도에서 구해…… 아니, 집까지 모셔다드렸잖아요."

"아이고, 접때 그 경찰 총각이구먼. 어쩐 일이여?"

"기억하시는군요! 잠깐 대문 좀 열어 주실 수 있으신가요?"

할머니는 대문 창살 너머로 남 순경을 살펴보더니 문을 열어 주었다.

철커덩!

"아이고, 기네. 기여. 접때 그 경찰 총각이구먼. 근디, 여그는 어쩐 일이여?"

"할머니, 죄송한데요. 뒤에 계신 분하고는 어떤 관계세요?"

"어? 어어, 내 며느라여. 왜 그랴?"

할머니는 며느리의 얼굴을 한 번 힐끔 보더니 손사래를 치며 말했다.

"얼레! 아니여. 이건, 아니여. 요 며칠 짝에 여…… 여 계단서 자빠져서 난 멍 자국이구먼."

"할머니, 그것 때문에 온 건 아니고요."

"그런 거여?"

"네에. 그러니까 걱정 마세요. 할머니, 며느님이 외국 분이신가 봐요?"

"이이, 그랴. 맞여. 필리핀여서 왔어. 이쁘지?"

"아, 네. 미인이시네요."

"근디 왜 그랴? 우리 큰 아가 또 문제 맹근 겨?"

"아, 아니요. 그……."

"그려. 그러믄, 우리 둘째 아가……."

"아니에요. 그런 거 아니에요, 할머니."

"아, 그려. 아휴……."

할머니는 다행이라는 듯 아래를 내려다보며 크게 한숨을 내쉬었다.

"혹시 그때 새벽에 문 앞에 쪼그려 앉아 있던 분이 큰아드님이셨어요?"

"아, 접때? 갸는 둘째여. 갸가 좀 숫기가 읍써."

"그럼 지금 아드님들은 일하러 모두 나가셨나 봐요?"

"이이, 그려. 근디 무신 일이여?"

"네에, 다름이 아니고요. 저번에 큰아드님이 지구대에 오셔서 아내분을 찾아 달라고 하신 적이 있어서요. 그 일로 잠깐 큰 아드님 좀 뵈러 왔습니다. 큰아드님 회사 주소 좀 알 수 있을까요?"

"왜 그랴? 우리 큰아가 무신 잘못한 겨?"

"아니에요, 그런 거. 걱정 마세요."

"그려……. 그라믄, 요 아랫길로 가다 보면 남순할매 해장국이라고 있을 겨. 거그가 우리 가게여. 거서 우리 아가 일혀."

"남순할매 해장국이요? 그 식당 사장이시군요."

"근디 가도 못 만날 겨."

"네? 그게 무슨 말씀이세요?"

"그게 말이여. 아이고, 남부끄라와서 말여. 갸아는 노상 술만

처묵고 댕기기만 혀고. 일은 매엔 우리 둘째가 다 혀. 아이고, 별 야그를 경찰 총각현테 다 하는구먼."

"아니에요. 괜찮습니다. 편하게 말씀하세요."

"그게 말이여……. 아녀, 스서 이라지 말고, 들어가서 션한 미숫가루나 한 잔 허고 가."

"아, 그럴까요? 그럼 시원한 미숫가루 한 잔 얻어먹겠습니다, 할머니."

"그려. 경찰 총각이 서글서글하니 좋네. 허허허. 어여 들어와. 며느라, 싸게 들가서 미숫가루, 미, 숫, 가, 루 좀 타 가꼬 와. 뭐 혀?"

"아……. 네, 엄마."

며느리는 빠른 걸음으로 1층 현관으로 들어갔다. 할머니는 허리를 꾸부정하게 굽힌 채 느린 걸음으로 앞서 걸었고, 남 순경은 그런 할머니를 부축하면서 함께 반지하 계단으로 향했다.

태양의 열기가 가장 뜨거운 시간이 돼서야 나상남 경사와 박민희 순경에게 잠시 쉴 시간이 주어졌다. 오전엔 조사 중이던 《다윗의 별, 그 진실은?》 도서 구매자 명단을 나영석 경위가 상황실로 보내왔다. 역시 예상대로 도서 구매자는 얼마 없었고, 그중에서도 연령대나 성별 등 관련 없는 사람들을 제외하고 나니 몇 사람 되지 않았다. 나 경사와 박 순경은 오전 시간 동안 추린 도서 구매자 집들을 돌며 확인했다. 그러나 특별히 혐의가 있어 보이는 사람은 없었다.

"나 형사님, 만약 책 보고 저지른 범행이 아니면 어떻게 되는 거예요?"

"뭘 어떻게 돼? 새 되는 거지. 그래도 나 경위님이 말씀하셨잖아. 현금으로 구매한 것도 있을 거라고."

"그렇죠? 그렇겠죠?"

"그렇지. 지금까지 증거 하나 남기지 않은 미친놈인데 그걸 남겼겠어? 내가 소용없을 거라고 했잖아. 나 같아도 증거 안 남기겠다. 안 그래? 괜히 이 더운 날 개고생만 하고. 아이, 더워!"

"그래도 모르는 일이잖아요. 확인은 해 봐야죠. 이제 좀 쉬었으니 차량 조회한 주소지로 가 볼까요?"

"그래. 어제 그 뒷번호로 조회한 거지? 강남에 몇 곳이라고 했더라?"

"네, 차량 소유주가 사는 주소지로 총 세 곳이에요. 의외로 번호가 많이 겹치네요. 대포 차는 아니겠죠?"

"대포 차면 못 찾지. 혹시 모르니까 돌아보자고. 아, 할 일도 많은데 안 형사랑 남 순경은 왜……. 아이, 이게 뭐야? 왜 우리만……."

"그만 좀 투덜대세요. 입 튀어나오겠어요."

"내가 안 투덜대게 생겼어? 박 형사는 안 억울해?"

"뭐가 억울해요? 경찰이 할 일 하는데. 그리고 안민호 형사님은 팀장님 지시로 다른 일 보고 계신 거잖아요. 남시보 순경도 새벽 늦게까지 고생했는데 쉬지도 못하고 지구대에 나갔다 했고요. 그러니까 너무 그러지 마세요, 이제."

"나도 알아. 이렇게라도 해야 기분이 좀 나아질까 싶어서 그러지! 그럼 점심이나 먹고 움직일까? 아니면 아이스크림이라도."

"벌써요? 아침도 늦게 드셨는데……. 조금 더 돌고 식사하시죠?"

"에이, 알았어. 마음대로 되는 게 하나도 없네. 어디야? 주소찍어."

"넵. 지나는 길에 편의점 나오면 아이스크림 사드릴게요. 그러니까 한두 시간 후에 식사해용. 전 아직 배가 안 고프다고요. 넹?"

"알았어, 알았다고. 어디서 애교질은……."

"애교질이 뭐예요? 아부 좀 떨어 본 겁니다. 딸랑! 딸랑!"

박 순경은 양손을 귀로 가져가 대며 좌우로 흔들었다.

"딸랑딸랑? 이번엔 좀 웃겼다, 박 형사. 하하하."

"크흐흐."

나 경사와 박 순경은 차를 타고 차량 번호 4862의 주소지로 이동했다. 도착한 곳은 허름하고 지저분한 판잣집들이 길게 늘어서 있는 동네였다. 가파른 언덕을 올라 차량 주소지까지 찾아가 봤지만, 역시나 주소지 차량 주인은 다른 사람이었다.

허탕을 친 나 경사와 박 순경은 뙤약볕에 땀을 뻘뻘 흘리며 차가 있는 곳으로 다시 걸어 내려왔다. 다행히 근처에 작은 구멍가게가 있어 아이스크림을 하나 손에 쥘 수 있었다. 나 경사는 아이스크림을 쪽쪽 빨며 구멍가게 앞에 쪼그려 앉았다. 그 옆에 박 순경은 손으로 겨우 태양을 가린 채 찡그린 얼굴로 서 있었다.

"쩝쩝. 내가 뭐라고 그랬어? 분명 대포 차일 거라 했잖아. 그 번호가 맞을 거야."

"그럴까요? 아직 확인 못 한 번호도 있는데……."

"우선 그 번호로 위반 건이 있는지 확인해 보자고. 분명 있을 거야."

"네, 바로 확인해 볼게요. 그럼 다른 번호는 확인해 보지 않아도 될까요?"

"음……. 대포 차량이면 이번처럼 주소지와 차주가 맞지 않을 거야. 괜히 헛고생만 하는 거지. 그리고 이 차주가 살인범이라고 확신할 수도 없잖아. 살인범이라고 쳐도 오히려 대포 차일 확률이 더 높을 뿐이라고. 그럼 가 봤자 소용없잖아. 안 그래? 차라리 어제 그곳에 가서 그 집 주변을 더 살펴보는 게 낫지."

"그럴까요? 그래도 혹시 모르니 나머지 두 군데도 가 보는 게……."

"아이참. 맞는다니까! 그 번호가 맞을 테니 다시 그 집에 가보자고. 그 집 담벼락 옆에 주차되어 있었으니 다시 올지 모르잖아?"

"다시 올까요? 그럼 우선 그 집 주변부터 확인해 보고, 나머지 두 대는 그다음에 확인해 보는 걸로 하겠습니다."

"그래 그래. 아, 배고프다. 이제 점심이나 먹자. 괜찮지?"

"그럼요. 저도 배고파요. 어서 가시죠."

작은 방 안, 거구의 사내 두 명이 침대 위에 앉아 자료를 보고 있다. 그 옆에서 민 경정은 의자에 앉아 스마트폰으로 뭔가를 검색하는 데 여념이 없었다. 음식을 시켜 먹었는지 문 앞엔 빈 그릇들이 겹겹이 쌓여 있었다.

"팀장님, 언제 이런 자료들을 다 모으신 겁니까?"

"알게 모르게 내 정보통이 상당하다. 몰랐지?"

"그렇습니까? 국정원 쪽 자료도 있는데 이게 가능한 겁니까?"

"쉿! 조용."

"예? 왜 그러십니까?"

입에 손가락까지 가져다 대며 목소리를 낮추는 민 경정에, 안 경위는 긴장한 표정으로 물었다.

"아이, 팀장님. 그만 좀 놀려 먹으세요. 안 형사, 신경 쓰지 마. 지루해서 저러시는 거야. 지금 몸이 근질근질하시거든."

"뭡니까? 지금까지 장난치신 겁니까?"

"프하하. 최 형사, 왜 그래? 좀 더 놀려 먹어야 재밌는데."

"아이, 너무하십니다. 매번 저만 가지고……."

"이해해라, 안 형사. 팀장님이 어지간히 스트레스가 많으신가 보다. 나도 형한테 들어 익히 알고 있었지만 요 며칠 더 심하신 것 같다."

"어어, 시끄럽고. 잘들 보고 있는 거지? 뭘 그렇게 오래 보는 거야? 심심하게. 곧 검사님도 오시기로 했으니까 빨리빨리 훑어보라고. 잡담 그만하고."

"아니, 지금 누가 방해를 하는데. 그런 말씀을 하십니까?"

"신경 끄라니까, 안 형사."

안 경위가 참지 못하고 자꾸 대꾸하자 최 경위가 손사래를 치며 말렸다.

"그런데 국정원까지 이 사실을 알고 있었는데 왜 그냥 넘긴 겁니까?"

"국정원이니까 그랬겠지. BH까지 연루된 사건이니 묻어야 했지 않겠어."

"그럼 이제 와 이걸 끄집어내서 어쩌시려는 겁니까?"

"그게 무슨 소리야?"

자료를 살펴보던 최 경위는 안 경위를 빤히 쳐다보았다.

"아니, 솔직히 계란으로 바위 치기 아닙니까? 검찰, 대법원, 국회 그리고 BH까지 얽혀 있는…… 그야말로 어마어마한 대형 게이트인데, 우리가 뭘 어떻게 할 수 있겠냐는 거죠. 괜히 다치기만…… 아니, 어쩌면 조덕삼 검사처럼……."

"안 형사!"

"진정해, 최 형사. 괜찮아. 이런 반응 나오는 게 당연해."

"팀장님, 그래도……."

민 경정은 언성을 높이는 최 경위를 가라앉히며 차분한 목소리로 말했다.

"안 형사, 맞아. 안 형사가 뭘 걱정하는지도 알고. 그래, 그들은 정체를 숨기기 위해 여러 사람들을 희생시켰지. 아직 그 실체조차 밝혀내지 못한 것도 사실이고."

"네, 그러니까 말입니다. 그게 사실이라면 존재 자체도 확실치 않은 그들과 무슨 수로 맞선다는 말씀이십니까? 무슨 방안이라도 있으신 겁니까?"

"핵심 키는 채이돈 의원이야. 채이돈 의원으로부터 이 모든 것이 흘러나왔어. 본인도 아마 그 사실을 인지하고 있을 거야, 지금쯤이면."

"그게 무슨 말씀입니까?"

"지금까지 사교 파티에서 일어났던 일들이 전부 채이돈 의원을 통해 흘러나왔어. 미세한 금에서 새는 물처럼 말이야. 사교 파티에서 웃고 떠들었던 자들이 그 사실을 몰랐을까? 처음은 미세한 금을 덧씌우려 했겠지. 하지만 그게 덧씌우는 정도로 안 된다고 판단이 섰을 테고. 그래서 작업을 시작했다고 봐."

그때, 최 경위가 끼어들어 민 경정에게 물었다.

"언제 판도라의 상자가 열릴지 모른다는 두려움 때문에 자살로 위장해 죽였다고 보시는 건가요?"

"두려움? 우리가 추측만 하는 그들이 두려워서 이러는 걸까? 아니, 그냥 시끄럽고 신경 쓰여서 그랬을 뿐이야. 두려워하는 건 그들이 아니야. 미세한 금을 만든 채이돈 의원이겠지."

"뭐라고요? 팀장님, 그럼 채이돈 의원이 한 짓이 아니라는 건가요?"

"왜 그래? 설마 지금까지 채이돈 의원이 이런 작업을 설계했다고 생각한 거야?"

"아니……. 그래서 채이돈 의원을 지켜보고 있었던 거 아닙니까?"

"아니지. 채 의원을 지켜야 했기 때문이지. 언젠가 그들이 채 의원을 작업할 거라는 기대감으로 기다려 왔지."

안 경위는 알쏭달쏭한 민 경정의 말에 고개를 갸우뚱거렸다.

"뭐, 그건 차차 얘기하고. 안 형사, 생각보다 겁이 많네. 더 깊이 들어가기 전에 결정하지?"

"예? 그게 무슨 말씀입니까?"

어리둥절해하는 안 경위를 보며 최 경위가 말을 덧붙였다.

"무슨 말이긴. 몰라서 물어?"

"최 형사님까지 무슨 말……. 뭡니까? 지금 저 보고 겁나면 빠지라는 말씀입니까?"

"어."

"아이, 정말 서운합니다. 말이 그렇다는 거죠. 꽁무니나 뺄 놈으로 보신 겁니까? 절 어찌 보시고."

똑똑!

"민우직 팀장님."

"어? 안 형사, 문 좀 열어드려. 검사님 오셨나 보다."

"아, 예……. 두 분 모두 검사님 앞에선 그런 말씀 마십시오. 강력계 형사 존심이 있지. 빠지는 일은 결단코 없습니다. 아셨습니까?"

"야아, 언제부터 강력계 형사라고……. 하하하."

"최 형사님!"

"알았어. 어서 나가 봐."

안 경위는 인상을 잔뜩 찌푸리며, 눈을 부릅뜨고 최 경위를 바라보았다.

삐익! 삐리릭!

"왜 이렇게 늦게 여세요? 어, 안 경위님……."

"안녕하세요, 검사님. 들어오십시오."

안 경위는 잔뜩 힘이 들어갔던 눈을 풀며, 한 검사를 방 안으로 안내했다.

"오셨습니까, 검사님?"

"네, 팀장님. 그런데 안민호 경위도 있었네요."

"네에, 그럼요. 강력계 형사 안민호인데. 결단코 함께 해야죠."

"그럼요. 강력계 형사 존심이 있는데 말입니다."

"아이, 정말……."

민 경정과 최 경위가 안 경위를 보며 박장대소하자, 한 검사는 의아하다는 듯 멀뚱멀뚱 그들을 쳐다보며 되물었다.

"강력계 형사 존심이요?"

"아닙니다. 검사님, 어서 여기 앉으십시오. 검사님 오시기 전에 자료는 다 확인했습니다."

"다행이네요. 저도 나머지 자료들 다 보고 왔어요."

"아이고, 고생하셨습니다. 시간도 없으셨을 텐데……. 설마 밤새고 오신 겁니까?"

"일이 쌓여 있는데 어쩔 수 없는 노릇이죠. 밤샘은 숙명이랄까요? 제 전문이라 괜찮습니다. 자아, 그럼 작전을 짜 볼까요?"

"네, 그러시죠."

옆에 앉아 있던 안 경위가 호기심 어린 눈빛으로 물었다.

"저기, 검사님. 근데 들고 계신 텀블러엔 뭐가 들어 있는 겁니까? 매번 들고 다니시던데 말입니다. 커피입니까?"

"아니에요. 헛개차예요. 헛개차가 피로 회복에 좋답니다. 드셔 보시겠어요?"

"아, 아닙니다. 검사님 드십시오."

남시보 순경은 얼음이 동동 올려져 있는 미숫가루를 한 모금 마시고 내려놓았다.

"야아, 맛있네요."

"그지? 션할 때 쭈욱 마셔."

"근데 할머니, 큰아드님이 술 마시고 여기 며느님을 때리는 건 알고 계시죠?"

"나는……."

"경찰 총각, 우리 아가 원래 그런 아가 아니여. 차암 착한 안디…… 그 술이 웬수지, 웬수!"

며느리의 말을 끊고 끼어든 할머니는 땅바닥을 손바닥으로 치며 탄식했다.

"그럼 아드님이 알코올 중독 치료를 받게 하는 건 어떠세요?"

"그거야…… 혀 봤지. 둘째 아가 지 성을 구슬려 보겠다고 꺼냈다가……. 에그, 헐려면 진작 혔어."

"아……. 그럼 경찰 도움을 받아 보시는 건 어떠세요?"

"경찰 총각, 거 땜시 온 거여? 아서. 감빵 댕겨왔다 허먼 더 지랄이여. 접때도 파출소에 댕겨와서는……. 야 봐? 이렇게 맹글어 버렸잖여. 아이고."

"안 된다, 그거. 우리 남편 좋은 사람이다."

"며느님, 교도소나 구치소에 넣자는 게 아니고요. 강제 입원시켜 치료하는 방법이 있어요."

"안 됩니다!"

"얼레, 인자 오냐? 경찰 총각, 야가 둘째여."

할머니와 대화하는 사이 어느 샌가 작은아들이 집에 들어와 있었다. 남 순경은 자리에서 일어나 그에게 손을 내밀며 악수를 청했다.

"안녕하세요. 남시보 순경이라고 합니다. 저번에……."

"안 됩니다, 강제 입원은. 형수님도 원하지 않으실 겁니다."

작은아들은 남 순경이 건넨 악수를 무시하고 부릅뜬 눈으로 엄중하게 말했다.

"아니……. 저기, 형수님 얼굴을 보고도 지금 그 말이 나오십니까?"

"아무것도 모르면서 함부로 말하지 말아요. 아무리 경찰이라도 남의 집 일에 감 놔라 배 놔라 할 자격 없잖습니까?"

"야아, 왜 그려? 경찰 총각헌테……. 경찰 총각, 우리 아가 원래 이러지 않은디……."

"그만 가 주시죠, 남시보 순경님."

"아……. 이러지 마시고 생각해 보세요. 아드님 말씀도 맞습니다. 제가 모르고 하는 말일 수 있습니다. 하지만 이렇게 방치했다가는 문제가 더 커질 수 있어서 그래요."

"그만 가라니까요!"

작은아들은 버럭 화를 내며 손가락으로 현관 방향을 가리켰다.

"네, 그러죠. 그래도 계속 형님이 형수님한테 폭력을 휘두르면 신고는 하십시오. 아니면 저에게라도 꼭 도움을 청하시고요. 이거 받으세요. 제 연락처입니다. 마음 바뀌시면 언제든 연락 주셔도 됩니다."

"얼레, 워쩐댜? 경찰 총각, 거기 즈나하면……."

"어머니! 경찰이 무슨 도움이 된다고 자꾸 이러세요. 더 화만 키운다고요. 제발, 내가 알아서 한다고, 제바알!"

작은아들은 할머니를 타이르듯 말하다, 점점 감정이 격해져 끝내 소리를 내질렀다.

"그려, 그려. 알았으니께 진정혀."

"이제 다시는 오지 말아요."

"아……. 네. 그럼 시간 내주셔서 감사합니다. 가 보겠습니다."

남 순경은 그대로 집을 나서려다 다시 몸을 돌렸다.

"저기, 아드님."

"……."

"경찰을 못 믿으시는 것 같아 말씀드리는데요. 경찰이 아니었어도 도와드렸을 겁니다. 명함 버리지 마시고, 마음 바뀌시면 연락 주세요. 비극으로 가는 건 막아야 하지 않겠습니까? 그끝이 보이는데 말이죠. 아드님도 모르지 않으실 겁니다. 그 전에 제 도움이 필요하시면 꼭 연락 주세요."

"⋯⋯."

"할머니 이만 가 보겠습니다. 미숫가루 잘 마시고 갑니다."

"경찰 총⋯⋯."

"어서 가세요."

남 순경은 좀 더 설득해 보고 싶었지만, 작은아들의 완강한 태도에 뒤돌아 나올 수밖에 없었다. 바깥 공기를 맡으니 작은 한숨이 새어 나왔다. 그리고 이 가정에 무슨 사연이 있는 것인지 궁금해졌다. 저렇게까지 형에 대한 도움을 거절하는 이유가 도대체 뭘까. 그래도 작은아들을 잘만 설득한다면 이번에도 잘 해결될 것이라고, 남 순경은 스스로를 다독이며 창살 같은 대문을 닫았다.

"채이돈 의원이 이 모든 걸 지시한 주모자가 아니라는 말씀이세요?"

"최 형사, 뭘 그렇게 자꾸 물어? 그래, 아니라고. 채 의원은 그정도 깜냥이 못 되는 위인이야. 그랬으면 자기 아들에게 부탁하러 찾아갔겠어? 채 의원은 단지 그 사교 파티 멤버가 되고 싶었던 거야. 그래서 관련 정보를 수집하고 빈틈을 찾으려 했던 거지. 한자리 꿰차고 싶었으니까. 지인을 통해 핵심 멤버들에게 뇌물까지 썼고. 하지만 그게 지금은 아킬레스건이 된 거야. 아마 지금 무서워서 집 밖으로 나오지도 못하고 있을걸?”

“맞아요. 요 며칠 두문불출한다는 보고가 있었습니다.”

“최 형사님, 누구한테 보고를……”

“그건 비밀. 내 정보통까지 알려 하지 마.”

“에? 최 형사님도 정보통입니까?”

“좀 더 밀착해서 지켜보라고 해. 누가 출입하는지도 꼼꼼히 살피라 하고.”

“네, 팀장님.”

쭉 얘기를 듣던 한 검사가 입을 열었다.

“이 모든 걸 뒤에서 조종하는 곳이 BH라 보시는 건가요?”

“아닙니다, 검사님. 그리고 정확히 전 BH라고 하셔야죠. 이 친구가 오해합니다.”

민 경정은 손으로 안 경위를 가리켰다.

“그러네요. 전 정권이죠.”

“아닙니다, 팀장님. 저도 그 정도는 바로 이해합니다. 자꾸 저를……”

“그럼 누구라고 보시나요?”

한 검사는 안 경위의 말을 끊고 민 경정에게 물었다. 안 경위는 입술을 삐죽 내밀며 한 검사를 쳐다보다, 다시 민 경정을 바라보았다.

"사고 파티 주최자가 아닐까, 추측해 볼 뿐입니다. 정권이 바뀌어도 변함없이 사교 파티는 있었으니까요."

최 경위는 깜짝 놀라며 말했다.

"그게 무슨 말씀이세요? 그럼 지금도 사교 파티가 계속 열리고 있다는 말씀입니까?"

"그런 것 같아. 하지만 이민지 양 사건 이후로 잠잠해진 거지."

"그걸 어떻게 확신하시죠?"

"확신까지는 아니지만 채이돈 의원과 관련 인사들을 계속 주목한 바로는 그렇습니다, 검사님."

"그럼 사교 파티 주최자가 누구라고 생각하시나요?"

"누군가가 아니라 어떤 조직인가라고 해야 맞을 것 같습니다. 하지만 아직 관련해서 나온 물증이 별로 없어서 말입니다. 바로 단정 짓기는 무리가 있습니다."

"아……. 그래요. 단지 BH는 아니다. 그 정도군요. 그렇죠?"

"그렇습니다, 검사님."

"팀장님, 물증이 별로 없다는 건 뭔가 찾은 게 있다는 말씀 아닙니까? 그렇죠?"

"그래. 맞아, 안 형사. 이필석 의원이 사교 파티에 유흥업소 여성들을 주선했던 것으로 보여. 거기에 이민지 양도……."

"팀장님, 민지 양은 대학생이었습니다. 유흥업소에……."

"이필석 의원에게 속아서 그 자리에 가게 된 거야."

"뭐라고요? 사교 파티에요? 어떻게 저도 모르는 걸……."

최 경위는 서운하다는 표정으로 민 경정을 바라보았다.

"미안해. 사교 파티 관련 수사는 비밀리에 혼자 진행하고 있었어. 혹시 조사하고 있다는 게 내부에 알려지면 그들이 눈치 채고 손을 쓸 거라 판단했거든."

"실체도 모르는 조직이 손을 쓸 거라 생각하셨다고요? 아무리 그래도 저한테는……."

"최 형사, 미안해. 이유가 있었어. 차차……."

"그러니까 그게 뭐냐고요?"

"최우철 경위님, 이유가 있으셨다잖아요. 계속 들어 보시죠."

최 경위가 민감하게 반응하자 한 검사가 상황을 중재하듯 말했다.

"그래, 최 형사. 채비로와 김범진이 자신의 비리를 감추기 위해 연우와 우식이를 죽인 거로 알고 있었을 거야. 나도 처음엔 그렇게 봤으니까. 하지만 아니었어. 사교 파티를 섣불리 수사하다 그들이 알아챈 게 원인이었어……. 사교 파티 관련 증거를 수집하다 살해당한 거라고."

"팀장님, 잠시만요. 그게 무슨 말씀이세요?"

채비로와 김범진이 자신들의 비리를 덮기 위해 형을 죽인 줄로만 알고 있던 최 경위는 당혹스러웠다. 머릿속이 복잡한 탓에 뭐라 더 자세히 물어보지도 못했다.

"그래서 제가 검찰에 송치됐던 증거물 중 사교 파티 관련 자료를 봤는지 확인하신 거군요?"

"맞습니다, 검사님. 그때 좀 더 관련 자료들을 살펴봤어야 했는데, 사건이 너무 빨리 검찰로 송치되는 바람에 제대로 검토도 해 보지 못했습니다."

"맞아요. 생각보다 진행이 빨랐죠. 그럼 대체 자료는 누가 훼손한 걸까요? 사교 파티 관련 증거 자체가 중간에 사라진 거잖아요. 그렇죠?"

"그렇게 봐야죠. 증거물이 훼손된 사실을 알고 처음엔 서장님이 연관되어 있을 거라 의심했었습니다. 근데 아니더군요. 서장님은 전혀 모르고 계셨습니다."

"그걸 어떻게 확신하시죠?"

"왜냐하면…… 서장님이 절 지켜 주셨기 때문입니다, 검사님."

민 경정의 말에 안 경위가 놀란 표정으로 물었다.

"예? 누구로부터 말입니까?"

"그거야 나도 정확히 모르지. 그 당시 증거물을 확보하고 제출한 담당 형사가 누구인지 보고하라는 상부 지시가 있었나봐. 근데 서장님은 최우식 형사 집에서 발견된 것으로 보고했던 거야. 만약 내가 취득해서 제출한 것으로 보고됐다면……내가 타깃이 됐었을 수도 있었겠지."

"하지만 서장님도 팀장님인 줄 모르고 보고한 것일 수 있잖아요?"

잠시 딴 생각에 빠져 있던 최 경위가 불쑥 이의를 제기했다.

"아니야. 따로 불러 심상치 않다고 하시면서 난 빠져 있으라고 하셨어."

"그럼 동작 경찰서 서장님도 다 알고 계시는 겁니까? 우리가……."

"최 형사님, 지금은 서장님이 아니라 특수본 본부장님이십니다."

"뭐? 그럼 지금 우리 과장님이시잖아."

"그래, 맞아. 날 광역 수사대 팀장 자리에 앉힌 분도 과장님이시고. 하지만 거기까지만이야. 이번 연쇄 살인사건과도 무관해. 그 사건 이후론 나 혼자 움직였으니 과장님도 내막은 잘 모르셔. 이제 좀 이해가 돼?"

최 경위의 얼굴엔 어느새 서운함 대신 진지함이 자리 잡고 있었다.

"네, 팀장님. 무슨 말씀이신지 알겠어요. 그럼 그때 확인한 증거는 사교 파티 외에 더 없는 거죠?"

"아니, 더 있어."

"그게 뭔가요?"

한 검사가 마치 사냥감을 발견한 듯 날카로워진 목소리로 물었다.

"'다크킹덤'입니다."

"다크킹덤이요?"

"처음 그 단어를 봤을 때 뭔지 정확히 몰랐습니다. 영화 제목인가 싶기도 했고요. 채이돈 의원이 다크킹덤 옆에 물음표를 여러 번 써 놓았더군요. 자기도 그게 뭔지 궁금했나 봅니다. 다크킹덤 글자 아래로는 최고 권력자들이 서열별로 나열되어 있었습니다. 하지만 최상단엔 물음표뿐이었죠."

"그게 무슨 말씀이세요? 그걸 어디서 보신 거예요, 팀장님?"

"자네 형, 최우식 형사가 남긴 증거물에서 봤어. 연우가 찾아낸 증거물이었겠지."

"당시 BH에서 작성한 것일 수 있지 않을까요?"

"아니요. VIP와 주요 공직자들도 아래에 있었습니다. 공직자뿐만이 아니었습니다. 정재계 인사를 통틀어 나열되어 있던 것으로 기억합니다. 분명 그들 뒤에 숨은 권력자가 있는 겁니다. 그 숨은 권력자를 다크킹덤이라 부르는 것이고요."

"다크킹덤에 대해 조사는 해 보셨나요?"

"다크킹덤이라는 명칭을 대놓고 조사할 수는 없었습니다. 내사를 하더라도 다크킹덤이라는 명칭을 내미는 순간, 그들을 쫓고 있다는 사실이 노출될 수 있어 조심스러웠습니다. 그래서 미리 말씀드리지 못하고 이제야 밝히게 된 겁니다."

"그렇군요. 그럼 명단에 있던 정재계 인사들에 대해서는요?"

"명단에는 인사들 성명이 기재되어 있지 않았습니다. 정부 부처명만 기재되어 있었고, 정재계 인사들도 마찬가지로 실명을 확인할 수 없었습니다."

"아니면, 팀장님. 그들이 다 다크킹덤이라는 사조직 일원은 아닐까요? BH를 포함한 정재계 주요 인사들이 말이죠."

"그럴 수도 있겠지. 실체를 명확히 단정 지을 수는 없지만 조직일 가능성이 높아. 누가 만든 조직이며 구성원이 누구인지 알 수 없다는 게 문제지. 하지만 이필석 의원 사건을 잘 들여다보면 조직적으로 일사불란하게 움직이고 있다는 건 알 수 있어. 최 형사는 물론 알 거고……. 검사님도 민지 양이 성폭행

당하고 성 접대를 강요받았다는 사실을 알고 계실 겁니다."

"네, 알고 있죠."

"그 사건의 발단은 사교 파티였습니다. 채이돈 의원이 이필석 의원에게 접근한 것도 사교 파티 때문이었을 겁니다. 채 의원 목적이 사교 파티에 참석하려 했던 것인지, 아니면 다크킹덤 존재를 알고 연줄을 대기 위함인지는 정확히 모르겠습니다. 다만 분명한 것은 사교 파티가 그전부터 계속 이어져 왔고, 그곳에서 이필석 의원이 어떠한 역할을 했다는 겁니다."

민 경정은 잠시 말을 끊고 그들을 차례로 바라보았다. 그들은 민 경정의 한마디 한마디를 집중하며 듣고 있다, 눈이 마주치자 다들 멀뚱히 쳐다보기만 했다.

"그건 바로, 성매매 여성을 공급하는 역할이었습니다. 보통은 유흥업소 여성을 사교 파티에 주선했지만, 가끔씩 이민지 양 같은 대학생들을 직접 데리고 간 것으로 보입니다. 그래, 최 형사. 이필석 의원이 민지 양을 성폭행하고 사교 파티에서 성 접대를 강요했던 거야. 최 형사는 민지 양이 녹음한 음성 파일을 들어 알고 있겠지."

"알죠. 하지만 사교 파티에 대한 얘기는 전혀 없었습니다. 팀장님도 그건 알고 계시잖아요."

"그렇지. 알아. 전혀 언급되지 않았지. 그래서 단순히 이필석 의원을 성범죄로만 생각했고, 민지 양의 자살도 자신의 억울함을 호소하기 위한 것이라고만 생각했어. 하지만 아니야. 민지 양은 사교 파티와 관련된 뭔가를 알고 있었어."

"알고 있었다면 유서나 증거물에 그와 관련된 내용이 있어야 하는 게 맞잖아요?"

"그래, 그래야 맞지. 근데 정작 증거물에는 사고 파티에 관련해서 아무 것도 없었던 거야. 이상하지 않아?"

안 경위는 민 경정의 말에 일리가 있다고 생각했는지 고개를 끄덕였다.

"그러게 말입니다. 듣고 보니 그런 것 같습니다. 팀장님, 그래서요? 그 다음은 뭡니까?"

"민지 양은 자살이 아니라 타살이야."

"네? 타살이요?"

최 경위는 깜짝 놀라 민 경정에게 되물었다. 반면 한 검사는 변화 없이 침착한 표정으로 의문을 던졌다.

"무슨 근거로 그런 말씀을 하시는 거죠?"

"그러니까요. 민지 양 유서도 나왔고, 이필석 의원이 성 접대를 강요했다는 음성 녹음 증거도 있었다고요. 타살이라면 그런 증거들도 없었어야 맞죠."

"최 형사, 잘 생각해 봐. 자살이라면 증거물이 현장에 모두 있었어야 했어. 아니면 남자 친구에게 모두 남겼어야 했다고. 안 그래? 그런데 일부는 현장에 남기고 또 일부는 남자 친구에게 남겼다? 게다가 남긴 것들은 별다른 효력도 없는 증거들뿐이었다고. 단지 이필석 의원의 성 접대 혐의 정도만 입증할 수 있는 증거였지. 이게 말이 돼? 정말 이상하지 않아? 자살할 친구가 증거물을 따로 또 남길 이유가 없잖아."

"그럴 수 있죠. 경찰도 못 믿겠으니 만약을 대비해서······."

"아니. 어쩌면 다크킹덤이 이필석 의원에게 보내는 경고 메시지는 아니었을까?"

"경고 메시지요? 그들이 이필석 의원에게 경고를 했다는 말씀이세요?"

"민지 양은 사교 파티에서 무슨 일이 벌어지고 있는지 알고 있었던 거야. 혹시 민지 양이 다크킹덤과 관련된 증거를 가지고 있었던 것은 아니었을까? 그래서 그들이 이필석 의원에게 그 책임을 물은 거라면 말이야."

"법으로 처벌받게 하려 했는데 무죄가 선고되니 죽였다는 말씀을 하고 싶으신 건가요?"

"팀장님, 검사님 말씀이 맞나요? 왜요? 실형을 받는다고 해도 사형까지 받지 않을 게 뻔했는데요. 유죄 판결을 받았다 해도 많아야 고작 5년 정도 징역형을 받았을 겁니다. 그 정도 벌을 주려고 했다가, 자살로 위장해 죽였다? 앞뒤가 좀 안 맞지 않나요?"

안 경위도 최 경위 말에 동의하듯 고개를 끄덕이며 말했다.

"네, 저도 최우철 형사 말에 동의합니다."

"그러니 이상하잖아······. 굳이 왜 죽였을까?"

"도통 무슨 말씀을 하시는지 모르겠습니다."

안 경위는 심각한 표정으로 민 경정과 최 경위를 번갈아 보았다.

"안 형사 잘 들어. 검사님도 잘 생각해 보십시오. 처음 채이돈 의원을 통해 사고 파티 실체가 외부에 노출되자, 최우식과 이연우 형사를 살해해 그 싹을 잘라 냈습니다. 물론 그의 아들 채비로와 김범진이 주도했고, 자신들의 비리를 숨기고자 했던 것과 맞아떨어졌죠. 하지만 그들을 뒤에서 조종한 것은 채이돈 의원이 아니라, 사고 파티를 주최한 다크킹덤이었던 겁니다. 그런데 또다시 이민지 양에 의해 사고 파티 실체가 외부에 노출되었던 거죠. 그래서 다크킹덤은 민지 양을 살해하는 것으로 이필석 의원에게 책임을 묻겠다는 경고 메시지를 보낸 겁니다. 하지만 민지 양 남자 친구가 물증을 갖고 있다는 사실을 뒤늦게……."

한 검사는 짚고 넘어갈 필요가 있다는 듯 눈을 한 번 질끈 감았다 뜨며 말했다.

"잠깐만요, 팀장님. 지금 말씀하시는 건 추측을 해 보시는 거죠?"

"아닙니다. 채이돈 의원과 관련된 사건은 일부 입증된 사실입니다."

"훼손되었다는 그 증거물에 관련 자료가 있었던 건가요?"

"맞습니다. 단지, 이필석 의원 사건은 검사님 말씀대로 합리적 추론을 통해 가정해 본 겁니다. 아직 결정적인 증거는 찾지 못했지만…… 검사님도 조 검사 죽음과 사고 파티를 연관해 말씀하시지 않았습니까?"

안 경위는 놀란 눈으로 한 검사를 바라보며 물었다.

"그럼 검사님은 알고 계셨던 겁니까?"

"네, 검찰 내에 소리 소문 없이 떠돌던 얘기였어요. 고위 공직자들이 사교 파티에서 성 접대를 받고 마약 파티를 즐긴다는 정도였죠. 사교 파티 명단이 존재한다는 소문까지요. 그러다 조 검사 죽음이 사고가 아니라 타살이라는 얘기가 돌면서 다시 그 사교 파티에 대한 소문이 수면 위로 올라온 거예요. 저도 다크킹덤은 오늘 처음 들었어요."

"왜죠? 조 검사랑 무슨 관계가 있었던 겁니까?"

"사실 조 검사가 사교 파티 관련 소문을 파헤치고 다녔거든요. 그건 일부 검사들만 알고 있던 사실이었어요."

"네? 전 처음 듣는 얘긴데요. 팀장님은 알고 계셨어요?"

"어, 최 형사. 나도 검사님께 듣고 알았어."

"부장 검사로 승진하고 본격적으로 사교 파티에 대해 수사를 착수하려 했었나 봐요. 큰 건이라 생각했겠죠."

"조 검사는 수원 지검에 있지 않았습니까? 어떻게 이 사실을 알고 있었을까요?"

"아마, 이필석 의원 사건을 맡았을 때 소스를 얻은 게 아닐까 싶어요. 팀장님 말씀대로 채이돈 의원과 이필석 의원 사건까지 연관돼 있었다면요. 그리고 검사들 사이에서 오프 더 레코드라지만, 다른 지검 검사들에게 이미 어느 정도 퍼져 있었을 거예요."

"그럼 조 검사가 이필석 의원 사건에서 뭔가 관련 증거를 확보했다고 보시는 건가요?"

"네, 제 생각에는요. 그런데 팀장님, 다크킹덤이라는 숨은 권력자가 정말 존재하는 걸까요?"

"이제 그 실체를 쫓아야죠. 그래서 이렇게 모인 게 아니겠습니까?"

한 검사는 잠시 생각을 정리한 뒤 다시 입을 열었다.

"다크킹덤이 이필석 의원에게 민지 양을 본보기로 경고 메시지를 보냈다고 하셨잖아요. 그런데 그 남자 친구가 다크킹덤과 관련된 증거를 갖고 있었다는 걸 알고, 그 친구와 이필석 의원을 모두 자살로 위장해 죽였다는 말씀……. 추론이시죠? 합리적 추론이요."

민 경정은 옅은 미소를 지어보이며 한 검사에게 말했다.

"네, 추론입니다. 하지만, 이민지와 여남구 두 사람의 죽음에 미심쩍은 것이 한두 개가 아니었습니다. 그리고 무죄 판결을 받고 자유의 몸이 된 이필석 의원이 갑자기 자살을 했다는 것도 뭔가 석연치 않은 건 사실이지 않습니까? 거기에 이대우 대법관과 조덕삼 검사, 그리고 김범진까지 죽었다는 게 모두 우연히 벌어진 사고로만 보기에는 쉽게 납득이 가지 않아서 말입니다."

"그렇긴 하죠. 만약 팀장님 말씀대로 그 추론이 맞는다면…… 이번 건은 보통 사건이 아니에요. 이런 엄청난 짓을 벌인 사람인지 조직인지도 모르는 정체를 고작 우리 몇 사람이 수사한다고 잡을 수 있을까요? 아니, 정체를 밝힐 수나 있을까요?"

"맞습니다, 검사님. 우리가 수사하기엔 수적으로 많이 부족합니다. 하지만 꼬리만 잡으면…… 아니, 다크킹덤의 정체를 밝혀낼 수 있는 증거만 찾는다면, 우리가 아니라 경찰 전체가 움직일 수 있을 겁니다. 물론 검찰도 마찬가지겠죠. 여론을 어떻게 만들어 가느냐가 이번 사건 해결에 가장 중요할 포인트가 될 겁니다."

안 경위가 걱정스러운 목소리로 말했다.

"괜찮겠습니까? 고위 공직자면 경찰 내부에도 눈과 귀가 많을 것 같은데 말입니다."

"그래, 많을 거야. 누가 아군인지 적군인지 피아 구분이 어려워. 그래서 믿을 만한 사람들만 이번 건에 합류시킨 거야. 그리고 최대한 수사에 신중을 기해야 할 거고."

"그래서 이런 곳에서 따로 모인 거고요?"

"그렇지. 검사님, 많이 불편하시죠? 당분간 양해 좀 해 주십시오. 첫발만 제대로 내딛는다면 그 끝에는 여기 있는 사람뿐만 아니라 더 많은 우군이 함께할 겁니다. 그러니 처음부터 조바심 갖지 마시고 잘 만들어 가시죠."

"무슨 말씀인지 알겠어요. 그럴게요, 팀장님."

"감사합니다. 그럼 수사 계획을 논의해 볼까요?"

안 경위는 잠시 말없이 고민에 잠겨 있었다. 어쩌면 사건과 관련된 일일지도 모르겠지만, 그렇다고 이렇게 얘기해도 괜찮을까 판단이 서지 않았다. 하지만 여기서 더 늦어지면 얘기를 꺼낼 타이밍을 놓칠 수도 있겠다는 생각에 어렵게 말문을 열었다.

"저기, 팀장님."

"어, 안 형사."

"저…… 이번 사건과 관련된 것 같기도 해서 그런데……."

"그래, 말해 봐. 뭔데 그래?"

안 경위는 머뭇거리다 대답했다.

"사실 어제 말입니다. 남시보 순경이 시체 환영을 봤습니다."

"그게 이번 사건과 무슨 연관이 있다는 거야?"

"그게…… 국회의원이었습니다."

"국회의원? 누구? 누군지 아는 거야?"

"네, 서민주 의원이라고……."

"뭐? 서민주 의원? 확실해?"

앉아 있던 최 경위가 벌떡 일어나, 눈을 크게 부릅뜨며 안 경위를 바라보았다.

"네? 네. 사실 남 순경이 당분간 비밀로 하자고 해서……."

"어디야? 어디서 봤어!"

최 경위는 안 경위의 어깨를 잡고 흔들며 다그쳤다.

"최 형사님, 왜 이러십니까? 그게…… 그곳이……."

"말하지 마, 안 형사!"

안 경위는 민 경정을 힐끔 쳐다보며 입을 꽉 다물었다.

"왜요, 팀장님? 어서 말해 봐, 안 형사."

"최 형사, 진정해. 남 순경이 비밀로 하자고 했으면 무슨 이유가 있었을 거야. 그게 무슨 이유인지도 감이 오고 말이야."

"이유라니요? 그게 뭡니까? 팀장님."

제8화

말 못 할 사연

"저기, 작은아드님."

남 순경은 할머니 집 앞에서 작은아들이 나오기만을 기다리고 있었다. 점심 식사를 마치고 나오는 그를 발견하고 말을 걸었지만, 그는 남 순경을 무시하고 앞질러 갔다. 남 순경은 그를 뒤 따라가며 다시 말을 걸었다.

"작은아드님, 잠깐만요."

"안 갔어요? 난 할 말 없는데."

"잠깐 시간 좀 내주시죠."

"할 말 없다니까! 다시 말하지만, 남의 가정사에 쓸데없이 참견 말아요."

"참견이라고 생각하셔도 어쩔 수 없습니다. 아시잖아요? 요즘 가정 폭력으로 살인사건이 자주 일어나는 거요. 이러다 정말 형수님이 위험할 수 있어서 말씀드리는 겁니다."

"뭐요?"

그는 남 순경을 노려보며 화를 내면서도 걸음을 멈추지 않았다.

　"무슨 속사정이 있는지 몰라도, 형수님이 저 지경이 되도록 왜 방관만 하고 계시는 겁니까? 그게 정말 형을 위하는 거라고 생각하세요? 저러다 형이 진짜 범죄자가 될 수도 있다는 걸 모르시는 겁니까? 아니면 알면서도 방관하시는 겁니까?"

　남 순경의 목소리가 점점 커지며 격앙되자, 그는 잠시 걸음을 멈춰 남 순경을 힐끗 째려보다가 걸음을 옮겼다.

　"형수님도 원하지 않으세요. 그러니 그만 가 줘요."

　"그건 알고 있습니다. 그러니 형수님을 설득해야죠. 계속 이렇게……."

　"그럴 만한 이유가 있어요. 그러니 그만 가 줘요. 아무리 떠들어 봐야 소용없으니."

　"이유요? 무슨 이유인지 말씀해 주시면 제가 형수님을 설득해 보겠습니다."

　"말 못 합니다. 아, 형수님한테 물어봐도 말 안 할 거니까, 괜히 형수님 괴롭히지 말아요."

　"작은아드님은 아시죠? 그렇죠? 말씀해 주세요. 제가 형수님을 꼭 설득하겠습니다."

　"아이, 진짜 시끄럽네! 그만 가요. 장사하러 가야 한다고!"

　"무슨 이유인지 모르겠지만 생각이 바뀌시면 꼭 연락 주십시오."

　"참…… 알았으니 그만 가죠. 어디까지 따라올 겁니까?"

"아니, 저도 이 길로 가야 해서."

"그럼 먼저 앞서가요. 그거 참 귀찮게 하네."

"네, 꼭 연락 주십시오. 형님과 형수님을 생각해서라도 꼭이요. 네?"

"거 알았다니까. 가 봐요, 이제 좀."

"그럼 먼저 가 보겠습니다."

남 순경은 꾸벅 인사하고 작은아들을 앞질러 갔다. 그리고 뒤돌아서서 꼭 연락 달라고 한 번 더 부탁했다. 그는 그런 남 순경을 물끄러미 쳐다보다, 옆 골목으로 들어서 버렸다. 남 순경은 어떤 방법으로 그녀를 구해야 할지 길이 보이지 않아 막막했다. 그때 휴대폰 벨이 울렸다.

"네, 팀장님."

"시보야, 지금 어디냐?"

"왜요? 무슨 일 있으세요?"

"어? 아니…… 잘 쉬고 있나 해서. 오늘 간만에 술 한잔할까?"

"술이요? 괜찮을까요? 아직 수사 중이잖아요. 술은…….."

"자식, 경찰 되더니 사람 됐네. 그건 걱정 말고."

"아니, 걱정이 아니라 도의적으로…….."

"시끄럽고, 내가 네 집으로 갈 테니까 집에서 마시자."

"저희 집이요? 좀 지저분한데……. 형님만 오시는 거죠?"

"그럼 나만 가지. 또 누구 부를까? 한서율 검사님?"

"에? 검사님이요?"

"아니야? 그럼 박민희 형사?"

"아이, 정말……. 그만 놀리시고 혼자 오세요, 혼자. 언제 오실 거예요?"

"저녁에 전화하고 갈 테니까 집 청소 좀 하고 대기해."

"네, 그럼 술이랑 안주는 팀장님이 사 오실 거죠?"

"뭐? 아…… 자식, 알았어."

"네. 하하. 그럼 저녁에 뵐게요."

"나 형사님, 언제까지 여기서 대기해요?"

"뭐가 언제까지야?"

"그럼 그냥 무작정 여기서 기다려요?"

"왜? 잠복 안 해 봤어?"

"잠복이요? 아……. 사실 처음이에요."

박 순경은 어색한 웃음을 지으며 머리카락을 매만졌다.

"정말? 뭐야! 2년 차 아니야?"

"모르셨어요? 저 서류만 만지다 온 거요."

"아, 맞다. 그랬지. 깜박했네. 그럼 이번에 제대로 배워. 잠복은 이렇게 하는 거야."

"넵! ……근데 저도 의자에 오랫동안 앉아서 일하지만 이렇게 차 안에 앉아 있으려니 미치겠네요. 잠깐만 밖……."

"뭐야, 얼마나 됐다고 벌써부터 엄살이야?"

"4시간째 이렇게 앉아 있었는데요?"

"에이, 이 정도는 껌이지. 조용히 좀 해. 집중할 수가 없잖아."

"언제 집중을 하셨다고. 잠자고 계셨던 거 아니에요?"

"내가 언제 자? 눈이 작아서 그렇게 보이는 거지. 한눈팔지 말고 잘 보기나 해! 언제 나타날지 모르니까."

"네에."

나 경사는 차 안을 여기저기 뒤적거리며 말했다.

"아, 배고프다. 내가 먹을 거 좀 사 올 테니까 두 눈 부릅뜨고 잘 보고 있어."

나 경사는 작은 눈을 힘껏 떠 보이며, 두 손가락을 눈앞으로 가져갔다 다시 정면을 가리켰다.

"먹고 싶은 거 있어?"

"음, 햄⋯⋯."

"오케이, 김밥 좋아! 금방 사 올게. 편의점이 어디에 있더라?"

"아니, 저⋯⋯."

철컥! 쿵!

"⋯⋯자기 마음대로 사 올 거면 물어보지나 말지. 치, 정말 성격 이상하다니까."

나 경사가 차에서 내리자, 박 순경은 푸념 섞인 말을 내뱉으며 크게 기지개를 켰다. 찌뿌둥했는지 상체를 좌우로 돌리며 몸을 풀다, 더는 못 참겠는지 잠시 차에서 내려 스트레칭을 했다.

그때였다. 차 한 대가 박 순경 옆을 지나 지켜보고 있던 집 대문 앞에 멈춰 섰다. 그러고는 멈춰 선 차 운전석에서 한 남자가 내리더니, 뒷좌석으로 빨리 뛰어가 문을 열었다. 뒷좌석에선

한 중년 신사가 내렸다.

박 순경은 몸을 옆으로 비스듬히 틀어 차에서 내린 사람들을 곁눈질로 힐끔힐끔 쳐다보았다. 어떻게 해야 할지 잠시 갈팡질팡하던 박 순경은 차 문을 열고 타려다 다시 닫았다. 그리고 옷 매무새를 정돈한 뒤 크게 숨을 들이쉬고 내쉬었다.

박 순경은 중년 신사가 있는 곳으로 다가가 인사를 건넸다.

"안녕하십니까?"

"……."

"이 집에 사십니까?"

"저한테 말씀하시죠. 누구십니까?"

운전석에서 내렸던 남자는 다시 운전석에 타려다, 급히 박 순경에게 달려와 앞을 가로막았다.

"아! 운전기사 아니셨어요? 비서신가요?"

"무슨 일로 그러시죠?"

"네, 국민 건강 보험 공단에서 요즘 정신 건강 관련해서 정신과 치료를 받고 계신 환자분들 대상으로 설문 조사차 나왔습니다. 여기 사시는……."

"뭐요? 지금 시간이 몇 신데 집까지 찾아와서 설문을 받습니까?"

"아……. 아니, 낮에 와 보니 집에 아무도 안 계셔서……."

"날 밝은 날 다시 오시죠. 지금은 많이 늦었으니. 그럼 사장님, 들어가십시오."

"음……. 그래."

"선생님, 잠시만요. 여기 혼자 사십니까? 아드님은 함께 살지 않으십니까?"

말없이 대문 안으로 들어가려던 중년 신사가 뒤돌아서서 박 순경을 바라보았다. 박 순경은 그에게 더 가까이 다가가려 했지만, 비서가 뻗은 팔에 가로막히고 말았다.

"저기 공무원, 말귀 참 못 알아 처먹네. 좋은 말 할 때 가라고. 응?"

"같이 안 사시나요? 여기에 주……."

"여기가 어디라고……. 시정하겠습니다, 사장님."

"아니야. 밤늦게까지 공무에 힘쓰시는 분 같은데……. 대접 좀 해드려요."

"네? 아, 네. 알겠습니다."

"공무원 양반, 노고가 많아. 이 친구에게 대접 잘 받고 가시게."

"저기, 선생님! 정말……."

사장이라는 사람은 너털웃음을 터뜨리며 대문 안으로 들어갔다. 비서는 박 순경 앞을 가로막으며 정장 상의 안에서 지갑을 꺼냈다.

"저랑 얘기하시죠. 사장님이 공무에 고생하는 공무원 나리 잘 모시라고 하시니……. 자! 받으세요."

"이게 뭡니까? 돈?"

"네, 돈입니다. 왜요? 부족합니까?"

비서는 두 눈을 내리깐 채 박 순경을 바라보며 말했다.

"공무원 아가씨, 오해하지 말아요. 밤늦게 고생하는 것 같아서 야식이라도 하라고 주는 거니까. 뇌물 그런 거 아니야. 대가성이 있어야 뇌물이지. 안 그래?"

"아니, 그……."

"그럼 나도 퇴근해야 해서. 수고해, 공무원 아가씨."

비서는 옅은 미소를 지으며 박 순경 손에 돈을 쥐여 주고 차에 올라탔다.

"에이, 아……. 아이, 이런……. 으으……."

박 순경은 손에 쥐어진 오만 원권 지폐를 힘껏 움켜쥐며 출발하는 차를 노려보았다. 분한 마음에 온몸을 부들부들 떨었다.

"어이! 박민희, 거기서 뭐 해?"

나 경사는 검은 봉투를 흔들어 보이며 박 순경을 불렀다.

"왜 그래? 무슨 일 있었어?"

"나 형사님, 방금 집으로 한 남자가 들어갔어요. 50대 중반 정도로 보였고요."

"그래? 걸어서 왔어?"

"아니요, 차 타고…… 아!"

"차 타고 왔어? 근데 차는 어디 있어?"

"비서가 있더라고요. 그 비서가 다시 몰고 갔어요."

"그래서? 차 번호는 확인했어?"

"아, 차 번호가……. 잠시만요. 기억해 볼게요."

"뭐? 아이, 차 번호도 확인 못 한 거야? 그것도 안 보고 뭐했어? 바로바로 확인했어야지!"

"나 형사님, 아니에요. 대문 앞에 섰을 때 봤는데 그 차는 아니에요. 어휘! 못 본 줄 알았네⋯⋯. 네, 아무튼 아니에요."

"정말이지? 그럼 차주 얼굴은 봤어? 그때 본 그 사람이야?"

"아니에요. 중년 남성이었는데, 그 사람은 아니에요. 비서도 그때 본 눈빛은 아니었고요."

"그래. 그럼 뭐 좀 물어봤어? 이 집에 누가 살고 있는지 확인해 보고?"

"아니 그 사람들이⋯⋯."

"어! 손에 뭐야? 돈이네."

나 경사는 박 순경이 쥐고 있던 오만 원권 지폐를 슬며시 빼내, 양손으로 눌러 펴며 말했다.

"이건 무슨 돈이야? 왜 돈을 구겼어? 거참."

"아이! 그 비서라는 놈이 야식이라도 하라고⋯⋯. 열받아, 정말!"

"뭐? 정말? 야아, 어디 경찰한테 뇌물을⋯⋯. 뭐 했어? 그런 놈은 바로 현장에서 체포했어야지."

"네? 경찰이라고 안 했는데요?"

"그럼? 그냥 다짜고짜 물어본 거야?"

"아니요. 건강 관리 공단 공무원이라고 했죠. 정신과 치료 환자 대상으로 설문 조사하고 있다고⋯⋯."

"건강 관리 공단은 또 뭐야? 국민 건강 보험 공단 아니니?"

"아, 그렇죠. 그렇게 얘기했어요. 아으, 열받아 죽겠는데 나 형사님까지 이러실 거예요? 정말."

"알았어, 진정해. 성질은……. 내가 봤을 때 그 자식, 경찰인 줄 알고 일부러 그랬네. 백 퍼야, 백 퍼!"

"정말요?"

"그래. 이렇게 어설퍼서야. 그럼 아무것도 확인 못 한 거지? 그 대포 차량은 아니다, 그 정도?"

"네. 죄송해요, 나 형사님."

"됐다. 뭐, 나도 잘한 건 없으니. 기운 내. 기죽지 말고. 어찌 됐든 이 집에 사는 사람은 그 차주가 아니라는 거잖아. 집에 사는 사람도 있다는 거고. 그치?"

"그런 것 같아요."

"좀 더 지켜보자. 아! 아까 그 차는 빨리 차량 조회 요청해."

"아! 네."

캄캄한 거실에 불이 켜졌다. 중년 신사는 거실 소파에 앉아 담배를 꺼내 피웠다. 그때, 문이 열리는 소리와 함께 누군가 급히 계단으로 뛰어 내려오는 소리가 들렸다.

"아버지, 오셨어요?"

"……."

"어쩐 일로……."

"요즘 뭐 하고 다니는 거냐?"

"네? 무슨 말씀이신지……. 제가 뭘 하고 다니기는요. 나이트클럽 관리하고…… 뭐……."

"아직도 주사 맞아?"

"아니에요, 아버지. 그때 병원 갔다 오고 끊었잖아요. 아시면서 왜 그러세요?"

"그럼 가루 하냐?"

"아니, 아니라니까요. 믿어 주세요, 아버지."

"그런데 왜 집 앞에 경찰들이 얼쩡거리는 거냐?"

"경찰이요?"

"그것도 몰랐어?"

"아……. 아니……."

"그럼 알고 있었냐?"

"아니……. 아버지 그게……."

"솔직히 말 안 할 거냐? 또 어디가 부러져야 제대로 말할 거야?"

"아니요! 아빠! 아니……. 어…… 아, 아버지, 아니에요. 아니…… 저……."

젊은 사내는 온몸을 부르르 떨다, 황급히 무릎을 꿇으며 두 손 모아 빌었다. 그는 더듬거리며 간절히 말해 보지만 제대로 말조차 나오지 않았다.

"그래, 이제 솔직히 말해 볼 거냐?"

"어……. 아빠, 그게…… 저…… 으…… 죄, 죄송…… 해요."

"너, 약…… 했구나?"

"아, 아빠…… 아…… 죄송해요. 한 번만 요, 용서…… 해 주세요. 제, 제가 아…… 알아서 처, 처리할게요."

"네가 처리한다고? 어떻게? 어떻게 처리할 건지 들어나 보자."

"즈…… 증거 남지 않도록 뒤, 뒤처리 자…… 잘하겠습니다, 아버지. 그러니 너무 걱정 마세요."

"믿어도 되겠니?"

"네, 아버지!"

"시끄럽다! 당분간 쥐 죽은 듯이 있기나 해! 어설프게 설치지 말고. 알겠어?"

중년 신사가 버럭 화를 내자, 그는 납작 고개를 숙인 채 두 손을 싹싹 빌었다.

"네, 네. 아, 아버지…… 이 이번 한……."

"조용! 이번이 마지막이다. 네 뒤치다꺼리 이제 지겹다. 알아들었겠지?"

"네, 아, 아버지."

"차가 안 보이더라. 클럽에 두고 왔냐?"

"그…… 그게, 네."

"알았다. 쉬어라."

"네? 그냥 드, 들어가도……."

"경찰이 잠복하고 있어 다행인 줄 알아라. 오늘은 그냥 넘어가지만…… 휴우, 됐다. 눈앞에서 당장 사라져!"

"네, 네, 감사합니다, 아버지. 정말 감사합니다."

흐르는 눈물과 콧물을 닦아 낸 젊은 사내는 어느새 천진난

만한 어린아이의 얼굴이 되어, 방긋방긋 웃으며 위층으로 뛰듯
올라갔다.

·●

며느리 사망 D-3, 서 의원 사망 D-5

"안녕하세요, 할머니."

"또 왔네? 이리 아침 댓바람부터 무신 일이여?"

"큰아드님은 벌써 나가셨어요?"

"아이고, 우리 큰아는 어제 들어오지도 않였어. 근래 뭐 허고
댕기는지 집에도 잘 안 들어와."

"아……. 그래요. 작은아드님은요?"

"갸는 싸게 나갔지. 을마나 부지런헌디. 아휴, 우리 큰아도 참
부지런 혔는디……."

"그래요? 그럼 갑자기 변한 거예요?"

"몰러, 나도. 무신 일인지 말을 안 혀. 지 처를 막…… 아유,
말려도 봤는디 원체 힘이 시야 말이지. 그 후로 갸가 션찮아졌
어. 성제 우의도 을마나 좋았는디. 지 처헌테도 을마나 잘혀고.
귀신이 씌었는지…… 굿을 허자고 혔는디 갸가 말을 들어 묵
어야지. 작은 갸는 성헌테 아무 말도 못 혀고. 거…… 아이고,
나도 몰러."

"그럼 병원에 입원을 시키시는 건 어떠세요?"

"안 디야! 작은아가 안 딘다고 허면, 안 디는 거여!"

"작은아드님이 허락하면 동의하시는 거죠?"

"그라면…… 혀야지."

"네, 알겠습니다. 할머니는, 폐지 주우러 이렇게 일찍 나가시는 거예요?"

"이이, 째끔이라도 더 주서야지. 아이고, 경찰 총각 땜시 늦었구먼. 그려도 고마버. 요렇게 신경을 다 써 주고 말이여. 인자싸게 들어가아."

"네, 조심하세요. 무단 횡단하지 마시고요."

"이히히. 그려. 알었어, 경찰 총각."

남시보 순경은 수레를 끌고 가는 할머니를 물끄러미 바라보다, 남순할매 해장국집으로 발걸음을 옮겼다. 해장국집에 거의 도착할 쯤 민 경정에게 전화가 걸려 왔다.

"시보야, 어디야?"

"왜요, 형님?"

"왜요는 뭐가 왜요야? 서 의원 사건 현장에 가기로 했잖아."

"아! 그건 밤에 가기로 한 거 아니었어요? 제가 다시 전화드릴게요."

"뭐? 야, 나도 바빠. 아이, 자식. 밤에 가야 하는 거면 어제 말해 줬어야지."

"어제 말씀드렸는데…… 술 취하셨었어요?"

"언제? 못 들었는데……. 아, 알았어. 그래서 지금 어디야? 집에 없던데?"

"저희 집에 오셨어요? 저는 해장국 먹으러 왔는데요."

"뭐? 해장하러 갔어? 아이, 의리 없는 자식! 어디야? 같이 먹자."

"아니…… 아니요. 일이 있어서요. 이번엔 다른 분하고 해장하세요, 형님."

"이러기야? 남 순경, 무슨 일인데 그래? 혹시 또 그거야? 내가 도울 일은 없고?"

"어제 말씀드렸는데 기억 안 나시죠? 어제 똑같이 물어보셨거든요? 필요하면 부탁드릴게요. 그러니까 방해 마시고 다른 분이랑 해장이나 하러 가세요."

"아하하. 그랬냐? 알았다. 그럼 언제쯤 상황실에 올 수 있는데?"

"잘 풀리면 오후쯤 들어갈 수 있을 것 같아요."

"그래, 수고하고 도움 필요하면 언제든 전화해."

"네. 감사합니다, 형님."

어제 저녁, 남 순경과 민 경정은 집에서 함께 술을 마셨다.

"시보야, 고맙다. 네가 있어 얼마나 힘이 되는지 모른다. 알지?"

"뭐예요? 벌써 취하셨어?"

"에이, 겨우 이거 마시고 취했겠냐? 좋아서 그런다. 하하하."

"하실 말씀 있으셔서 오신 거 아니세요?"

"자식아, 술 좀 마시자. 내가 매번 그랬지만…… 그냥 넘어가도 되지 않냐? 아이, 자식은."

"헤헤, 알겠습니다. 술이나 마시죠."

"이번 연쇄 살인사건은 잘 해결될 것 같지? 네가 있으니 난 걱정 안 한다."

민 경정은 남 순경을 바라보다, 눈이 마주치자 슬쩍 시선을 피하며 웃어 보였다.

"제가 무슨 무당입니까? 예언자예요? 그걸 제가 어떻게 알아요. 잘 해결되겠죠, 운 좋으면."

"자식, 꼭 이런다. 매번 잘 했잖아. 왜 그래?"

"무슨 말을 하고 싶어서 이러실까? 많이 힘드세요, 요즘?"

"내가 뭐가 힘들어? 애들이 힘들지. 제대로 된 증거 하나 없는 상황에서 고생하는 애들 보면 미안하기도 하고, 피해자 유가족에게도 죄송스럽고……. 무엇보다 너한테 너무 큰 부담을 주는 것 같아…… 미안하다."

"취하셨네, 취하셨어. 형님, 술 그만 드셔야겠어요. 왜 그러세요? 형님이야말로 잘해 오셨잖아요. 이번도 잘 해결될……."

"자식아, 그래! 잘 해결할 거야! 미안한 건 미안한 거고, 부담은 부담이고. 다음 주부터 진짜 빡셀 거다. 알지? 그때 가서 투덜대지나 마. 새까만 순경 따위가 어디서 위로질이야! 나 술 안 취했어. 이 정도 가지고."

민 경정은 정색하는 얼굴로 대뜸 버럭 화를 냈다.

"알죠, 아닌 거. 아이, 갑자기 무섭게 왜 그러세요? 그럼 뭐에요? 무슨 얘기하시려고 오신 거예요?"

"자식, 눈치도 엄청 빨라졌네. 역시 경찰 체질이야, 체질."

"또 쉰 소리 하신다. 이제 그만 꺼내 보세요. 뭔데 그러세요?"

"뭐긴 뭐야? 안 형사한테 들었다."

"무슨…… 아, 국회의원 시체 말이군요."

"그래. 바로 나오네."

"당분간 비밀로 해 달라고 했는데……."

"그래. 그 얘기도 들었어. 안 형사가 일부러 그런 건 아니야. 말할 수밖에 없었던 일이 있었어. 뭔지 말할 순 없지만."

"그래요……. 그럼 서민주 의원 때문에 이렇게 찾아오신 거예요? 잘 아시는 분이세요?"

"내가 아니고, 우철이."

"그럼 최우철 형사도 이 사실을 아는 건가요?"

"응. 일단 너한테 아는 척하지 말라고는 했는데…… 아마 널 찾아올지도 몰라."

"아……. 큰일이네."

"괜찮아. 서 의원에게 말하지 말라고 신신당부를 해 놨으니까."

"그래요. 다행이네요. 근데, 그게 다예요? 형님도 신경 쓰이는 게 있으신 것 같은데."

"어어, 그거랑……. 아, 이 얘기 꺼내면 그때 일이 생각날 것 같아서 말이 좀 조심스럽다."

남 순경은 의아한 눈빛으로 민 경정을 바라보았다. 민 경정은 쉽게 말을 잇지 못하고 한참을 망설이다 입을 열었다.

"소담이 얘기야, 시보야."

"네? 소담 씨는…… 왜……."

민 경정이 강소담이라는 이름을 꺼내자, 남 순경의 동공이 세차게 흔들렸다.

"미안하다, 시보야. 가능하면 소담이 얘기는 꺼내지 않으려고 했는데……. 시간 끌수록 힘들 테니 빨리 말할게. 너도 알고 있었지? 나 때문에 소담이가 죽었다는 거."

"그게 무슨……"

"시체 보는 능력에 지켜야 할 규칙 같은 것이 있다고 했잖아. 그 규칙 중 하나가, 시체 당사자가 자신의 죽음을 알게 되면 처음 발견된 곳이 아닌 다른 곳에서 죽게 된다는 거고."

"네, 그래서 최우철 형사에게 신신당부하신 거 아니세요?"

"그래. 근데 시체 당사자에게 죽게 된다는 사실을 말하면, 말한 사람이 대신 죽게 된다는 것도 알고 있었어. 그동안 말 못 했지만 말이야."

"네? 그럼 형님은…… 다 알고 계셨어요?"

"추측했지. 네가 주변 지인들 중 그런 일이 있을 때마다 비밀로 하는 걸 보고, 그때 확신했다. 나 때문에 소담이가 죽었다는 걸 말이야. 만약 그때 소담이가 나에게 내 죽음을 알려 주지 않았다면 내가 죽고 소담이가 살아 있었겠지. 안 그래?"

"형님, 아니에요. 절 구하려다 죽은 거잖아요."

"시보야, 그랬으면 네가 소담이 시체를 미리 봤었겠지."

"그게…… 그렇지만……. 아! 제가 죽는다는 사실도 소담 씨가 알고 있었어요."

"그래? 그럼 고맙다고 할 줄 알았어? 차라리 나한테 말하고 풀지 그랬어. 혼자 끙끙거리면서 힘들어하지 말고. 언제까지…… 아니다, 미안해. 그 얘기는 그만하자."

"형님……. 그래요. 그만해요."

민 경정은 착잡한 듯 잠시 시선을 돌리다, 다시 남 순경을 바라보며 말했다.

"시보야, 아무튼 내가 말한 게 맞아? 그 규칙 확실한 거냐고."

"맞아요. 형님 말씀대로 그 규칙을 지키지 않아서 생명을 구하지 못했던 일이 있었어요. 그래서 그 후로 가능한 아무에게도 말하지 않고 혼자 해결해 왔고요."

"그래. 그런 것 같더라. 자식, 그래도 나한테는 말하지 그랬어? 난 네 도움도 많이 받았잖아. 그때라도……."

"아니에요. 그러다가 형님까지…… 소담 씨처럼 될까 봐……. 제 마음 이해하시죠?"

"알아. 아니까 더 마음이 쓰이는 거야. 이 자식아! 이제는 편하게 얘기해. 나 입 무거운 사람이야. 알잖아?"

"알죠. 그래서 이렇게 빙빙 돌려 가며 어렵게 말씀하시는 거잖아요?"

"내가 뭘 그렇게 빙빙 돌렸냐? 참……. 그리고 최 형사한테는 내가 알아듣게 얘기해 놨어. 그게 이해가 될지는 모르겠지만……."

"저기, 혹시 그 두 분이 사귀는 사이……."

"어? 음, 그런 사이까지인지는 모르겠고 신경 쓰이는 그런 사이라고 해야 하나?"

"아, 썸 타는 사이인가 보네요."

"썸? 아, 그래! 썸."

"네에. ……그래서 그랬나?"

"뭐가? 뭐가 그랬는데?"

"이제 형님도 알고 계시니 말씀드릴게요. 입 무겁다고 하셨죠?"

"그래, 엄청 무거워. 걱정 말고 어서 말해 봐. 뭐가 또 있는 거야?"

"사실 서 의원 시체를 본 그날 새벽에 강남 경찰서 주차장에서 또 다른 시체를 봤어요."

강남 경찰서 특수본 상황실에 한서율 검사가 다급히 뛰어 들어왔다. 급한 일이 있는 듯 들어오자마자 민 경정을 찾았지만, 나상남 경사와 박민희 순경은 눈만 껌벅거리며 한 검사를 바라볼 뿐이었다.

"뭘 그렇게 보세요? 팀장님은요?"

"저기…… 검사님, 머리……."

"네? 아! 이런, 내 정신 좀 봐. 에고!"

한 검사는 앞머리에 말려 있던 헤어 롤을 급히 풀어 주머니에 넣었다.

"팀장님은 어디 계세요? 누구랑 그렇게 전화하시는지 계속 통화 중이시던데요."

"아, 아침부터 일이 있으신 것 같더라고요. 일 보고 들어오신다고 하셨어요."

"그래요? 언제 오신다고는 말 없으셨어요?"

"네."

"아이, 이거 어쩌면 좋지. 혹시 어제 강남구 논현로 주택가에 탐문 수사 나갔나요?"

"네? 어제 저희……."

박 순경이 어제 일을 말하려고 하자, 뭔가 이상한 분위기를 감지한 나 경사가 급히 말을 끊고 끼어들었다.

"검사님, 무슨 일인데 그러십니까?"

"아니, 경찰이 민간인을 사찰한다고 민원이 들어왔어요."

"민원이요? 에이, 민원 가지고 뭘 그러십니까?"

"총장님께 다이렉트로 들어가서 문제죠. 지금이 어느 시대인데 사찰이냐고 한바탕 난리가 났다고요. 그럼 여기서 나간 건 아니죠?"

"저……."

"하하. 검사님, 지금이 어느 때인데 감히 민간인 사찰을……. 근데 그게…… 저희 특수본에서 나갔다고 하나요?"

"아뇨, 그것까진 모르는데 위에서 누군지 당장 찾아내라고 불호령이 떨어져서요. 강남 논현로라고 하니 혹시나 급히 달려와 봤죠. 팀장님은 아시나 하고요. 정말 우린 아니죠?"

"저기, 사실…… 보고드리려고 했는데 새벽이라 보고를 못 드렸…… 아니, 근데 대체 누구길래 검찰 총장님께 하루도 안 돼서 바로 보고가 올라간 겁니까?"

"올라간 게 아니라 바로 들어간 거라니까요. 정확히는 모르겠지만 보나마나 대기업 총수거나 정치인이겠죠. 지금 그게 중요한 게 아니…… 뭐예요? 혹시……."

"네, 저희가……."

"정말이에요? 무슨 일로요?"

"그게…… B지역 탐문 수사 대상자 명단 중에 신원 확인이 안 되는 집이 좀 수상해서 잠깐 잠복을…… 아니, 잠복이라기보다는 확인차……."

"수상하다고요? 확신할 수 있나요? 그 집에 거주하는 사람이 살인범일 가능성이 있냐는 말이에요?"

나는 민 팀장의 전화를 끊고 해장국집 안으로 들어갔다.

"어서 오시…… 아이, 또 무슨 일입니까?"

해장국집 작은아들은 내가 손님인 줄 알고 반갑게 인사하다, 눈이 마주치자 정색하며 말했다.

"해장국 먹으러 왔는데요. 안 되나요?"

"아······. 그래요. 여기 앉으세요."

"근데 형님은······."

"해장국 드시러 오신 거 맞으시죠?"

"그럼요. 겸사겸사. 하하."

"조용히 해장국이나 드시고 가세요."

도통 말이 안 통하는 작은아들을 무슨 수로 설득할 수 있을까? 이젠 정말 시간이 없었다. 반드시 큰아들을 격리시켜야 한다. 그래야 그의 부인이 산다.

"해장국 나왔습니다."

"저기, 아주머니."

"예, 뭐 더 필요하세요?"

"아니요. 혹시 여기 사장님 안 나오셨어요?"

"큰아들 말씀이세요?"

"아! 네."

"초저녁이나 돼야 나오는데. 나와도 돈이나······ 아니, 그렇다고요. 근데 왜요?"

"아, 아닙니다. 사장님 좀 잠깐 뵙고 가려고 했는데 안 계셔서 여쭤봤어요."

"예, 그럼 맛있게 드세요."

저녁에나 온다? 그럼 큰아들이 오기 전에 무슨 수를 쓰더라도 작은아들을 설득해야 했다. 그래야 큰아들을 만나 말이라도 붙일 수 있을 테니. 믿을지 모르겠지만, 그 방법밖엔 다른 수가 떠오르지 않았다.

숟가락으로 떠먹어 본 국물은 얼큰하고 감칠맛이 돌았다. 뼈다귀에 붙은 살코기는 입안에서 부드럽게 녹아 내렸고, 붉은 빛이 감도는 얼큰한 국물을 뚝배기 채로 들이마시니 속이 다 시원했다. 뚝배기 한 그릇을 깨끗이 비우고 나니, 숙취가 풀리고 머리도 맑아지는 듯한 기분이 들었다.

나는 작은아들의 위치를 곁눈질로 살피며 계산대로 다가갔다.

"여기 계산해 주세요."

"8,000원입니다."

"여기요. 작은아드님, 해장국 정말 맛있네요. 장사 잘되시겠어요?"

"예전엔 더 잘됐죠. 어머니가 운영하실 때는……"

"그래요? 근데 왜 어머님은 나오지 않으세요? 폐지 줍는 것보다 여기서……"

"저기요! 다 사정이 있어서 그런 거 아니겠어요. 신경 끄시고, 조심히 가세요."

나는 입술을 굳게 다물었다 떼며 말했다.

"작은아드님, 시간이 없어요. 제가 이렇게까지는 안 하려고 했는데 어쩔 수 없네요."

"그게 무슨 소리예요?"

"아드님께는 말씀드려야 할 것 같아서요. 아무에게도 말하면 안 되는 비밀이 하나 있거든요."

"비밀이요? 또 무슨 소리를 하려고 그래요?"

"여기서 말씀드리기는 그렇고요. 시간 좀 내주시면 말씀드릴게요. 안 들으시면 나중에 후회하십니다."

"후회? 됐어요! 소용없어요. 형님을 강제로 입원시키는 건 안 됩니다."

"아……. 정말, 제가 이런 말씀까지 드려야 하나 고민 많이 했습니다."

"대체 뭔데 그래요? 할 말 있으면 빨리하고 가요. 바쁘니까."

"여기는 곤란해서 그래요. 아주 잠깐만 시간 내주시면 됩니다."

"참……. 그래요. 정말 잠깐입니다?"

"네, 그럼 밖에서 얘기하시죠."

시간이 없다는 건 사실이었다. 이 이야기를 믿을진 모르겠지만, 최선이자 최후의 방법인 만큼 어쩔 수 없이 얘기하는 수밖에 없었다.

"저기서 얘기하죠."

작은아들은 건물들 사이의 외진 공간을 손으로 가리켰다.

"그래, 무슨 얘긴지 들어나 봅시다."

"감사합니다. 일주일 전인가요? 기억나세요? 제가 아드님 어머님을 새벽에 집까지 모셔다드린 적 있었죠?"

"아, 네. 그때는……."

"아니요, 공치사를 따지려는 게 아닙니다. 그때 어머님께 들으셨는지 모르겠지만 어머님이 차 사고를 당하실 뻔했습니다."

"들었어요. 어머님을 구해 주셨다고……. 감사합니다. 그날은 제가……."

"괜찮습니다. 인사받으려고 한 얘기는 아니에요. 믿으실지 모르겠지만…… 당시 제가 어머님이 뺑소니 사고로 돌아가시게 되는 걸 미리 알고 대방 교차로에 간 겁니다."

"뺑소니 사고를 미리 알았다고? 그게 무슨 말입니까?"

"제가 그런 능력이 있습니다. 시체를 보는 능력이요."

"에? 시체를 봐요? 시체야 뭐, 경찰이니 볼 수……."

"아, 아니. 그게 아니라요. 미래에 죽게 될 사람의 시체를 볼 수 있다는 걸 말씀드리는 거예요."

"네에? 하하, 하하하하. 뭐라고요? 하하하, 참 나."

작은아들은 어처구니없다는 듯이 날 쳐다보며 크게 웃었다.

"저기요. 경찰 맞아요? 경찰 신분증 좀 볼 수 있을까요?"

"믿지 못하시겠죠. 네, 잠깐만요."

이런 반응이 나올 줄은 알고 있었지만, 막상 부딪히니 허탈한 웃음이 나오는 건 어쩔 수 없었다. 나는 지갑에서 경찰 신분증을 꺼내 작은아들에게 보여 주었다.

"여기요. 경찰 맞습니다. 대방 지구대 남시보 순경입니다. 미친놈은 절대 아니니 걱정 마시고, 제 말을 자알 들어 보세요."

작은아들은 팔짱을 낀 채, 날 위아래로 훑어보며 코웃음을 쳤다.

"믿지 못하시겠지만, 제게 그런 능력이 있습니다. 좋게 얘기하면 예지력이라고도 할 수 있죠. 그래서 어머님을 구할 수 있었습니다. 그런데……."

"아하, 그래요. 그런데 뭐요? 내가 기가 차서. 그래, 들어나 봅시다."

“며칠 전에 또 시체를 봤습니다.”

“시체? 설마 또 그 소리야? 죽게 될 사람을 본다는 거?”

“네, 맞아요.”

“하하, 어이가 없네. 그래요. 그래서 누굴 본 겁니까? 나?”

“아닙니다. 형님이요. 형님을 봤습니다.”

“뭐요? 우리 형을?”

“네, 알코올 중독으로 객사한 듯 보였어요.”

“장난해? 어디서 개수작이야? 당신 도대체 뭐 하는 사람이야? 우리 형하고 무슨 관계야?”

“아무 관계도 아닙니다. 단지, 우연히 시체를 본 것뿐입니다. 그래요. 못 믿으실 겁니다. 그래도 말씀은 드려야 할 것 같아 이렇게 미친놈 소리 들으면서도 말씀드리는 겁니다. 믿어 주세요. 제가 무슨 득을 보겠다고 이런 미친 소리를 하겠습니까?”

“내 말이 그 말 아니야. 도대체 우리 가족한테 왜 이러는 거냐고?”

“제가 어머님도 구해서 집까지 모셔다드리지 않았습니까? 미친놈 아닙니다. 무슨 꿍꿍이가 있어 이러는 것도 아니고요. 이런 상황에 처한 저도 어쩔 수 없어서 그래요. 제가 본 이상 어떻게든 구해드려야 한다고 생각했어요. 그래서 형님 가족분들을 찾아 설득해 보려 했던 거고요.”

“……정말이야? 아니…….”

작은아들은 살짝 누그러진 목소리로 대답했다.

“분명 형님이 객사한 걸 제 눈으로 봤습니다. 그래서 형님을 병원에 모셔야 한다고 말씀드리는 거예요. 이제 시간도 별로 없어요."

"뭐요? 시간이 없다니? 설마……."

"네, 내일입니다. 내일 죽게 됩니다. 그러니 서둘러 병원으로 모셔야 해요."

"정말이에요? 병원에 가서도 죽는 거 아니에요? 아니, 지금 내가 뭐라는 거야."

"아니요. 아닙니다. 술을 더 마시지 않고 병원에서 치료를 받게 된다면 그런 일은 일어나지 않을 겁니다. 하지만 술 마시는 걸 막지 못한다면, 결국 죽음은 피할 수 없을 거예요. 오늘이라도 병원으로 안전하게 모시면 죽지 않으실 겁니다. 절 믿어 주세요."

"이걸 믿으라고? 어디서부터 믿어야 할까? 죽은…… 아니, 미래를 본다는 걸 믿어야 하나? 아니면 우리 형이 죽는다는 걸 믿어야 하나? 아니지. 당신이 미친 사람이 아니라는 걸 믿어야 하나?"

"이렇게 믿지 못하실 것 같아 어떻게든 설득해 형님을 병원에 모시려고 했던 겁니다. 근데 도저히 다른 방법이 없어서 솔직하게 다 말씀드리는 거예요. 어머님을 생각해 보세요. 제가 어머님을 구할 수 있었던 건 그런 능력이 있었기 때문입니다. 우선은 형님을 살리고 봐야 하지 않겠어요?"

"아니, 그렇지만…… 이걸 어떻게 믿으라고……. 형님을 정신 병원에……."

"정신 병원이 아니에요. 알코올 중독 치료 센터에 모시는 겁니다. 그러면 형님도 좋고 형수님도 좋은 거잖아요? 잘 생각해 보세요. 형님이 계속 이렇게 사는 걸 원하시는 거예요?"

"그건 아니지만 형님이 가만있지 않을 거라……. 그리고 내가 그럴 자격이……."

"자격이요? 지금 자격이 중요…… 아, 사정이 있다고 하셨죠? 도대체 무슨 사연이 있는 겁니까? 그러고 보니 할머니도 형님이 처음부터 그런 분은 아니셨다고……."

잠시 생각에 잠겨 있던 작은아들은 무언가 결심한 듯 고개를 끄덕이며 입을 열었다.

"맞아요. 처음부터 그랬던 건 아니에요. 형은 정말 좋은…… 아니, 내가 존경하는 형이었어요. 아버지가 일찍 돌아가시고 형이 어머니와 함께 이 식당도 크게 키웠으니까요. 그것보다 형은 저에게 아버지이기도 했고 친구이기도 했어요. 그런 형을 내가……."

"동생분이 왜요? 병원에 모시려고 한 건 형님을 위한 거였잖아요."

"아니, 그게 아니라 사실…… 아닙니다. 아니에요."

"작은아드님, 무슨 일이 있었던 거예요? 여기서 들은 얘기는 저만 알고 있겠습니다. 그러니 걱정 마시고 말씀해 보세요."

"그게……."

"검사님, 그건 좀 더 수사를 해 봐야 정확히⋯⋯."

"그래요? 그런 일이 있었으면 바로 보고를 하셨어야죠. 팀장님은 알고 계신가요?"

"아직 수사 중⋯⋯ 아니, 지켜보고 뭐라도 나오면 보고를⋯⋯."

"지켜보고 있었던 정도가 아닌 것 같은데요. 잠복만 한 거 맞으세요?"

"죄송해요, 검사님. 제가 확인한다고 접근했던 게 문제가 된 것 같습니다."

"아니요, 검사님! 제가 옆에 있었어야 했는데 잠깐 자리를 비운 사이에⋯⋯ 제 불찰입니다. 박 형사는 절차상 문제없이⋯⋯."

한 검사는 답답하다는 듯 한숨을 내쉬며 말했다.

"지금 뭐 하시는 거죠? 동료애로 넘어갈 일이 아니에요. 우선은 알았으니 두 분 모두 가만히 계세요. 제가 상황 파악하고 해결해 볼게요. 대신 그 집은 당분간 지시가 있을 때까지 접근 금지예요. 아셨죠?"

"네. 감사합니다, 검사님."

"검사님, 고맙습니다. 저기, 팀장님께는⋯⋯."

"말씀드릴 겁니다. 그러니 고마워하실 필요 없어요."

"아⋯⋯. 네, 검사님."

나 경사는 한 검사에게 부탁해 보려 했지만, 단칼에 거절당하자 시무룩한 표정으로 고개를 숙였다.

"근데 그 집이 왜 수상한 거죠?"

"아, 큰 저택인데 사람이 살고 있지 않는 빈집 같았습니다. 근데 그 집 담벼락 옆에 주차되어 있던 차를 수상한 사람이 타고 급히 도주하는…… 도주라고 하기는 그렇고, 쫓아갔는데도 멈추지 않고 도망치듯 가 버려서 말입니다."

"그래서요?"

"그 차량 번호를 조회해 보니 대포 차량으로 확인…… 아니, 그런 것 같았…… 그러니까, 대포 차량이 확실한 것 같았습니다. 그래서 그 앞에서……."

"나 경사님, 대포 차량이라는 건가요? 아니라는 건가요?"

"대포 차량이 맞습니다. 그래서 그 집 주인 차는 아닐까? 그 차가 다시 오지는 않을까? 그런 생각에 집 앞에서 잠복하고 있었습니다. 그런데……."

그때, 박 순경이 끼어들어 나 경사의 말을 뒤이었다.

"검사님, 그 다음부터 제가 말씀드릴게요. 그때 나상남 경사는 자리에 없었거든요."

나 경사는 걱정스러운 눈으로 박 순경을 바라보았지만, 박 순경은 작게 미소 지으며 입을 열었다.

"제 실수로 그런 거니까 괜찮아요, 나 경사님. 아무튼 그래서 잠복을 하고 있던 중에 집 앞에 차 한 대가 멈춰 섰고, 한 중년 남성과 그의 수행 비서가 내렸습니다. 그래서 저는 국민 건강 보험 공단 공무원으로 위장해 거주자를 파악하려 했고요. 해당 집에 그 남자가 거주하는지, 자제분이 함께 거주하는지 물어보려고 했는데······."

"아, 이제 좀 알겠네요. 그때 그쪽에서 경찰이란 걸 눈치챘군요. 그래도 민간인 사찰이라고 민원을 넣은 건 좀 심했네요. 알았어요. 그럼 팀장님과 의논하고 어떻게 할지 결정할게요. 일보세요."

나 경사가 머리를 긁적이고는 말했다.

"검사님, 박 형사가 잠복 근무도 처음이었고, 실수는 좀 있었지만, 민간인 사찰까지는 아니니 큰 문제 없겠죠?"

"잘 모르겠지만 뭔가 있기는 한 것 같네요. 벌써 커버가 들어온 거 보면요."

"커버요?"

"네. 우선은 잠복 수사 중단하시고 내사도 지시가 있을 때까지는 진행하지 마세요. 다른 용의 대상자들 조사하시고요. 아셨죠? 박민희 순경님, 큰일은 아닌 것 같으니 너무 걱정 말아요. 그리고 아직 그 집 주인이 민원을 넣은 건지도 확실하지 않으니까요. 그래도 앞으로 주의하세요."

"네, 검사님. 감사합니다."

딩동. 딩동.

"누구십니까?"

"나야, 민호야."

"어, 최 형사님! 잠시만요."

안민호 경위는 아침 일찍 자신의 집을 찾아온 최우철 경위를 보고 잠시 놀랐지만, 사실 무슨 이유로 찾아왔는지는 어느 정도 짐작하고 있었다.

"안녕하십니까, 최 형사님."

"어, 그래. 이른 시각이지? 미안."

"아닙니다. 들어오십시오."

"미안하다, 민호야. 도저히 잠이 안 와서 말이야."

"그러게 말입니다. 잠 설치셨습니까? 눈 밑에 다크서클이……."

"그래, 이해해 줘. 내가 온 이유는 알고 있지?"

"아……. 네, 대충 감은……."

"지금 바로 그곳에 가 볼 수 있을까?"

"네?"

안 경위는 생각보다 빨리 본론을 꺼낸 것이 당혹스러운지 최 경위를 빤히 쳐다보았다.

"왜? 대충 예상하고 있던 거 아니었어?"

"아니, 최 형사님. 아시잖습니까? 가 봐야 제가 남시보 순경도 아니고……. 아무 소용없습니다. 그리고 팀장님이 함구하라고 하셨지 않습니까. 남 순경이랑 팀장님이 잘 해결하실 겁니다. 너무 걱정 마시고, 기다려 보시죠."

"알아. 아는데…… 어디인지만 알려 줄 수 없어?"

"최 형사님, 이러시면 오히려 더 안 좋은 결과를 낳을 수 있습니다. 남 순경과 팀장님을 믿고 기다리시죠."

"그래……. 하아, 이거 답답해서 말이야."

"아니면 직접 남…… 아니, 팀장님께 말씀해 보시죠. 어제 팀장님이 남시보 순경 만나러 간다고 하시지 않았습니까?"

"알아. 어제 전화해 봤지. 근데 또 기다리라고만 하시잖아. 오늘은 아예 전화도 안 받으시고. 참……. 남 순경을 찾아가 볼 수도 없고. 하아……."

최 경위의 말을 듣던 안 경위는 남 순경 이야기에 단호해진 목소리로 말했다.

"네, 아시겠지만 남시보 순경은 찾아가지 마십시오. 팀장님도 서 의원님 일은 남 순경 앞에서 절대 입도 뻥긋하지 말라고 하셨습니다. 찾아갔다가 그걸 팀장님이 알게 되시면 불호령이 떨어질 겁니다. 그리고 찾아가셔도 남시보 순경은 한마디도 안 할 겁니다."

"나한테도 그런 말씀하셨어. 연쇄 살인사건만으로도 힘들다고, 더 힘들게 하지 말라고 말이야."

"그러니까 기다려 보시죠. 다 이유가 있어 그러시는 거겠죠?"

"그 이유라는 게, 내가 서 의원에게 말이라도 할까 봐 그런 거잖아. 그렇지?"

"네, 맞을 겁니다. 저도 자세히는 모르지만, 죽는다는 사실을 서 의원님이 알게 되면 변수가 생겨서 의원님을 구하지 못할 수도 있다고 했습니다."

"나도 들어서 알아. 팀장님이 서 의원에게 아무 말 말라고 신신당부하시면서 말씀하셨어."

"네, 그런 이유로 남시보 순경이 주변 지인에게 말하지 않고 지금까지 혼자 해결하고 있는 겁니다. 그런데 이번은 제가 우연히 같이 있었던 탓에 어쩔 수 없이 알게 된 거죠. 사실 남시보 순경이 비밀로 해 달라고 했었는데…… 제가 사교 파티와 관계된 일인지 알고 말해 버린 겁니다. 다 제 잘못입니다, 최 형사님."

"아니야. 안 형사도 모르고…… 아무튼, 무슨 얘긴지는 알겠어. 더 아는 건 없고? 뭔가 더 있었던 것 같았는데."

"저는 거기까지만……."

"민호야, 서 의원한텐 절대 말 안 할 거야. 내가 미쳤어? 그 이유를 아는데. 대신 그 장소가 어디인지만 알려 주라, 어?"

"직접 구하시려고 이러십니까?"

"그래, 내가 서 의원 그냥 죽게 하지는 않을 거야."

"최 형사님, 남 순경이 잘 해결할 겁니다. 이번엔 팀장님도 알고 계시니 서 의원님 구할 방법도 꼭 찾으실 거고요. 그러니……."

"그러시겠지. 알아. 그냥 나도 돕고 싶어서 그래. 나도 같이하면 되잖아. 왜 나한테 비밀로 하는지 모르겠어."

"그럴 만한 이유가 있겠죠. 저한테도 빠져 있으라고 하셨습니다. 그러니 믿고 지켜보시죠. 네?"

"너도 빠져 있으라고 한 거야?"

"네, 그러셨습니다."

"알았어……. 미안하다. 괜히 너까지."

"아닙니다. 최 형사님 심정 충분히 이해합니다."

"고맙다, 민호야. 아침이나 먹으러 가자. 내가 맛있는 거 사줄게. 출근할 시간도 됐잖아."

"네! 저야 좋죠. 금방 준비하겠습니다."

최우철 경위는 괜찮은 척 웃어 보였지만, 안 경위가 방으로 들어가자 눈살을 찌푸리며 머리카락을 쓸어 넘겼다.

민우직 경정은 한서율 검사의 문자를 확인하고 바로 상황실로 복귀했다.

"오셨어요, 팀장님?"

탕비실에서 텀블러에 티백을 담그며 나오던 한 검사는 민 경정을 보고 가볍게 눈인사를 건넸다.

"아, 검사님. 죄송합니다. 전화 온 줄도 모르고…… 무슨 일로 이른 아침부터 절 찾으셨습니까?"

"저랑 잠시 회의실로 가서 얘기하시죠."

"네? 아……. 이번엔 또 무슨 심각한……."

"아니에요, 그런 거. 너무 겁먹지 마시고 오세요."

"아, 그렇습니까? 하하. 제가 괜히 또 겁을 먹었네요."

한 검사는 옅은 웃음을 띠며 회의실로 들어갔고, 민 경정도 호탕하게 웃으며 그 뒤를 따랐다. 두 사람의 대화를 지켜보던 박 순경은 고개를 갸우뚱했다. 그사이 나 경사가 상황실로 조심스럽게 들어왔다.

"어, 나 경사님. 어디 계셨어요? 방금 팀장…….."

"알아. 피해 있었지. 뭐라고 불벼락이 떨어질지 알잖아? 근데 분위기 묘하네. 삭막할 줄 알았더니 정반대잖아?"

"그러게요. 한 검사님이 괜찮다고 하신 게 정말인가 봐요."

"그런가? 그래도 팀장님이 사실을 아시면……. 휴우!"

"나 형사!"

"아! 네, 팀장님!"

나 경사는 민 경정의 부름에 깜짝 놀라 큰 소리로 대답했다. 그러고는 옆에 있던 박 순경에게 나지막하게 속삭였다.

"이거 봐. 휴우, 죽었다."

"어디 있다 이제 나타난 거야? 잠깐 나 좀 봐."

민 경정은 회의실 문 앞에서 나 경사를 호출한 뒤 곧장 뒤돌아 다시 들어가 버렸다.

"아이, 나 죽었다. 살아돌아오기만을 빌어 줘라, 박 형사."

나 경사는 미간을 찡그리며, 손으로 자신의 목을 치는 시늉을 했다. 그러고는 박 순경에게 미소와 함께 한쪽 눈을 찡긋 감아 보였다.

"나 형사님, 죄송해요. 저도 따라 들어갈까요? 저 때문에……."

"아니야. 괜찮아. 나 하나 깨지면 되지. 일 봐."

"나 형사님……."

나 경사는 축 처진 어깨를 이끌고 터벅터벅 회의실로 향했다.

2년 전, 남순할매 해장국집에 주방 보조로 외국인 여성 노동자 롤리가 들어왔다. 일 잘하고 성실한 롤리는 두 형제들과 빨리 친해졌다. 뿐만 아니라, 남순할매 사장님인 두 형제의 어머니도 롤리를 마음에 두고 있었다.

 롤리는 동생과 먼저 가까워졌다. 나이 차이는 많이 났지만, 동생의 배려심 깊은 심성 때문에 롤리가 잘 따랐다. 또한 일하는 파트가 같아 많은 시간을 함께 보낸 것도 하나의 이유였다.

 반면 형은 홀 지배인으로 롤리와 함께 있을 시간이 적어, 가까워지는 데 오랜 시간이 걸렸다. 하지만 멀리서 롤리를 지켜보고 있던 형이 먼저 그녀에게 고백을 했던 것이다. 그 사실을 몰랐던 동생은 롤리에게 고백하려다, 형과 롤리가 다정하게 있는 모습을 보고 뒤늦게 둘의 관계를 눈치채게 됐다.

 그 후로 동생은 롤리와 거리를 두었고, 예전처럼 친근하게 그녀를 대하지 못했다. 롤리 앞에서 어색하게 행동하는 동생을 눈여겨보던 형은 롤리에 대한 감정을 동생에게 물었다. 하지만 동생은 롤리에게 아무런 감정이 없다고, 조금의 망설임도 없이 대답했다.

 결국 형과 롤리는 결혼했고, 달콤한 신혼생활을 보냈다. 하지만 그 시간은 그리 오래 가지 못했다. 언제부터인가 형이 롤리를 의심하기 시작했다. 손님과 웃으며 대화하는 모습이 보기 싫다는 이유로 식당에도 나오지 못하게 했다. 하지만 집에 혼자 있는 것도 걱정이 됐는지, 어머니까지 식당에 나오지 못하도록 선을 그어 버렸다. 집에서 롤리와 함께 쉬라는 이유였지만, 사실은 그녀를 감시하라는 것과 같았다.

그리고 사건이 터진 그날은 손님들로 정신없던 점심시간이 지나고 직원들이 식사하는 시간이었다. 그날도 동생은 집에서 어머니가 차려 주는 점심밥을 먹기 위해 집으로 갔다. 어머니가 식당에 있을 때는 식당에서 식사를 모두 해결했지만, 어머니가 집에 있게 되면서 집으로 식사하러 가는 날이 잦아졌다.

"어머니, 저 왔어요."

"왔어? 엄마 지금 시장 갔다."

"어? 형수님, 어머니는 언제 오신대요?"

"금방 올 거다. 도련님, 잠깐만."

"네, 천천히 차려 주세요."

"그래. 힘들지?"

"뭐, 그렇죠. 형수님 안 계시니까 더 힘드네요."

"호호. 금방 차린다."

"어머니 오시면 그때 같이 먹어요."

"아니다. 잠깐 기다려."

잠시 후, 형수는 차려진 밥상을 급히 들고 오다 그만 발을 삐끗해 넘어지고 말았다. 넘어진 형수를 보고 놀란 동생은 형수에게 달려가, 그녀를 일으켜 앉히려 했다. 때마침 형도 롤리의 비명 소리와 밥상이 엎질러지는 소리에 놀라 뛰어 들어왔다.

"뭐야? 왜 그래?"

"어! 형, 형수님이……."

"뭐야? 니들 뭐 하는 거야?"

"뭐 하긴? 보면 몰라? 형수님이 넘……."

"이 개자식! 내가 이럴 줄 알았다니까!"

퍽!

형은 동생의 말을 들을 생각도 하지 않고, 무작정 달려들어 주먹으로 때리기 시작했다.

"아악! 형! 왜 그래?"

"시끄러워!"

퍽!

"억! 아……. 형……."

형은 동생을 미친 듯이 팼다. 롤리의 힘으로 그런 형을 말리기엔 역부족이었다. 사실 형은 동생을 의심하고 있었고, 그렇기에 롤리와 동생이 웃으며 대화하는 꼴을 보지 못했다. 겉으로는 아무렇지 않은 척했지만, 속은 깊게 곪아 있었다.

오해할 만도 한 것이, 형수가 넘어지면서 치마가 말려 올라가 속옷이 보였던 것이다. 동생은 형수의 속옷이 보이는 것도 모르고, 형수가 다치지 않았는지 걱정되어 챙기기 바빴다. 하지만 형의 눈엔 그 모습이 애정 행각을 벌이는 것처럼 비쳤고, 형은 상황 파악을 제대로 못 할 정도로 의처증이 심한 상태였다.

그날 이후로 형은 술을 마시는 횟수가 늘어났고, 형수에게 가하는 폭력도 같이 늘어났다. 동생은 오해를 풀어 보려 노력했지만, 형은 받아들일 생각이 전혀 없었다. 오히려 형의 의처증 증세가 날로 심해지고 술에 의존하는 시간이 늘면서, 동생은 반지하 집으로 쫓겨나 혼자 살게 되었다. 어머니도 며느리가 맞는 것을 막아서다 크게 다치는 일이 생기는 바람에, 더는 형을 어쩌지 못하고 함께 반지하 방으로 옮기게 되었다.

"아아, 네. 그런 사연이……. 그래도 그건 작은아드님 잘못은 아니잖아요. 너무 자책 마세요."

"아니에요. 제가 좀 더 조심했어야 했는데……. 형이 그렇게 괴로워했는데 난 그것도 모르고……. 형을 병들게 한 게 나인 것 같아 항상 형한테 미안한 마음이에요."

"아닙니다. 작은아드님, 그런 생각하지 마세요. 형님은 마음의 병입니다. 의처증은 병이에요. 치료를 받아야 하는 거고요. 치료 없이는 달라지지 않을 겁니다. 그러니, 이번에 꼭 형님을 강제 입원시켜서라도 치료받을 수 있도록 하……."

"뭐야! 누가 날 강제 입원시킨다는 거야? 너! 뭐야? 무슨 수작이야! 네가 뭔데 날 병원에 입원시킨다 만다야!"

해장국집 큰아들이 남 순경과 작은아들의 대화를 뒤에서 엿듣고 있었다. 어디서부터 듣고 있었는진 모르겠지만, 이야기가 마무리되어 갈 때쯤 버럭 소리를 지르며 끼어들었다.

"형! 언제 왔어? 뭐야, 이 술 냄새는. 아침부터 술 마신 거야?"

"그래, 밤새 술 마셨다. 자식아! 내가 술 없이 어떻게 사냐?

누굴 믿고 의지하면서 사냐고, 내가! 내가 말했지? 술은 절대! 날 배신하지 않는다고. 누구처럼 배신하지 않는다고, 이 새끼야! 아침부터 무슨 개수작이야?

"안녕하세요. 대방 지구대 남시보 순경이라고 합니다."

"뭐? 순경? 무슨 일로…… 오호, 이런. 뭐야? 이 새끼가 이제는 경찰까지 부른 거야? 나 잡아 가둬 놓고 우리 마누라랑 뭔 짓을 하려고? 응? 이 개자식! 네가 이래도 내 동생이야? 드디어 본색을 드러내는구나. 이 자식, 너 오늘 나한테 죽어 봐! 이 개자식아!"

작은아들에게 달려들려는 큰아들을 남 순경이 두 팔 벌려 가로막아 섰다.

"저기, 큰아드님! 흥분하지 마시고 제 얘기 들어보세요. 여기 동생분이 불러서 온 게 아닙니다. 제가 찾아온 겁니다. 해장국 먹으러 온 김에 얘기 좀 나눈 것뿐이에요. 그러니 진정하세요. 네?"

"뭐야? 이 자식이 말이 맞아? 그런 거야?"

"어? 어, 형. 그러니까 진정해."

"아이, 나 또 놀랐잖아. 그렇지. 내 동생이 그럴 놈은 아니지. 그래! 동생아, 들어가자. 어제 돈 좀 많이 벌었냐?"

"저기, 큰아드님. 저랑 잠시 말씀 좀 나누시죠."

"난 경찰이랑은 말 안 섞는데. 꺼져, 새끼야!"

"형, 경찰이야. 말 함부로 하지 마."

"시끄러워, 자식아! 남자 새끼가 쫄기는. 야! 순경 별거 아니야. 경찰 중에 제일 꼬라비야. 꼬라비 주제에 경찰은……. 시끄럽고, 돈이나 좀 줘. 술값이 똑! 떨어졌네."

큰아들은 작은아들을 보며 해맑게 웃어 보였다.

"알았어. 돈 줄게. 그러니까 잠깐만 여기 남 순경님 얘기 좀 들어 봐. 응?"

"야! 쉰 소리 그만하고 들어가자. 그리고 금고 번호 좀 바꾸지 마라. 사람 힘들게. 어차피 줄 돈 뭘 그렇게 매번 피곤하게 그러냐? 그냥 내가 꺼내 가면 쉽잖아. 안 그래?"

큰아들은 음흉스럽게 웃으며 해장국집으로 들어가려 했다. 그때 작은아들이 큰아들에게 다가가 황급히 그의 팔을 잡았다.

"형! 잠깐만 기다려 봐."

"이 새끼가 미쳤나. 팔 안 놔!"

"알았어, 형. 미안해. 근데 우선 여기 남 순경님하고 얘기 좀 해. 응? 형 때문에 오셨…… 아니, 형을 살리러 오셨다고."

"뭐? 날 살려? 왜? 네가 나 죽이게? 이 새끼가…….""

"저기, 큰아드님!"

남 순경은 작은아들을 때리려는 큰아들의 손목을 잡아챘다.

"뭐야! 이…… 손 안 놔? 놓으라고!"

큰아들은 남 순경의 손을 뿌리치려 힘을 주었지만, 남 순경의 손은 꿈적도 하지 않았다.

"이…… 아! 아, 아파……. 씨, 알았어! 알았으니까 손 좀 놔!"

"그러죠. 대신 약속하세요. 손 올리지 않겠다고."

"씨…… 아! 아아! 알았으니까 어서 놓으라고! 이씨……."

그제야 남 순경은 잡고 있던 큰아들의 손목을 놓아주었다. 큰아들은 잡혔던 손목을 어루만지며 매서운 표정으로 남 순경을 째려보았다.

"아으, 아파……. 이씨, 경찰은 경찰인가 보네. 그래, 무슨 얘긴지 들어나 보자. 뭐야?"

"고맙습니다."

남 순경은 작은아들에게 했던 이야기를 그대로 다시 큰아들에게 전했다. 큰아들은 한참 동안 배를 잡고 웃더니, 미친놈이라고 욕하며 믿지 않았다.

"그래요. 믿지 못하시겠죠. 제 말을 믿든 말든 그건 큰아드님 선택입니다. 하지만, 후회는 하지 마십시오. 내일입니다. 술에 취해 어딘지도 모르는 길 위에서 죽는 일은 없었으면 합니다."

"내일이라고? 그럼 내일 하루 집에만 있으면 되는 거잖아? 안 그래?"

"아니요. 결과는 같을 겁니다. 집에서 계속 계셔도 술 때문에 죽게 될 겁니다."

"그럼 하루만 술을 마시지 않으면 되잖아. 안 그래? 간단하네."

"그게 됐다면 지금 이러고 계시지는 않겠죠?"

"뭐? 이 새끼가!"

위협적으로 나오는 큰아들의 모습에도 남 순경은 차분하게 말했다.

"흥분하실 때가 아닙니다. 제 말을 믿으시고 병원에서 치료받으세요. 그게 아드님도 살고, 가족들에게도 좋지 않겠습니까?"

큰아들은 의심의 눈초리로 남 순경을 노려보다, 큰 소리로 웃으며 작은아들을 쳐다보았다.

"아이, 이 미친놈. 하하. 야! 동생이라는 놈이 어디서 사기를 쳐! 야아, 결국은 나를 정신 병원에 처넣으려고, 이런 거짓말까지 하는 거야? 깜빡 속아 넘어갈 뻔했네. 카하하하. 됐고, 돈이나 내놔."

"형, 아니야. 정말이야. 남 순경님 말이 맞아. 어머니도 그런 일이 있었는데 이분이 구해 주신 거야. 어머니에게 들어서 알잖아? 정말 사고로 큰일이 날 수 있었다고."

"아이, 자식. 끝까지 개소리하고 있네. 그걸 어떻게 믿어? 엄마가 얘기한 건 그냥 차에 치일 뻔한 걸 경찰이 구해 줬다는 거잖아. 안 그래?"

"좋습니다. 못 믿으신다면 어쩔 수 없죠. 하지만 절대 후회하지 마십시오. 전 기회를 드렸습니다. 그 기회를 잡지 않으신 건 여기 큰아드님입니다. 그렇게 죽는 게 소원이시면, 어차피 죽을 거 언제 죽든 상관없겠죠. 제가 쓸데없는 짓을 한 것 같습니다."

"형! 저기, 남 순경님. 이렇게 가지 마시고……."

"소용없을 것 같습니다. 믿지 않으시니……. 제가 할 도리는 다한 듯합니다."

"그래도……."

남 순경은 정중히 인사하고 뒤돌아섰다. 그때 큰아들이 남 순경을 불러 세웠다.

"야! 저기, 경찰 양반. 잠깐만 이리 와 보쇼."

남 순경은 걸음을 내딛다 말고, 뒤돌아 큰아들을 바라보았다.

"무슨 일로 그러시죠?"

"아이, 경찰 양반 야박하네. 그래요. 좋아요. 믿어, 믿는다고. 근데 방법이 그것밖에 없어?"

"네, 그 방법밖엔 없습니다. 술을 끊으셔야 하는데…… 혼자 힘으로 끊지 못하시지 않습니까? 그렇죠?"

"아……. 술 때문에 죽는다고? 씨……."

"됐습니다. 알아서 하십시오. 그럼 전 가……."

"어허, 그 경찰 양반 참 성질 급하네. 좋아. 병원에 얼마나 있으면 되는데?"

"정말이야, 형?"

"그래, 알았다고. 그러니까 얼마나 있으면 되냐고 묻잖아?"

"알코올 중독 치료가 끝날 때까지죠."

"뭐? 아……. 좋아! 그럼 사는 건 맞지? 치료 다 받았는데 죽는 건 아니지?"

"네, 당연하죠."

"형, 고마워."

"씨! 네가 왜 고마워? 야! 나 없는 동안 허튼 수작 부렸다간 넌 내 손에 죽는다. 알았어? 형수……."

"형! 정말 아니야. 제발 믿어 줘!"

"씨, 내가 널 어떻게 믿어? 잔말 말고……."

"알았어. 그럼 형 병원에 들어가면 내가 집에서 나올게."

"안 돼, 그건. 그 큰 집에 여자 둘만 있게 할 거야? 그냥 집에 있어. 대신, 어머니랑 같이 1층에서 지내. 절대 형수랑 둘만 있지 마라. 알았어?"

"알았어. 절대 단둘이 있는 일 없게 할게. 믿어 줘."

"시끄러워! 이제 어떻게 하면 되나? 경찰 양반."

"제가 미리 준비해 뒀습니다. 조금만 기다려 주시면 됩니다. 어머님께 말씀드리고 병원으로 가시죠."

"그래, 형. 집에 가서……."

"아니, 바로 가죠. 네 형수 보면 마음 약해진다. 여기서 가자."

큰아들의 의외 반응에 놀란 듯 작은아들은 어안이 벙벙한 얼굴로 대답했다.

"어? 어……. 알았어."

"그러시죠. 어머님도 허락하셨어요. 여기 오기 전에 미리 뵙고 왔거든요. 그럼 바로 부를게요. 잠시만요."

"형, 고마워."

"야! 대체 뭐가 고마워? 나 살자고 하는 건데. 니들 거짓말이면 나한테 다 죽는다. 알지?"

"알았어, 형. 꼭 치료 잘 받고 얼른 나와. 응?"

"됐고, 나 없는 동안 식당이나 잘 운영해. 돈 많이 벌어 놓으라고."

"알았어, 형."

그런 두 사람을 바라보는 남 순경은 그제야 마음이 좀 놓이는 듯했다.

"곧 앰뷸런스 올 겁니다."

제9화

새로운 변수

나 경사는 고개를 푹 숙인 채 바닥만 보며 회의실로 들어섰다. 그곳엔 한 검사와 민 경정이 앉아 있었다.

"팀장님, 검사님께 들으셨죠? 그게……."

"그래, 들었다. 그거 때문에 들어오라고 한 거야."

"죄송합니다, 팀장님. 제가 좀 더 주의 깊게 행동했어야 했는데…… 죄송합니다. 바로 보고도 드렸어야 했는데 팀장님이 바쁘시고 하니 뭐가 좀 나오면 보고를……."

"됐고, 변명 듣자고 오라고 한 거 아니야."

"아…… 네, 죄송합니다."

"뭘 자꾸 죄송하다는 거야? 왜 그래? 나 형사답지 않게. 설마 긴장한 거야? 천하의 나 형사가? 나 형사, 꾸짖으려고 부른 거 아니야. 너무 쫄지 마."

꾸부정하게 고개를 숙이고 있던 나 경사는 환한 미소와 함께 고개를 들었다.

"아닙니까? 아니, 팀장님이 한번 화가 나면 불같이 화를 내신 다고 하셔서 긴장하지 않았습니까?"

"최 형사가 그래? 내가 좀 그렇지. 아직 나 형사는 못 봤지?"

"그렇죠."

"그러니까 나 화나게 하면 안 돼. 어?"

"아……. 네."

민 경정은 나 경사의 어깨를 토닥이며 살짝 웃어보였다.

"나 형사, 이런 걸로 화내면 매일 화를 달고 살아야 하지 않겠 어? 괜찮아. 뭐, 크게 잘못한 것도 없던데. 수사하다 보면 그 정 도는 실수할 수 있지. 안 그래? 문제는 오버한 그놈이 문제지."

"맞습니다, 팀장님. 민간인 사찰이라니 말이 됩니까? 그냥 집 앞에서 잠복 좀 한 거 가지고. 어떤 놈인지 몰라도……."

"나 경사, 그래도 조심했어야지. 그리고 팀장인 나한테 보고 도 없이 확실한 혐의도 없는 민간인 집을 감시해도 되는 거야?"

"아……. 그렇죠. 잘못했습니다."

"그래. 다음부터 보고하고, 제대로 절차 밟아 수사하라고."

"알겠습니다, 팀장님."

엄하게 얘기하던 민 경정은 한결 부드러워진 목소리로 물 었다.

"검사님께 들었어. 그 집 앞에서 수상한 사람을 목격했다고?"

"아, 네. 박 형사가 그 집 담벼락에 주차된 차주의 얼굴을 봤 습니다. 차량 번호도 확인해서 대포 차인 걸 알아냈고요. 그래 서 그 집 앞에서 잠복하고 있었던 겁니다. 혹시 그 차가 다시 올까 하고요."

"그건 제가 팀장님께 말씀드렸어요. 방금 전에 확인해 보니, 말씀하신 그 집에서 총장님께 민원을 넣은 게 맞더라고요."

"그렇습니까? 아, 참…… 그래도 총장님께 민원을……."

"맞아. 그 정도는 아닌데 너무 나간 감이 있지. 그래서 말인데, 나 형사가 조용히 해 줘야 할 일이 있어."

"제가 말입니까? 그게 뭡니까?"

상황실 문이 벌컥 열리더니, 최우철 경위와 안민호 경위가 들어왔다.

"오셨어요?"

"박 형사, 팀장님은 어디 가셨어?"

"그게……."

박 순경은 풀 죽은 얼굴로 말을 머뭇거렸다.

"무슨 일 있어? 얼굴은 또 왜 그래?"

안 경위는 박 순경 자리로 걸어가 얼굴을 유심히 살피며 물었다.

"아니에요. 검사님이 오셔서 다들 회의실에 계세요."

"박 형사, 무슨 일 있는 거 아니야? 왜? 무슨 일인데 그래?"

최 경위까지 합세해 이유를 묻자, 박 순경은 잠시 망설이다 결국 입을 열었다.

"사실은 제가 실수를 해서……."

"뭐? 박 형사가?"

"저 때문에 나상남 형사가 팀장님께 불려 갔어요. 아마 저 대신 엄청 혼나고 있을 거예요. 아……. 죄송합니다."

"아니, 우리한테 죄송할 건 없지."

"에이, 별것도 아니네. 괜찮아. 팀장님이 또 그렇게 깨는 스타일은 아니잖아? 걱정하지 마."

"아니다, 안 형사? 팀장님이 한 번 화나면 얼마나 불같이 화내시는데. 오히려 사소한 거로 크게 화를 내시더라고. 큰 사건은 그냥 넘어가셔도."

"왜 그러십니까, 최 형사님. 박 형사 미안하게."

"아! 그런가? 미안, 그런 의도는 없었어."

"아니에요. 제가 잘한 것도 없는데요. 제가 혼나면 차라리 마음이라도 편할 텐데……."

"아니야. 너무 신경 쓰지 마. 박 형사, 원래 사수가 깨지는 게 맞아. 안 그렇습니까, 최 형사님?"

"그럼, 맞지. 원래 그런 거야."

그때 굳게 닫혀 있던 상황실 문이 열리자, 안 경위는 자리에서 일어나 문 쪽으로 고개를 돌렸다.

"오우! 왜 그래? 서서 다 반겨 주고."

"안녕하세요, 나 경위님."

"안녕하십니까, 나 경위님. 경감님은 안 오셨습니까?"

"화장실 가셨어. 근데 왜 그래? 뭐, 무슨 일 있어? 평소와 다르게 안 하던 짓을 다 하고 그래?"

"아……. 아닙니다. 팀장님이 들어오시는 줄 알고."

"아아, 그래? 근데 나 경사랑 남 순경은 안 보이네. 아직 안 온건가?"

"남 순경은 지구대 일이 있다고 거기로 출근했습니다. 나상남 형사는……."

"나 경위!"

최 경위는 안 경위의 입을 막듯 서둘러 소리쳐 불렀다.

"네, 최 경위님."

"회의 자료 좀 미리 볼 수 있을까?"

"아, 네. 잠시만요."

나 경위는 가방에서 회의 자료를 찾아 최 경위 자리로 갔다. 그때 다시 한번 상황실 문이 열리고, 도 경감이 웃으며 안으로 들어왔다.

"좋은 하루입니다."

"안녕하세요, 경감님."

안민호 경위와 박민희 순경은 자리에서 일어나 인사를 건넸다.

"팀장님과 검사님은 아직 안 나오셨어요?"

"회의실에서 얘기 나누고 계십니다. 금방 나오실 거예요."

"오셨습니까, 경감님."

"어! 그래요, 최 경위. 많이 바쁘죠?"

"뭐, 그렇죠."

"힘내자고요. 아, 회의 준비는 다 된 건가요?"

도 경감의 물음에 박 순경이 입을 틀어막으며 고개를 숙였다.

"맞다! 내 정신 좀 봐……. 죄송합니다, 경감님."

"아니에요. 요즘 정신없죠? 천천히 해요. 팀장님도 바쁘신 것 같은데."

"감사합니다. 저, 안 형사님. 회의 준비하는 것 좀 도와주시겠어요? 죄송해요. 남시보 순경이 없어서……."

"응, 그럼. 같이 해."

"감사해요."

박 순경과 안 경위는 전체 회의 진행을 위해, 수사 상황을 정리한 보고서와 자료들을 인원수만큼 출력해 자리에 올려놓았다. 회의 준비가 끝나 갈 무렵 민 경정과 한 검사가 상황실 문을 열고 들어왔다.

"어! 도 경감, 와 있었네?"

"네, 안녕하십니까. 무슨 일이 있는 겁니까?"

"아니야, 무슨 일은. 다른 일로 잠깐 상의드릴 일이 있어서 따로 좀 뺐어. 자, 준비는 다 됐나? 그럼 다들 이리로 모여요."

각자의 자리에 흩어져 있던 팀원들은 상황판 앞 회의 탁자에 모여 앉았다.

"다들 한 주간 고생 많았어요. 다행히 현재까지 추가 피해자는 발생하지 않았습니다. 예측대로라면 앞으로 3주의 기간이 남았습니다. 하지만, 그 전에 살인사건이 발생할지도 모를 일입니다. 한시도 방심해서는 안 됩니다. 긴장 늦추지 말고 항상 대비해 주기 바랍니다."

"네!"

팀원들은 일제히 힘주어 대답했다.

"그래요. 박 형사, 관할 지구대에서 별다른 보고 사항 없었어요?"

"네, 팀장님. 아직 특이 사항 보고 건은 없었습니다. A지점을 포함한 강남구 일대를 관할 지구대에서 횟수를 늘려 순찰 중이고, 특히 새벽 시간에는 순찰 인원을 추가로 배치해 순찰 활동을 강화했다고 합니다."

"그래요. 박 형사는 수시로 관할 지구대 상황 파악해서 보고해 줘요."

"네, 팀장님."

"앞으로 일주일 동안 좀 더 세밀한 준비가 필요합니다. 특히 A지점의 예상 범행 장소들을 확정해야 하는데, 그 전에 A지점을 현재 예측한 범위보다 좀 더 좁혀야 할 것 같아요. 처음 예측했던 장소보다 더 많은 장소가 추가됐으니 그 점 고려해서 과학 수사대에서 안을 제시해 줬으면 합니다."

"네, 이른 시일 안에 보고드리겠습니다."

"그래요. 나 경위, 부탁해요. 그리고 도 경감에게 미리 말했지만 범행 시간대도 좀 더 좁혀 줬으면 합니다. 가능한 근접한 시간대에 범행 예상 장소들을 체크할 수 있다면, 남 순경이 범행 현장에서 시체를 볼 수 있는 확률이 그만큼 높아질 거라 봅니다."

"네, 무슨 말씀인지 알겠습니다. 현재 예측되는 범행 예상 시간은 02시에서 04시 사이가 가장 유력합니다. 범행 예상 시간을 좀 더 근접하게 좁혀 본다면 03시에서 04시 사이가 그나마 가능성이 높다고 보고 있습니다."

"그 근거는?"

"3주 후의 달 변화를 예측한 결과, 03시에서 04시 사이에 달의 밝기가 가장 어두울 것으로 예측되었습니다."

한 검사가 이해할 수 없다는 목소리로 도 경감에게 물었다.

"그 살인마가 달의 밝기까지 고려해 살인을 계획했다고 보시는 거예요? 그 정도로 치밀하단 말인가요?"

"네, 검사님. 세 건의 살인사건에서 보여진 바로는 매우 지능적이고 치밀한 수법으로 살인을 저질렀습니다. 사실 도심에서는 별다른 빛의 차이를 느끼지 못합니다. 그래서 살인범이 소심하거나 겁 많은 성향 때문이라고 생각했었습니다. 그런데 《다윗의 별, 그 진실은?》 책을 보면, 제물을 바치는 의식을 달의 밝기가 가장 어두울 때를 골라 치른다고 나옵니다. 그 점까지 고려했다고 보시면 됩니다."

"도 경감, 그럼 예상 범행일도 좀 더 좁혀 볼 수 있지 않을까?"

"네, 맞습니다. 달 모양이 그믐달에서 초승달로 변하는 기간 중 달이 완전히 보이지 않는 날이 가장 유력합니다. 그렇게 본다면 보름 후가 됩니다. 남시보 순경이 일주일 전에 피해자 시체를 볼 수 있다는 전제로 말이죠."

"보름 후라……. 살인범이 예상대로 움직여 준다면 좋겠는데……. 좋습니다. 현재 남 순경과 안 형사가 전담해서 A지점을 돌며, 2시간 이내에 모든 범행 장소들을 확인할 수 있는지 검증 중입니다. 그것이 정리되면 남 순경 제안대로 요일별 범행 예상 장소를 체크해 최종 장소들을 확정할 계획입니다. 그러니 그 전에 근접한 범행 예상 시간대와 A지점 범위를 최종적으로 확정 지어 줘야 합니다. 가능할까요?"

"최대한 맞춰 보겠습니다, 팀장님."

"그래요, 나 경위. 그리고 점검한 장소들은 과학 수사대에서 한 번 더 크로스 체크해 줬으면 합니다. 보름 후 남 순경이 최종 확정된 장소들을 문제없이 확인할 수 있게 말이죠. 혹시 놓쳤거나 빠진 장소는 없는지 철저하게 검증해 주기 바랍니다. 도경감, 부탁해요."

"옛솔! 꼼꼼하게 체크하겠습니다. 팀장님, 걱정 마십시오."

"고마워요. 다들 알겠지만, 남 순경이 시체를 미리 볼 수만 있다면 피해자 희생 없이 사건을 마무리할 수 있을 겁니다. 단, 플랜 A가 불발될 수 있다는 점도 간과해서는 안 되겠죠. 그래서 플랜 B도 착오 없이 진행해야 합니다."

민 경정의 말에 최 경위가 기다렸다는 듯 대답했다.

"네, 팀장님. 플랜 B 진행 상황 보고드리겠습니다. 보고서를 보면서 설명 들어 주십시오. 연쇄 살인범이 거주할 것으로 의심되는 B지점, 총 75개 주거지를 모두 탐문 수사한 결과, 혐의가 있어 용의 선상에 올릴 만한 사람은 없었습니다. 신원이 확인된 사람들은 모두 살인사건이 발생한 당일 알리바이가 명확했습니다. 각각의 알리바이 사유는 보고서에 상세히 설명되어 있으니 참고하시면 되겠습니다. 현재 신원을 파악하지 못한 사람은 모두 다섯 명으로 거주지에 부재중이거나 실제 거주자와 불일치한 경우였습니다. 플랜 A 진행 전까지 다섯 명의 신원을 모두 파악 완료하겠습니다."

"그래요. 수고 많았어요. 나머지 사람들도 최대한 빨리 파악해 줘요."

"예, 팀장님."

한 검사가 자료를 쭉 살펴보다 박 순경을 바라보며 말했다.

"그런데 도서 구매자들은 확인해 보셨나요?"

"네, 모두 신원 확인했습니다만 용의 선상에 올릴 만한 사람은 없었습니다. 구매자 중에 살인범이 있다면, 아마도 현금 결제자 중에 있지 않을까 싶습니다."

"그래요. 그럴 가능성이 크겠죠. 고생했어요."

회의가 어느 정도 마무리되어 가는 듯하자, 민 경정이 모두를 한 번 쭉 둘러보고는 말했다.

"오늘 남시보 순경은 관할 지구대 일로 참석 못 했으니, 안 형사나 박 형사가 대신 회의 내용 전달해 줘요."

"네, 팀장님."

"하실 말씀 더 없으면 이만 끝낼까요?"

그때, 도 경감이 사뭇 진지한 표정으로 민 경정에게 물었다.

"팀장님, 플랜 A 성공 확률을 어떻게 예상하십니까?"

"나 경위, 프로파일링 예측 확률이 얼마나 되나?"

"네? 어, 확률이⋯⋯."

"프로파일링으로는 80퍼센트 정도 됩니다."

민 경정의 질문에 도 경감이 대신 대답했다.

"오, 도 경감. 내가 실례되는 질문을 했나? 그런 뜻은 아니었는데. 그럼 성공 확률도 80퍼센트라 할 수 있지. 프로파일링 결과가 80퍼센트 적중한다면 말이야."

"그럼 팀장님은 100퍼센트 확신한다는 말씀이십니까?"

"맞아. 프로파일링 예측 확률을 100퍼센트라고 해 줬으면 좋았을 텐데."

나 경위는 뜻밖이라는 표정을 지어 보였다.

"왜? 나 경위, 놀랐나?"

"아……. 아뇨, 그렇게 확신하실 줄은 몰랐습니다."

"그래. 난 남 순경을 믿네. 3년간 남 순경을 봐 왔으니까."

"저도 100퍼센트 확신합니다."

민 경정의 말을 들은 안 경위도 확신에 찬 목소리로 말했다.

"안 경위도 말인가?"

"네, 경감님. 저도 옆에서 직접 봤기에 말씀드리는 겁니다."

그들의 대화를 지켜보던 박 순경이 조심스럽게 손을 들었다.

"저기, 지금 이런 질문드려도 될지 모르겠는데요."

"어, 박 형사. 말해. 괜찮아."

"저…… 아까부터 궁금했는데……. 혹시, 나상남 형사는 이번 사건에서 배제된 건가요?"

"뭐? 사건에서 배제? 아하, 그래서 아까부터 표정이 그랬구나. 하하하."

"팀장님이 부르셔서 나갔는데 같이 안 들어오셔서⋯⋯."

한 검사가 귀엽다는 듯 웃음 띤 얼굴로 말했다.

"아니에요. 팀장님이 다른 일 좀 시키셨어요."

"그래, 박 형사. 그런 거 아니니 괜한 걱정 마."

"아⋯⋯. 네, 팀장님."

"무슨 일이 있는 겁니까?"

"아니야, 안 형사. 아무것도. 자! 그럼 각자 자리로 돌아가서 맡은 일에 충실하시고, 이틀 후에 다시 봅시다."

정신 질환 치료 및 상담 이력이 있는 B지점 거주자 중, 아직 신원 파악이 안 된 사람은 총 다섯 명이었다. 최 경위와 안 경위 그리고 박 순경은 그 사람들이 거주하는 곳으로 탐문 수사를 나섰다.

"이제 세 명만 확인하면 된다. 아니, 두 명만 찾아서 확인하면 돼."

"아닙니다, 최 형사님. 두 명 확인했으니 이제 세 명 남았습니다."

"안 형사님, 한 명은 팀장님이 지시 있을 때까지 접근 금지라고 하셨어요."

"아, 그렇지. 그럼 두 명이네. 근데 최 형사님, 그 집은 어느 높으신 분이 사시기에 총장님께 직접 민원을 다 넣은 겁니까? 최 형사님도 모르십니까?"

"나도 모르지. 어느 지체 높은 양반인지 몰라도 꽤 높은 자리에 앉은 놈이겠지."

안 경위는 "흐음……." 하며 고개를 끄덕였다.

"아! 저 골목으로 들어가시면 돼요, 안 형사님."

"어어, 그래."

능숙하게 길을 안내하는 박 순경에게 최 경위가 물었다.

"여기 지금 몇 번째 오는 거지?"

"네 번째에요. 그때마다 사람이 없어서……."

"그래? 특이 사항은 없었고? 이웃들은 만나 봤어?"

"네. 이웃들과 별 접촉 없이 조용히 살았는지, 이웃들도 누가 살고 있는지 잘 모르더라고요. 가끔 불이 켜져 있는 것만 본 적이 있다고 하고요."

"최 형사님, 그럼 이놈이 진짜 범인 아닙니까? 눈치채고 벌써 다른 곳으로 도망간 거면 어떡합니까?"

"그럴 수도 있겠지. 하지만 아직 의식을 다 치르지도 않았는데 다른 곳으로 도망가진 않았을 거야. 도 경감님도 그렇게 말씀하셨고."

"우리가 찾는 살인범이 이자였으면 좋겠어요, 정말."

"그러게, 박 형사. 나도 이놈이었으면 좋겠네. 별 문양을 몸에? 미친……. 별 미친 놈 때문에 애먼 사람들만 죽어 나갔으니. 빨리 잡아야 하는데 말이야."

"그러게 말입니다. 아니, 사람을 제물로 바친다는 게 말이 됩니까? 사이비 종교도 아니고."

"그러니까요. 그런데 그 살인범도 누군가에게 학대를 받았고, 받고 있을 거라고 하잖아요. 정신도 온전치 못한 사람 같고……."

"박 형사! 지금 그 살인범을 옹호하는 거야? 정신이 이상하면 사람을 죽여도 되는 건가? 학대를 받았다고 해서 죄 없는 사람을 그렇게 죽여도 된다는 거야, 뭐야? 여자가 셋이나 죽었다고!"

최 경위는 화를 주체하지 못하고 언성을 높이며 흥분했다.

"아……. 최 형사님, 오해세요. 그게, 그런 뜻으로 말, 말씀드린 게 아니고요. 그런 살인을 저지르게 된 이유가……."

"에이, 그렇죠. 박 형사가 누굴 옹호합니까? 사회적인 문제라는 걸 말하고 싶었나 봅니다. '사회가 그런 인간을 만들어 내 이런 끔찍한 살인사건이 일어났다.' 그 말을 하고 싶었던 거죠. 안 그래, 박 형사?"

"네……. 맞아요, 최 형사님. 그러니 화 푸세요."

최 형사는 한껏 예민해진 얼굴로 머리를 헝클어뜨리며 말했다.

"얼마나 더 들어가야 하지?"

"아! 저기 저 집이에요. 연립 주택이요. 붉은 벽돌집, 반지하예요."

"그래. 그럼 저기다 잠시 정차해. 시동 끄고. 안 형사가 먼저 가서 누가 있는지 확인하고 신호 보내. 누가 있는지만 확인하는 거야, 알았지?"

"네, 최 형사님."

차에서 내린 안 경위는 연립 주택 앞까지 조심스럽게 가, 안에 인기척이 나는지 유심히 귀를 기울이며 반지하 창문들을 일일이 살폈다. 그리고 연립 주택 출입구로 들어가 반지하 계단으로 내려갔다.

현관문 앞, 안 경위는 누가 있는지 확인하기 위해 문에 귀를 가져다 댔다. 이내 문에서 귀를 뗀 안 경위는 다시 지상으로 올라와 우편함을 살펴보았다. 연립 주택 출입구로 나온 안 경위는 최 경위와 박 순경이 있는 차를 향해 두 팔로 엑스 자를 만들어 보였다. 안 경위의 신호를 확인한 최 경위와 박 순경은 곧바로 차에서 내려 연립 주택으로 향했다.

그때였다. 야구 모자를 쓴 한 남자가 맞은편 골목에서 연립 주택 방향으로 오고 있었다. 그는 긴팔 티셔츠에 청바지를 입고 있었는데, 가로등 불빛에 모자챙이 그림자 져 얼굴은 보이지 않았다.

그가 연립 주택 출입구 방향 골목으로 접어들었을 때, 걷고 있던 최 경위가 아무 말 없이 갑자기 앞으로 뛰쳐나갔다. 갑작스러운 최 경위의 행동에 박 순경은 잠깐 움찔했지만, 곧바로 뒤따라 달렸다. 안 경위는 골목 모퉁이를 돌아 연립 주택 출입구로 오던 그와 마주쳤다. 그가 안 경위를 보고 머뭇거리자, 안 경위는 그를 향해 천천히 걸음을 옮겼다. 그는 다가오는 안 경위를 힐끗 보더니 슬금슬금 뒷걸음치다, 갑자기 뒤돌아 뛰기 시작했다.

"저기요, 저기!"

"안 형사, 잡아!"

"네!"

어두운 골목길을 따라 추격전이 시작되었다.

⋅●⋅

어두운 골목길 담장 옆으로 들어서자 검은 그림자 2개가 길게 드리워졌다. 가로등 밑에 다다르자 민 팀장이 먼저 입을 열었다.

"시보야, 여기야?"

"네, 형님."

"그래. 힘들겠지만 다시 떠올려 볼래?"

"에이, 괜찮아요. 힘들지 않아요. 당일에 현장에서만 보지 않으면 요즘은 머리도 안 아프고요. 정신이 흐릿해져 쓰러지는 일도 없어요."

"그래? 그럼 다행이고. 그래도 무리하지는 말자. 알았지?"

"네, 그럼 잠시만요."

나는 서민주 의원의 차가 있었던 곳으로 가 정신을 집중했다. 그러자 그때 봤던 차가 서서히 모습을 드러냈다. 신기한 것은 시간이 흐를수록 초자연 현상이 마치 진짜 눈앞에 있는 것처럼 착각을 불러일으킨다는 것이었다. 실제 손으로 만져지는 것은 물론이고, 그 시공간으로 들어와 있는 기분마저 들었다.

"뭐가 보여? 아, 조용해야 하나?"

"형님, 말씀하셔도 괜찮아요. 이제 시체 환영을 보는 동안에도 쉽게 집중력이 흐트러지지 않아요. 말씀하셔도 다 들려요. 봐요? 말도 하잖아요."

"야아, 이 정도였어? 갈수록 능력이 향상되는 것 같은데. 얼마나 더 발전하는 거야?"

"모르겠어요. 계속 새로운 것들이 느껴지고 알게 되네요. 지금도 실제 그날 그 당시 속으로 들어와 있는 기분이에요. 와아, 정말 신기……."

"뭐야? 왜 그래?"

"아니요. 지금 몇 시지. 휴대폰이……."

"23시 20분 좀 지나고 있는데. 왜 그러는데?"

"형님, 시체가 안 보여요. 차 안에 아무도 없어요."

"뭐? 없어? 그게 무슨 말이야? 시체가 없다니."

"없어요. 그때 보였던 서민주 의원 시체가 보이지 않아요. 근데…… 차는 분명 앞에 있는데……."

"서 의원 시체가 안 보인다고? 지난번에 봤다고 했잖아. 확실히 본 게 맞아?"

"네, 봤어요. 잠시만……."

나는 눈을 뜨고 민 팀장을 바라보았다.

"지금 뭐야? 서 의원이 왜 안 보인 거야? 또 미래가 바뀐 건가?"

"미래가 바뀌어요?"

"그래. 그렇지 않으면 왜 갑자기 시체가 안 보여?"

"그런가? 하지만 차는 보이는데……. 아, 이건 또 뭐지? 대체 왜……. 혹시 최 형사님……."

"최 형사? 우철이? 아이, 설마. 아니야. 내가 입단속 잘 시켰어. 우철이도 알겠다고 했다고. 아닐 거야. 아니, 그래. 내가 확인해 볼게."

"진짜 말했다고 해도 최우철 형사가 솔직하게 얘기할까요?"

"남시보! 우철이 그런 놈 아니야. 거짓말 하거나 내 말 무시할 놈 아니라고."

"아……. 죄송해요. 그런 뜻으로 말씀드린 건 아니에요."

민 팀장은 서둘러 최우철 형사에게 전화를 걸었지만, 전화를 받지 않는지 한참 동안 말없이 폰만 귀에 대고 있었다.

"형님, 전화 안 받아요?"

"아이, 자식. 뭐가 이리 바쁜 거야? 왜 전화를 안 받지?"

"전화를 받지 못하는 상황인가 보죠. 나중이라도 잊지 마시고 꼭 확인해 주세요."

"알았어, 알았다고."

"왜 그러세요? 별일도 아닌 걸로."

"아니……. 그래. 시보야, 최 경위는 믿고 같이 갈 동료야. 믿을 만한 사람이라고. 알지?"

"네, 알죠. 형님이 그렇게까지 말씀하시는데 그걸 모르겠어요. 전 그런 뜻으로……."

"알아, 무슨 말인지. '어쩔 수 없이 그럴 수도 있지 않았을까?' 그런 생각을 했겠지. 물론 직접 서 의원을 지키려고 할 거야. 하지만, 말하면 안 되는 이유를 알면서도 서 의원에게 말할 정도로 생각이 없진 않아. 특히 내 말을 어기면서까지 무모하게 행동하는 일은 없을 거야. 그러니 우철이는 믿어도 돼."

"알겠어요. 뭔가 다른 이유가 있겠죠. 찾아볼게요. 잠시만요."

하지만, 피치 못할 사정으로 약속을 어길 수도 있다. 서민주 의원이 최우철 형사에게 어떤 존재인지에 따라 평소와 선택지가 다를 수도 있는 것이다. 그런 뜻으로 말했을 뿐 나쁜 뜻은 없었다.

나는 마음을 가다듬고 다시 초자연 현상을 떠올렸다. 차 안에 진짜 서민주 의원 시체가 없는지 자세히 살펴보기 위해 차문의 손잡이를 당겼다. 그런데 문이 열리지 않는다. 분명 그때는 문이 열렸는데…… 혹시나 하는 마음에 뒷좌석 문손잡이도 당겨 봤지만 역시 잠겨 있었다. 문이 열리지 않으니 밖에서 살펴볼 수밖에 없었다. 뚜렷하게 보이지는 않아도 서 의원이 없는 것은 확실했다. 도대체 뭐가 바뀐 것일까?

보였던 시체가 보이지 않는 경우는 그 사람을 구했거나, 그 사람이 죽음을 알았을 때뿐이었다. 하지만 그런 경우는 초자연 현상 자체가 나타나지 않았다. 하지만 차는 여전히 내 눈앞에 있고, 그 안에 타고 있던 사람만 사라졌다.

서 의원의 시체를 보았던 그때와 지금, 다른 점이 무엇일까? 시간? 아니야. 지금까지는 시간과 상관없이 매번 그 장소에 가면 시체가 보였는데. 다른 사람에게 전해져 서민주 의원이 알게 된 게 아니고서는…….

그렇다면 그 역시 차가 보이지 않아야 하는데 차는 여전히 내 눈엔 보인다. 아, 미치겠다! 갑자기 새로운 변수가 덜컥 발생했다. 대체 왜?

"시보야, 괜찮아?"

"아, 네."

"머리도 괜찮은 거지? 표정이 안 좋아 보여서 말이야."

"아니, 그게 아니라, 도무지 왜 이런 현상이 일어났는지 모르겠어서요."

"아니면 다른 물건들 좀 살펴봐. 그런 것도 안 보여? 그때 눈에서 범인…… 아, 시체가 없으니 눈도 못 보는…….."

"아! 고마워요, 형님!"

맞다. 그때 서 의원이 눈을 감고 있어 주변을 살폈고, 룸미러에서 범인의 잔상을 발견했었다. 그 사실을 깜빡하고 있었다. 나는 서둘러 운전석 창문에 얼굴을 붙이고 룸미러를 확인했다. 각도 때문에 잘 보이지 않는 것 같아 뒷좌석 창문으로 확인해 보았지만, 마찬가지로 룸미러엔 아무것도 비치지 않았다. 서 의원도 범인도 차만 남겨 두고 감쪽같이 사라져 버렸다.

잠깐만……. 이건 뭐지? 아!

좁은 골목길로 사라진 용의자를 뒤쫓던 안민호 경위는 갈림

길에 멈춰 섰다. 어느 쪽으로 도망갔는지 알 수 없어 잠시 서 있던 안민호 경위 뒤로 최우철 경위와 박민희 순경이 뛰어왔다. 최 경위는 안 경위와 박 순경에게 함께 움직이라고 한 뒤, 혼자 한쪽 골목길로 뛰어 들어갔다.

안 경위와 박 순경이 들어선 골목길에서 갑자기 '우당탕탕!' 하며 무언가 떨어지는 소리가 들렸다. 소리가 나는 곳으로 서둘러 달려가 보니, 바닥엔 쓰레기통들이 쓰러져 있었고 그 위로는 용의자가 담벼락을 올라가고 있었다. 안 경위는 자신의 위치를 알리기 위해 큰 소리로 최 경위를 부르며 담벼락으로 뛰어올랐다. 박 순경은 용의자가 도망가는 방향을 따라 다른 길로 향했다.

최 경위는 안 경위의 외침에 발길을 멈추고 다시 뒤돌아 달려왔지만, 소리가 들렸던 곳에 도착했을 땐 이미 아무도 없었다. 그때 박 순경은 용의자가 도망가는 방향을 간파하고, 지름길로 앞질러 도착해 그자를 먼저 기다리고 있었다. 그리고 얼마 지나지 않아 큰 그림자 하나가 담벼락을 뛰어넘어 박 순경 앞에 멈춰 섰다.

"멈춰!"

"……."

"움직이지 마!"

하지만 용의자는 천천히 걸어 박 순경 앞으로 다가왔다. 한 손에 접이식 칼을 쥐고 있는 그를 본 박 순경은 자신도 모르게 한 발짝 뒤로 물러났다. 그는 그런 박 순경을 보고 피식 하며 비릿한 웃음을 지어 보였다. 박 순경은 다가오는 그를 제지하지 못하고 손을 파르르 떨며 주위를 둘러볼 뿐이었다.

그때, 그가 박 순경에게 달려들어 칼을 휘둘렀다. 박 순경은 순간적으로 뒤로 물러서며 무릎을 꿇었다. 그리고 안주머니에 있던 권총을 재빠르게 꺼내 그자에게 겨눴다. 용의자는 순간 한 발짝 뒤로 물러섰다. 박 순경은 틈을 놓치지 않고, 권총을 그에게 겨누며 일어섰다.

하지만 멀리서도 권총이 덜덜 떨리고 있는 것이 또렷이 보였다. 그는 가소롭다는 듯 씨익 미소를 지으며 앞으로 한 발짝 내딛었다. 박 순경은 자신에게 다가오는 그에게 아무 말도 못 하고 뒤로 물러났다. 그럴수록 그는 더욱 대담하게 박 순경에게 다가왔다.

"머…… 멈춰! 다가오지 마!"

그는 말을 들은 체도 하지 않고 박 순경에게 다시 다가섰다.

"머…… 멈추라고! 정말 쏜다. 쏜다고!"

"그럼 쏴 보든지."

용의자는 그렇게 말하며 동시에 발을 날렸다. 그의 발에 팔을 맞은 박 순경은 그만 총을 놓치고 말았다. 다급하게 다시 총을 집으려 하자, 그는 박 순경을 향해 칼을 휘둘렀다. 다행히 깊이 파고 들어온 칼은 피했지만, 그자가 무릎을 꿇으며 짧게 휘두른 칼은 종아리를 스치듯 베이고 말았다.

박 순경은 쓰러지듯 무릎을 꿇으며 종아리를 부여잡고 고통스러워했다. 그자가 가까이 다가가려 하자, 박 순경은 급히 진압 봉을 꺼내 휘둘렀다. 하지만 공격이나 방어가 아닌, 눈을 질 끈 감은 채 이리저리 마구 휘젓는 정도일 뿐이었다. 그 모습을 지켜보던 그는 또 한 번 피식 웃으며 박 순경 옆을 지나쳐 달려갔다. 박 순경은 그가 도망간 것도 모른 채 필사적으로 진압봉을 휘둘렀다.

•

있다! 분명 룸미러에 누군가 보여지고 있었다. 근데 저 사람은 누구지? 어라, 움직이네? 잔상이 아니라 실제로 비치고 있는 모습이었다. 나는 황급히 차 뒤를 살폈다.

'진짜 사람이 보이는 거야? 뭐지?'

나는 눈을 뜨고 현실로 돌아와 그곳을 다시 살폈다.

'뭐야? 없잖아. 그럼 그 사람은 뭐였지?'

"시보야, 왜 그래? 뭐가 있는 거야?"

"형님, 없죠? 여기 주변에 아무도 없는 거죠?"

"그렇지. 우리밖에 없어. 왜 그래? 뭘 본 거야?"

"모르겠어요. 서민주 의원이 아니라 다른 사람이 보였어요."

"뭐라고? 또 다른 시체가 있는 거야?"

"아, 아니요. 시체가 아니라 사람…… 살아 있는 사람이요. 움직이는……."

"무슨 소리야? 살아 있는 사람이라니?"

"그전에 보이지 않던 주변 사람이 보여요. 지금 공간에 있는 사람이 아니라, 그 당시 그곳에 있던 사람이요."

"정말? 뭐야? 도대체 무슨 상황인 거야?"

"저도 모르겠어요. 뭐가 뭔지."

"시보야, 언제 병원에 갔었지? 최근에 병원에서 확인해 본 적 있니?"

"아니요. 머리에 통증이 많이 없어져서……."

"혹시 더 커지거나 한 건 아니겠지? 뭔가 새롭게 변이가 되거나 말이야."

"변이요?"

그랬다. 3년 전 병원에서 소뇌와 후두엽 사이에 일반 사람에게는 없는 작은 뇌가 있다는 소견을 들었다. 뇌 구조가 일반 사람과는 달랐던 것이다. 그 이후 몇 번 병원을 찾아 검진을 받았지만, 별다른 특이 사항은 없었다.

"그래. 네가 안 보였던 것도 보인다고 하고, 능력도 향상됐다고 하니……. 뇌에 무슨 변화가 생긴 게 아닌지 해서 말이야."

"그럴 수도 있겠네요. 아……. 또 병원에 가 봐야 하나? 이거, 또 안 보이던 새로운 것들이 보이니……. 머리가 다 아프네."

민 팀장은 깜짝 놀란 얼굴을 들이대며 말했다.

"어? 머리가 아파? 왜? 안 아프다며?"

"아니요. 그 아픈 게 아니라 골치가 아프다고요, 골치가."

"아휴, 난 또!"

민 팀장은 안심이라는 듯 웃으며 말을 덧붙였다.

"시보야, 저번에 특별히 눈에 띈 건 없었던 거야? 단서가 될 만한⋯⋯."

"아, 그때는 가스 냄새 같은 게 맡아졌어요. 차 문을 열 때 냄새가 났는데⋯⋯."

"냄새도 맡아져? 그건 또 무슨 말이야?"

"초자연 현상에서 후각까지, 아니, 오감이 다 느껴져요."

"뭐라고? 정말 변이가⋯⋯ 아니다. 여하튼 가스 냄새라고?"

"네, 근데 지금은 차 문이 열리지 않아서⋯⋯. 그때는 열렸거든요. 안민호 형사 말로는 연탄가스 아니냐고 묻던데⋯⋯ 사실 맡아 보지 못했던 냄새라 뭔지 모르겠어요. 주변엔 연탄 같은 건 없었거든요."

"그래? 그때는 차 문이 열렸는데 이번에는 안 열린다⋯⋯. 번개탄이 없었던 게 아니라 안 보이는 건 아닐까?"

"그럴 수도 있죠. 만약 제가 맡은 냄새가 연탄가스라면, 질식사가 맞겠죠?"

"그러겠지? 어쩔 수 없네. 직접 맡아 보는 수밖에."

"직접 맡아요?"

"그렇지. 가스 종류별로 맡아 보고 확인⋯⋯ 아니다."

"형님, 누구 죽일 작정이세요? 가스 종류별이라뇨?"

"아, 그렇지. 유독 가스일 수도 있는데⋯⋯. 아하하, 미안. 아니, 근데 진짜 냄새를 맡을 수 있는 거야? 아니면 환영을 보는 것처럼 냄새도 상상인 거야?"

"상상⋯⋯. 그럴 수도 있죠. 저도 뭐 정확히는 모르겠어요. 아무튼, 연탄가스인지 유독 가스인지는 몰라도 무슨 냄새가 났었어요."

"정말 알 수가 없네. 어쩔 수 없다. 다시 한번 들여다봐. 또 다른 단서가 될 만한 건 없는지 좀 더 살펴보고."

"네, 그럼 다시 집중 좀 할게요."

눈을 감고 집중하자 초자연 현상이 바로 나타났다. 요즘은 힘들이지 않아도 이렇게 현상이 눈앞에 선명하게 보인다. 이 능력도 단련이 되고 연마가 되는 걸까? 이건 뭐, 사건 현장에 있는 듯한 느낌마저 들 정도니.

마음을 가다듬고 다시 차 문 손잡이를 당겨 보았다. 하지만 문은 여전히 열리지 않았고, 룸미러에 잠깐 비쳤던 그자도 보이지 않았다. 특별히 달라진 건 없는데……. 아으! 눈부셔. 뭐지? 차 헤드라이트 불빛? 내가 서 있는 옆쪽으로 차가 지나가고 있었다. 이젠 내가 눈을 뜨고 현실의 모습을 보고 있는 건지, 초자연 현상을 보고 있는 건지도 헷갈렸다.

혹시 내가 사건 당일 시공간 안에 와 있는 건 아닐까? 오늘이 며칠이지? 뭐야? 시계는 또 왜 이래? 휴대폰을 꺼내 보니 액정에 표시된 날짜와 시간이 엄청난 속도로 빠르게 흐르고 있었다. 아니, 쉴 새 없이 돌아가고 있었다. 뭐가 잘못된 걸까? 아니, 지금까진 환영을 보면서 시계를 본 적이 없었던가?

얼른 여기서 나가야겠다는 생각이 들었지만 내 의지와 상관없이 나가지지가 않았다. 이게 무슨 일이지? 깨어나야 하는데 왜 눈이 떠지지 않는 거야? 침착하자, 침착해.

나는 속으로 '하나 둘 셋!'을 외치며 힘껏 눈을 떴다.

'어……. 뭐지?'

눈을 떴지만 곁에 있어야 할 형님이 보이지 않았다. 그럼 아직도 현실로 돌아가지 못한 건가? 대체 왜 이러지? 현실로 돌아가야 하는데 왜 이러는 거야?

'형님!'

"……."

'형님! 제 말 안 들리세요?'

"박 형사! 왜 그래?"

"……."

"박 형사! 뭐 하고 있는 거야?"

안 경위는 허공에 대고 진압봉을 휘두르는 박 순경에게 소리쳤다.

"어? 어……. 안 형사님……."

"용의자는? 어, 뭐야? 다쳤어? 이거 피잖아! 괜찮아?"

안 경위는 바닥에 떨어져 있는 피를 보고 놀라, 급히 무릎을 꿇고 앉아 박 순경의 상처를 살폈다.

"으으……. 괜찮아요. 잠시만…… 총 좀……."

박 순경은 그제야 정신을 차리고 떨어져 있던 총을 안주머니 권총집에 집어넣었다.

"총? 그놈과 만났던 거야? 그런데 왜 쏘지 않았어?"

"죄송해요. 그게⋯⋯."

"알았어. 그래, 괜찮아."

"죄송해요. 저 때문에 놓쳤어요."

"아니야, 그럴 수 있어. 다리는 어때? 괜찮겠어?"

신음을 흘리며 괴로워하는 박 순경을 바라보다, 안 경위는 주머니에서 손수건을 꺼내 피가 나는 상처 부위를 묶어 지혈했다.

"고맙습니다, 안 형사님. 죄송해요."

"아니야. 이만해서 다행이야. 그놈은 나중에 잡으면 돼. 자, 일어나 봐."

박 순경은 안 경위의 부축을 받으며 자리에서 일어났다.

"깊게 베인 것 같진 않아서 다행이야. 걸을 수 있겠어?"

"네, 걸을 수 있어요."

"현장은 처음이지?"

"아⋯⋯. 네."

"그래. 미리 좀 숙지시켜 줬어야 했는데. 내가 미안해."

"아니에요. 제가 미숙해서 그렇죠. 다 아는데도 배운 대로 안 되더라고요."

"첫 발은 공포탄이라 쏴도 됐잖아. 그랬으면 내가 좀 더 빨리 왔을 텐데. 어디로 갔는지 한참을 헤맸어."

"죄송해요. 그런 생각도 못 했어요. 머릿속이 순간 백지가 되더라고요. 손은 또 왜 그렇게 떨리는지."

"현장 경험이 없어서 그렇지. 너무 자책하지 말고. 뭐든 처음이 힘들어."

"책상머리에만 앉아 있다 현장에서 직접 수사도 하고 좋았는데. 막상 살인범과 맞닥뜨리니 겁이 덜컥 나더라고요. 조금 들떠 있었나 봐요. 주제도 모르고."

"에이, 주제까지. 아니야. 당연한 거야. 흉기까지 들고 있었으니 더 무서웠겠지. 그리고 그놈이 연쇄 살인범이라는 생각에 더 그랬을 거고. 그러니까 빨리 잊고, 또 이런 일 없도록 마음가짐 단단히 하라고. 다음에는 다른 모습 볼 수 있었으면 해. 알았지?"

"네, 그럴게요. 감사해요, 안 형사님."

나 지금 이곳에 갇힌 건가? 아무리 외쳐도 형님에게 내 목소리가 전달되지 않고 있었다. 여기서 영영 못 나가면…… 아니, 아니지. 다시 눈을 감고 정신을 집중해 보자. 하지만 집중도 하지 못할 만큼 머리가 너무 복잡했다. 왜? 갑자기 왜 이런 일이 일어나는 거지? 여기서 나가는 방법은 뭘까? 시간이 지나면 저절로 현실로 돌아가지는 걸까?

"시보야! 뭐가 좀 보여?"

'형님, 제 목소리 안 들리세요?'

형님의 말에 곧바로 대답했지만 여전히 내 목소리는 전해지지 않는 듯했다.

"야! 시보! 뭐가 좀 보이냐고? 아이, 자식. 또 무슨 생각을……."

설마 다른 곳에 계시는 건 아니겠지? 뭐가 어떻게 돼 가는 거야?

'형님! 형님, 제 목소리 안 들리시냐고요?'

"시보야! 남시보! 아이, 무슨 생각을 그렇게 하는 거야?"

'형님! 거기 안…….'

그때, 번쩍하고 눈이 떠졌다. 눈앞엔 형님이 서 있었다.

"도, 돌아왔다. 살았다. 어……."

"뭐? 뭐가 돌아와? 왜 그래? 누가 살아? 서 의원이 살았어?"

"아니요. 아니에요. 형님, 고마워요. 형님 아니었으면……."

"무슨 소리야?"

"지금 형님이 저 잡아 흔드셨죠?"

"어? 어. 아무리 말을 걸어도 대꾸를 해야 말이지. 네가 또 생각에 잠겼나 싶어서 흔들어 봤다. 나 잘한 거냐?"

"네, 형님. 어휴……. 와아, 뭐지 이거?"

"왜? 무슨 일 있었어?"

나는 초자연 현상 안에서 겪었던 일을 민 팀장에게 모두 얘기했다. 갑자기 현실과 차단되었다는 사실에 민 팀장 역시 많이 놀란 듯 보였다.

"뭐라고? 정말, 그런 일이 있었어?"

"저 완전 놀랐잖아요. 그 안에 꼼짝없이 갇혔다 싶었어요."

"그럼 뭐야? 이제 함부로 현장을 떠올리면 안 되겠네?"

"그게 또 그렇게 되는 건가요?"

"그렇지. 그러다 다시 못 깨어나면 어떡해?"

"그러니까요. 근데 밖에서 깨우면 이렇게 빠져나오잖아요. 그럼 누가 옆에서 지켜보고 있다가 흔들어 깨워 주면 되지 않을까요?"

"그렇지. 아니, 아니야."

"왜요?"

"아니, 생각해 봐. 갑자기 이런 일이 생겼잖아. 또 무슨 일이 생길 줄 어떻게 알아? 옆에서 잡아 흔들어도 못 깨어나면? 그때는 어떻게 할 건데? 그곳에서 영영 못 빠져나오면, 그땐 어떻게 할 거냐고?"

"그렇지만……."

"야아, 이거 심각하네. 어쩌지? 연쇄 살인범은 잡아야 하지만…… 그래도 일찍 알게 돼서 다행일지도 몰라. 그동안 많은 사람들을 구했잖아. 이제는 평범하게 살 때가 된 거야. 이제 그 능력, 그만 써야겠다. 그게 좋겠어."

"뭐라고요? 형님, 왜 그러세요? 한 번 이런 거 가지고. 이렇게 새로운 뭔가가 불쑥 튀어나온 게 이번만은 아니었잖아요. 또 모르죠. 더 좋은 건지도."

"좋은 거? 시보야, 네 마음 알겠는데 이건 너무 위험하다. 이러다 네가……."

"아! 알았어요. 그러면 이번 연쇄 살인범만 잡고 그만할게요. 그럼 되죠?"

"그 마음 고마운데 난 네가 더 소중……."

"여기까지만. 연쇄 살인범만 잡고…… 아니, 최우철 형사까지만요. 예? 그것보다, 서민주 의원이 왜 안 보이는지 이유를 알겠어요."

"뭐? 그게 뭔데?"

"지금이 몇 시죠?"

"지금? 00시 12분이네."

"맞아요. 사건이 일어난 시각이 아니라서 안 보인 거예요."

"그게 무슨 말이야? 자세히 말해 봐."

"그러니까, 서민주 의원이 죽는 시간대가 아니어서 보이지 않았던 거예요. 조금 전엔 사건이 발생하기 전 현장을 보고 있었던 거죠. 서민주 의원의 시체를 본 그날 시각은 02시 15분이었어요. 아직 그 시간이 아니라서 시체가 보이지 않았던 거예요. 그러니 그 시간에 떠올려 보면 시체가 보일 거예요. 그리고 무슨 이유로 죽게 되는지도 알 수 있을 거고요."

"그래, 무슨 말인지 알겠다. 근데 더는 안 돼. 이유는 알았으니 여기까지만 하자. 이제 그만해."

"왜요? 형님, 괜찮아요. 그 시간에 다시 떠올려 볼게요. 형님이 옆에서 깨워 주시면 되잖아요."

"시보야, 네 목숨이 2개쯤 되는 줄 알아? 한 번 잘못했다가는 끝이야. 내가 그날, 그 시각에 직접 서 의원을 구할게. 미리 여기서 대기했다가 범행을 막으면 되는 거잖아. 그러니 이제 그만하고 가자."

"형님, 저 정말 괜찮……."

"안 돼! 내 말 잘 들어! 두 번 다시 얘기 안 한다. 더 이상은 안 돼. 너 위험한 꼴 못 보겠으니까, 나한테 맡기고 넌 빠져. 다신 여기 오지도 말고. 알았어?"

"아니, 형님……."

제10화

초자연 현상 속으로

"뭐야? 왜 이제 오는 거야?"

최 경위는 차가 있는 곳에서 기다리고 있었다.

"어……. 최 형사님, 박 형사가 좀 다쳤습니다."

"다쳤어? 어디? 얼마나?"

최 경위는 황급히 박 순경에게 다가가, 어디가 다쳤는지 살폈다.

"칼에 베기는 했는데 다행히 큰 상처는 아닙니다."

"죄송해요. 저 때문에……."

"아니야, 박 형사. 그나마 다행이네. 어딜 다친 거야?"

"종아리 쪽에…… 그것보다 용의자를……."

"최 형사님, 용의자를 놓쳤습니다."

"그래, 알아. 병원부터 가 봐야 하는 거 아니야?"

"가 봐야죠. 크게 다치진 않은 것 같지만 그래도 상처를 꿰매야 할 것 같습니다. 병원 가서 확인해 보고요."

"그래, 그래야겠다. 그런데 어쩌나? 택시 타고 가야겠네."

안 경위는 살짝 당황한 표정으로 말했다.

"택시요? 같이 안 가십니까? 어디 급히 가셔야 합니까?"

"어, 미안해. 내가 지금은 용의자를 경찰서로 모셔 가야 해서 말이야."

"아, 네……. 네? 용의자요? 최 형사님, 우리가 놓친 그 용의자 말씀입니까?"

박 순경은 상처가 아픈지, 다른 말 대신 인상을 찌푸린 채 최 경위를 올려다보았다.

"그치. 지 발로 찾아오던데. 이거 어쩌지? 병원까지 모셔다드리고 싶지만 용의자부터 빨리 경감님께 데려가야 해서 말이야."

"와아! 멋지세요, 최 형사님."

"크게 다치지 않아서 다행이야. 미안하지만 박 형사는 나 형사 오면 같이 병원으로 가고, 안 형사는 나랑 같이 서로 가자."

"뭡니까? 벌써 나상남 형사까지 부르신 겁니까? 오우……. 팀장님께도 보고드리신 겁니까?"

"멋져? 하하. 조금만 늦었으면 먼저 갈 뻔했어. 팀장님은 일 보시고 바로 상황실로 오신다 했어. 지금쯤이면 영장 떨어졌을 거야. 나영석 경위랑 감식팀도 여기로 올 거고."

"그럼, 먼저 들어가십시오. 제가 박 형사 데리고 병원으로 가겠습니다."

"아니, 안 형사는…… 어! 저기 나 형사 왔다."

최 경위는 손을 번쩍 들어 올리며 나 경사를 불렀다. 걸어오던 나 경사는 그 소리를 듣고 서둘러 뛰기 시작했다.

"잡으셨다면서요? 그 자식 어디 있습니까? 아이, 내가 있었어야 했는데…….."

"그러게 말이야. 나 형사가 있었으면 여기 박 형사도 다치지 않았을 텐데."

"어! 뭐야? 다쳤어? 어디? 어딜 다친 거야?"

나 경사는 허둥대며 박 순경의 몸 이곳저곳을 살폈다.

"아니에요. 괜찮아요, 나 형사님."

"크게 다치지는 않았습니다. 그래도 병원엔 가 봐야 할 것 같습니다."

"그래? 아, 그럼 박 순경은 제가 데리고 가겠습니다. 최 형사님은 어서 가 보시죠. 도 경감님이 상황실에서 기다리고 계십니다. 영장 가지고 나영석 경위가 감식팀과 곧 이곳으로 올 겁니다."

"그래. 안 형사는 나랑 같이 움직여."

"죄송해요. 저 때문에…….."

"에이, 무슨. 아니야. 어서 가 봐."

나 경사는 박 순경을 부축해, 타고 온 차가 있는 곳으로 갔다.

"형님, 연쇄 살인범이 잡힌 거예요?"

"어? 아니, 아직은 모르지. 용의자를 잡았다고 하는데 심문해 봐야 알 거야. 용의자 거주지를 수색해 보면 곧 알게 되겠지."

"그럼 어서 가 보세요. 전⋯⋯."

"안 돼! 같이 가. 아니, 오늘은 집으로 가고 확인할 거면 내일 나랑 다시 오자. 그러면 되잖아."

"내일이요? 오늘 일어난 현상이 내일도 일어날까요? 전혀 다르게 일어날지도 모르잖아요."

"시보야, 네가 위험해질 수 있다고. 정신 차려, 남시보! 내가 지켜 준다고 했잖아. 그 약속 지키고 싶다. 어? 이번⋯⋯ 아니, 여하튼 안 돼."

"형님, 지금껏 계속 마음에 두고 계셨어요? 왜 이렇게 약해지신 거예요? 알았어요. 형님 말 들을 테니까 걱정 마시고 어서 가 보세요."

"시보야, 고맙다. 널 위험한 곳으로 데려 온 것도 난데, 널 지킨다고 말만 하는 나도 참⋯⋯ 한심하다."

"아이, 또 왜 그러세요? 약해지신 거예요? 아니면 절 못 믿으시는 거예요? 요즘 부쩍 걱정도 많아지시고, 나이를 드시긴 드셨나 보네요."

"시보야, 이제 그만하자. 오늘 용의자도 잡혔고⋯⋯. 서 의원, 최 형사 내가 다 알고 있으니 내가 해결하면 돼."

남 순경은 마음이 상한 듯 모나진 말투로 말했다.

"형님, 저도 경찰이에요. 형님처럼 베테랑 형사는 아니지만 경찰이라고요. 제가 형님 때문에 위험한 일을 한다고 생각하시는 거예요? 아이, 정말. 오늘따라 진짜 이상하시네."

"뭐? 이 자식이……."

"저도 사명감이란 게 있다고요. 경찰이라는 사명감이요. 경찰인 저보고, 자기 한 목숨 지키겠다고 위험에 처한 시민을 모른 척하라는 말씀이세요? 그런 형님이 저보고 경찰을 하라고 하신 겁니까? 진짜 실망이에요. 지금까지 형님은 절 이용만 하신 거네요. 아! 그러니까, 형님은 실적을 쌓기 위해 절 이용하신 거군요!"

"야! 남시보!"

"그런 거 아니잖아요. 형님, 저도 경찰입니다. 시민을 지키는 경찰. 불의를 보면 나서야 하는 경찰. 민중의 지팡이. 아시겠죠? 그러니 그런 감성 젖은 말씀은 그만하시고……."

"이 자식이 정말…… 남시보! 말씀이 맞습니다. 남 순경님, 제가 오버했습니다. 용서해 주십시오."

민 경정은 차렷 자세로 허리를 90도로 숙이며 사과했다.

"에? 아니, 뭐…… 그렇게까지 말씀하시니 용서해드리죠."

"뭐라고? 이 자식이……."

남 순경이 너스레를 떨며 웃자, 민 경정이 주먹으로 꿀밤을 때리는 시늉을 하며 크게 웃음 지었다.

"야아, 이제 정말 경찰 다 됐네, 우리 시보. 아니, 남시보 순경!"

"그렇죠? 그러니까 좀 더 보고 가게 해 주세요. 네?"

"그건…… 좋아, 그럼 나랑 같이 보자."

"형님은 가 보셔야죠? 용의자가 잡혔다는데……."

"도 경감이 있으니 괜찮아. 도 경감이 전문이야. 그리고 검사님도 계시고. 난 좀 늦어도 돼."

"그래요? 그럼 그 시간대까지만 좀 더 보고 가시죠."

"그러자. 잠깐 전화 좀 할게."

빵빵!

갑작스러운 자동차 경적에 최우철 경위와 안민호 경위는 잔뜩 인상 쓴 얼굴로 차를 노려보았다.

"안 형사, 조심해. 이리로 와."

"골목길에서 경적까지 울리고, 참……."

"그러게 말이야. 그래도 어째? 비켜 줘야지, 죽기 싫으면. 하하."

뒤에서 경적을 울리던 차는 지나가지 않고 최 경위 옆에 멈춰 섰다. 그러고는 운전석 창문을 내려 반갑게 인사를 건넸다.

"최우철, 여긴 어쩐 일이야?"

"어? 민주?"

"아, 잠깐만!"

차는 조금 더 앞으로 가 골목 담벼락에 바짝 붙어 섰다. 이내 운전석 문이 열리고 차에서 서민주 의원이 내렸다. 최 경위와 안 경위는 서 의원에게 갔다.

"민주야, 이 시간에……."

"뭐야? 나 보러 온 거야? 이렇게 만나니 반갑네."

"아니, 여기 앞에 잠깐 일이 있어서 온 거야."

"이그, 말이라도 좀 그렇다고 하면 좋잖아. 하여튼."

"그런가?"

최 경위는 무안했는지 뒤통수를 긁으며 어색하게 웃었다.

"아! 인사해. 여기는 안민호 경위라고……. 안 경위, 여기는 서민주 의원이야."

"안녕하십니까, 의원님. 말씀 많이 들었습니다."

"저에 대해서요? 뭐라고?"

"어……. 경찰 대학 동기시다고…… 그러니까……."

"아하하. 네, 인사치레였네요. 크, 괜찮아요."

"민주야, 짓궂게 왜 그래?"

"아! 미안. 농담이에요, 안민호 경위님."

"아……. 네, 의원님."

서 의원은 눈을 찡긋하며 웃어 보였고, 안 경위는 가볍게 목례하며 어색하게 웃었다.

"그래서 여긴 무슨 일이야? 연쇄 살인사건 때문…… 뭐야? 이 근처에서 또 발생한 거야?"

"아니야, 그런 거. 다른 일로 온 거야. 탐문 수사."

"그런데 이렇게 늦은 시간까지……. 하긴 수사를 밤낮 따져 가며 하지 않겠지. 이그! 아하하."

서민주 의원은 자기 머리에 꿀밤 때리는 시늉을 하며 밝게 웃었다.

"그렇지. 근데 오늘은 부모님 댁에서 자려고?"

"응, 아빠가 이러다 딸 얼굴 잊겠다고 하셔서 늦게라도 얼굴 비추고 가려고. 자기가 부탁한 것도…… 아! 아니, 그러니까…… 그래서 오랜만에 부모님 댁에서 자려고."

"괜찮아. 안 형사도 이제 알고 있어. 편하게 얘기해도……."

"뭐야? 데이트하는 거야? 야아, 이거. 팀장은 바쁘게 일하고 있는데 연애나 하는…… 어, 안 형사도 있었네?"

"어! 팀장님……."

그때 어디선가 민우직 경정이 불쑥 나타났다. 갑작스러운 민 경정의 등장에 최 경위와 안 경위는 고개를 제대로 들지 못하고, 옆으로 돌려 얼굴을 찡그렸다. 땡땡이치다 딱 걸린 고등학생 같은 모습이었다.

"어머! 민우직 팀장님? 아니, 팀장님까지 여기…… 아, 여기서 만나기로 하셨구나?"

"서 의원, 오랜만이에요. 잘 지냈어요? 너무 늦은 시간에 다니는 거 아니에요?"

"에이, 아니에요. 형사님들도 이 시간까지 일하시는데 같은 월급쟁이 처지에 늦은 시간이라 할 수 있나요? 그래도 걱정해 주셔서 감사해요."

"아하하. 그런가요? 그래도 새벽길은 항상 조심해야 합니다. 아셨죠?"

"네, 그럴게요. 그런데 이 새벽에 나오신 걸 보니 뭔가 잘 안 풀리시나 봐요?"

"하하. 그렇죠, 매번……."

최 경위와 안 경위는 여전히 민 경정을 제대로 쳐다보지 못하고 아무 말 없이 서 있었다. 서 의원은 멀뚱멀뚱 서 있는 최 경위의 셔츠 소매를 잡아 흔들며 말했다.

"최우철, 왜 그래? 갑자기."

"어? 민주야, 저기…… 팀장님, 근데 여긴 어쩐 일로……."

"그건 내가 해야 할 말 아닌가?"

"팀장님, 그게…… 최우철 형사가……."

"저기, 서 의원! 늦었지? 그만 들어가서 쉬어. 이제 우리도 일을 해야 할 것 같아."

최 경위는 안 경위의 말을 끊으며 상황을 마무리하려 애썼다. 서둘러 서 의원의 차 운전석 문을 열더니 그녀의 등을 살며시 떠밀었다.

"뭐야, 갑자기? 무슨 일 있어?"

"아니에요, 서 의원. 최 형사랑 안 형사에게 따로 지시한 게 있는데 이곳에 왜 와 있는지 물어본 거예요. 서 의원은 어서 들어가요. 시간도 많이 늦었는데."

"네, 그러네요. 시간이 많이 늦었습니다. 하하. 오늘 만나 봬서 반가웠습니다, 의원님."

"아……. 네, 저도요. 그럼 수고하세요."

마지못해 서 의원은 인사하며 최 경위의 얼굴을 살폈다.

"분위기상 더 물어보지 못하겠네. 연락할게. 수고해."

"그래, 서 의원. 어서 들어가."

최 경위는 서 의원을 운전석에 태우는 그 짧은 순간, 그녀의 머리가 차에 부딪히지 않도록 손으로 보호해 주었다.

"수고하세요!"

서 의원은 운전석 창문을 내리고 손을 흔들며 출발했다.

차가 시야에서 멀어질 쯤 최 경위가 민 경정에게 말했다.

"팀장님, 죄송합니다. 제가 오자고 안 형사를 졸랐습니다."

"내가 빠지라고 했잖아. 네가 개입하면 더 복잡해진다고. 나랑 시보가 해결할 거야. 응? 우철아."

"우철이라 부르시니 편하게 말씀드릴게요. 형님, 민주가 저한테 어떤 사람인지 아시죠? 민주까지 그렇게 보낼 수 없잖아요. 형도 허망하게 보냈는데……. 형님, 제가 왜 이러는지 정말 모르시겠어요?"

"알아. 알아서 그래. 서 의원 살리겠다고 너 인마, 너…… 너까지 잃으면 난 어쩌라는 거야?"

"그게 무슨 말씀이세요? 제가 왜 죽어요? 그냥 형님 도와서 민주를 지키려는 것뿐이에요. 왜 그렇게 예민하게 구세요? 뭐가 또 있는 겁니까?"

"뭐가 있어, 있기는? 내가 너를 몰라? 무리하게 덤빌까 봐 그러지. 그러다 다칠 수도 있고, 심하면…… 죽을 수도 있으니까 그렇지."

"그런 거면 걱정 마십시오. 조심하겠습니다. 그러니……."

"안 돼, 우철아. 내가 널 너무 잘 알아서 그래. 조심하는 게 좋겠어. 제발 이 형 믿고 빠져 있어라. 응? 조 검사 사건이나 더 신경 쓰고. 제발! 형이 부탁한다."

"그러세요, 최 형사님. 팀장님 말씀대로 하시죠. 저도 팀장님 도와서 꼭 서민주 의원님 살릴 수 있도록 하겠습니다. 그러니 이만 돌아가시죠."

"형님……. 무슨 걱정 하시는지 알아요. 하지만……."

"오늘 다들 왜 이래?"

민 경정은 버럭 화를 냈다.

"이 자식! 알아듣게 얘기를 해도 이 모양이네. 네가 이러면 더 힘들어져. 서 의원이랑 너랑 모두 위험해진다고! 아니, 서 의원이 더 위험해진다고, 자식아! 정신 차려! 당분간 서 의원 근처에 오지도 마! 이거 부탁 아니다. 명령이야! 알았어? 최우철 경위! 앞으로 수사에 방해되는 무엇이든 간에 가만두지 않겠어. 내 말 새겨들어, 최 경위."

쉽게 화를 내지 않던 민 경정이 눈을 부릅뜨고 언성을 높이는 모습에 잠시 정적이 흘렀다. 최 경위는 뭐라 더 얘기할 분위기가 아닌 것 같아 단념하고, 우선 민 경정의 말을 따르기로 했다.

"네, 알겠습니다. 팀장님, 고맙습니다."

"뭐가 고마워? 경찰이 해야 할 일 하는데. 아휴……. 덜 됐어, 아직. 안 형사, 뭐 해? 데리고 가. 안 형사가 책임지고 집까지 데리고 가라고. 그리고 다시는 우철이한테 어떤 얘기도 하지 않는다. 알았나? 안 경위."

"예! 팀장님, 명심하겠습니다. 최 형사님, 가시죠."

"그럼 가 보겠습니다, 형님. 죄송합니다."

"그래, 우철아. 걱정 말고 들어가."

민 경정은 최 경위와 안 경위가 가는 모습을 쭉 지켜보다, 골목 끝에서 그들이 보이지 않을 때가 돼서야 뒤돌아섰다.

"어! 뭐야?"

남 순경은 민 경정 뒤에 바짝 붙어 서서 장난스레 말했다.

"여기서 뭐 하세요?"

"야! 놀랐잖아. 너 위험했다, 방금."

"에이, 놀라시기만 하고 날아오는 건 없던데요."

"야! 내 반사 신경이 빨라서 그러지. 바로 너인지 알아보고 접은 거다, 인마. 하하하."

"네, 그렇다고 하죠. 근데 여기서 뭐 하시는 거예요? 아이, 한참을 기다려도 안 오셔서 여기까지 온 거 아니에요. 화장실 갔다 오신다는 분이……. 아, 방금 전에 서민주 의원이 집에 왔어요. 여기가 서 의원 집이 맞나 봐요. 차 번호도 맞고, 그 차……."

"나도 봤다. 그 차였어?"

"보셨어요? 차에서 내리는 걸 보고 번호판 확인해 보니 맞더라고요. 그때 본 그 차예요."

"그래. 아, 여기는 서 의원의 부모님 댁이야. 서 의원은 여의도에서 따로 살고 있고."

"아아, 근데 왜 여기서……."

"그거야 나도 모르지. 이제 알아봐야지."

"네, 형님. 이제 시간 얼마 남지 않았어요. 어서 가시죠."

"그래. 그럼 가 볼까?"

02시 00분. 민 경정과 남 순경은 서 의원 차가 주차된 곳에 서 있다.

그때 민 경정의 휴대폰 벨 소리가 울렸다.

"형님, 전화요."

"어, 잠깐만."

민 경정은 주머니에서 꺼낸 휴대폰을 확인한 뒤 곧바로 통화 버튼을 눌렀다.

"검사님, 벌써 심문이 끝났습니까?"

"네, 팀장님. 그런데 어쩌죠? 아니네요."

"아……. 그래요. 어쩐지 쉽게 잡혔다 싶었습니다."

"뭐예요? 예상하셨어요?"

"아닙니다. 저도 범인이기를 바랐죠. 근데 왠지 너무 쉽게 잡힌 걸 보니 아닌 것 같더라고요. 그럴 놈이었으면 진작 잡혔지 않을까, 해서. 검사님, 늦은 시간까지 고생하셨는데 어쩝니까?"

"고생은요. 형사님들이 더 고생이시죠. 잘 좀 챙겨 주세요. 그리고 팀장님, 다크킹덤 건은 언제 다시 논의하실 건가요?"

"아, 조만간 자리 만들겠습니다. 조금만 기다려 주십시오."

"네, 할 일도 많으신데 죄송해요."

"아닙니다. 먼저 말씀해 주시니 전 좋은데요. 그럼 들어가십시오."

휴대폰을 주머니에 넣고 뒤돌아선 민 경정 뒤에 남 순경이 바짝 붙어 서 있었다. 하지만 이번엔 놀라지 않고, 오히려 남 순경을 장난스레 노려보았다.

"뭡니까, 형님?"

"뭐가 뭡니까?"

"에? 아니, 장난하지 마시고요. 진범이 아니에요? 형님은 잡힌 용의자가 진범이 아니라는 걸 알고 계셨어요? 그런 거예요?"

"워어, 워어. 숨넘어가겠다. 그래, 검사님이 아니라고 하시네."

"진짜 아니라고요? 아, 잡혀서 다행이다 싶었는데…….''

"상심 마. 이번처럼 좁혀 가면 금방 잡히겠지. 그러니까 실망하지 말자고."

"네……. 형님은 어떻게 예상하신 거예요?"

"예상은 아니고, 생각보다 쉽게 잡혀서 '아닐 수도 있겠다' 했지."

"그렇군요. 전 용의자가 잡혀서 한시름 놓고 있었어요."

"시보야, 연쇄 살인사건 수사에 부담 갖지 마. 괜찮으니까."

"아니요, 형님. 부담이 아니라요."

"그래, 알아. 너무 실망하지 말라고 하는 말이었어."

"아니, 그게 아니라요. 빨리 해결 돼…….''

"자! 남 순경님, 이제 시간 됐는데 얼른 확인해 볼까요? 경찰의 사명감으로! 안 그러세요?"

"아이, 왜 또 그러세요?"

"내가 뭐? 불타는 사명감에 꼭 하셔야겠다고 하시니 그러죠. 남시보 순경님."

"그만 좀 하세요. 그럼, 이제 확인 합니다. 제가 아무 말 없이 시간 끌면 흔들어서 깨워 주세요. 아셨죠?"

"알았어. 한눈팔지 않고 너만 똑바로 보고 있을게. 걱정 말고."

남 순경은 잠시 숨을 고른 뒤 눈을 감았다. 눈썹에 힘이 잔뜩 들어간 것을 보아 집중하고 있는 듯 보였다. 남 순경의 얼굴이 일그러질수록, 남 순경을 바라보는 민 경정의 얼굴도 함께 일그러졌다.

"잘하는 건지 모르겠네."

눈앞에 형님이 보이지 않는 걸 보니 지금 내가 보고 있는 건 초자연 현상인 듯했다. 나는 서둘러 차창에 얼굴을 붙이고 안을 확인해 보았다. 하지만 역시 차 문 손잡이는 열리지 않았고, 서 의원의 시체도 보이지 않았다. 아직 살인사건이 일어나지 않은 건가? 주변에도 별다른 특이점은 보이지 않았다.

그때, 야구 모자에 마스크를 쓴 자가 주위를 살피며 차가 있는 쪽으로 오고 있었다. 어! 룸미러에서 봤던 그자다! 어쩌지?

"에? 뭐야?"

나도 모르게 눈이 번쩍 떠지며 형님의 얼굴이 눈에 들어왔다.

"시보야, 왜 그래? 괜찮아?"

"형님이 저 흔들어 깨운 거예요?"

"뭐? 아니, 아무 짓도 안 했는데. 뭐야? 너 스스로 나온 거야?"

"네, 예전처럼요. 이유가 뭐지⋯⋯. 아, 그것보다 지금 범인이 나타났어요. 제가 봤어요."

"범인? 누구야? 아니지. 어떻게 생겼어?"

"야구 모자랑 마스크로 얼굴을 가리고 있어서 온전히 볼 수 없었어요. 그게 중요한 게 아니라 지금 살인범이 나타났다고 요! 이제 일이 벌어질 테니 어서 다시 들어가 봐야 해요."

"잠깐만, 괜찮겠어?"

"그래도 형님이 계시니 이상하다 싶으면 흔들어 깨워 주세요. 아셨죠? 빨리 확인해야 할 것 같아요."

나는 형님의 대답을 들을 생각도 하지 못하고 다시 눈을 감았다. 하지만 길 위엔 그자가 보이지 않았다. 어디로 간⋯⋯.

'헙!'

나는 너무 놀라 손으로 입을 틀어막았다. 차 뒷좌석에 그가 몸을 웅크린 채 숨어 있었던 것이다. 이자는 날 볼 수 없는 건 가? 혹시 날 볼 수 있으면 어쩌지? 나는 이 공간에 존재하지 않는 사람인데 자꾸만 존재하는 것처럼 느껴져 머리가 혼란스러 웠다.

혹시 몰라 몸을 낮추고 조심스럽게 차 뒷좌석 쪽으로 몸을 붙였다. 그리고 그를 보기 위해 천천히 고개를 들었다. 창문 위로 얼굴을 빼꼼 내밀어 차 안을 살피는데, 나는 다시 한번 입을 틀어막고 말았다. 놈과 눈이 마주친 것이다.

"어쩌지?"

"왜 그래? 뭐야? 이번에도 알아서 나온 거야?"

"아……. 네, 깜짝 놀라서 그런가."

"왜? 무슨 일 있었어?"

"그자와 눈이 마주쳤어요. 내가 보이는 건가……."

"뭐라고? 그럼 네가 그 장소에 진짜로 들어…… 아니, 뭐라고 해야 하는 거야. 그 공간에 네가 존재한다는 거야? 시공간을 지금 왔다 갔다…… 타임머신 그런 거야?"

"아니……. 분명 눈이 마주치기는 했는데…… 날 본 건지 아닌지는 모르겠어요. 너무 당황스럽고 놀라서 그런가, 갑자기 빠져나와 버려서요. 잠깐 기다려 보세요. 다시 들어가 볼게요. 이번에 좀 멀리서 지켜봐야겠어요."

나는 차가 있는 위치에서 멀리 떨어진 곳으로 천천히 걸어갔다.

"그런다고 뭐…… 그곳에서 죽지는 않겠지?"

"죽어요?"

"아니, 아니다. 겁주려고 한 말은 아닌데 걱정돼서……. 안 되겠다. 이거 받아."

형님은 안주머니에서 권총을 꺼내 내밀었다.

"총이잖아요?"

"만약 네가 그곳에서도 존재하는 거라면 총을 사용할 수 있을 거 아니야. 네가 위험하면 사용하라고. 아니, 그놈이 서 의원을 죽이려고 하면 그때도……."

"형님, 잠깐만요. 무슨 말씀을 하시는 거예요? 지금 그러니까, 제가 그 공간에 존재한다는…… 에이, 설마…….."

나는 고개를 절레절레 흔들며 뒤돌아서서 중얼거렸다. 어깨에 손이 느껴져 뒤돌아보니, 형님이 힘이 들어간 손으로 내 손에 총을 쥐어 주었다.

"시보야, 혹시나 해서 주는 거야. 아닐 수도 있지만 그래도 모르니 가지고 있어."

"형님……. 근데 정말 그곳에서 그자를 체포해도…… 아니, 총을 쏴도 되는 걸까요?"

"……."

"모르시겠죠? 하긴 저도 모르겠는데 형님이……. 네, 알겠어요. 일단 가지고는 가는데 최대한 사용하지 않도록 해 볼게요."

"시보야, 너만 생각해. 너한테 위험한 일이 생기면 사용하라는 거야. 알았지? 서 의원은 나중에 우리가 여기서 지키면 된다. 그러니까 너만 지켜. 알았지?"

"네. 알겠어요, 형님."

나는 형님이 건넨 총을 바지 뒷주머니에 넣고 다시 눈을 감았다. 이번에는 계획한 대로 차와 멀리 떨어진 곳에서 눈이 떠졌다. 하지만 차 안이 잘 보이지 않아, 어쩔 수 없이 좀 더 가까운 곳으로 다시 이동해야 했다. 몸을 최대한 숙이고 천천히 차 가까이 다가가던 그때, 서 의원 부모님 집의 초록색 대문이 열렸다.

최 경위와 안 경위가 상황실에 들어섰을 때, 회의 테이블 앞엔 도 경감이 홀로 앉아 있었다.

　"어! 벌써 끝나셨습니까?"

　"어, 왔어요. 둘 다 고생 많았어요."

　"에이, 아닙니다. 한 검사님은 지금 용의자 취조 중이신가 봅니다?"

　"아니에요. 잠깐 팀장님께 전화하신다고…… 아, 저기 오시네요."

　민 경정과 통화를 마치고 회의실에서 나오는 한 검사에게 안 경위가 고개 숙여 인사했다. 옆에 있던 최 경위도 한 검사에게 가볍게 목례를 건넸다.

　"수고하셨습니다."

　"아니에요. 경감님이 고생하셨죠. 범인 잡느라 형사분들이 더 애쓰셨고요. 그런데…… 우리가 찾는 연쇄 살인범이 아니었어요."

　"예? 정말입니까, 경감님?"

　안 경위는 놀란 얼굴로 도 경감을 쳐다보았다.

　"아쉽지만 그러네요."

　최 경위는 인상을 팍 찌푸리며 짜증스러운 목소리로 안 경위에게 말했다.

　"아, 이런. 그럼 왜 그렇게 도망친 거야? 박 형사까지 다치게 하고 말이야."

"뭐예요? 박 순경님이 다쳤어요?"

"어딜 다친 거예요? 상태는 어때요?"

한 검사와 도 경감은 걱정스러운 눈빛으로 최 경위와 안 경위를 바라보았다. 최 경위와 안 경위는 동시에 고개를 좌우로 흔들며 손을 내저었다.

"아니, 아니에요. 종아리에 경미한 상처가 생겨서 나 형사가 병원에 데리고 갔습니다."

"맞습니다. 크게 다친 게 아니라서 깜박하고 말씀드리지 못했습니다."

"그래요……. 어떻게 다친 거예요?"

"범인 칼에 종아리를 좀 베었습니다. 아마 지금쯤 치료받고 집으로 갔을 겁니다. 검사님, 너무 걱정 마십시오."

"그런데…… 그자는 무슨 이유로 도망쳤는지 알 수 있을까요?"

"마약 때문에 그런 거예요. 팔을 보니 주삿바늘 자국이 없는 곳이 없더라고요. 멍이 시퍼렇게 들 정도로 상습 투약한 거죠. 그래서 도망쳤다고 하네요."

"아이, 자식. 도망을 왜 쳐? 그리고 어디서 경찰한테 칼을 휘둘러 다치게 해! 그런 자식은 이번엔 제대로 콩밥을 먹여야 한다고."

"그러게요, 최 경위님. 제가 제대로 콩밥 먹일게요. 어디서 우리 박 순경을."

"우리 박 순경이요?"

한 검사의 다정한 말에 최 경위가 흠칫 놀라며 물었다.

"왜요? 우리 그런 사이예요. 모르셨어요?"

"그래요? 어, 마침 저기 오네요, 우리 박 순경."

박민희 순경은 병원에서 치료를 받고, 나상남 경사의 부축을 받으며 상황실에 들어섰다.

"어! 괜찮아요, 박 순경?"

"괜찮아? 검사님이 얼마나 걱정하셨다고. 우리 박 순경, 우리 박 순경 하시면서 말이야."

"아아……. 괜찮습니다. 살짝 다쳤는걸요. 경찰이 다치기나 하고……. 면목 없네요."

"이그, 아니에요. 위험한 상황이었잖아요. 크게 다치지 않아 다행이에요."

나 경사는 확신에 찬 목소리로 최 경위에게 물었다.

"그건 그렇고 그놈이 살인범 맞죠? 그렇죠?"

"그게…… 범인이 아니래. 마약 사범이라네."

"정말요? 경감님, 정말입니까?"

나 경사는 최 경위의 대답이 못 미덥다는 듯 도 경감을 보고 되물었다.

"그래요. 아니에요. 고생들 했는데……. 그래도 범죄자는 맞으니까 너무 서운해 말아요. 특히 박 순경. 알았죠?"

"예, 경감님."

"고생들 하셨어요. 박 순경은 다치기까지 하고. 이번처럼 합심해 주시면 곧 진범을 잡을 수 있을 거예요. 그렇죠, 나 경사님?"

"그럼요! 이번엔 못 잡았지만, 기필코! 그 연쇄 살인마를 제가 이 두 손으로 꼭! 잡겠습니다."

아쉬워하던 나 경사는 두 주먹을 불끈 쥐며 큰 소리로 웃었다.

"저 기백은 알아줘야 한다니까."

최 경위는 환하게 웃으며 나 경사를 흐뭇하게 바라보았다. 한 검사도 주먹을 쥐며 싱긋 웃어 보였다.

"근데 박 형사는 집에서 쉬지 여기는 왜 온 거야?"

"어떻게 됐나 궁금해서요. 진범이 아니라고 하시니 정말 아쉽네요. 이제 끝났구나 싶었는데……."

"박 형사, 너무 실망하지 마. 곧 잡힐 거야. 아직 신원 확인을 못 한 자가 두 명이나 더 있으니, 그중에 한 놈이 진범 아니겠어?"

최 경위의 말을 들은 나 경사가 끼어들어 말했다.

"최 형사님, 그중 한 명이 거주하는 집은 팀장님 허락 없이는 접근 못 합니다. 아시죠?"

"그래, 알고 있어. 그 집 일로 팀장님께 크게 혼이라도 난 거야?"

"아니……. 그게 사실은……."

나 경사는 난처한 표정으로 한 검사를 힐끗 쳐다보았다.

"음, 이제 말해도 될 것 같네요. 팀장님께 제가 말씀드릴게요."

"그래도 될까요?"

"네. 그 집은 현재 윗선에서 수사를 막고 있어요. 조사해 보니 그 집 소유주가 강남 돈줄이더군요. 대부업으로 시작해서 나이트클럽, 게임장, 그리고 호텔까지 여러 영업장을 운영하고 있고요. 그러다 보니 정·재계 인맥도 상당한가 봐요. 그 인맥으로 검찰총장에게 민원을 넣을 수 있었던 거죠."

나 경사는 최 경위와 눈이 마주치자 말없이 고개를 끄덕였다.

"그래서 팀장님과 상의해 잠시 중단시킨 겁니다. 대신, 나상남 경사에게 임무를 맡겼던 거예요."

"임무요? 무슨 임무 말입니까?"

"저한테 팀장님이 조용히 그 집 거주자를 감시하라고 하셨어요. 검사님이 비밀리에 검찰 수사관도 두 명 붙여 주셨고요."

"형사님들이 바쁘시니 우리 쪽에서 지원했죠."

"그래서? 뭐가 나온 게 있어?"

나 경사가 한 검사 눈치를 살피며 망설이자 한 검사가 미소 띤 얼굴로 말했다.

"나 경사님, 알고 계신 거 말씀하세요. 이제 괜찮을 것 같은데요? 팀장님께는 제가 알아서 다 말씀드릴 테니 걱정 마시고요."

"아, 네. 알겠습니다. 확인해 본 결과, 그 집 소유주 아들이 우리가 찾는 자로 보입니다. 근데 이상해요. 그 집 소유주가 실제로 사는 집은 다른 곳이더라고요. 아들은 명단에 나와 있던 그 집 주소에 거주하는 것으로 나와 있고요. 아들을 수소문해 봤는데 행방이 묘연해요. 아들을 봤다는 사람이 없어요. 아는 사람도 없고요."

"집에 틀어박혀 사는 백수인가? 아니면 벌써 눈치채고 다른 곳으로 도망갔거나."

"그럴 수도 있겠죠. 아무튼 좀 더 지켜보면서 상황을 주시 중입니다. 집주인 이름은 '주필상'이라고, 경력이 좀 특이해요. 레이싱 선수였더라고요. 근데 지금은 대부업자에 나이트클럽 사업을 주로 하고 있어요. 검사님 말씀대로 최근에는 숙박업에 진출해 호텔도 몇 개 운영하고 있고요. 뒤를 계속 따라다녀 봤는데 아들이 사는 집에는 통 가지를 않더라고요. 밖에서 아들을 만나는 것도 못 봤고요. 아들이 사는 집 앞에 잠복 중인 수사관도 집을 오가는 사람은 없었다고 했어요."

"완전 집돌이네, 집돌이. 그것도 아니면 벌써 튄 거고."

언짢은 듯 툭 내뱉은 최 경위의 말에 나 경사는 수긍하며 말을 이었다.

"그럴까요? 혹시나 주필상이 사는 집에 아들도 살고 있는지 이웃들을 찾아가 물어봤거든요? 근데 수년 전에 부인이 죽은 뒤로는 혼자 살고 있다고 하더라고요. 아들이 하나 있기는 한데 어릴 때 이후로 본 적이 없다고 하고요. 말로는 아이를 외가로 보낸 것 같다고……."

"그래? 그럼 잠복 중인 그 집이 외갓집 아니야?"

"그렇다기엔 인기척도 없고, 누가 사는 것 같지 않았단 말이죠."

가만히 듣고 있던 박 순경이 무언가 짚이는 부분이 있는지, 살짝 커진 눈으로 입을 열었다.

"아니에요. 그때 분명 집으로 들어가는 사람이 있었어요. 그 사람이 주필상 씨인지는 정확히 모르겠지만 비서가 사장님이라고 했어요. 그럼 주필상이 맞지 않을까요?"

"아, 그렇지! 박 형사가 그때……."

"그러네요. 그랬으니 민간이 사찰이니 뭐니 하며 민원을 넣었을 거고요."

"아! 그럴 가능성이 높겠네. 아무튼 그 뒤로는 집을 출입하는 사람이 아무도 없었습니다."

"그럼 하루라도 빨리 그 집을 압수 수색하는 게 좋겠는데요. 영장만 내주시면 바로 들어가서……."

의욕이 앞선 최 경위의 말을 한 검사가 잘라 말했다.

"최 경위님, 마음은 알겠는데요. 영장 신청을 해도 기각될 게 뻔해요. 그 정도 되는 사람이니 검찰 총장한테 직접 민원을 넣었겠죠. 확실한 물증 없이는 불가능할 거예요. 그러니 팀장님도 접근 금지를 내리셨을 거고요."

"그래도 뭔가 숨기고 있는 게 확실한데……. 이렇게 속수무책으로 앉아만 있을 순 없잖습니까? 그럼 저희가 긴급 체포라도 해서……."

어디선가 갑자기 루치아노 파바로티의 카루소 노래가 들려왔다.

"오우! 내 벨소리이에요. 잠시……."

도 경감은 휴대폰을 꺼내 전화를 받았다.

"어, 나 경위. 무슨 일이에요?"

"지금 통화 가능하십니까?"

"그래요. 말해 봐요. 용의자 집에서 뭐 좀 나왔나요?"

"네, 필로폰 100그램과 주삿바늘이 나왔습니다. 살해 도구로 볼 만한 것들은 찾지 못했습니다. 현재 용의자 옷을 수거해 피해자⋯⋯."

"아! 나 경위, 그럴 필요 없어요. 확인해 봤지만 우리가 찾던 살인범이 아닙니다. 이럴 줄 알았으면 바로 연락할 걸 그랬네요."

"아⋯⋯. 아닙니다. 이것 때문에 연락드린 건 아니어서요. 연쇄 살인사건 관련해서 긴히 말씀드릴 게 있습니다."

"그래요? 그럼, 잠깐만요. ⋯⋯검사님, 사건 관련해서 더 하실 말씀 없으시면 이만 가 봐도 되겠습니까."

"그러세요, 경감님. 최 형사님, 그 건은 내일 팀장님과 다시 논의하는 걸로 하시죠. 저도 이제 들어가 봐야겠어요. 시간도 많이 늦었네요."

"그러시죠, 검사님."

도 경감은 살짝 고개 숙여 인사를 건넨 뒤 곧장 상황실을 나섰다.

"나 경위, 바로 들어갈 테니 들어가서 얘기하죠. 조금만 기다려요."

"네, 경감님."

초록색 대문이 열리고 서민주 의원이 보였다. 그녀의 손에는 황색 봉투가 들려 있었다. 계단을 내려와 차가 주차된 곳으로 가는 걸 보니 사건이 발생하기 직전임이 분명했다.

아무것도 모른 채 차에 오르려는 서 의원을 막기 위해, 남 순경은 어쩔 수 없이 몸을 일으켜 자신을 드러냈다. 그리고 서 의원에게 손을 흔들었다. 하지만 서 의원은 남 순경을 보지 못했는지, 그대로 차가 있는 곳으로 갈 뿐이었다. 다급했던 남 순경은 큰 소리로 서 의원을 불렀다.

'서민주 의원님! 잠시만요. 저…… 저는 남시보 순경이라고 합니다!'

"……"

'서 의원님! 안 됩니다. 멈추세요!'

"……"

삐빅!

서 의원은 리모컨 차 키로 차 문을 열었다. 그녀는 남 순경의 목소리가 들리지 않는지, 앞만 보고 운전석으로 걸어갔다. 남 순경은 자신을 보지 않는 서 의원을 붙잡기 위해 재빨리 그녀를 향해 달려갔다.

'서 의원님! 멈추세요! 차에 타시면 안 됩니다!'

남 순경은 계속해서 큰소리로 외쳤지만, 서 의원은 눈길조차 주지 않고 차에 올라탔다. 남 순경은 바로 앞에서도 자신을 보지 못하는 서 의원을 보고, 그제야 자신이 보이지 않는다는 것을 깨달았다. 그럼 범인도 자신을 보지 못할 것으로 생각한 남 순경은 서둘러 범인이 있는 뒷좌석을 확인했다.

범인은 뒷좌석에 납작 엎드려 숨죽이고 있었다. 검정 셔츠를 입고 있어 눈에 잘 띄지도 않았다. 야구 모자와 마스크를 쓴 채 잔뜩 웅크리고 있어 이번에도 얼굴이 보이지 않았다. 어떻게든 범인 얼굴을 보기 위해 이리저리 뒷좌석 안을 살피던 남 순경은 범인과 정확히 눈이 마주쳤다. 하지만 범인은 남 순경을 보지 못한 듯 다른 곳으로 시선을 돌렸다. 남 순경은 이 공간에선 자신이 보이지 않는다는 것을 확신하고 안도의 한숨을 내쉬었다.

　그때, 누군가 남 순경을 불렀다.

　"시보야, 왜 그래? 서 의원이 보여? 뭐야? 안 들리는 거야?"

　"형님, 제 목소리가 들리세요?"

　"어, 들리는데? 뭐가 어떻게 돼 가고 있는 거야?"

　"뭐지?"

　초자연 현상 안에서 다시 자신의 목소리를 민 경정이 들을 수 있게 되자 남 순경은 순간 당황스러웠다.

　"뭐? 뭐가?"

　"확실하게 제 목소리가 들리시는 거 맞죠?"

　"그래, 들려. 너…… 근데 뭐야? 눈을 감고 있잖아."

　"네, 아직 환영을 보고 있거든요. 초자연 현상 안에 있다고요. 다시 원래대로 된 건진 모르겠지만…… 아무튼, 지금 서민주 의원이 집을 나와 차에 탔어요. 뒷좌석에 살인범은 그대로 있고요."

　"서 의원을 차에 못 타게 막았어야지."

　"그랬죠. 그래서 서민주 의원 앞으로 뛰어가 타지 말라고 말리기까지 했다고요. 근데 서민주 의원이 저를 못 보는 것 같았어요. 제가 보이지 않나 봐요. 어떡…… 어! 잠깐만요."

"왜? 또 뭐야? 시보야, 뭔데 그래?"

"잠시만요, 형님. 서민주 의원이 봉투에서 뭔가 꺼내고 있어요."

서 의원은 들고 있던 황색 봉투에서 서류를 꺼내 보고 있었다. 그리고 다른 한 손에는 무언가를 쥐고 있었다. 서 의원이 무엇을 보고 있는지 확인하기 위해, 남 순경은 운전석 앞으로 다가가 창문 가까이 얼굴을 붙였다.

서 의원이 들고 있는 서류는 회원 명부처럼 보였다. 내용을 좀 더 자세히 들여다보려 했지만, 서 의원은 서류와 쥐고 있던 무언가를 다시 봉투에 집어넣어 버렸다. 꽤나 놀란 표정인 것을 봤을 때 심상치 않은 내용임이 분명했다.

그때였다. 뒷좌석에 숨어 있던 자가 몸을 서서히 일으켰다. 남 순경은 서 의원이 살해당하는 시점이 지금이라 보고, 휴대폰을 꺼내 시계를 확인했다. 그런데 이번에도 휴대폰 속 날짜와 시간이 아주 빠르게 흐르고 있었다. 남 순경은 민 경정을 다급히 불렀다.

"형님! 지금 몇 시예요?"

'……'

하지만 민 경정에게선 아무런 대답도 돌아오지 않았다. 그가 멀리 떨어져 있다고 생각한 남 순경은 더 크게 민 경정을 불렀다.

"형님! 어디 계세요? 제 목소리 안 들리세요?"

"어? 저기요. 뭐라고 하셨어요?"

그런데 대답해야 할 민 경정 목소리는 들리지 않고 웬 여자 목소리가 들렸다. 남 순경은 목소리가 들리는 곳으로 고개를 돌렸지만 그곳엔 아무도 보이지 않았다.

그때, 차에 타고 있던 서 의원이 창밖으로 얼굴을 내밀었다.

"저기요! 여기예요."

"어! 저…… 저요? 제, 제가 보이세요?"

남 순경은 갑자기 서 의원이 말을 걸자 당황해 말까지 더듬거렸다.

"보이냐고요? 네, 이렇게 앞에 계시는데요. 근데 뭐라고 하셨어요? 저한테 하신 말씀 아니세요?"

"아……. 그럼…… 아! 안녕하세요. 저는 남시보 순경이라고 합니다."

남 순경은 이제야 자신이 보인다는 사실을 깨닫고 서 의원에게 고개 숙여 인사했다.

"순경이요? 무슨 일로 그러시죠?"

"서민주 의원님 되시죠? 어……. 저기, 민우직 팀장님 아시죠?"

"네, 알죠. 민우직 팀장님과 같이 오셨어요?"

서 의원은 주위를 빙 둘러보았다.

"아니요. 그건 아니고, 잠시만 차에서 하차해 주시겠습니까?"

"차에서 내리라고요? 왜요?"

남 순경은 서 의원이 자신을 볼 수 있다면, 뒷좌석에 있는 범인도 이 상황을 지켜보고 있으리라 생각했다. 서 의원을 차에서 내리게 한 뒤 이 자리를 벗어나게 할 생각이었다.

남 순경의 갑작스러운 등장에 범인은 몸을 다시 납작 엎드렸다. 대놓고 볼 수 없었던 남 순경은 곁눈질로 뒷좌석을 살피며, 조심스럽게 서 의원에게 말했다.

"저는 믿으셔도 됩니다, 서 의원님."

"뭐라고요? 다짜고짜 믿으라니요?"

"아니, 그게 아니라. 민우직 팀장님 심부름으로 찾아왔습니다. 최우철 형사님도…… 아, 그러니까……. 네. 잠시만 차에서 내려주시면 말씀드리겠습니다."

"그래요. 그러죠. 잠시만요."

서 의원은 들고 있던 황색 봉투를 조수석 앞 서랍 속에 넣고 차에서 내렸다.

"무슨 심부름이죠?"

"아, 네. 다름이 아니라 저쪽에서 팀장님이 잠깐 뵙자고……."

"민우직 팀장님이요? 같이 오신 거예요? 조금 전에는 아니라고 하셨잖아요?"

"아, 아닙니다. 같이 오셨어요. 정말입니다. 가 보시면 압니다."

"저기요. 남 순경이라고 하셨죠? 제복을 안 입으신 거 보니 형사신가요? 경찰 신분증 좀 볼 수 있을까요?"

"네! 잠시만요. 어디 있더라? 아, 여기 있습니다."

남 순경은 지갑에서 경찰 신분증을 찾아, 서 의원에게 내밀었다. 그러자 서 의원은 황당하다는 듯 헛웃음을 지으며 말했다.

"지금 뭐 하세요? 누구시냐고 묻잖아요?"

"남시보 순경이라고 말씀드렸는데요."

"그럼 초면에 장난치시는 건가요?"

"장난이라고요? 아니요. 제가 무슨 장난을……."

"장난이 아니면, 지금 뭐 하시는 건데요? 손에 아무것도 없잖아요. 빈손이라고요."

"빈손이라고요? 아니, 여기 있는데……."

"그만하시고 경찰 신분증 보여 주시죠. 아니면……."

"잠깐만요. 여기…… 경찰 신분증이 안 보이세요?"

"어디요? 제 눈에 뭐가 보여야 하나요?"

그랬다. 서 의원은 남 순경이 보여 준 경찰 신분증을 볼 수 없었다. 그 사실을 모르는 남 순경은 지갑 속 경찰 신분증과 서 의원을 번갈아 보며 고개를 갸우뚱거릴 뿐이었다.

"당신 정체가 뭐예요? 누구냐고요? 민우직 팀장님 심부름으로 온 게 맞아요?"

"네, 맞습니…… 아니, 잠깐만요."

남 순경은 차 뒷좌석에 있는 범인의 움직임이 느껴져 고개를 살짝 돌렸다. 범인은 급히 고개를 숙이고 다시 몸을 움츠렸다. 차 뒷좌석에 숨어 있던 범인은 서 의원이 차에서 내리자, 고개를 들어 남 순경과 서 의원을 지켜보고 있었다. 서 의원을 구하기 위해서는 늦기 전에 범인 얼굴을 확인해야 했다. 남 순경은 지금이라도 뒷좌석 문을 열고 들어가, 범인 얼굴을 확인해야 할지 잠시 고민했다.

"저기, 남 순경님? 지금 말하다 말고 어딜 보시는 거예요. 어디 소속이세요? 경찰은 맞으세요?"

"저는 대방 지구대 소속 남시보 순경입니다."

"지구대요? 민우직 팀장님은 경찰청 광역 수사대 소속……."

"의원님, 믿지 못하시겠지만…… 아니, 지금 의원님 차 뒷좌석에 의원님을 죽인 살인범이 숨어 있습니다. 그래서……."

"네? 저를 죽인 범인이요? 그게 무슨 말이죠? 어디에 있다는 거예요?"

"의원님, 보지 마세요. 아!"

서 의원은 차 뒷좌석으로 얼굴을 돌려 살폈다. 남 순경은 서 의원이 보지 못하게 막아 보려 했지만 한발 늦고 말았다. 뒷좌석에서 몰래 지켜보던 범인은 서 의원이 바라보자 황급히 몸을 숨겼다. 하지만 서 의원은 차 뒷좌석에서 꿈틀거리는 무언가를 보았고, 누구인지 확인하기 위해 그곳으로 걸어가려 했다.

"서 의원님, 잠시만요."

남 순경은 다급히 서 의원 앞을 가로막았다.

"당신 누구죠? 뒷좌석에 누가 있는 거죠? 날 죽인 살인범…… 아니, 날 죽인다고 한 건가요, 지금?"

"네. 아니, 그러니까…… 제가 아니라 범인이 뒷좌석에서……."

"당신도 한패인가요? 날 왜…… 아! 맞다!"

"안 돼요, 의원님!"

서 의원은 무언가가 생각난 듯 놀란 표정을 짓더니 갑자기 조수석으로 뛰어갔다. 남 순경도 서 의원을 막아서기 위해 뒤따랐다. 서 의원이 조수석 문을 열려는 순간이었다. 뒷좌석에 숨어 있던 범인이 뒷문을 열고 나와, 서 의원을 칼로 위협했다.

"의원님! 조심하세요!"

남 순경은 서 의원을 보호하려 했지만, 이미 서 의원이 위협당하는 상황에서 더는 가까이 다가갈 수가 없었다.

"당신은 또 누구죠?"

범인은 아무 말 없이 칼로 서 의원을 위협했다. 그때 서 의원 뒤에 서 있던 남 순경은 민 경정이 준 권총을 빼 들어 범인을 향해 겨누며 말했다.

"꼼짝 마! 움직이면 쏜다!"

"……."

"의원님, 제 뒤로 물러나세요. 제가 해결하겠습니다. 위험합니다. 야! 너는 가만히 있어! 정말 쏜다!"

"저기, 남 순경님. 지금 뭐 하세요? 정말 경찰 맞아요?"

"경찰 맞습니다. 믿어 주세요."

범인은 남 순경이 겨누는 총을 보고도, 아무 미동 없이 서 의원에게 다가가 칼을 들이밀었다. 서 의원은 뒤로 뒷걸음치며 천천히 차에서 물러났다. 범인은 계속해서 칼로 위협하며 조수석으로 다가가 문을 열었다.

"꼼짝 마! 움직이지 말라고! 정말 쏜다! 이 자식 뭐지?"

"한심하네요. 경찰이라는 분이 이런 상황에서……."

"그게 무슨 말씀이세요? 의원님, 저 정말 경찰 맞습니다."

"총 말이에요, 총. 장난감 총이라도 들고 그러셔야죠. 지금 이 상황이 장난이에요?"

"그게 무슨……. 의원님, 혹시 제 총이 안 보이세요?"

"자꾸 왜 그러세요? 경찰 아니시죠? 당신 정체가 뭐예요, 정말?"

"아……. 그렇구나……. 죄송합니다, 의원님."

그들 눈에는 총이 보이지 않았다. 남 순경은 그제야 그 사실을 눈치챘다.

그사이 범인은 조수석에서 황색 봉투를 꺼내, 조심스럽게 뒤로 물러나 도망가려 했다. 지금 범인의 정체를 확인하지 못하면 서 의원을 살리지 못할 수 있다는 생각에, 남 순경은 무작정 그에게 달려들었다.

갑작스러운 남 순경의 행동에 범인도 놀랐는지, 칼로 위협하지 않고 뒤돌아 도망치려 했다. 하지만 남 순경이 좀 더 빨랐다. 칼을 들고 있던 그의 팔을 힘껏 끌어당기자, 그는 뒤돌아서며 봉투를 쥐고 있던 주먹으로 남 순경의 얼굴을 쳤다. 남 순경은 범인에게 맞아 얼굴이 돌아갈 정도의 충격을 받았지만, 잡고 있던 팔을 끝까지 놓지 않았다. 그리고 동시에 남 순경도 그의 명치를 주먹으로 가격했다. 범인은 고통스러워하며 배를 움켜쥐었다. 그때, 남 순경이 잡고 있던 팔소매가 당겨져 어깨가 살짝 드러났다.

그의 어깨에는 왕관처럼 보이는 눈에 띄는 문신이 있었다. 남 순경은 고통스러워하는 범인의 팔을 비틀어 돌렸지만, 그는 몸을 한 바퀴 돌려 남 순경의 복부를 발로 걷어찼다. 그 충격에 남 순경은 뒤로 벌러덩 넘어지고 말았다. 그는 남 순경이 뒤로 나가떨어지는 것을 보고 재빨리 뒤돌아 도망쳤다. 남 순경은 얼굴을 잔뜩 찌푸리며 일어나 바로 그를 쫓으려 했다.

하지만 그 순간, 누군가 남 순경의 어깨를 잡아끌었다.

제11화

불편한 진실

짙은 어둠이 깔린 복도 끝에 홀로 환하게 불을 밝히고 있는 곳, 서울 지방경찰청 과학 수사센터 과학 수사계 사무실이었다. 도민 경감은 문을 열고 사무실 안으로 들어갔다.

"나 경위, 무슨 일이에요?"

"오셨습니까, 경감님."

"그래요. 수고가 많아요. 뭐예요? 어서 말해 봐요."

"경감님, 우선 여기에 앉으시죠."

나 경위는 도 경감을 모니터가 있는 책상 앞으로 안내했다.

"연쇄 살인사건이 발생한 장소의 주변 CCTV 녹화본을 확인하던 중에 찾은 게 있습니다. 특이점을 발견했는데, 사건 현장에서 500미터 떨어진 지점에 의심스러운 차가 한 대 찍혔습니다."

"500미터나 떨어져 있는 곳에서요? 그래요. 그 차가 어땠는데요?"

"그게, 첫 번째와 두 번째 살인사건이 있었던 날 범행 시간대에 찍혔던 차가 있었습니다. 서로 모델이 같은데 차 번호는 다릅니다."

"그럼 뭐가 문제라는 거죠? 혹시 운전자가 동일인이었나요?"

"아니요. 운전석에 앉아 있던 사람…… 옷차림이 달랐습니다. 모자와 마스크를 쓰고 있어 동일인인지는 알 수 없었습니다. 대신 불법 주차 스티커가 차 앞 유리의 같은 위치에 붙어 있었습니다. 위치뿐만 아니라 스티커가 뜯긴 흔적도 같았습니다. 그래서 확대해 자세히 보니, 일부 남아 있는 스티커 형태도 일치했습니다."

"음, 정확히 본 겁니까?"

"영상이 흐릿했지만 뜯긴 흔적은 확실히 들어맞았습니다. 직접 한번 보시죠."

"그래요. 한번 봅시다."

나 경위는 모니터에 2개의 영상 화면을 띄웠다.

"두 대를 비교해서 보시죠. 여깁니다."

"그런 것 같긴 한데……. 그래도 이것으로 동일 차라고 하기에는……."

"그렇죠. 그래서 차 외관들을 일일이 비교해 봤습니다. 전조등, 범퍼, 보닛, 휠 등에 난 스크래치까지요."

"어, 그러네요. 좌석 시트 색도 같아 보이고요. 그래서 동일 차량으로 보는 건가요?"

"모두 일치하니 번호만 다를 뿐 같은 차량인 것 같습니다."

"그래요. 그럼 차량 조회는 해 봤어요?"

"……네."

나 경위는 자신 없는 목소리로 대답했다.

"왜 그래요? 혹시 차 소유주가 다른 사람으로 되어 있었나요?"

"네, 차주 주소로 찾아가 봤지만 실제 주인이 아니었습니다. 두 대 모두 대포 차였습니다. 경감님, 그래서 의심이……."

의심하기엔 섣부른 증거들을 보며 고개를 갸웃거리는 도 경감을 보며 나 경위가 말을 이어갔다.

"그리고 결정적으로, 여기 보시면 첫 번째 차 룸미러에 별 모양의 목걸이가 걸려 있는 게 보이실 겁니다."

"어, 그러네요. 그럼 두 번째 차에서도……."

"그건 아닙니다. 없습니다. 목걸이는 없지만 그래도 차량 외관이 일치하니……."

"그럼 우선 그 차들 수배 걸고 추적해 봅시다. 잡으면 뭔가 나오지 않겠어요. 아니어도 확인은 해 봐야죠."

"네, 그래서 이미 CCTV를 통해 추적 중입니다."

"그래요. 잘했네요. 그럼 세 번째 살인사건 당일에도 해당 차량이 찍혔는지 찾아봤어요?"

"아, 네. 그날에도 룸미러에 별 모양 목걸이가 걸려 있는 차를 발견했습니다. 첫 번째 차 룸미러에 걸려 있던 목걸이와 동일한 것으로 보였습니다."

"정말이요? 이번에도 또 같은 모델에 차 번호가 다른……."

"아니요. 이번에는 차 모델과 번호 모두 다른 차였습니다. 차

주도 다르고요. 여기를 다시 보시죠."

나 경위는 두 대의 차량 사진 옆에 또 하나의 차량 사진을 띄우며 말했다.

"여기 세 번째 차량 룸미러를 보시면 목걸이가 보이실 겁니다."

"음, 동일하게 보이는데…… 정확하게는 식별이 안 되네요."

"네, 맞습니다. 윤곽이 비슷한 듯하지만 정확하게 동일하다고는 할 수 없습니다. 그래서 국과수에 촬영본을 보내 확인 중입니다. 그리고 이번에도 대포 차고, 차량 수배 중입니다."

"또 대포 차에요? 그럼 동일인일 수 있겠군요. 현재 세 대 모두 수배 중인 거고요?"

"네, 경감님. 그리고 상의드릴 것이 있습니다. 이 차량들이 확인된 시각이 02시에서 03시 사이였습니다. 그 시간대라면 범행을 저지르고 이동하는 시간이라고는 할 수 없을 것 같아, 범행을 실행하기 전에 찍힌 것이 아닐까 싶습니다. 사건 현장에서 500미터 떨어진 것을 감안한다면, 살인사건이 발생한 시간대를 03시에서 04시 사이로 봐야 할 것 같습니다. 어떻게 생각하십니까?"

"음……. 일리가 있네요. 실제 차 소유주가 살인범이라면 말이죠. 가장 어두워지는 시간과 맞아떨어지기도 하고…… 연관이 있어 보여요. 늦게까지 고생 많았어요, 나 경위."

"아닙니다. 다들 늦게까지 고생하고 있는데요. 경감님께 빨리 말씀드리고 공유하는 게 좋을 것 같아서."

"그래요. 잘했어요. 급한 일이면 다들 모여 있을 때 공유해도 괜찮습니다. 함께 사건 해결해야 하는 사람들이니 상관없잖아요. 노 프라블럼! 오케이?"

"아, 네. 앞으로 그렇게 하겠습니다, 경감님."

"그래요. 많이 늦었으니 들어가죠. 내일 회의 때 다 같이 논의해 봅시다."

"남시보! 괜찮아? 또 왜 그래?"

"어, 형님! 형님이셨어요?"

민 경정은 한참을 말없이 있던 남 순경이 갑자기 얼굴을 찌푸리며 고통스러워하자 급히 어깨를 잡아 흔들었다. 그 순간 남 순경은 현실로 돌아왔다.

"무슨 일이야? 왜 대답을 안 해? 걱정했잖아."

"형님, 잠시만요. 지금 다시 돌아가야 해요. 저 건들지 마세요. 아셨죠?"

"어? 무슨 일인데 그래?"

남 순경은 범인을 쫓기 위해 다시 눈을 감았다. 미간에 잔뜩 힘을 준 모습에 민 경정은 더 이상 이유를 묻지 못했다.

잠시 후 남 순경은 다시 눈을 떴다. 눈앞엔 민 경정이 보이지 않았다.

다시 초자연 현상 속이었다. 남 순경은 서둘러 범인이 도망간 방향으로 고개를 돌렸지만, 그새 어디로 갔는지 보이지 않았다. 범인을 쫓는 것은 무리라고 생각한 남 순경은 그 대신 황색 봉투에 무엇이 들어 있었는지 확인해야겠다는 생각이 들었다.

서 의원을 찾기 위해 주위를 둘러보니, 어느새 차 운전석에 서 의원이 다시 올라타 있었다. 남 순경은 운전석 창문을 두드리며 서 의원을 불렀다.

"의원님, 창 좀 내려 보세요."

'……'

"의원님, 보셨잖아요. 전 나쁜 사람이 아닙니다. 의원님을 보호……"

남 순경은 말하다 말고 가만히 창문 안을 살폈다. 역시나 이상한 기운이 느껴졌다. 어디선가 본 데자뷰처럼 서 의원의 모습이 낯설지 않았다. 서 의원은 오른쪽으로 비스듬히 고개를 숙인 채 앉아 있었다.

"뭐야? 설마……"

남 순경은 운전석 문손잡이를 조심스레 잡아당겼다.

"……."

차 문이 열렸다. 처음 서 의원 시체를 본 그날처럼 이상한 냄새도 났다. 남 순경은 불길한 마음에 서둘러 서 의원을 확인했지만, 역시나 숨을 쉬지 않았다. 서 의원은 이미 죽어 있는 상태였다. '어찌 된 일인지……' 남 순경은 자신이 서 의원을 살렸다고 생각했다. 하지만 또다시 죽어 있는 모습에 머릿속이 하얀 백지가 되었다.

"시보야, 무슨 일이야? 서 의원은 괜찮은 거야?"

"어! 형님, 제 목소리 들리세요?"

"들려. 왜? 뭐가 문제야?"

남 순경은 뭐가 어떻게 돌아가고 있는 것인지 혼란스러웠다. 살렸다고 생각한 서 의원이 다시 시체로 나타난 것도 그렇지만, 자신의 존재를 보지 못했던 서 의원이 갑자기 자신을 볼 수 있게 된 것. 거기다 다시 민 경정에게 자신의 목소리가 들린다는 것이었다.

'어떤 규칙이 또 있는 걸까?'

남 순경은 자신의 머리를 부여잡고 마구 긁어 댔다.

"시보야, 왜 그래? 괜찮아? 내 목소리 들리면 말 좀 해 줄래?"

남 순경은 민 경정을 바라보며 대답했다.

"아! 형님, 죄송해요."

"눈 떴네? 나온 거지, 지금? 서 의원은 괜찮아?"

"죄송해요. 서 의원을 못 구했어요. 아니, 그것보다 범인이 누군지 보지 못했어요."

"뭐, 어쩔 수 없지. 넌 괜찮은 거야?"

"저야 괜찮죠. 근데 이제 어쩌죠? 정확하게 언제 범행이 일어났는지 시간을 못……."

"괜찮아. 대략 02시쯤일 거야. 네가 서 의원을 부를 때 시간을 보니깐 02시 10분이더라고. 그러니까 1시부터 이곳 주변에서 대기했다가, 서 의원이 집에서 나오기 전에 범인을 체포하면 될 것 같아."

"아! 맞아요."

"그렇지? 그 시각이 맞지?"

"그게 아니라 이유를 알았어요. 왜 그랬는지."

"뭐가? 아, 범행 이유 말이야?"

"아니요, 형님. 그러니까……."

남 순경은 자신이 초자연 현상 안에서 겪었던 일을 자세히 설명해 주었다. 처음 서 의원이 남 순경의 존재를 보지 못하다가, 어느 순간 존재를 인지할 수 있었던 것은 바로 시계 때문이었다. 남 순경이 초자연 현상 안에서 휴대폰으로 시계를 확인한 이후부터, 그의 존재가 초자연 현상 속 인물들에게 보이기 시작했다. 전자시계가 빠르게 흐르는 것이 어떤 계기가 되었음이 틀림없었다.

남 순경은 정리가 되지 않는 머릿속에 긴가민가하며 설명을 이어 나갔다. 민 경정은 얼이 빠진 사람처럼 입을 살짝 벌린 채, 눈을 깜박거리며 남 순경을 바라보고 있었다.

"형님, 많이 놀라셨어요? 저도 믿어지지 않네요. 뭐가 뭔지 모르겠어요. 아, 혹시 다시 떠올려 보면……."

"아니야. 됐다. 믿을게. 그게 뭐가 좋은 거라고 자주 해. 위험할 수 있으니 그만해. 언제 범행이 일어나는지도 알았고 어떤 방식으로 죽는지도 알았으니, 그날 대처하긴 훨씬 수월할 거야."

"그럴까요? 사실 몸이 좀 뻐근하고 지치긴 하네요."

"그래 보여. 이제 들어가자. 시간도 많이 늦었다. 난 서로 가봐야겠어. 넌 얼른 들어가서 쉬고……. 혹시 모르니 방금 네가 겪었던 일들 모두 잘 정리해 둬. 내일 다시 얘기하자. 잊지 않게 메모해 두라고."

"네, 가는 동안 정리할게요."

며느리(롤리) 사망 D-1, 서 의원 사망 D-3

온 세상이 어둑해진 밤. 환하게 밝혀져 있는 상황실에는 냉랭함이 가득했다. 다들 굳은 표정으로 각자의 일을 하고 있었고, 누구 한 명 대화를 나누지도 않았다.

그때 나 경사 책상 수화기에서 벨 소리가 울렸다. 순간, 모두가 나 경사 쪽을 바라보았다. 나 경사는 바로 수화기를 들어 전화를 받았지만, 별말 없이 가라앉은 표정으로 수화기를 내려놓았다.

"팀장님……. 영장이 기각됐다고 합니다. 어쩌죠?"

"뭐? 정말이야?"

"예, 검찰 수사관 전화였습니다. 자세한 건 검사님이 오셔서 설명하신다네요."

최 경위가 작게 한숨을 내쉬며 말했다.

"정말 그 정도로 대단한 작자인 겁니까? 압수수색 영장이 기각되는 경우도 많지 않은데……. 참 대단하네, 그 작자."

"그러게. 예상은 했지만 구속 영장도 아니고 압수수색 영장이 기각되다니 참……. 앞으로도 계속 협조적이지는 않을 것 같다. 이 자, 보통은 아닌 모양이야. 생각보다 힘들겠어. 확실한 물증 없이는 말이야."

"팀장님, 그럼 어쩌죠? 그래도 가장 유력한 용의자 집인데 말입니다."

"검사님 오시면 대책을 세워야겠어. 박 형사는 안 형사한테 전화해서 남 순경이랑 어떻게 돼 가고 있는지 확인 좀 해 줘."

"예, 팀장님."

"최 형사는 검사님 오시기 전에 나랑 잠깐 얘기 좀 해, 회의실에서."

"알겠습니다. 자판기 커피 가지고 들어가겠습니다. 먼저 가 계세요."

"그래, 고마워."

최 경위는 상황실에서 나와 복도 끝 자판기가 보이는 곳으로 갔다. 언제 따라 나왔는지, 나 경사도 뒤에 찰싹 붙어 함께 걷고 있었다.

"어, 나 형사. 한 잔 뽑아 줄까?"

"좋죠. 근데 말입니다. 무슨 일로 따로 보시는 겁니까?"

"그건 왜 물어봐? 나도 모르지. 들어가 봐야 알겠지."

"아……. 그래요? 혹시 이대우 대법관하고 조덕삼 검사 건 때문은 아니고요?"

"그 사건은 왜? 뭐가 궁금한 거야?"

"이필석 의원 죽음도 그렇고, 제가 아무리 머리가 잘 안 돌아가도 민지 양 사건과 연관된 걸 모르겠습니까? 그래서 그 사건

파헤치고 계신 거죠?"

"어? 뭘 파헤쳐, 파헤치기는. 아니야, 그런 거. 민지 양한테 정말 미안한 마음은 큰데…… 어쩌겠어? 이게 우리 한계인데. 안 그래? 아무 상관 없으니 쓸데없는 추리하지 말고 연쇄 살인범이나 제대로 추적해 봐. 아마 영장 기각 때문에 보자고 하신 걸 거야."

"정말입니까? 아까 영장 기각 건은 검사님 오시면……."

"그러니까, 그 전에 뭔가 하실 말씀이 있으신가 보지. 나 형사, 왜 그래? 자! 이 커피 들고 상황실로 들어가세요, 어서! 남의 일 신경 쓸 시간에 본인 일이나 열심히 하시고요."

최 경위는 나 경사의 등을 떠밀며 얼른 가라고 손짓했다.

"아이, 최 형사님. 우리 사이에 서운합니다. 아, 진짜 뭔가 있는데……. 알겠습니다. 그럼 믿고 들어갑니다?"

나 경사는 상황실로 걸어가면서도 고개를 갸웃거리며 투덜거렸다.

최 경위는 커피 두 잔을 한 손에 들고 회의실로 들어섰다.

"어, 고마워. 앉아."

"팀장님, 혹시 서민주 의원 얘깁니까?"

"어?"

"어제 서 의원 부모님 댁에 가신 거 아니셨어요? 남 순경하고요."

"뭐야, 내 뒤 캐고 다녀? 누구야? 내 정보 흘리는 놈이?"

"네? 하하. 뭘 캐고 뭘 흘립니까. 나 참……. 아니에요?"

"몰라. 내가 서 의원 건에서 빠지라고 했지? 그리고 그 일 때문에 보자고 한 거 아니다."

"아……. 그래요? 그럼요?"

"다크킹덤 관련해서 뭐라도 찾은 게 있나 해서 말이야. 아, 맞다. 조사할 때 유념하고 있지? 다크킹덤은 대외비라는 거. 까딱 잘못하면 우리 정체가 먼저 발각되는 일이 생겨. 항상 조심하라고."

"네에! 매번 강조하셔서 귀에 딱지 앉았습니다. 유념하고 있으니 걱정 붙들어 매십시오."

"내가 언제…… 아니, 그래. 매번 강조해도 모자라. 항상 조심해야 한다고. 근데 이필석, 이대우 건은 알아봤어?"

"네, 관할 경찰서 담당한테 확인해 봤는데 목격자가 없답니다. 아! 이필석 의원 시신을 처음 발견한 아파트 주민 말이에요. 그 목격자가 이 의원 시신을 보기 전에 아파트에서 차 한 대가 나가는 걸 봤다고 하는데, 진술이 오락가락한다고 하더라고요. 그날 술에 잔뜩 취해서 기억을 잘 못한다고 하네요. 그날 사망 시간 전후 CCTV도 찾아봤는데 별 소득이 없었답니다. 목격자가 차를 봤다는 시간도 확인했다고 하고요."

"혹시 모르니까 그날 영상 녹화본들 확보해 놔."

"네, 알겠습니다."

"이대우 대법관 건도 자살로 종결된 거지?"

"네, 근데 남부 경찰청 박철기 경감이 협조를 해 주질 않네요. 우리를 경계하는 것 같기도 하고. 그래서 그날 이후로 일부러 찾아가지도 않고 있어요. 대신 지역 신문사 취재원들을 만나서 물어봤는데, 거기도 별반 다르지 않더라고요. 왜 물어보는지 괜스레 떠보기나 하고. 애들 좀 움직여 보려고요."

"그래. 좀 더 알아봐. 근데 이필석, 이대우, 조덕삼 이 세 사람 죽음이 정말 다크킹덤과 연관이 있다고 생각해? 어떻게 생각해?"

"저야 팀장님께 처음 들었을 때 말씀드렸지 않습니까? 제 생각도 팀장님 생각과 다르지 않아요. 다크킹덤이 조직인지 뭔지는 확실치 않지만, 세 사람 모두 타살이라고 본다면 막강한 권력을 가진 자들의 소행일 가능성이 높겠죠. 그 권력층의 사조직이 다크킹덤이라고 보는 것도 무리는 아니고요."

"그래, 그렇지. 살인 수법도 조폭들 솜씨는 아니야. 전문가 냄새가 난단 말이지. 보통 놈들이 아니라고……. 사교 파티 관련해서는 뭐 좀 나온 게 있어?"

"짬짬이 시간 내서 사교 파티 관련 정보를 수집하고 있는데 찾은 게 별로 없네요. 하도 조심하라고 하셔서 정보원들을 통해 수집하고 있지만…… 정보는커녕 첩보도 나온 게 없어요."

"그렇지? 나도 여러 곳에 꽂아 봤는데 별거 없더라고. 다크킹덤이 뭔지도 아직 확실치 않으니 말이야. 고위 공직자들과 정·재계 인사들이 있었던 것을 봐서는 분명 사조직 명칭 같은데……. 다크킹덤과 관련된 부스러기 하나 떨어진 게 없어. 아주 깔끔하단 말이지."

"그러니까 말이에요. 이런 속도로는 발끝도 못 따라갈 것 같은데요."

"특단의 조처를 해야지. 안 그러면 되레 우리가 당하겠어."

"특단의 조처요? 그게 뭡니까?"

"그건…… 앞으로 생각해 봐야지."

민 경정은 본인이 생각해도 겸연쩍었는지 멋쩍은 웃음을 지었다.

"그나저나 채이돈은 그걸 왜 가지고 있었을까? 도대체 그 리스트는 뭐였을까. 정말 명단이었을까……."

민 경정은 혼잣말을 하며 얼굴을 쓸어내렸다.

"아무튼, 검사님 오시면 다크킹덤도 같이 논의하자고. 우선 용의자 자택 압수수색부터 다시 의논하자. 근데 그…… 아니다. 그건 검사님 오시면. 이만 가 봐."

일어서 나가려던 최 경위가 머뭇거리며 말했다.

"형님."

"뭐야? 회사에서 형님이라니? 무섭게."

"형님, 정말 서 의원에 대해 말씀 안 해 주실 거예요?"

"어, 안 할 거야. 그러니까 더는 묻지 마. 너 괜히 남 순경 괴롭히지 마라. 시보 힘들다. 나한테 맡기고 넌 사교 파티 관련해서 좀 더 알아봐. 아우야, 알았지?"

민 경정은 옅은 미소를 지으며 최 경위를 흐뭇하게 바라보았다.

"하아……. 그렇게 보시니 더는 못 물어보겠네요. 알겠습니다, 형님."

"그래. 형님만 믿어. 검사님 오시면 콜 좀 해 주고."

"네, 그러죠……."

"그래, 박 형사. 팀장님께 그렇게 보고해 줘. 그럼 수고해."

안 경위가 전화를 끊자 곧바로 남 순경이 물었다.

"뭐라고 하세요?"

"아니요. 용의 선상에 있던 자택을 압수수색하려고 했는데 영장이 기각됐다고 하네요. 시간이 좀 더 걸릴 것 같습니다."

"기각 사유는 뭐라고 하는데요?"

"정확히 듣진 못했는데 사유야 뻔하겠죠. 주거, 사생활 비밀 등에 대한 기본권 보장 취지에 따라 압수수색은 신중해야 한다. 압수수색 필요성이 부족하다. 범죄의 소명이 없다. 이런 거 아니겠습니까?"

"야아, 안 형사님이 판사시네요."

"에이, 영장 기각이 뭐…… 한두 번이라야 말이죠. 팀장님께 는 한 번 더 돌고 복귀하겠다고 했습니다. 그보다 어쩝니까? 시간이 꽤 걸리는데요. 지금까지 확인한 곳들만 봐도 시간대마다 외진 곳이 다르거나 더 늘어나기도 하니 말입니다. 범행 당일에 외진 곳이 달라지거나, 새롭게 생기지 않을까 걱정입니다."

"저도 그게 걱정이에요. 바로 직전도 달랐잖아요. 경감님이 예상하신 날이요. 이제 13일 남았죠?"

"네. 사건 발생 예상일로부터 일주일 전이니까 맞네요, 13일."

"2시간 이내에 다 확인하려면 포기할 곳은 포기해야 할 것 같아요. 이제는 지금까지 작성한 현장 순회 일지를 정리해서 다시 동선을 정하는 게 좋겠어요. 그다음 과학 수사대에서 A지점을 확정해 주면, 범행 시간대에 요일별로 동선을 따라 순회하면 되지 않을까요? 그리고 마지막으로 과학 수사대와 협의해 범행 예상 장소들을 결정하고요. 어떻게 생각하세요?"

"팀장님도 그렇게 하자고 하셨습니다. 남 순경님이 제안하신 거 아니셨습니까?"

"그래요? 팀장님도 그렇게 하자고 하셨어요?"

"아, 전체 회의 때 안 계셨구나. 맞다. 하하······. 가면서 회의 내용 말씀드리겠습니다."

"네, 안 경위님."

안 경위는 타이머를 맞춘 뒤 남 순경을 바라보며 말했다.

"이제 가시죠. 근데 남 순경님, 어디가 안 좋으십니까?"

"네? 왜요?"

"아까부터 보니까 명치 쪽으로 자주 손이 가는 것 같아서 말이죠. 명치 쪽이 안 좋으십니까? 아니면 배가? 혹시 체하셨습니까?"

"아······. 그게, 뭔지 모르겠는데 여기 윗배가 얼얼한 게 어디 부딪쳐서 다친 느낌이랄까요. 체한 건 아니고요."

"그래요? 그러고 보니 오른쪽 뺨도 조금 멍이 든 것처럼 보이는데요. 혹시 잠잘 때 험하게 주무십니까?"

"그런가? 그건 아닌데……. 아무튼 심한 건 아니에요. 신경 안 쓰셔도 돼요."

"그래도 계속 불편하시면 언제든 말씀하십시오. 괜히 무리하지 마시고요."

"그럴게요."

안 경위는 남은 이동 동선을 살피며 말했다.

"그런데 어쩌죠? 스쿠터로는 2시간 내에 다 못 돌 것 같은데 말이죠."

"그러게요. 다시 차로 움직여야 할까요?"

"흠, 혹시 오토바이는 어떠십니까? 편의성은 유지하면서 속도가 빠르니 차보다 나을 것 같습니다."

"오! 좋죠. 근데 저는 면허증이 없어서……."

"면허라면 다행히 제가 있습니다. 그럼 내일부터 순찰용 오토바이로 이동하시죠. 시간을 좀 더 단축할 수 있을 겁니다."

"그거 좋네요. 그럼 내일은……."

남 순경은 말을 하다 말고 갑자기 인상을 찌푸렸다.

"왜 그러세요? 내일 무슨 일 있으십니까? 아니면 어디 정말 안 좋으십니까? 명치 쪽입니까?"

"안 형사님, 저기…… 저 차 번호 보이세요?"

남 순경은 도로에서 신호 대기 중인 차들을 손으로 가리켰다.

"어떤 차 말입니까?"

"오른편, 검은색 그랜저 차량이요."

"그랜저…… 아! 보입니다. 에이, 이번은 아닌 듯합니다."

"아뇨, 그게 아니라 차량 번호요. 번호가 뭐죠?"

"번호 말입니까? 271라…… 3124인데요."

"맞죠? 271라 3124."

"네. 그런데 갑자기 그건 왜 물으십니까?"

"어……. 안 형사님, 어차피 오늘은 시간 안에 다 못 돌 것 같으니 이만 마치는 걸로 하죠. 저는 일이 있어서 먼저 가 볼게요."

남 순경은 도로 위 차들과 안 경위 사이에서 허둥대며 말했다.

"갑자기 말입니까? 그럼 팀장님께 뭐라고 말씀……."

"제가 따로 연락드릴게요. 미안해요, 안 경위님!"

남 순경이 우연히 발견한 것은 남순 할머니를 칠 뻔했던 대포 차였다. 신호를 기다리던 대포 차는 신호가 바뀌자 출발했고, 남 순경은 그 차를 쫓기 위해 서둘러 말을 끊었다.

남 순경은 스쿠터 속력을 최대로 올려 검은색 그랜저 차량을 쫓았다. 그 차는 서서히 속도를 높이더니 규정 속도를 훌쩍 넘어 빠른 속도로 내달렸다. 겉으로 보기에는 일반 세단처럼 보였지만, 개조를 했는지 엔진 소리는 스포츠카 저리 가라였다.

따라잡는 건 역부족이라 판단한 남 순경은 스쿠터를 길가에 멈춰 세웠다. 계속 쫓아야 할지 여기서 그만 포기해야 할지 잠시 망설였지만, 이내 다시 스쿠터 속력을 높여 그랜저 차량을 쫓기 시작했다.

얼마 가지 않아, 예상대로 신호에 막힌 차들로 도로가 정체되어 있었다. 남 순경은 수많은 차들 사이에서 검은색 그랜저 차량을 바로 찾아낼 수 있었다. 그리 멀지 않은 곳이었다. 차들을 요리조리 피해 가며 서둘러 그랜저 뒤로 다가갔지만, 뒤쫓던 차량이 아니었다. 차량 번호가 달랐다. 남 순경은 황급히 주위 차들을 다시 살펴보았다.

'설마 놓친 건가?'

그때, 다른 그랜저가 다시 눈에 들어왔다. 남 순경은 가는눈을 뜨고 차량 번호를 확인했다.

"271……라 31…… 24!"

뒤쫓고 있던 바로 그 차였다. 그 차는 3차선에서 우회전 방향 지시등을 켜고, 차가 빠지기를 기다리고 있었다. 남 순경은 빽빽한 차들 사이를 가로질러, 곧장 그랜저 차량의 운전석으로 다가갔다. 하지만 선팅이 진하게 되어 있어 안을 볼 수는 없었다.

남 순경은 조금 더 앞으로 이동해 앞 유리로 운전자의 모습을 확인했다. 검은 머리카락 사이에 흰머리가 듬성듬성 나 있고, 주름이 잘 잡힌 클래식한 체크 패턴 정장을 입은 중년 남성이었다.

남 순경은 차가 출발하기 전 이 남자를 차에서 내리게 하는 게 맞을지, 아니면 계속 쫓아가 거주지를 파악하는 것이 맞을지 고민했다. 현실적으로 스쿠터를 타고 계속 쫓아가는 것은 불가능한 일이었기에, 운전자 신원을 확인하는 게 우선이라는 생각이 들었다.

남 순경은 대포 차 앞에 스쿠터를 정차한 뒤, 운전석으로 걸어가 창문을 두드렸다.

똑똑똑!

"저기요. 창문 좀 내려 보시겠습니까."

서서히 내려가는 운전석 창문과 함께 중년 남성이 모습을 드러냈다.

"무슨 일인가?"

"실례하겠습니다. 경찰입니다. 속도위반을 하셔서 운전면허……."

"속도위반? 내가 말인가? 언제?"

"강남 타워 사거리에서 속도위반을 하셨습니다. 그러니 운전면허……."

"지금 뭐 하는 건가? 경찰이라고 했나? 복장을 보니 교통경찰은 아닌 것 같은데."

"아, 네. 교통경찰은 아니지만 대방 지구대 소속 경찰입니다."

남 순경은 그제야 자신이 사복을 입고 있다는 것을 깨달았다.

"이봐! 그걸 날 보고 어떻게 믿으라는 거지? 지금 날 미행한 건가?"

"미행이요? 아니, 미행이 아니라 속도위반을 하셔서……."

"지금 내가 시간이 없어. 우선 그쪽부터 신원을 밝히지 그래?"

"아……. 뭐, 그러죠. 잠시만……."

남 순경이 주머니에서 지갑을 찾던 그때, 정체되어 서 있던 차들이 조금씩 움직이기 시작했다. 중년 남성은 기다렸다는 듯 잡고 있던 중립 기어를 주행모드로 옮겼다. 그 순간 엔진 소리가 요란하게 울렸다.

"이런, 앞차가 출발하지 않나? 경찰 양반, 요 앞에 스쿠터 좀 빼 주게. 요즘은 교통경찰도 스쿠터를 타고 다니나 보지?"

중년 남성은 눈을 치켜뜨며 남 순경을 힐끗 보더니 크게 웃어 젖혔다.

"여기 보시죠. 경찰입니다. 그러니 운전면허 제시해 주시죠."

"줘 봐요. 자세히 좀 봅시다. 어디……."

"어! 가져가시면…… 뭐야! 지금 뭐 하시는 겁니까?"

중년 남성은 남 순경이 들고 있던 지갑을 가로채더니, 대충 한 번 보고 조수석 창문을 열어 인도 쪽으로 힘껏 던져 버렸다. 남 순경은 갑작스러운 상황에 놀란 나머지, 눈만 깜박거리며 그를 쳐다보고 있었다.

"이 사람아! 어디서 사기를 치고 그래? 경찰이 스쿠터 타고 다니는 게 말이 되나? 어디서 사람을 얕잡아 보고. 그 정도 신분증은 어디서나 구할 수 있네. 어디서 사기를 쳐!"

빵빵!

대포 차 뒤에 서 있던 차가 경적을 울렸다. 남 순경은 뒤차에 피해 지나가라는 손짓을 보냈다.

"지금 보라고. 뒤에서 난리가 아닌가? 그만하고 스쿠터나 치우게. 안 치우면 그냥 확! 밟고 갈 수밖에 없어."

"뭐요? 그러시면 곤란하죠. 어서 차 시동 끄고 내리시죠."

중년 남성의 심기를 대변하듯 엔진 소리가 더 우렁차게 울렸다. 당장이라도 스쿠터를 치고 달릴 기세였다.

"지금 뭐 하시는 겁니까? 차 시동 끄라고 말씀드리지 않았습니까? 어서 끄세요."

"자네, 어디 소속인가? 형사야? 왜 날 미행하는 거지? 민간인을 이렇게 미행하면 곤란한데, 안 그래?"

"무슨 소립니까? 미행이라니요? 속도위반으로 면허증 확인……."

"똑바로 들어! 내가 누군지 모르나 본데, 이번은 바빠서 그냥 가네만 다음에 또 이러면 그땐 그냥 안 넘어갈 걸세. 알아듣게 말했는데도 계속 이러면, 정말 가만 안 있겠다고 전해. 알았나?"

"지금 뭐라고 하시는 겁니까? 이렇게 계속 불응하시면 곤란합니다. 공무 집행 방해죄로 5년 이하의 징역 또는 일천만 원 이하 벌금이 부과될 수 있습니다. 다시 말씀드립니다. 면허증 제시해 주시죠."

"말귀 진짜 못 알아듣네. 씨…… 아이, 얼빠진 새끼. 저거나 빨리 치워! 어서!"

중년 남성은 남 순경에게 삿대질을 하며 버럭 화를 냈다.

"안 되겠네요. 이 차 대포 차인 거, 다 알고 있습니다. 교통 위반이 이번만이 아니잖습니까! 모를 줄 아십니까? 그러니까 면허증을 보여 달라는 말입니다. 아니면 차에서 내려 주셔야겠습니다. 어서요? 혹시 무면허이십니까?"

"아……. 그래. 경찰이라고 치지. 어디라고? 소속이?"

"대방 지구대 소속입니다."

"아하, 대방 지구대? 강남 경찰서장이 내 친구야. 홍두기 서장이라고. 아, 모르겠지. 강남 경찰서 소속이 아니니. 이 친구야,

내가 이번만은 그냥 눈 감아 주겠네. 인사 고과에 문제없도록 말이야. 나는 자네 이름도 몰라. 그러니 조용히 가게나. 저 스쿠터나 어서 치우게."

"말이 안 통하시네. 그럼 어쩔 수……."

"정말 성가시네. 자네 뭔가? 진짜 정체가 뭐야? 정말 교통경찰이야? 아니지. 형사지? 내 면허증이 그렇게 보고 싶으면 영장 들고 와. 아이, 빌어먹을. 시간이 없다니까! 이 사람아, 지금 뭐 하는 건가? 나 바쁜 사람이라고! 이 정도 말했으면 알아들을 만도 한데. 그럼 어쩔 수 없지."

남 순경은 더 이상 말로 안 될 것 같아, 열린 창문으로 손을 집어넣어 잠금 장치를 풀려 했다. 그때 중년 남성은 갑자기 차를 후진하더니, 커다란 엔진 소리와 함께 무서운 기세로 다시 직진했다. 앞에 서 있던 스쿠터를 들이박은 그랜저는 그대로 우회전해 빠른 속도로 달아나 버렸다.

남 순경은 운전석 문을 붙잡고 막아 보려 했지만 역부족이었다. 서둘러 인도에 떨어져 있던 지갑을 챙겨, 앞으로 밀려 나간 스쿠터를 일으켜 세웠다. 하지만 차에 받혀 고장이 났는지 시동이 걸리지 않았다. 남 순경은 어쩔 수 없이 스쿠터를 인도 쪽 갓길에 세우고 지나가는 택시를 잡기 위해 손을 뻗었다.

그때, 스쿠터 한 대가 남 순경 앞에 멈춰 섰다.

"어! 안 형사님, 서에 안 가셨어요?"

"죄송합니다. 무슨 일인지 걱정이 돼서 따라와 봤습니다. 멀리서 지켜본다는 것이……. 아니, 갑자기 차가 앞으로 돌진해서 얼마나 놀랐는지 모릅니다. 무슨 일입니까?"

"아······. 얘기하자면 긴데······."

"아! 범인이군요. 또 다른 살인사건을 본 겁니까? 아니면 서 의원님? 일단은 어서 뒤에 타십시오. 쫓아가겠습니다."

남 순경은 서둘러 스쿠터 뒷좌석에 올라탔다. 하지만 아무리 속력을 높여 쫓아가도 스쿠터로 차를 따라 잡기엔 역부족이었다. 아무래도 이미 멀리 갔거나 근처 건물로 들어간 듯했다.

두 사람은 결국 뒤쫓는 것을 포기하고 스쿠터를 세워 둔 곳으로 다시 돌아갔다. 돌아가는 길에 남 순경은 그 차와 관련된 사건을 안 경위에게 얘기해 주었다.

"남 순경님, 정말입니까? 야아, 어쩜 그런 생각을 다 하셨습니까? 근데 본인만 모르면 정말 문제없는 겁니까?"

"네, 지금까지는 그랬어요. 당사자 자신이 죽는다는 사실만 모르면 별다른 변수는 없었거든요. 이번은 다른 방법이 없겠더라고요, 시간도 없고. 그래서 어쩔 수 없이 큰아들에게 거짓말을 했죠."

"아무튼 잘 해결되었다니 다행입니다. 그럼 이제 확실히 그 며느님은 무사한 거죠?"

"그래도 모르니 미리 가서 확인은 해 봐야 할 것 같아요."

"그렇습니까? 그럼 같이 가드릴까요?"

"아니에요. 저 혼자 가도 괜찮아요. 너무 걱정 마세요."

"아니, 걱정돼서 그런 건 아닙니다. 이런 질문을 드려도 될지 모르겠습니다. 그동안 궁금했는데 물어볼 기회가 있었어야 말이죠."

"뭔데요? 괜찮아요. 물어보세요."

안 경위는 잠시 머뭇거리다 입을 열었다.

"그게, 지금까지 다 성공…… 아니, 그러니까 시체를 본 사람들은 다 살리신 겁니까? 실패 없이 말이죠."

"아니요. 모두 구할 순 없었죠. 제가 조금만 더 신경 썼더라면 구할 수도 있었을 거예요. 실수한 건 아닌지 매번 자책하게 되더라고요. 그래서 그날 일은 다시 떠올리기가 힘들어서……. 그런 이유로 모두에게 비밀로 해 달라고 부탁드린 거고요."

"아, 죄송합니다. 그때 그러니까…… 아……. 이거 말도 못하겠고……."

안 경위는 서 의원의 죽음을 밝힌 것에 대해 사과를 했지만, 채 말을 잇지 못하고 난처한 표정으로 머리를 긁적였다.

"무슨 말이요? 팀장님도 무슨 이유가 있다고 그러시던데, 무슨 일인가요?"

"아, 아닙니다. 제 입이 방정입니다, 방정."

안 경위는 손으로 자기 입을 때리며 말을 이어 갔다.

"서 의원님이 최 형사님이랑 인연이 있는 분인 줄 누가 알았겠습니까? 정말 죄송합니다, 남 순경님."

"이제 어쩔 수 없죠. 괜찮아요. 팀장님도 최 형사님께 신신당부하셨다니 믿어야죠. 아무튼 앞으로는 조심해 주세요."

"죄송합니다. 이제 좀 용서해 주십시오."

"하하하. 네, 그러죠. 대신 무슨 이유로 서 의원님 일을 말씀하셨는지 알려 주시면요."

"그건…… 제가 말씀 못 드립니다. 궁금하시면 팀장님께 직접 물어보시면 되지 않습니까? 전 말 못 합니다."

안 경위는 고개를 가로저으며 말했다.

"그래요? 그 정도예요?"

"네. 그러니 그 건은 넘어가 주시죠. 그것보다 구하지 못했다는 그분 얘기 좀 해 주십시오. 말하기 힘드시면 어쩔 수 없지만…… 어떤 사연이 있었는지 궁금해서 말이죠."

"알고 있는 바로 그 이유예요. 시체로 보였던 당사자가 사실을 알게 된 거죠."

경찰 공무원 준비를 시작한 첫해. 고시원에서 학원으로 학원에서 다시 고시원으로, 쳇바퀴 돌아가듯 시간을 보내고 있던 때였다. 나는 그날도 학원 수업을 마치고 독서실에서 공부하다 밤늦게 집으로 가는 길이었다.

"총각, 이제 오는 거야?"

"안녕하세요, 아주머니."

"밤늦게 고생하네. 공부는 잘되고?"

"뭐 그렇죠. 공부가 뭐…… 하하."

"에이그, 그래. 내가 괜한 걸 물었네. 공부가 쉽겠나. 그지? 총각, 이거 가져가서 먹어. 유통 기한이 내일까지니까 아침에 먹어도 돼."

"어, 아니, 괜찮아요."

"아니야, 내 아들 같아서 그래. 우리 아들도 공무원 공부하다 군대 갔잖아. 이그, 이 추위에 얼마나 고생인지. 그래도 제대가 얼마 안 남아서 이제는 편하긴 편한가 봐. 아, 이틀 후면 마지막 휴가 나와. 방금 전에도 잠깐 전화했어. 요즘은 휴대폰도 할 수 있으니 얼마나 좋아? 세상 많이 좋아졌어. 안 그래?"

"그러네요. 휴대폰도 쓸 수 있고 많이 좋아졌네요. 이제 든든한 아들도 제대해서 나오니 좋으시겠어요. 자제분은 무슨 공무원 준비하세요?"

"7급 행정직 공무원. 고시지, 고시. 호호호. 자! 아무튼 이거 받고 어서 들어가. 날도 추운데. 응?"

"네, 고맙습니다. 많이…… 어! 으윽! 뭐야?"

"왜? 왜 그래, 총각?"

"아주머니, 저기…… 아!"

나는 너무 놀란 나머지 눈앞에 보이는 시체를 손가락으로 가리키며 말했다.

"저기 뭐? 어디? 뭐가 있어?"

아주머니는 내가 가리킨 곳을 두리번거리다, 다시 날 쳐다보았다.

"뭔데 그래, 총각?"

이번에도 초자연 현상이었다. 아주머니가 보지 못하는 걸 보니 분명했다. 처참하게 훼손된 시체가 슈퍼 입구의 바로 앞에 놓여 있었다. 속까지 울렁거릴 만큼 보기 힘든 형체였다. 대체 무슨 일일까? 보기 힘들 정도로 훼손이 되어 가까이 다가가기도 겁이 났다.

"총각, 왜 그래? 왜 이리 떨어? 추워서 그래? 어디 아픈 거야?"

"아······. 아니에요, 아주머니. 잠시만요."

"아니면 뭐 찾는 거 있어? 필요한 거 있으면 나한테 말해, 내가 찾아줄게. 아, 혹시 쥐 새끼라도 본 거야? 어디서 봤어? 어디?"

머리도 아프고 속도 안 좋은데, 아주머니의 질문 공세에 골이 다 흔들리는 것 같았다. 여기서 말을 끊지 않으면 뇌가 더는 버티지 못하고 터질 것이라 생각하던 그때, 갑자기 참을 수 없이 속이 울렁거렸다.

"아주머니, 잠시······ 우우욱! 우욱!"

"어머! 어째? 체한 거였어? 어쩐지 얼굴빛도 안 좋더라니. 잠깐 있어 봐."

아주머니는 급히 슈퍼 안으로 뛰어 들어갔다. 속이 불편했지만, 겨우 참고 게워 내지는 않았다. 나는 천천히 호흡을 가다듬고 가까이 다가가 시체의 눈을 살폈다. 이번에도 역시 차였다. 이 정도의 훼손이라면 분명 운전 미숙이거나 음주 운전으로 인한 사고였다. 옷들이 피에 흠뻑 젖어 있었고, 일부는 찢겨져 있기까지 했다.

그제야 전체적인 모습이 눈에 들어왔다. 자세히 살펴보니 군복을 입고 있었다. 가슴팍에 명찰도 달려 있다. 이태섭······. 이 시체의 이름은 이태섭이다.

"이태섭⋯⋯."

"으잉? 총각, 그 이름을 어떻게 알아? 아는 사이였어?"

나도 모르게 입 밖으로 이름을 내뱉었나 보다.

"네? 아⋯⋯. 이태섭 씨하고 아시는 사이세요?"

"그럼, 잘 알지."

"정말요? 누군지 아시면 혹시 어디에 사는지 알려 주실 수 있으세요?"

"왜? 무슨 일인데 그래?"

"아니, 어⋯⋯. 알려 주시면 안 될까요? 그 친구 생명이 걸린 일이라."

"뭐? 생명? 무슨 일인데? 태섭이가 죽어?"

"아니, 아니요. 그런 건 아니고요. 요 근처에 사나요? 이태섭 이라는 친구."

"아유, 무슨 일인지 말 안 해 주면 나도 말 못 해. 사는 곳을 알려 주는데 이유는 알아야 될 거 아니야."

"아주머니, 그게⋯⋯ 이상하게 생각하실까 봐서요."

"무슨 얘긴데 그래? 괜찮으니까 말해 봐. 응?"

"사실⋯⋯ 아주머니, 제가 앞으로 죽을 사람의 시체를 볼 수 있거든요. 정말이에요! 못 믿으시는 거 알아요. 근데 지금 이 앞에 그 시체가⋯⋯ 그러니까, 저한테만 보이는 거예요. 미친 놈처럼 보이시겠지만 미친놈은 아니고요. 어, 아주머니⋯⋯. 왜⋯⋯ 왜 우세요?"

그랬다. 아주머니는 석 달 전, 동네에서 내가 살린 사람의 지인이었다. 내가 예지력으로 미래의 시체를 볼 수 있다는 사실을 지인에게 들어 이미 알고 있었고, 그동안 나에게 음식을 챙겨 주며 친절을 베풀었던 것도 그런 이유에서였다.

  ●

  "어쩔 수 없이 사실대로 다 말씀을 드렸어요. 제가 해결할 때까지는 절대 비밀로 해 달라고 여러 번 찾아가 간곡히 부탁도 드렸고요. 하지만 아주머니는 아들에게 그날 일어날 일에 대해 조심하라고 말을 했던 거예요. 저한테는 말하지 않았다고 거짓말을 하셨고요."

  "그래서요? ……결국 차에 치여 죽었군요?"

  "아니요. 말년 휴가 잘 보내고 문제없이 복귀했어요."

  "네? 살았습니까? 아니지, 그럼 그다음에……."

  "네, 군에서 사고로 죽었어요. 그것도 제대 이틀 남기고요. 장갑차에 깔려서……."

  "아이고, 죄송합니다……. 지금도 그 생각에 힘드십니까?"

  "그때를 생각하면…… 그러네요. 그래서 될 수 있으면 기억 안 하려고 해요. 그날은 너무 힘이 들어서요."

  안 형사는 내 얼굴을 살피다 이야기를 돌렸다.

  "그런데 남 순경님은 기억력이 정말 좋으십니다. 처음 뵐 때랑…… 아, 아니……. 그때보다 기억력이 많이 좋아…… 이것도 좀 말이 안 돼…… 아무튼……."

"일부러 그러시는 거예요? 웃기려고요?"

"아하하. 웃기죠? 작전 성공…… 아닙니다. 그건 아닌데……."

안 경위는 어색하게 웃으며 머리를 긁적였다.

"하하. 맞는 말이에요. 예전보다 기억력이 많이 좋아졌거든요. 근데 매번 그런 건 아니에요. 시체를 본 그 순간만 기억이 선명하게 남아요. 마치 사진을 찍은 것처럼요."

"아, 픽쳐링이군요!"

"픽쳐링이요?"

"네, 한 번 본 걸 그대로 기억하는 능력을 말하는 겁니다. 남 순경님이 말씀하신 대로 사진처럼 찍어 모든 걸 기억하는 능력이라 할 수 있죠."

"그렇군요. 근데 저는 그렇게 오래 기억하진 못해요. 순간 기억력이 좋은 것뿐이죠. 그날 본 것들을 휴대폰에 저장해 놓는 것도 그런 이유에서예요. 처음엔 모든 걸 다 기록했어요. 제가 보았던 모든 걸요. 그땐 뭐가 중요한지 몰랐으니까요. 그래도 요즘은 조금 능숙해져서 뭐가 중요한지 아니까 중요한 몇 가지만 기록하고 있어요. 특히 구하지 못한 분들의 현장은 더 오래 기억에 남더라고요. 자주 생각이 나서요."

"그것도 힘드시겠습니다. 일종의 직업병이네요."

"직업병이요? 맞네요. 하하. 네, 이제 정말 직업병이죠."

안 형사는 잠시 생각하다 입을 열었다.

"그럼 정말 최 형사님께 말씀을 잘 드려야겠네요. 혹시

나……."

"네, 부탁드려요. 최 형사님을 뵐 때면 미안하고 괜히 피하게 되더라고요. 안 형사님이 잘 좀 말씀해 주세요. 팀장님도 잘 얘기하겠다고 하셨지만…… 정말 다시는 그런 일은 없었으면 해……."

"그런 일이요?"

"아, 아니요. 최 형사님이 서 의원님께 말하는 일은 없어야 한다고요."

"그렇죠. 그럼 서 의원님이 다른 곳에서 결국엔 죽게 되니까 말이죠."

사실 아주머니의 아들은 죽지 않았다. 나는 그때 아주머니에게 모든 것을 사실대로 말씀드렸다. 아주머니가 아들에게 죽는다는 사실을 말하게 되면, 아들 대신 아주머니가 죽게 된다고. 그러니 무슨 일이 있어도 절대 아들에게 그 진실을 알리면 안 된다고 말이다.

하지만 그 말이 더 뼈아픈 실수였다. 아주머니는 아들을 살리기 위해, 자신이 죽을 수도 있다는 사실을 알고도 아들에게 말을 했던 것이다. 그런 게 엄마의 힘이고 자식에 대한 일방적 사랑일까?

아들이 제대를 이틀 앞둔 날, 아주머니는 버스에 치여 죽었다. 그 이후로 나는 두 번 다시 그 변수에 관한 이야기를 꺼내지 않았다. 이런 희생도 있을 수 있다는 사실을 뼈저리게 깨달았기 때문이다.

최 형사 역시 대신 죽는다는 사실을 알게 되면 스스로 죽음을 선택할지 모른다. 그런 이유로 안 형사에게 거짓말을 했다. 안 형사는 비밀을 지키겠다고 했지만, 그래도 나는 사실대로 말할 수 없었다.

《2권에서 계속》

시체를 보는 사나이 2부. 죽음의 설계자 ①

2022년 7월 27일 초판 1쇄 발행

지은이 공한K
펴낸이 박시형, 최세현

책임편집 김명래 **디자인** 정아연 **교정교열** 전해림
마케팅 권금숙, 양근모, 양봉호, 이주형, 박관홍 **온라인마케팅** 신하은, 정문희, 현나래
디지털콘텐츠 김명래, 최은정, 김혜정 **해외기획** 우정민, 배혜림
경영지원 홍성택, 이진영, 임지윤, 김현우, 강신우
펴낸곳 팩토리나인 **출판신고** 2006년 9월 25일 제406-2006-000210호
주소 서울시 마포구 월드컵북로 396 누리꿈스퀘어 비즈니스타워 18층
전화 02-6712-9800 **팩스** 02-6712-9810 **이메일** info@smpk.kr

쌤앤파커스(Sam&Parkers)는 독자 여러분의 책에 관한 아이디어와 원고 투고를 설레는 마음으로 기다리
고 있습니다. 책으로 엮기를 원하는 아이디어가 있으신 분은 이메일 book@smpk.kr로 간단한 개요와 취
지, 연락처 등을 보내주세요. 머뭇거리지 말고 문을 두드리세요. 길이 열립니다.